MIRA®

Der Preis dieses Bandes versteht sich einschließlich
der gesetzlichen Mehrwertsteuer.

Umwelthinweis:
Dieses Buch wurde auf chlor- und säurefreiem Papier gedruckt.

Zärtliches Spiel mit dem Feuer

Mutig fliehen die Zwillingsschwestern Elizabeth und Charlotte vor ihrem schurkischen Onkel: Er will sie gegen ihren Willen mit zwei wenig ehrenhaften Herren verheiraten! Um gefahrlos nach London zu gelangen, beschließt Charlotte, sich als junger Mann zu verkleiden. Und so ahnt Lord Jeremy Richards, Earl of Radcliffe, der das Geschwisterpaar unter seine Fittiche nimmt, natürlich nicht, wer Charlie wirklich ist. Völlig unerklärlich ist dem Earl deshalb, dass alles in ihm danach strebt, Charlie in seine Arme zu reißen und zärtlich zu küssen. Sein Herz hat ihm verraten, was sein Verstand noch nicht erkannt hat ...

Lynsay Sands

Zärtliches Spiel mit dem Feuer

Roman

Aus dem Amerikanischen von
Rita Langner

MIRA®

MIRA® TASCHENBUCH
Band 25157
1. Auflage: Oktober 2005

MIRA® TASCHENBÜCHER
erscheinen in der Cora Verlag GmbH & Co. KG,
Axel-Springer-Platz 1, 20350 Hamburg
Deutsche Taschenbucherstausgabe

Titel der Originalausgabe:
The Switch

erschienen bei: Leisure Books, New York
By arrangement wirh Dorchester Publishing Co., Inc.

Konzeption/Reihengestaltung: fredeboldpartner.network, Köln
Umschlaggestaltung: pecher und soiron, Köln
Redaktion: Claudia Wuttke
Titelabbildung: „Victor Gadino“ bei Thomas Schlueck GmbH
Satz: Buch-Werkstatt GmbH , Bad Aibling
Druck und Bindearbeiten: Ebner & Spiegel, Ulm
Printed in Germany
ISBN 3-89941-196-X

www.mira-taschenbuch.de

1. KAPITEL

Lord Radcliffe hielt sein Pferd an und betrachtete die Szene, die sich vor ihm abspielte. Ein junger, vornehm gekleideter Bursche stand unter dem Vorderfenster eines Gasthofes und schaute zu den Röcken eines Mädchens hinauf, das aus dem Fenster des ersten Stockwerks hing. Der junge Mann versuchte, die Füße des Mädchens zu fassen. Was er dabei sagte, vermochte Radcliffe aus der Entfernung nicht zu verstehen.

Vermutlich wollen die beiden ihre Zeche prellen, dachte er und lenkte sein Pferd zu den Stallungen, denn er hatte eigentlich keine Lust, sich einzumischen. Da schwang sich das Mädchen vollends über den Fenstersims und hing nun an den Armen herunter. Radcliffe hielt wieder an und schmunzelte. Der junge Bursche fasste die zierlichen Füße des Mädchens, damit sie nicht an die Hauswand schlugen, trat dann näher heran und wollte seine weitere Hilfestellung anbieten.

Das Mädchen, das nicht nach unten sehen konnte, trat mit einem Fuß auf die Perücke des Burschen und verschob sie. Der offensichtlich verärgerte Junge riss sich den Fuß vom Kopf, setzte ihn sich auf die Schulter und verfuhr dann mit dem zweiten Fuß ebenso.

Radcliffe musste leise lachen, als die junge Frau unvermittelt auf den Schultern des Burschen saß, wobei ihre Röcke über dessen Kopf fielen und ihm die Sicht raubten. Der junge Mann taumelte hin und her, um nicht das Gleichgewicht zu verlieren, und versuchte gleichzeitig, sich den Rock aus dem Gesicht zu schieben. Das Mädchen wollte in sein Haar greifen, vergaß dabei jedoch, dass es sich um eine Perücke handelte. Daran konnte sich die junge Dame natürlich nicht festhalten, und ihr Oberkörper kippte rückwärts. Der Bursche, der ohnehin schon aus dem Gleichgewicht geraten war, fiel nun ebenfalls hintenüber, und zusammen stürzten sie zu Boden.

„Verdammt!“ schimpfte Charlie leise und blickte zu den Baumkronen über ihnen hinauf, bis sie Beth jämmerlich stöhnen hörte. Da richtete sie sich auf und sah besorgt auf das am Boden liegende Mädchen hinunter. „Ist dir etwas passiert?“

Elizabeth seufzte. Sie hatte aus lauter Ärger gestöhnt, doch nun merkte sie, dass das missverstanden worden war.

„Nein, mir fehlt nichts“, versicherte sie nur, richtete sich auf und klopfte sich das Gras und den Schmutz vom Kleid.

Charlie wollte ihr dabei helfen, doch Beth winkte ab. „Deine Perücke ist weg“, sagte sie.

Charlie blickte sich um und fand schließlich die künstliche Haarpracht wieder. Ärgerlich schlug sie sich das Teil gegen ein Bein, um die in der Perücke hängenden Grashalme herauszuklopfen, ehe sie sie sich wieder auf den Kopf stülpte. „Sitzt sie so richtig?“

Beth warf einen kurzen Blick auf sie, nickte und raffte sich auf.

„Nun, es ging ja ganz gut“, meinte Charlie frohgemut, kam ebenfalls auf die Beine und griff nach den beiden Reisetaschen, die sie aus dem Fenster geworfen hatten, ehe sie selbst hinausgeklettert waren.

Beth fuhr zu ihr herum, um ihre eigene Meinung zu diesem Unternehmen zu äußern, doch in den kohlschwarzen Augen, die ihren völlig glichen, bemerkte sie ein schalkhaftes Funkeln. Da entspannte sie sich wieder und lächelte. „Der reinste Spaziergang“, pflichtete sie ihrer Schwester bei.

Diese lachte leise, reichte ihr eine der Taschen, nahm anschließend selbst die andere auf und ging voraus zu den Stallungen.

„Ist er bewusstlos?“ flüsterte Beth, als sie beide in das wackelige Gebäude traten und dort in einer Ecke den Stallburschen an einem Heuballen zusammengesunken vorfanden. Die Flasche, welche sie ihm geschenkt hatten, drückte er sich noch immer an die Brust.

„Sieht ganz so aus. Du hast doch das Schlafmittel hineingetan, nicht wahr?"

Beth nickte schweigend und hielt dan Atem an, während ihre Zwillingsschwester sich dem Stallburschen vorsichtig näherte, seinen Kopf anhob und dann wieder auf die Brust zurückfallen ließ. Der Junge rührte sich nicht.

Schulterzuckend trat Charlie zurück. „Stockbetrunken", bemerkte sie.

Erleichtert atmete Beth auf. Rasch ging sie an den Boxen vorbei, bis sie diejenige gefunden hatte, in der sie ihr Reitpferd für die Nacht untergestellt hatte. Sie flüsterte ihm etwas Beruhigendes zu, trat in die Box und machte sich daran, das Tier zu satteln. In der Box daneben verfuhr Charlie mit ihrem Ross gleichermaßen.

Wenig später merkte Beth, dass ihre Zwillingsschwester plötzlich erstarrte. Beth hielt ebenfalls inne. Sie hob den Kopf, blickte sich um, und ihr schien das Blut in den Adern zu gefrieren, als sie bei der Stalltür einen Mann stehen sah.

Charlie warf ihr einen warnenden Blick zu und fragte den Fremden mit dem Akzent des Dienstbotenstandes: „Kann ich irgendwas für Sie tun, M'lord?"

Als er den Akzent des „Jungen" bemerkte, zog Radcliffe eine Augenbraue hoch und lächelte leicht. „Es spricht von äußerst schlechtem Benehmen, wenn man sich verdrückt, ohne seine Rechnung beglichen zu haben. Und Pferdediebstahl ist sogar ein Verbrechen."

Charlie zuckte zusammen und warf einen raschen Blick auf Beth' Gesicht. Das Mädchen war aschfahl geworden.

Radcliffe entging der Blickwechsel der beiden nicht, und er

wünschte, im Stall wäre es nicht so dunkel. Er hätte gewettet, dass die junge Frau eine wahre Schönheit war, und er versuchte angestrengt, bei der schwachen Beleuchtung ihr Gesicht besser zu erkennen.

„Wir stehlen nicht", begann der Bursche nun wieder. „Diese Pferde gehören uns."

Radcliffe bemerkte, dass der Junge jetzt nicht mehr mit diesem nachgeahmten Dienstbotenakzent sprach. Also doch Oberschicht, wie ich vermutete, dachte er. „Und wie sieht es mit deiner Rechnung aus?"

„Für die Bezahlung ist gesorgt."

„Und weshalb verlasst ihr das Haus nicht wie alle anderen Leute durch die Tür?" erkundigte er sich und sah, wie das Pärchen aufs Neue Blicke tauschte.

Charlie überlegte sich noch, was sie auf diese Frage antworten sollte, als Beth unvermittelt aus der Pferdebox und in das durch die Stalltür hereinfallende Mondlicht trat. Angesichts des bewundernden Ausdrucks in den Augen des Fremden schaute Charlie ihre Zwillingsschwester genauer an.

Was fand der Mann denn so attraktiv? Gewiss war Beth recht hübsch. Sie hatte eine gerade Nase, gute Zähne, und das Schönste waren ihre großen blauschwarzen Augen, während das Haar von einem eher unauffälligen Braun war. All das traf auf Charlie ebenfalls zu, was auch nicht weiter verwunderte, denn schließlich waren sie ja Zwillinge. Dieser Umstand war dem Fremden anscheinend bis jetzt unbekannt.

„Wir waren gezwungen, den Gasthof durch das Fenster zu verlassen, um unserem Onkel zu entwischen", erklärte das Mädchen.

Radcliffe zog eine Augenbraue hoch. „Weshalb wolltet ihr denn eurem Onkel entwischen?"

Erneut wechselte das Pärchen einen Blick. Radcliffe lächelte etwas schief. „Oder muss ich das gar nicht fragen?"

„Wie meinen ...?“ fragte das Mädchen unsicher.

„Du brauchst gar nichts zu erklären. Es ist ja ganz offensichtlich, dass ihr nach Gretna Green unterwegs seid.“

„Gretna Green?“

Charlie hätte Beth ob deren Begriffsstutzigkeit am liebsten einen Tritt verpasst. Wenn es zutraf, dass jedermann ein Herz für Liebesleute hatte, dann wäre ihre Chance möglicherweise größer, wenn sich dieser Mann nicht in ihre Fluchtpläne einmischte. Ganz offensichtlich dachte er doch, dass sie zusammen durchbrennen wollten.

Statt ihm indes diesen falschen Eindruck zu nehmen, deutete Beth auf Charlie. „Charlie und ich sind Zwillinge ...“

„Charles“, berichtigte Charlie rasch und trat nun ebenfalls ins Licht.

Beth blickte erst verwirrt drein, nickte dann jedoch langsam. „Genau. Charles ist mein Zwillingsbruder.“

Vor Erstaunen zog Radcliffe die Augenbrauen womöglich noch höher und betrachtete den Jungen. Abgesehen von der weißen Perücke, glichen sich die beiden in der Tat wie ein Ei dem anderen. Natürlich gab es einige körperliche Unterschiede. Wo er bei dem Mädchen einen üppigen Busen erkannte, war der Junge brettflach.

Nachdem er sich von seiner anfänglichen Verblüffung erholt hatte, wurde Radcliffes Miene eher argwöhnisch. „Und weshalb wollt ihr mitten in der Nacht vor eurem Onkel fliehen?“

Diesmal antwortete der Junge. „Unsere Eltern starben vor vier Jahren. Unser Onkel nahm uns in seine Obhut. Er gab sich alle Mühe, den Familienbesitz zu Grunde zu richten, und um seine Schatztruhen wieder aufzufüllen, will er Beth in die Ehe verkaufen. An Lord Carland.“

Bei diesem Namen erstarrte Radcliffe schockiert. Carland war ein brutaler Schuft, der bereits drei Ehefrauen hinter sich hatte. Seine erste Gattin war im Kindbett gestorben. Es hieß, seine Schläge hätten ihre Wehen ausgelöst. Die zweite Ehefrau beging Selbstmord, und die dritte stürzte sich auf der Treppe des Familiensitzes in den Tod, wobei den Gerüchten zufolge ihr Gatte nachgeholfen hatte.

Wie dem auch sein mochte, keine der Ehefrauen hatte die Vermählung länger als ein Jahr überlebt, und jetzt erlaubte niemand mehr seiner Tochter, diesen Schuft zu ehelichen. Den Ausführungen dieses Zwillingspärchens zufolge lag jedoch ihrem Onkel mehr an seinen Schatztruhen als an seinen Verwandten. Doch sagten die beiden auch die Wahrheit?

„Wie heißt ihr?“ wollte er übergangslos wissen.

Die Zwillinge schwiegen erst einen Moment und tauschten dann erneut Blicke. „Charles und Elizabeth Westerly.“

Radcliffe dachte kurz nach und nickte. Er erinnerte sich, von Nora und Robert Westerly gehört zu haben, einem glücklichen Ehepaar, das Zwillinge gehabt hatte. Allerdings glaubte er, es habe sich dabei um Mädchen gehandelt. Die Familie hatte sich die meiste Zeit auf ihrem Landsitz aufgehalten, weil ihr recht wenig am Leben in der Stadt gelegen war. Vor vier Jahren waren die Eltern bei einem Kutschenunfall ums Leben gekommen. Angeblich hatte Roberts Bruder Henry Westerly die Zwillinge in seine Obhut genommen und auch die Güter verwaltet. Kürzlich liefen Gerüchte um, er habe sämtliche Erträge aus diesen Gütern sehr schnell beim Glücksspiel durchgebracht. Nach dem, was der Junge eben gesagt hatte, beabsichtigte Henry nun, die eigenen Verluste auszugleichen, indem er seine Nichte verheiratete, was höchstwahrscheinlich mit deren Tod endete.

Es überraschte Radcliffe nicht im Geringsten, zu hören, dass Carland für eine Braut bezahlen wollte. Der Mann benötigte einen Nachkommen, oder das Erbe würde an irgendeinen entfernten Neffen gehen. Seufzend betrachtete Radcliffe die junge Frau. Sie war ein zartes, kleines Geschöpf, und abgesehen von ihrem üppigen Busen, wirkte sie ungemein schlank und zerbrechlich. Vermutlich hielt sie bei Carland nicht einmal einen ganzen Monat durch.

„Wohin wollt ihr gehen?“ fragte er unvermittelt und winkte ungehalten ab, als der Junge hierauf argwöhnisch die Lippen zusammenpresste. „Ich werde euch beide nicht verraten, und deine liebreizende Schwester will ich ebenfalls nicht in Carlands Händen wissen. Bei ihm wäre sie spätestens nach einer Woche tot.“

An der Aufrichtigkeit des Lords war nicht zu zweifeln. Als er Carlands Namen aussprach, lag Hass in seinen Augen. Dennoch mochte Charlie ihm nicht wahrheitsgemäß erzählen, dass sie zu ihrem Vetter Ralphy, einem Verwandten mütterlicherseits, reisen wollten, von dessen Existenz Onkel Henry nichts wusste. Eine Lüge bot hier den einzigen Ausweg, und was Charlie dann antwortete, war gar nicht so übel.

„Nach London.“

Erneut zog Radcliffe die Augenbrauen hoch. „Habt ihr dort Verwandte?“

„Nein.“

„In London braucht man Geld.“

Charlie lächelte schalkhaft. „Onkel Henry hat zwar das Familienvermögen unseres Vaters durchgebracht, doch unsere Mutter legte ihr eigenes Vermögen vor Jahren in Juwelen an, und die hat sie uns testamentarisch hinterlassen.“

„Hat euer Onkel nicht versucht, den Schmuck zu verkaufen, oder …“

„Das würde er getan haben, wenn er ihn gefunden hätte“, fiel der Bursche ihm ins Wort. „Doch er fand die Juwelen ja nicht. Die hatten Mutter und Vater schon vor Jahren für den Notfall versteckt. Außer unseren Eltern kannten nur Elizabeth und ich ihren Aufbewahrungsort, und den vergaßen wir dann sicherheitshalber.“

Das amüsierte Radcliffe sichtlich, doch sogleich wurde er wieder ernst. „Euer Onkel wird euch in London aufspüren."

„Am Ende ganz bestimmt", gab Charlie ihm Recht. „Doch dann wird Beth schon mit jemandem aus der Gesellschaft verheiratet sein."

„Und du?"

„Wenn ich erst einmal meinen Anteil an den Juwelen verkauft und investiert habe, werde ich davon leben können", log Charlie unbekümmert.

„Du willst also deiner Schwester durch den Verkauf eines Teils der Juwelen die Möglichkeit geben, sich in der Saison auf dem Heiratsmarkt umzusehen?"

Der Bursche nickte.

Radcliffe runzelte die Stirn. „In diesem Fall wird euer Onkel davon erfahren und dann wissen, wo ihr beide zu finden seid."

„Wie ich schon sagte, am Ende wird er es gewiss erfahren, doch er wird uns nicht zuerst in London suchen. Erst einmal wird er sich zu den Familiengütern begeben und Kontakt zu den Verwandten unseres Vaters aufnehmen."

„Wieso sollte er euch nicht zuerst in London suchen?"

„Weil er uns genau dorthin bringen wollte. Er dürfte also kaum annehmen, dass wir bei Nacht und Nebel ausgerechnet nach London fliehen."

Das überzeugte Radcliffe. Selbst Beth schien von dem Argument beeindruckt zu sein. Charlie nickte ihr unauffällig zu. Sie sollte doch eigentlich über diesen Plan Bescheid wissen, doch wenn sie nicht aufpasste, würde Radcliffe die Lüge womöglich erkennen.

„Und was ist mit Carland?" fragte er.

Charlie warf dem Lord einen Blick zu. „Carland geht nicht nach London. Der größte Teil der feinen Gesellschaft schneidet ihn. Mein Onkel wollte uns nach London bringen, um die Aussteuer für Beth zu kaufen. Danach sollten wir dann zu Carlands Ländereien weiterreisen.“

Radcliffe hielt dies im Großen und Ganzen für einen fundierten Plan. Was dem jungen Burschen an Muskelkraft fehlte, machte er anscheinend mit seinem Verstand wett. Allerdings hatte auch dieser Plan seine Schwachstellen.

Falls die Zwillinge beispielsweise von den Juwelen leben wollten, mussten sie den Schmuck bei sich haben. Wahrscheinlich in den Reisetaschen, dachte Radcliffe und erinnerte sich daran, wie sie diese geschleppt hatten: Jeder hatte eine mit beiden Händen getragen, als wäre das Gepäck ungemein schwer.

Vermutlich war der törichte Junge unbewaffnet. Es brauchten sie also nur Wegelagerer zu überfallen, und schon wären sie völlig verarmt und der Gnade ihres Onkels ausgeliefert. Ganz abgesehen davon, konnten in London noch alle möglichen Komplikationen auftreten. Sie mochten beraubt werden, oder ein Goldschmied könnte sie betrügen, falls sie sich den falschen aussuchten. Und das wäre noch lange nicht alles.

Radcliffe versuchte, die wachsende Sorge um die Zwillinge abzuschütteln, doch es gelang ihm nicht. Ich werde ihnen helfen, dachte er, nur wusste er beim besten Willen nicht, weshalb er sich dazu gezwungen fühlte.

Er blickte kurz auf das Mädchen. Nein, er hatte sich nicht etwa in die Kleine verliebt. Vielmehr glaubte er seltsamerweise, dass er sich des Jungen wegen einsetzen wollte, dessen Haltung sowohl Furcht als auch Stolz und Mut verriet, wie er so beschützend neben seiner Schwester stand. Er nahm viel auf sich, um sie zu retten, und versuchte nach Kräften, wie ein harter Mann zu erscheinen, obgleich Radcliffe bezweifelte, dass das Zwillingspaar älter als fünfzehn oder sechzehn war.

„Ihr beeilt euch besser mit dem Satteln. Die Zeit bleibt nicht stehen. Bis morgen früh wollt ihr doch sicherlich schon weit fort sein, nicht wahr?" Damit drehte er sich um und verließ den Stall.

„Meinst du, dass er uns verrät?" fragte Beth ängstlich, nachdem Radcliffe fort war.

Charlie zuckte die Schultern und ging wieder in die Box, um ihr Pferd zu satteln. „Vielleicht wäre es sogar ganz gut, wenn er es täte, denn wegen des Plans habe ich ihm ja etwas vorgelogen. Doch beeile dich trotzdem. Falls er alle Leute aufweckt, möchte ich nicht mehr hier sein."

Beth nickte, kehrte eilig zu ihrem Reitpferd zurück und kicherte dann nervös. „Woher nimmst du nur immer diese Lügen?"

„Alles war ja nicht gelogen", meinte Charlie grimmig.

Beth lächelte nicht mehr. „Nein. Dass Onkel Henry alles verspielt hat und es nun wieder durch eine Heirat hereinholen will, ist leider nur allzu wahr. Doch ich soll Carland ja nicht heiraten. Ich werde Seguin heiraten. Und ..."

„Es dürfte ihm kaum gefallen, dass du einen alten, fetten Bock heiraten wirst", meinte Charlie tonlos. „Doch so etwas geschieht jeden Tag. Carland ist schließlich nichts weiter als ein Mittel zum Zweck."

„Genau. Außerdem war es ja auch keine große Lüge, nicht wahr? Schließlich hat Onkel Henry ja nicht mich, sondern dich an Carland als Braut verkauft", meinte Beth und blickte auf ihre Zwillingsschwester. Für sie war es noch immer ein wenig erschreckend, Charlie in Männerkleidung zu sehen, besonders da deren Brüste so fest verschnürt waren, dass sie überhaupt nicht mehr zu existieren schienen. Tat das Charlie nicht weh?

Charlie hatte den Einfall gehabt, sich als Mann zu verkleiden. Wenn Bruder und Schwester zusammen reisten, fiel das weniger auf als reisende Zwillingsschwestern.

Wahrscheinlich hätten sie auch als zwei Brüder reisen können, doch davon hatte Charlie nichts gesagt, und Beth war dieser Einfall auch erst hinterher gekommen. Im Übrigen fielen Zwillingsbrüder vermutlich genauso auf wie Zwillingsschwestern. Nein, so ist es schon besser, entschied Beth. Auf diese Weise konnte sie sie selbst bleiben, und Charlie verkleidete sich als ihr Bruder.

Es war auch genau das Abenteuer, das Charlie liebte. Sie war von ihnen beiden die Mutigere und Wildere. Beth dagegen war nicht im Mindesten so abenteuerlustig. Ruhig und gemäßigt, gehorsam und von gutem Benehmen, tat sie immer das, was man von ihr erwartete. Bis sie das mit Seguin erfuhr. Dennoch hätte sie diesen fetten Ochsen geheiratet, wenn Charlie nicht gewesen wäre.

Charlie durfte Carland einfach nicht heiraten. Wie es der fremde Lord gesagt hatte, würde sie sonst innerhalb eines Monats entweder tot sein oder wegen Mordes an Carland hinter Gittern sitzen. Aus diesem Grund hatte Charlie beschlossen, bei Vetter Ralphy Schutz zu suchen. Und wo Charlie hinging, da ging auch Beth hin. Schließlich waren sie Zwillinge, und in den ganzen zwanzig Jahren ihres Lebens waren sie noch niemals getrennt gewesen.

„Fertig?"

Beth schaute zu ihrer Schwester hoch, nickte und befestigte die Tasche mit ihrem Anteil des Schmucks ihrer Mutter am Sattel.

„Gut, dann los." Charlie holte ihr Pferd aus der Box und verließ, von Beth gefolgt, den Stall. Leise führten die Schwestern ihre Tiere um den Gasthof herum. Beth schaute noch einmal zu den verdunkelten Fenstern und fragte sich, wohin der fremde Lord wohl gegangen sein mochte, als Charlie unvermittelt stehen blieb und leise fluchte. Beth blickte voraus und sah den Mann neben einem Pferd in der Auffahrt zum Gasthof stehen.

„Was tut er denn da?"

Charlie schwieg einen Moment und seufzte dann. „Um das zu erfahren, werden wir ihn wohl fragen müssen."

Als das Zwillingspaar sich ihm näherte, lächelte Radcliffe insgeheim. Das Mädchen gab sich keine Mühe, seine Ängstlichkeit und Verwirrung zu verbergen. Der Junge dagegen versteckte sich hinter einem harten Äußeren.

„Ich habe beschlossen, mit euch nach London zu reisen", erklärte Radcliffe, als die beiden herangekommen waren, und hätte dann beinahe über deren verblüfften Gesichtsausdruck gelacht. Offensichtlich hatten sie gar nicht mit so viel Glück gerechnet. Er ließ ihnen einen Moment Zeit, um sich zu sammeln und ihm ihren Dank auszusprechen, ehe er seine Rede fortsetzte. „Die Reise von hier nach London dauert drei Tage. Unterwegs trifft man immer wieder auf Wegelagerer und sonstige Gefahren. Da ich ohnehin nach London reise, möchte ich euch meinen Schutz antragen."

Charlie warf einen Seitenblick auf Beth' völlig verwirrte Miene und wurde wütend. Weshalb, zum Teufel, habe ich denn nicht daran gedacht, dass dieser Esel sich uns möglicherweise anschließen wollte? Und weshalb das überhaupt? Der dumme Kerl wird uns noch alles verderben! dachte sie. Nicht einen Moment lang kam ihr die Idee, er könnte tatsächlich nur helfen wollen. Was also beabsichtigte er wirklich? Nun, das war nicht schwer zu erraten: Sie hätte nichts von den Juwelen sagen dürfen! Er musste sich ausgerechnet haben, dass sie den Schmuck mit sich führten, und beabsichtigte jetzt, sie unterwegs auszurauben.

Charlie straffte die Schultern und starrte den Mann kalt an. „Ihr Angebot ist gut gemeint, doch ich bin durchaus in der Lage, meine Schwester zu beschützen", erklärte sie.

Diese Reaktion verärgerte Radcliffe, doch dann sagte er sich, dass er wohl den männlichen Stolz des Burschen verletzt habe. Der Stolz junger Männer war eine höchst empfindliche Angelegenheit, doch im Augenblick hatte Radcliffe keine Zeit, darauf Rücksicht zu nehmen, zumal dieser Stolz den Jungen mitsamt seiner Schwester umbringen konnte. „Du trägst ja nicht einmal eine Waffe, Junge“, sagte er streng. „Wäre ich ein Dieb, hätte ich euch beide schon in den Stallungen töten und eure Juwelen an mich nehmen können.“

Charlie fragte sich, ob der Mann etwa ihre Gedanken lesen konnte, doch dann schüttelte sie diese Überlegung ab. Sie hatte schließlich andere Sorgen. Beispielsweise musste sie sich irgendeine Möglichkeit ausdenken, wie sie sein Angebot ablehnen konnte, ohne seinen Argwohn zu erregen.

„Wer sind Sie?“

Radcliffe blickte verwirrt drein. „Wie bitte?“

„Ihr Name, junger Mann!“

Bei dieser beleidigenden Anrede zuckte er zusammen. Ziemlich überheblich zog er eine Augenbraue hoch, griff in seine Tasche und zog eine Karte hervor, die er Charlie übergab.

„Lord Jeremy William Richards, Earl of Radcliffe“, las Charlie stirnrunzelnd und blickte zu dem Mann hoch. „Lord Radcliffe.“

Er verneigte sich spöttisch und bemerkte, dass die Geschwister einander wieder Blicke zuwarfen. „Euch ist der Name bekannt?“

„Sie kannten meinen Vater“, gab Charlie zurück.

„Nicht persönlich“, stellte Radcliffe richtig. „Allerdings korrespondierten wir gelegentlich. Bei einigen Unternehmungen waren wir Partner.“

Charlie nickte, ohne Radcliffe zu korrigieren. „Partner“ war ein wenig hoch gegriffen für Investoren, die sich an Radcliffes Unternehmungen beteiligten. Vater hatte immer gemeint, der Mann sei ein Genie. Was er anfasste, wurde zu Gold, und jede Investition verdreifachte ihren Wert. Weil das jedermann wusste, wollte auch alle Welt bei ihm investieren, doch er war ungemein wählerisch. Nur wenige Leute forderte er zu Investitionen auf, und wenn man nicht direkt dazu aufgefordert wurde, investierte man auch nicht.

Eine richtige Partnerschaft gab es eigentlich nie. Die Investoren wussten oft nicht, wohin ihr Geld ging, und das interessierte auch kaum jemanden, solange sich die Anlage nur auszahlte. Radcliffe kümmerte sich allein um seine Investitionen, und alle Auserwählten profitierten von seinem Genie.

Charlie drehte die Karte nachdenklich in der Hand. Lord Radcliffe benötigte wohl kaum den Schmuck, den sie bei sich führten. Für sie stellten die Juwelen ein kleines Vermögen dar, doch gegen seinen Reichtum fielen sie nicht ins Gewicht. „Weshalb machen Sie sich die Mühe, uns zu helfen?"

„Wie ich bereits bemerkte, trägst du nicht einmal eine Waffe, mein Bursche. Doch falls ich mich nicht täusche, habt ihr beide den Schmuck eurer Mutter bei euch." Er sah Charlie zusammenzucken und musste lächeln. „Dachte ich's mir doch. Ein einziger Wegelagerer, und ihr beide seid arm wie die Kirchenmäuse und der Gnade eures Onkels ausgeliefert."

Bei dieser Vorstellung verzog Charlie das Gesicht, und Radcliffes Züge wurden weicher. „Ich sagte doch, ich habe denselben Weg, und es kann nicht schaden, wenn meine Gesellschaft etwaige Diebe abschreckt."

Charlie dachte kurz nach, nahm dann Beth bei der Hand und zog ihre Schwester samt den Pferden ein Stück beiseite.

„Was sollen wir jetzt tun?" flüsterte Beth, als Charlie stehen blieb und sich zu ihr umdrehte.

„Wir reisen mit ihm."

„Was? Nur …"

„Er hat Recht, Beth. Auf der Landstraße könnten wir ausgeraubt werden. Ich habe nicht daran gedacht, eine Pistole mitzunehmen." Sie seufzte. „Er bietet uns Schutz. Mit unserer Erbschaft bei Ralphy zu erscheinen ist das eine, ohne jeden Penny zu ihm zu gehen etwas ganz anderes."

„Nur reist er doch in die falsche Richtung“, wandte Beth nach kurzem Zögern ein.

„Ich weiß.“ Charlie schmunzelte. „Das könnte sich für uns als Vorteil erweisen. Wie ich schon sagte, wird unser Onkel kaum in London nach uns suchen.“ Sie lachte leise. „Wir werden mit Radcliffe also in diese Richtung reisen, und wenn er zum Übernachten anhält, werde ich ihm seine Pistole stehlen, und wir schlagen uns weiter zu Ralph durch.“

Beth schien unsicher zu sein. „Charlie, der Mann bietet uns seine Hilfe an, und das wollen wir ihm durch den Diebstahl seiner Waffe vergelten? Er …“

„Ich werde ihm eines von Mutters Armbändern zurücklassen. Das ist das Dreifache seiner Pistole wert.“ Sie warf einen Blick auf den Lord. „Er muss den größten Teil des Tages und des heutigen Abends unterwegs gewesen sein. Wahrscheinlich wird er beim nächsten Gasthof Halt einlegen. Dort werden wir uns aus dem Staub machen. Und dann bleibt uns noch die ganze Nacht für unsere Weiterreise.“

2. KAPITEL

Nichts im Leben ist einfach, dachte Charlie, als das erste schwache Licht der Morgendämmerung über den Himmel zog. Sie hatte erwartet, Radcliffe würde sie beide zum nächstgelegenen Gasthof führen, um dort zu übernachten, doch stattdessen waren sie bereits an mehr Gasthöfen vorübergekommen, als sie zu zählen vermochte, und noch immer setzten sie ihren Ritt fort.

Sie schaute zu ihrer Schwester hinüber und streichelte dann behutsam deren Arm, denn Beth schien eingenickt zu sein und drohte von ihrem Pferd zu fallen. Bei Charlies Berührung wachte sie jedoch sofort auf und blickte sich erschrocken um.

Charlie lächelte ihr mitfühlend zu und starrte dann wütend auf den Rücken des Mannes vor ihnen. Sie waren die ganze Nacht ohne jeden Zwischenfall geritten. Sie hatten niemanden auf der Landstraße gesehen, und schon gar keinen Wegelagerer oder sonstigen Tunichtgut. Allmählich gewann Charlie den Eindruck, dass das ganze Gerede über die Gefahren der Landstraße reiner Unsinn war und dass sie dem großen Kraftmeier eins über den Schädel hätten ziehen sollen, um dann ihren Weg so fortzusetzen, wie sie es ursprünglich geplant hatten.

Doch jetzt wusste sie nicht mehr ganz so sicher, was sie tun sollten. Die Pferde waren von dem langen Ritt völlig erschöpft, und Charlie selbst hatte Schwierigkeiten, wach zu bleiben und sich im Sattel zu halten. Als sie daran dachte, dass die Reise jetzt noch einen ganzen Tag länger dauerte, hätte sie mit den Zähnen knirschen mögen.

Plötzlich blieb ihr Pferd stehen. Charlie war zunächst verblüfft, starrte den Mann, den sie für ihre Misere verantwortlich machte, nicht länger an und schaute sich um. Zu ihrem Erstaunen sah sie, dass sie um eine Wegbiegung geritten waren und nun vor einem Gasthof hielten.

„Hier werden wir übernachten.“ Radcliffe saß ab und verzog das Gesicht. Wahrscheinlich fühlte er sich ebenso lendenlahm wie Charlie. Er schnallte seine Reisetasche vom Sattel und ging zu dem Pferd, auf dem Beth halb schlafend saß. Als sie ihn vor Erschöpfung benommen anblickte, wurden seine Züge sanfter.

„Komm mit, Kleine“, bat er leise und hielt ihr die Arme entgegen, um ihr aus dem Sattel zu helfen. „Wir werden dich im Handumdrehen in ein schönes, warmes Bett gesteckt haben.“

Beth wurde wach genug, um von ihrem Pferd zu rutschen, schrie dann jedoch leise auf, weil ihre Beine zusammenknickten. Sofort eilte Charlie hinzu, doch Radcliffe hatte ihre Schwester bereits in seinen Armen aufgefangen.

„Kümmere dich um die Pferde, Charles!“ befahl er und drehte sich um. „Ich werde unterdessen zwei Zimmer anmieten und deine Schwester unterbringen.“

„‚Kümmere dich um die Pferde, Charles!‘“ ahmte Charlie ihn gereizt nach und sah seufzend zu, wie der Mann ihre Schwester forttrug und mit ihr im Gasthof verschwand. Jetzt glitt Charlie ebenfalls aus dem Sattel, und auch ihre Beine gaben nach. Sie lehnte sich an ihr Pferd, bis Schmerz und Schwäche langsam nachließen, und machte dann einen wackeligen Schritt vorwärts. Zu ihrer großen Erleichterung hielten ihre Beine diesmal stand.

Seufzend fasste sie alle drei Paar Zügel zusammen und führte die Pferde humpelnd zum Stall neben dem Gasthof.

„Seine Lordschaft meinte, meine Hilfe würde nicht benötigt.“

Als sie diese Stimme hörte, fuhr Charlie zusammen. Sie blieb beim Stalltor stehen, schaute zurück und sah einen Jungen herankommen, der nicht älter als zwölf Jahre war. Sein zerzaustes Haar und seine Kleidung schienen ein wenig unordentlich. Offenbar war er eben erst aufgewacht. Charlie beneidete den kleinen Burschen einen Augenblick, sagte sich jedoch, dass sie ebenfalls schlafen gehen konnte, sobald sie die Pferde versorgt hatte.

Sie lächelte dem kleinen Burschen matt zu, übergab ihm die Zügel von Radcliffes Pferd, führte danach Beth' Stute in eine der Boxen und schnallte die Reisetasche mit dem Schmuck vom Sattelhorn. Klirrend fiel sie zu Boden. Charlie verzog das Gesicht und packte den Taschengriff mit beiden Händen. Stolpernd trug sie das Gepäckstück aus dieser in die angrenzende Box, in die sie dann ihr eigenes Pferd brachte, dem sie ebenfalls die Reisetasche und den Sattel abnahm.

Aus dem Augenwinkel beobachtete sie den Stallburschen. Schnell und geschickt nahm er Radcliffes Ross den Sattel ab und striegelte, tränkte und fütterte es, noch ehe Charlie mit ihrem eigenen Pferd fertig war. Ich bin ja auch furchtbar müde und bewege mich deshalb so langsam und ungeschickt, rechtfertigte sie sich im Stillen.

Nachdem der Stallbursche Radcliffes Reittier versorgt hatte, ging er weiter zu Beth' Stute. Charlie seufzte erleichtert, und tatsächlich beendete der Junge die Arbeit an dem zweiten Pferd, als sie selbst gerade mit ihrem eigenen fertig war. Charlie bückte sich nach den beiden Taschen, vermochte sie jedoch nicht zusammen aufzuheben, weil sie einfach zu schwer waren. Sie ließ sie wieder aus den Händen fallen.

Gerade überlegte sie, ob sie sich nicht einfach auf die Taschen legen und hier im Heu schlafen sollte, als der Stallbursche sie erneut ansprach.

„Brauchen Sie Hilfe, Herr?“

Seufzend musste sich Charlie ihre Niederlage eingestehen. „Wie heißt du?“

„Will Sumner.“

„Also, um die Wahrheit zu sagen, Will Sumner, ich bin im Augenblick ziemlich erschöpft und würde deine Hilfe gern in Anspruch nehmen."

Der kleine Bursche, der sich schon über das in Aussicht stehende Trinkgeld freute, kam in die Box, hob eine der Taschen an und staunte nicht schlecht über deren gewaltiges Gewicht. „Du lieber Himmel, was haben Sie denn da drinnen, M'lord? Steine?"

„Genau", murmelte Charlie, nahm die zweite Tasche auf und ging voran aus dem Stall hinaus.

Will Sumner folgte ihr in den Gasthof, wartete geduldig, bis man Charlie den Weg wies, und folgte ihr dann nach oben zu dem Zimmer, welches der Gastwirt ihrer Schwester zugewiesen hatte.

An der Tür zu Beth' Raum stellte Charlie das Gepäck ab und zog zwei Münzen aus ihrem Beutel.

„Setze die Tasche hier einfach ab, Will." Sie hielt dem Burschen die Münzen hin. „Und besten Dank für deine Hilfe." Der Junge strahlte über das großzügige Trinkgeld, bedankte sich erfreut und verschwand. Sie öffnete die Tür und schaute zu dem Bett hinüber, in dem ihre Schwester erschöpft eingeschlafen war. Charlie bückte sich, um eine der schweren Reisetaschen mit beiden Händen hochzuheben, und richtete sich gerade wieder auf, als sich die Tür zum angrenzenden Zimmer öffnete und Lord Radcliffe herauslugte.

„Ah, da bist du ja." Er ging an Charlie vorbei, nahm die zweite Tasche auf und drehte sich um. „Komm mit. Der Gastwirt hat dir die falsche Tür gewiesen. Unser Zimmer ist dieses hier."

„Unser Zimmer?" Die Worte hallten wie ein Donnerschlag in Charlies Kopf wider. Perplex starrte sie einen Augenblick auf Radcliffes Rücken und folgte ihm dann langsam in seinen Raum. „Unser Zimmer?"

Radcliffe ließ die Tasche fallen, schob sie mit einem Fuß unter das Bett und drehte sich dann zu Charlie um, die noch immer nachdenklich an der Tür stand. „Komm herein und schließe die Tür, Junge. Du brauchst nicht im Flur herumzustehen."

Charlie sah zu, wie Radcliffe seinen Gehrock abstreifte und ihn zur Seite legte. Während er seine Weste aufknöpfte, warf er einen Blick aufs Bett. „Du magst schlafen, auf welcher Seite du willst. Mir ist es gleichgültig. Die Frau des Gastwirts wird dir etwas zu essen heraufbringen. Deine Schwester und ich haben bereits gegessen, während die Zimmer gerichtet wurden."

Radcliffe streifte seine Weste ab und legte sie über einen Sessel. Danach setzte er sich auf das Bett, um sich auch seiner Schaftstiefel zu entledigen.

Regungslos und benommen betrachtete Charlie den Mann, welcher sich vor ihren Augen entkleidete und der erwartete, das Bett mit Charles Westerly, dem Bruder von Elizabeth Westerly, zu teilen. Was natürlich nur vernünftig wäre. Zwei Männer und eine Frau – die Frau bekam ihr eigenes Zimmer, und die beiden Männer belegten das andere. Nur bin ich doch gar kein Mann! schrie Charlie insgeheim.

Ein leises Hüsteln erregte Charlies Aufmerksamkeit. Sie warf einen Blick über die Schulter. Hinter ihr stand eine kleine Frau und balancierte ein Tablett in den Händen.

„Lass sie eintreten, Junge", befahl Radcliffe gereizt, und Charlie trat sofort zur Seite. Die Frau des Gastwirts lächelte kurz, stellte das Tablett auf den Tisch vor dem Kamin, lächelte noch einmal und verließ schweigend den Raum.

Charlie hörte die Tür ins Schloss fallen, interessierte sich indes nicht für die gebrachten Speisen. Als ihr Magen zu laut zu knurren begann, gab sie ihren Posten bei der Tür auf, ließ die Reisetasche auf den Boden fallen und ging rasch zu dem Tisch.

Aus dem Augenwinkel sah sie Radcliffe vor sich hin lächeln, als sie sich in einen Sessel fallen ließ und Brot sowie Käse in Angriff nahm.

Obwohl sie einen Bärenhunger hatte, fühlte sich Charlie gezwungen, Radcliffe weiterhin zu beobachten. Er schüttelte den Kopf, stellte seine Stiefel zur Seite, hob dann die Reisetasche auf, welche Charlie gedankenlos bei der Tür hatte zu Boden fallen lassen, wo doch jeder einfach hereinlangen und sie sich hätte schnappen können. Er trug sie zum Bett, schob sie darunter neben die andere, richtete sich wieder auf und kleidete sich weiter aus.

Als er sich seines Hemds entledigte, hielt Charlie, die sich gerade ein Stück Käse zum Mund führte, mitten in der Bewegung inne.

Die Morgensonne, die über die Baumwipfel vor dem Fenster kroch, zeigte sich noch nicht ganz, und das Feuer im Kamin war in diesem dunklen Raum das einzige Licht, doch Charlies Schock wich bald großer Faszination, als sie sah, wie der Flammenschein über Radcliffes Arme und seine Brust spielte. Der Mann ist in der Tat ungemein schön, dachte sie bewundernd und beobachtete das Spiel seiner Muskeln, während er seine Hosenknöpfe öffnete. Dann fiel sein Beinkleid auf den Boden, und Charlies Augen wurden riesengroß, bevor sie ihr gerötetes Gesicht abwandte.

Um Himmels willen, bei diesem Mann konnte sie unmöglich schlafen! Das war nicht schicklich, gleichgültig ob er sie nun für einen Knaben hielt oder nicht.

Ein Rascheln lenkte ihren Blick unwillkürlich wieder auf ihn. Radcliffe hatte ihr den Rücken zugekehrt und zog sich gerade ein Nachthemd über den Kopf. Charlie konnte den reizenden Anblick eines festen Hinterteils sowie wohlgeformter Beine genießen, ehe das Nachthemd dorthin rutschte, wo es hingehörte. Radcliffe wandte sich ihr wieder zu, worauf Charlie den Blick sofort auf ihren Teller senkte.

„Hast du bald aufgegessen?“ erkundigte er sich und rekelte sich müde.

Charlie nickte und blickte weiter fleißig auf ihren Teller.

„Willst du nun auf einer bestimmten Seite schlafen?"

Sie schüttelte den Kopf.

„Na schön. Gute Nacht." Das Bettzeug raschelte, dann herrschte Stille.

Charlie wartete einen Moment, bevor sie aufsah. Radcliffe hatte sich behaglich unter der warmen Decke zusammengerollt und war kurz vor dem Einschlafen. Charlie lehnte sich in ihrem Sessel zurück. Nachdem sie jetzt ihren großen Hunger gestillt hatte, legte sich erneut die Erschöpfung über sie.

Sie stützte das Kinn müde in die Hand, gähnte und überlegte sich, was sie machen sollte. Schlafen konnte sie hier bei ihm kaum. Anderseits fiel ihr auch keine passende Ausrede ein. Und sie war fürchterlich müde ...

Aufs Neue glitt ihr Blick zum Bett hinüber. Nach einem vollen Tag ohne Schlaf sah es ungemein verlockend aus – selbst mit Radcliffe darin.

Charlie stand auf, wankte zum Bett und schaute hinunter. Es war ein ziemlich großes Bett. Ein sehr großes sogar, mit viel Platz ... Sie würde gut darin schlafen können, ohne Radcliffe zu nahe zu kommen. Jawohl. Ich werde einfach auf dem Laken schlafen, entschied sie. Sie zog die Tagesdecke zur Seite und glitt vorsichtig darunter. Ausziehen kam nicht infrage. Sie wollte in voller Kleidung schlafen. Das war doch sehr schicklich ...

Als Charlie erwachte, war Radcliffe bereits aufgestanden. Er hatte sich seine Kniehose angezogen und wusch sich gerade in der Schüssel beim Kamin.

Eine Weile betrachtete Charlie das Spiel seiner Rückenmuskeln, setzte sich dann auf und prüfte, ob die Perücke noch richtig auf ihrem Kopf saß. Daran würde sie vermutlich gar nicht gedacht haben, wenn es unter dem Ding nicht so fürchterlich gejuckt hätte. Nachdem sie das verdammte Teil so lange getragen hatte, tat es wirklich schon weh. Genau wie die feste Bandage um meine Brust, dachte sie und langte hinunter, um sich auch da zu kratzen.

„Du bist also wach."

Charlie schaute rasch zu Radcliffe hinüber, der sich gerade das Hemd überstreifte. Sie gab den Versuch auf, sich die zusammengeschnürte Brust durch die Kleidung hindurch zu kratzen, und betrachtete den Mann mit einigem Interesse. Seit sie einander begegnet waren, war es fast immer dunkel gewesen. Nur hin und wieder hatte sie einen Blick auf sein Gesicht erhascht. Sogar gestern Abend – nun ja, wohl eher heute Morgen – war dieser Raum nur spärlich beleuchtet gewesen, was ihr keinen wirklichen Blick auf sein Gesicht ermöglicht hatte.

Jetzt merkte sie, dass er ein recht attraktiver Mann war. Seine hellgrauen Augen sprachen von Intelligenz und guter Laune. Er hatte eine gerade Nase, und seine Lippen waren weder besonders voll noch zu schmal. Das schwarze Haar fiel ihm in leichten Wellen in den Nacken. Er war nicht annähernd so alt, wie sie gestern Abend gedacht hatte, und deswegen zog sie ein wenig die Stirn kraus, während sie die Füße aus dem Bett streckte.

„Bist du in deiner Kleidung eingeschlafen?" Das hörte sich eher erheitert als überrascht an.

Charlie zuckte nur die Schultern, doch als sie fühlte, dass ihre Muskeln die Strapazen des Vortages noch nicht überwunden hatten, verzog sie das Gesicht. So langes Reiten war sie eben nicht gewohnt. „Wir haben nichts eingepackt. Bei dem ganzen Schmuck blieb dafür kein Platz mehr", erläuterte sie, trat an die zweite Wasserschüssel und wusch sich das Gesicht.

„Hmm. Dann werde ich dir für heute ein Nachthemd leihen", erklärte er und kam heran, um seine Stiefel von der Bettseite zu holen.

Auf dieses Angebot ging Charlie nicht ein, und sie hegte auch nicht die Absicht, es anzunehmen. Falls sie sich nicht täuschte, hatte Radcliffe beschlossen, heute nicht zu reisen. Ihrer Schätzung nach war es bereits nachmittags, und es gab keinen wirklichen Grund, vor morgen früh aufzubrechen. Ohnehin war es sicherer, tagsüber zu reisen. Jedenfalls hatte er das gesagt. Und heute Nacht, wenn er schlief, wollte sie seine Pistole sowie die Reisetaschen nehmen und sich gemeinsam mit Beth auf den Weg zu Ralphy machen.

„Wir werden heute noch einmal hier übernachten und dann am Morgen aufbrechen", verkündete Radcliffe unvermittelt, womit er ihre Überlegungen bestätigte. Als sie daraufhin nur nickte, ließ er es dabei bewenden.

Jemand klopfte leise. Charlie schaute Radcliffe an, ging dann zur Tür und sah Beth davor stehen. Ihr besorgter Gesichtsausdruck verschwand, sobald sie ihre Schwester erblickte.

Charlie trat in den Flur hinaus und drängte Beth in deren Zimmer zurück.

„Die Frau des Gastwirts erzählte, ihr zwei würdet ein Zimmer teilen", flüsterte Beth, während die beiden Schwestern eintraten.

„Es würde recht merkwürdig ausgesehen haben, wenn ich nicht damit einverstanden gewesen wäre."

„Schon, doch … „

„Ich habe in voller Kleidung geschlafen", versicherte Charlie rasch. „Und zwar auf den Leinentüchern."

Beth nickte und biss sich auf die Lippe. „Was machen wir jetzt?"

„Radcliffe beabsichtigt, bis morgen hier zu bleiben. Wir beide werden genau wie gestern den Gasthof in der Nacht verlassen."

„Doch nicht etwa wieder durch das Fenster?" Beth verhehlte nicht, was sie davon hielt.

Charlie schüttelte den Kopf. „Nein, diesmal nehmen wir die Treppe."

„Und wann?“

„Ich komme dich holen, sobald er eingeschlafen ist. Du solltest dich noch ein bisschen hinlegen. Es dürfte eine lange Nacht werden.“ Sie wartete, bis Beth zu Bett gegangen war, und schlüpfte wieder in den Korridor hinaus, gerade als Radcliffe aus dem Zimmer trat, welches sie geteilt hatten.

„Geht es ihr gut?“ erkundigte er sich besorgt. „Sie erschien mir ein wenig blass.“

Charlie winkte ab. „Sie hat nur nicht so gut geschlafen, weil ihr zu vieles durch den Kopf ging. Ich riet ihr, sich noch ein wenig hinzulegen.“

Radcliffe nickte und stieg, von Charlie dichtauf gefolgt, die Treppe hinunter. „Sie erinnert mich an meine Schwester“, sagte er übergangslos, womit er natürlich Charlies Neugierde weckte.

„Wie heißt sie?“

Eine Weile schwieg er mit finsterer Miene. „Mary“, antwortete er dann.

„Ist sie verheiratet?“

„Sie war es.“

„Wie bitte?“

„Ich nehme an, sie wäre es noch immer, doch sie und ihr Gatte leben nicht mehr.“

Während Charlie ihm in den Schankraum folgte, schwieg sie. Nachdem sie an einem der Tische Platz genommen hatten, warf sie einen Blick auf sein Gesicht, das jetzt so hart wie Granit wirkte. Zweifellos setzte er diese Miene auf, um anzudeuten, dass weitere Fragen unerwünscht waren.

Bei dieser Erkenntnis entspannte sich Charlie zum ersten Mal. Ein Teil ihrer Unbehaglichkeit verflog, und ihre Beherrschung kehrte zurück.

Jetzt merkte sie überhaupt erst, dass sie ihre Beherrschung verloren hatte, seit der Mann ihr und Beth in den Stallungen begegnet war. Das war für sie ein eigenartiges und unangenehmes Gefühl gewesen, welches sich nun jedoch langsam legte, nachdem sie erkannt hatte, dass Jeremy Radcliffe durchaus menschliche Seiten zeigen konnte – und dies auch tat.

Zwischen ihr und Beth gab es einen merkwürdigen Unterschied. Sie glichen einander aufs Haar und hatten in den meisten Fällen auch den gleichen Geschmack, doch jede von ihnen verfügte im Umgang mit anderen Leuten über andere Talente. Beth konnte mit körperlichen Krankheiten gut umgehen. Sie brauchte einen Menschen nur anzusehen und wusste sofort, woran er körperlich litt und womit sie ihm helfen konnte.

Charlie dagegen vermochte die Beweggründe anderer Personen rein gefühlsmäßig zu durchschauen. Sie erkannte den Schmerz, den sie empfanden und über den sie sprechen wollten. Ebenso merkte sie, wenn jemand sein wahres Selbst verbarg.

Beispielsweise hatte sie Onkel Henry von Anfang an nicht gemocht, obwohl er sich scheinbar gütig und sanftmütig gezeigt hatte, als er nach dem Tod ihrer Eltern bei den Zwillingen aufgetaucht war. Beth hatte sich von seiner Fassade blenden lassen, bis er sein wahres Ich zeigte. Danach war sie furchtbar gekränkt gewesen, weil Charlies Einschätzung sich als richtig erwiesen hatte, was diese nicht im Geringsten verwunderte.

Nun lenkte Charlie diese Wahrnehmungskraft auf Lord Radcliffe und spürte, dass er zwar nie über seine Schwester und deren Tod sprach, es jedoch tun wollte.

„Wie kamen sie denn ums Leben?“ erkundigte sie sich wie nebenbei.

Radcliffes Miene verfinsterte sich. Einen Moment lang dachte sie, er würde ihr sagen, sie solle sich gefälligst um ihre eigenen Angelegenheiten kümmern. Doch dann antwortete er, und die Worte kamen ihm über die Lippen, als hätte er schon lange auf diesen Augenblick gewartet.

„Sie wollten mir einen Besuch abstatten. Ihr Besitz grenzte an meinen, und sie ritten herüber. Ein Wegelagerer hatte die Gegend zwar unsicher gemacht, doch bis dahin war noch niemand ernsthaft zu Schaden gekommen, sondern nur ausgeraubt worden, und das auch nicht in großem Ausmaß. Meine Schwester und ihr Gatte blieben zum Abendessen, und es war bereits dunkel, als sie die Rückreise antraten. Ich bot ihnen daraufhin an, sie mit meiner Kutsche heimzubringen ..."

Er sprach nicht gleich weiter. Ein unbestimmbarer Ausdruck legte sich auf sein Gesicht. Bedauern? Schmerz? Zorn? „Ich hätte darauf bestehen müssen."

Schuldbewusstsein also. Seufzend lehnte sich Charlie zurück. Aber weshalb fühlte sich Radcliffe schuldig, wenn er von seiner Schwester sprach?

„War sie jünger als Sie?"

„Ja." Seufzend setzte er seinen Becher an die Lippen.

„Und Ihre Eltern?"

„Sie starben, als wir beide jünger waren – ich achtzehn und Mary zwölf."

„Dann haben Sie Ihre Schwester aufgezogen und bis zu ihrer Hochzeit für sie gesorgt?"

Er warf ihr einen überraschten Blick zu. „So ist es. Woher wusstest du das?"

Charlie zuckte die Schultern. „Wer außer Ihnen hätte es tun sollen? Sie erwähnten doch niemanden sonst", sagte sie geistesabwesend. Mit den Gedanken war sie bei dem eben Gehörten. Jetzt kannte sie den Grund für sein Schuldbewusstsein: Er schien zu glauben, er hätte seine Schwester im Stich gelassen.

Wahrscheinlich hatte er auch deshalb Beth und ihr seinen Schutz angeboten. Dass Beth ihn an Mary erinnerte, hatte er ja selbst gesagt. Die vergangene Nacht musste ihm ähnlich erschienen sein wie jene, die seiner Schwester den Tod gebracht hatte – ein Mann und eine Frau allein in der Nacht auf einer Landstraße. Ja, jetzt war ihr klar, weshalb er ihnen hatte helfen wollen.

Radcliffe blickte düster drein. Wahrscheinlich machte es ihn verlegen, und es ärgerte ihn, dass er so viel preisgegeben hatte. Offensichtlich war es ihr gelungen, ihm mehr zu entlocken, als er seit vielen Jahren je einem Menschen anvertraut hatte.

„Kannst du schießen?“ fragte er plötzlich ungehalten. „Oder hat es dir noch niemand beigebracht?“

Charlies kurzes Schweigen war Radcliffe Antwort genug. Er erhob sich und sah sie ernst an. „Euer Onkel wird es euch sicherlich nicht gelehrt haben. Einen Mann, der seine Nichte an Carland verkauft, schert es wohl kaum, ob sein Neffe sich verteidigen kann oder nicht.“

Er lächelte Charlie zu. „Komm mit“, befahl er schroff.

Charlie kletterte hinter dem Tisch hervor und folgte dem Lord gehorsam.

„Wo wart ihr denn?“ Beth eilte herbei, als Charlie und Radcliffe zwei Stunden später den Gasthof betraten.

Charlie las die Besorgnis in der Miene ihrer Schwester, doch Radcliffe beantwortete ihre Frage.

„Ich habe deinem Bruder das Schießen beigebracht.“

Beth staunte. „Wirklich? Wie ist es denn gelaufen?“

Charlie lachte in sich hinein, als Radcliffe nicht gleich antwortete. Sie wusste, dass man sie nicht gerade als Naturtalent bezeichnen konnte. Nicht ein einziges Ziel hatte sie getroffen. Überraschenderweise hatte Radcliffe mit ihr nicht die Geduld verloren, sondern sie immer wieder ermutigt und ihr am Ende versichert, dass sie noch besser werden würde, wenn sie nur genug übe. Wenn sie sehr viel übe …

„Was deinem Bruder an Treffsicherheit fehlt, macht er mit seinem Enthusiasmus wieder wett. Er wird es noch lernen. Er braucht nur Übung“, erklärte Radcliffe schließlich, und Charlies Kichern wurde zu lautem Gelächter bei seinem Versuch, sich diplomatisch auszudrücken.

Als er über ihre Erheiterung leicht lächelte, verneigte sich Charlie etwas spöttisch vor ihm, nahm Beth am Arm und führte sie in den Raum, in dem sie zuvor gespeist hatten. „Ich fürchte, als Mann bin ich ein kompletter Versager“, vertraute sie ihrer Schwester beim Gehen an. „Ich könnte auf zehn Schritt Entfernung nicht einmal das Stalltor treffen.“

Beth schaute zweifelnd drein und brach dann in Lachen aus. So erreichten sie den Tisch.

Radcliffe war dem Pärchen gefolgt und lächelte nun wie ein gütiger Monarch auf seine Schutzbefohlenen hinunter. Er setzte sich ihnen gegenüber, hörte zu, wie Charles von den Ereignissen dieses Nachmittags erzählte, und merkte dabei, dass der Junge nicht etwa entmutigt war, sondern alles wie ein großartiges Abenteuer ansah.

Die Zwillinge schwatzten während des Mahls weiter, wobei sie Radcliffe immer wieder ein Lächeln entlockten. Am Ende entschuldigte sich Beth und erklärte, sie wolle zu Bett gehen. Radcliffe fand, die Kleine habe wohl eine sehr zarte Konstitution, wenn sie so viel ruhen musste, äußerte indessen nichts dazu.

Charlie dagegen schaute ihrer Schwester seufzend hinterher. Beth setzte voraus, dass Charlie so lange wartete, bis Radcliffe schlief, damit sie dann seine Pistole stehlen und schließlich zu ihr kommen könnte. Doch langsam missfiel Charlie diese Vorstellung immer mehr. Radcliffe war wirklich … nett, und er hatte sich sehr bemüht, ihnen zu helfen. Der Plan, ihm die Pistole zu entwenden, behagte ihr nicht mehr, einerlei, ob sie nun dafür ein paar Schmuckgegenstände zurückließen oder nicht.

Sie blickte in ihren Bierkrug und verzog das Gesicht. Schließlich mussten sie zu Vetter Ralphy gelangen, und nachdem sie nun gehört hatte, wie Radcliffes Schwester ums Leben gekommen war, wollte sie auf keinen Fall mehr ohne eine Waffe reisen. Die Gefahren der Landstraße erschienen ihr plötzlich durchaus glaubhaft.

Sie schob ihren Krug zurück, stand auf, sagte, sie müsse Beth noch etwas erzählen, und begab sich eilig zum Zimmer ihrer Schwester.

„Ich kann ihm seine Pistole nicht stehlen", erklärte sie bei ihrem Eintreten und schloss die Tür hinter sich.

„Gut." Beth streifte sich gerade den Nachtmantel ab und legte ihn über einen Sessel neben dem Bett.

„Was soll das heißen ‚gut'?"

„Er ist nett", erklärte Beth fest, löste ihr Haar und ließ es in langen Wellen über ihre Schultern fallen. „Und es wäre Diebstahl, auch wenn wir ein Armband hinterließen."

Seufzend ließ sich Charlie auf die Bettkante sinken. „Ich weiß. Und was machen wir jetzt?"

„Dir wird schon etwas einfallen", meinte Beth zuversichtlich, und Charlie wurde ärgerlich. Es war doch immer dasselbe! Wenn sie in der Klemme saßen oder einen Plan benötigten, wurde stets von ihr erwartet, dass sie eine Lösung fand. Seltsamerweise hatte Charlie das bisher nie gestört, bis jetzt.

Ehe sie etwas zu äußern vermochte, meinte Beth: „Zu schade, dass wir uns nicht in einer Ortschaft befinden. Dort könnten wir uns einfach eine Waffe kaufen."

Einen Moment blickte Charlie ihre Schwester verblüfft an. Dann lächelte sie. „Ausgezeichnete Idee!"

„Was?“ fragte Beth, die gerade ins Bett steigen wollte.

„Ich werde mich einmal erkundigen, ob der Gastwirt eine Steinschlosspistole besitzt. Die werde ich ihm dann abzukaufen versuchen.“

„Und wenn er sie nicht verkaufen will?“

Charlie ging zur Tür. „Ich werde ihm ein Angebot machen, das er nicht ablehnen kann.“

Sie veranlasste Beth mit erhobener Hand zum Schweigen und lauschte auf die Schritte draußen. Jemand kam die Treppe herauf. Die Tür des Zimmers, das sie mit Radcliffe geteilt hatte, öffnete und schloss sich wieder, und Charlie musste lächeln. Das bedeutete, dass sie mit dem Gastwirt reden konnte, ohne befürchten zu müssen, dass Radcliffe davon etwas mitbekam.

„Wecke mich auf, falls er sie dir verkauft“, flüsterte Beth, während Charlie die Zimmertür öffnete und die Treppe hinunterstieg.

3. KAPITEL

Der Gastwirt war ein stämmiger Mann mit rauer Stimme. Charlie setzte sich an einen Tisch, ließ sich ein Bier bringen, nippte daran und überlegte sich, wie sie ihn am besten auf die Pistole ansprechen konnte. Nach einer Weile schaute sie sich im Raum um, der bis auf sie und den Gastwirt leer war, und winkte den Mann heran.

„Wünschen Sie etwas, M'lord?"

„Ja. Gesellschaft, wenn es Ihnen nichts ausmacht, Sir. Setzen Sie sich doch."

Verblüfft holte der Gastwirt einen neuen Krug Bier und einen Becher. Dann setzte er sich Charlie gegenüber, schenkte ihr nach und goss sich selbst ebenfalls ein. Schweigend tranken sie zusammen eine Weile.

„Ich hörte, auf den Landstraßen könne es gefährlich sein", sagte Charlie schließlich.

„So ist es." Der Gastwirt nickte ernst. „Ich würde mir allerdings keine großen Sorgen machen, zumal Sie ja Seine Lordschaft bei sich haben. Er kennt sich bestens aus."

Charlie nickte. „Heute hat er mich das Schießen gelehrt."

Der Gastwirt grinste. Er hatte die beiden heute draußen beobachtet. „Sie lernen es schon noch", versicherte er mitfühlend.

Charlie verzog das Gesicht und lächelte kläglich. „Sicher doch."

Der Gastwirt beugte sich vor und füllte ihren Krug noch einmal auf. Charlie sah erstaunt zu. Sie hatte überhaupt nicht gemerkt, dass sie so rasch trank. Das musste sie sofort ändern.

„Besitzen Sie eine Pistole?" erkundigte sie sich.

„Oh ja, M'lord. Ein feines Stück! Wollen Sie sie einmal sehen?"

Charlie nickte eifrig, und der breitschultrige Mann zwängte

sich hinter dem Tisch hervor und verließ eilig den Schankraum. Während des Wartens nippte Charlie an ihrem Bier und schaute wieder hoch, als der Gastwirt mit der Pistole in der Hand zurückkehrte.

„Da." Vorsichtig legte er die Waffe auf den Tisch, und während Charlie sie aufnahm, schenkte er ihr aufs Neue Bier nach.

Die Pistole schien tatsächlich ein feines Stück zu sein – dreizehn Zoll lang und mit Stahlgravuren auf dem Lauf. Erstaunt blickte Charlie auf die in den Kolben eingeschnitzten Initialen R.N. und schloss daraus sehr richtig, dass der Gastwirt sich ein so schönes Stück nicht hatte leisten können.

„Ich bekam sie von einem Lord", erklärte er, als er ihr Interesse an den Initialen bemerkte. „Der konnte seine Rechnung nicht begleichen, und da hat er mir lieber die Pistole gegeben, als womöglich in den Arrest zu wandern."

„Üble Sache, das – sich mitten in der Nacht aus einem Gasthof zu schleichen."

Charlie hätte beinahe ihren Krug umgestoßen, als sie das hörte. Sie fuhr herum und sah Radcliffe hinter sich stehen. In seinen Augen blitzte der Schalk.

„Ich dachte, Sie wären zu Bett gegangen, Mylord." Gereizt reichte sie dem Gastwirt die Pistole zurück.

„Wir haben doch fast den ganzen Tag geschlafen", meinte Radcliffe, setzte sich an den Tisch und hielt den Gastwirt zurück, als dieser aufstehen wollte. „Meinetwegen brauchst du nicht zu gehen, Wirt. Ich wollte euch beiden eigentlich Gesellschaft leisten."

„Ich hole Ihnen nur ein Glas, Euer Lordschaft", erklärte der Gastwirt glücklich und eilte davon.

Charlie blickte ihm seufzend nach. Der Mann war über diese Wendung der Ereignisse hocherfreut. Wahrscheinlich kam es nicht so oft vor, dass sich zwei Mitglieder der besseren Gesellschaft mit ihm an einen Tisch setzten. Zu schade, dass sie sein Vergnügen nicht teilen konnte, und in diesem Moment wünschte sie, Radcliffe wäre überall, nur nicht hier.

„Vom nächsten Gasthof, bei dem wir anhalten, dauert es bis London weniger als einen Tag", sagte Radcliffe. „Von dort werde ich einen Boten vorausschicken, der mir meine Kutsche holen soll. Das ist ein geschlossener Wagen. Ich fände es besser, wenn man dich und deine Schwester nicht eintreffen sieht. Ihr könnt in meinem Stadthaus wohnen, und ich werde euch als meine Verwandten vorstellen. Das gibt euch ein wenig Zeit, bevor euer Onkel euren Aufenthaltsort herausfindet. Mit etwas Glück werden wir deine Schwester bis dahin bereits verheiratet haben."

Er schwieg einen Moment und erläuterte dann seine Pläne eifrig weiter.

„Am Tag nach unserer Ankunft werde ich euch zu einem mir bekannten Juwelier bringen, der euch einen fairen Preis für den Schmuck eurer Mutter machen wird. Ich würde allerdings nicht empfehlen, alles auf einmal zu veräußern, sondern nur so viel, dass ihr euch Garderobe kaufen und einige kleine Investitionen tätigen könnt. Ich wollte selbst in ein Unternehmen in London investieren. Vielleicht möchtet ihr euch ja ebenfalls beteiligen. Es ist zwar eine etwas riskante Sache, doch wenn alles gut geht, könnte es ungemein profitabel werden."

Charlie blickte den Mann nur ratlos an. Von dem, was er sagte, war sie wie betäubt. Er bot viel mehr an als seinen Schutz, und das war geradezu erstaunlich. Er stellte ihnen sein Haus und seine Unterstützung zur Verfügung. Mit seiner Hilfe konnte sie sich ein Vermögen ausbauen und Beth mit einem netten, ungefährlichen Mann verheiraten, der ihr gefiel …

Falls ich wirklich Charles und nicht Charlie wäre, mahnte sie sich. Von den beiden Schwestern war Beth nicht wirklich die gefährdete. Sie hätte zwar den armseligen Seguin geheiratet, doch sie würde keine Not leiden müssen. Die einzige Gefahr bestand für Charlie selbst: Als Mann würde sie wohl kaum einen Ehegatten finden.

Sie seufzte und schüttelte den Kopf. Es war zwar ein hübscher Gedanke, doch sie durfte es nicht riskieren, dass Beth entdeckt wurde. Auch nicht unter einem falschen Namen. Ihnen blieb nur, zu Ralphy zu fliehen. Also beschloss sie zu warten, bis Radcliffe zu Bett gegangen war, und dann den Gastwirt noch einmal auf seine Pistole anzusprechen.

„Der Bursche scheint ein wenig berauscht, M'lord", meinte der Gastwirt erheitert. „Ich glaube, er ist starkes Bier nicht gewohnt."

Radcliffe sah Charles' leeren Gesichtsausdruck und lächelte gequält. „Und ich glaube, du hast Recht, Wirt", pflichtete er bei und packte den Jungen schnell beim Genick, als dieser plötzlich auf seinem Sitz nach vorn kippte und im nächsten Moment mit dem Gesicht auf die Tischplatte geknallt wäre.

„Nun ist er ganz hinüber." Der Gastwirt lachte.

„Stimmt." Radcliffe richtete sich auf, hielt noch immer den Kopf des Burschen hoch und hob sich Charles schließlich auf die Arme.

„Ein schmales Bürschchen, was?" Der Gastwirt betrachtete den Jungen, der schlaff in den Armen des Lords hing. „Sieht seiner Schwester sehr ähnlich. Verhält sich auch wie sie. Doch wenn er erst einmal erwachsen ist, wird er ein feiner Mann sein."

„Stimmt", sagte Radcliffe noch einmal und ging zur Treppe. „Wenn ich morgen die Rechnung begleiche, werde ich ein paar Münzen hinzufügen. Vielen Dank für deine Gesellschaft und das Bier."

„Nichts zu danken. War mir ein Vergnügen."

Radcliffe trug Charles hinauf zu ihrem gemeinsamen Zimmer und schaute dabei dem Jungen genau ins Gesicht. Die Ähnlichkeit zwischen den Zwillingen war wirklich frappierend. Und nachdem der Gastwirt es erwähnt hatte, fand Radcliffe auch, dass sich beide recht ähnlich verhielten. Der Junge benahm sich manchmal tatsächlich wie ein Mädchen. Das kommt wahrscheinlich daher, weil er so viel mit Beth zusammen ist, dachte Radcliffe, legte ihn sich auf den Armen anders zurecht und öffnete die Zimmertür.

Mit einem Fuß stieß er sie hinter sich zu, ging zum Bett und legte den Knaben behutsam darauf nieder. Dabei spürte er eine seltsame Erleichterung. Es war ihm recht unbehaglich gewesen, den Burschen zu berühren.

Das hatte er bereits am Nachmittag beim Schießunterricht gemerkt. Als er sich einmal hinter den Jungen gestellt und ihm eine Hand auf die Schulter und die andere auf den Arm gelegt hatte, um ihm beim Zielen zu helfen, war es ihm merkwürdig heiß geworden. Jetzt scheute er sogar vor der Erinnerung daran zurück, und deshalb erleichterte es ihn auch so, dass er sich nun körperlich aus Charles' unmittelbarer Nähe befreit hatte.

Radcliffe besaß einen gesunden Sexualtrieb. Er hatte schon mit zahlreichen Frauen das Bett geteilt, und seine Reaktion auf diesen dürren, jungen Burschen erschütterte ihn wirklich. Das muss an der Ähnlichkeit mit seiner Schwester liegen, dachte er und war sehr erleichtert, dass sich die Sache so einfach erklären ließ. Vor zwei Wochen hatte er sich von seiner letzten Mätresse getrennt. Seine kürzliche Abstinenz sowie die frappierende Ähnlichkeit des Knaben mit dessen Schwester waren wahrscheinlich der Grund für die verworrenen Reaktionen seines Körpers.

Diese Erklärung schien ihm durchaus einleuchtend, allerdings hatte er nichts dergleichen empfunden, als er das Mädchen bei ihrer Ankunft in den Gasthof getragen hatte. Dennoch entschied er, es sei in Wahrheit Beth, zu der er sich hingezogen fühlte. Er hatte schon immer eine Schwäche für weiche Kurven gehabt, und davon besaß das Mädchen wirklich genug. Also reagierte er in Wahrheit auf Beth, wenn er ihren Bruder berührte.

Er hätte sich das Mädchen ins Bett holen können, nur war er nicht an der Ehe interessiert, und Beth gehörte nicht zu den Frauen, mit denen man spielte, außerdem stand sie unter seinem Schutz. Wenn sie in London angekommen waren, brauchte er wahrscheinlich nur einmal ein Bordell aufzusuchen. Das würde alles wieder zurechtrücken.

Sein Blick fiel auf den eingeschlafenen Jungen, und er nickte. Er wollte Charles mitnehmen. Der Bursche würde es vermutlich zu schätzen wissen, wenn er in das Wesen der Männlichkeit eingeweiht wurde.

Radcliffe hinterfragte nicht, woher er ahnte, dass der Junge in Sachen fleischlicher Gelüste noch unwissend war. Ebensowenig hinterfragte er, wieso er ihn nicht entkleiden und bettfertig machen wollte. Er drehte sich nur um, ging an die andere Bettseite und zog sich selbst aus.

Schon hatte er seinen Rock sowie das Hemd abgelegt und griff gerade zu dem Verschluss seiner Kniehose, als er innehielt. Sein Blick glitt über das zarte Gesicht des Knaben, und da entschied er, seine Hose heute Nacht nicht abzulegen und auf das Nachthemd zu verzichten.

Auch darüber dachte er nicht allzu lange nach, sondern löschte stattdessen die Kerzenflamme und kroch ins Bett, wobei er sorgfältig darauf achtete, dass er ja nicht an den Knaben unter dem Leinenlaken geriet.

Radcliffe träumte von Lena, seiner letzten Mätresse. Sie kuschelten sich innig umarmt im Bett zusammen. Lena flüsterte ihm Zärtlichkeiten zu. Ihre vollen Lippen strichen sanft über seine Brust, während sie mit einer Hand seine Männlichkeit liebkoste.

Er seufzte zufrieden, schlug die Augen auf und schmiegte sich noch dichter an die Frau. Plötzlich erstarrte er. Die Person in seinen Armen war überhaupt keine Frau, sondern der schlafende Charles Westerly! Die Hand, die ihn im Traum liebkost hatte, war in Wirklichkeit das Knie des Knaben, das dieser im Schlaf über ihn geworfen hatte. Der Bursche hatte sich um ihn gewickelt wie eine heiße Hure in einer kalten Nacht, und was noch schlimmer war – Radcliffe selbst reagierte auf diese Nähe, wie es keine Hure je bei ihm geschafft hatte: Er war hart wie Eisen.

Laut fluchend und von Panik ergriffen, kämpfte er sich unter dem Laken hervor, sprang aus dem Bett und starrte auf den Burschen hinunter, als wäre alles allein dessen Schuld.

Erschrocken von der Rempelei und dem Geschubse wachte Charlie auf, setzte sich sofort hoch und blickte ängstlich um sich. „Was – was ist denn?“ Offenbar war Radcliffes Panik sehr ansteckend.

Wahrscheinlich dachte der Junge im ersten Moment, sie wären überfallen worden. Er legte sich auf den Bauch, beugte sich über die Kante und lugte unters Bett. Als er dort die Reisetasche gewahrte, entspannte er sich sichtlich. Er zerrte eine der beiden hervor, öffnete sie schnell und atmete auf, als er sah, dass die Juwelen noch vorhanden waren.

Der Junge schloss die Augen, holte ein paar Mal tief Luft und blickte rasch auf Radcliffe, der noch neben dem Bett stand und wütend auf ihn herunterstarrte. Der Junge wurde immer verwirrter. Schließlich drehte er sich wieder auf den Rücken, rückte sich die Perücke gerade und setzte sich hoch. „Was haben Sie denn?“

Einen Moment sah Radcliffe ihn noch an, und dann schaute er finster zur Seite. Der Bursche hatte keine Ahnung, was geschehen war. Ein Blick auf seinen Schoß sagte Radcliffe, dass Charles nicht im Geringsten erregt war.

Damit der Junge nicht etwa seine Erregung bemerkte, wandte Radcliffe ihm den Rücken zu, griff nach seinem Hemd und streifte es sich hastig über. „Übel geträumt“, erklärte er.

Er kleidete sich rasch zu Ende an und konnte dabei den verstörten Blick des Jungen in seinem Rücken deutlich spüren. Nachdem Radcliffe fertig war, nahm er sein Gepäck auf und ging zur Tür. „Mache dich fertig und wecke deine Schwester. Sobald wir gegessen haben, brechen wir auf.“

Er warf die Tür hinter sich zu.

Charlie schüttelte den Kopf über die Eigenheiten der Männer und warf dann einen Blick auf die Reisetasche, die sie unter dem Bett hervorgezogen hatte. Sie schloss sie rasch, ging dann zur Wasserschüssel, um sich zu waschen, und dachte dabei über den vergangenen Abend nach.

Sie hatte vorgehabt, länger als Radcliffe unten sitzen zu bleiben und danach mit dem Gastwirt wegen der Pistole zu verhandeln. Offenbar hatte sie auf der ganzen Linie versagt. Sie erinnerte sich kaum noch an den Verlauf des Abends. Der Gastwirt hatte ihr ständig den Krug nachgefüllt, und sie hatte, ohne es eigentlich zu wollen, immer weitergetrunken. Wie sie ins Bett gekommen war, wusste sie überhaupt nicht mehr. Die Tatsache, dass sie darin aufgewacht war, hieß wahrscheinlich, dass es ihr nicht gelungen war, die Pistole abzukaufen.

Seufzend blickte sie zu der geschlossenen Tür, zog sich dann die Perücke vom Kopf und kratzte sich mit beiden Händen den Schädel. Danach holte sie die Haarbürste aus ihrem Gepäck, setzte sich damit auf die Bettkante und zog ihr taillenlanges Haar hinten aus ihrem Hemd. Nun löste sie das Band, welches den langen

Zopf in ihrem Rücken zusammenhielt, und bürstete den Schopf gründlich durch. Er fühlte sich fettig an und sah vermutlich noch schlimmer aus. Das verwunderte sie auch nicht weiter. Sie hatte die verflixte Perücke schließlich zwei Tage und zwei Nächte ununterbrochen getragen und darunter fürchterlich geschwitzt. Dennoch war es lange nicht so unangenehm wie die feste Bandagierung ihrer Brust.

Wie gern hätte Charlie ihre Brüste aus der festen Verschnürung befreit, wenn auch nur lange genug, um ein- oder zweimal richtig tief Luft zu holen. Gern hätte sie sich auch das Haar gewaschen und ein schönes langes Bad genommen, doch dergleichen kam für sie leider nicht infrage. Radcliffe mochte ja jeden Moment zurückkehren.

Bei dem Gedanken an den Mann seufzte Charlie unglücklich. Die Tatsache, dass es ihr nicht gelungen war, die Pistole zu kaufen und sich mit Beth aus dem Staub zu machen, war ihr beim Erwachen nicht gleich bewusst gewesen. Jetzt dafür umso mehr. Es bedeutete letzten Endes, dass sie sich noch eine Tagesreise von ihrem vorgesehenen Ziel entfernen würden …

Sie legte die Bürste aus der Hand und zog sich den Hemdkragen so weit von ihrem Nacken, dass sie den langen Zopf wieder unter das Hemd stecken konnte.

Eigentlich bedauerte sie gar nicht, dass sie nicht hatten fliehen können. Radcliffe war freundlich zu ihnen gewesen, und sie fühlte sich nicht wohl bei dem Gedanken, mitten in der Nacht fortzuschleichen.

Ein leises Pochen ließ sie kurz erstarren. Charlie stülpte sich rasch die Perücke wieder auf den Kopf. Die Tür ging auf, und Beth schaute herein.

„Oh, gut, dass du allein bist.“ Sie schlüpfte ins Zimmer und trat zu ihrer Schwester, die aufgestanden war.

„Leider ist es mir nicht gelungen, die Pistole zu erhalten", entschuldigte sich Charlie sofort.

„Gut", meinte Beth, und als Charlie sie verblüfft anschaute, zuckte sie nur die Schultern. „Ich wollte eigentlich gar nicht vor Lord Radcliffe weglaufen. Im Übrigen habe ich mir überlegt, dass London für uns beide wohl das bessere Ziel ist. Es wäre doch gut, wenn wir mit richtigem Geld statt nur mit Schmuck bei Ralphy einträfen. Und mit Radcliffes Hilfe sind wir sicher, dass wir für Mutters Juwelen einen fairen Preis erzielen. Später können wir ja dann immer noch zu Ralphy reisen, wenn es denn sein muss."

„Was soll das heißen: ‚wenn es denn sein muss'?"

„Nun ..." Beth schmollte ein bisschen. „Möglicherweise gefällt es uns ja, uns in der feinen Gesellschaft zu zeigen."

„Beth, das geht doch nicht!"

„Wieso denn nicht?"

„Das liegt doch auf der Hand. Sobald Onkel Henry von unserem Auftreten in London hört, wird er ..."

„Weshalb muss er davon unbedingt etwas hören?"

„Wie ließe sich das denn vermeiden?" fragte Charlie ärgerlich.

„Er wird es nicht erfahren, wenn wir nicht unsere richtigen Namen angeben", erklärte Beth ganz einfach.

Charlie verdrehte die Augen. „Oh ja, falsche Namen sind selbstverständlich die Lösung! Wie viele Zwillinge gibt es wohl deiner Meinung nach in England, Beth? Und wie viele davon, glaubst du, sind in unserem Alter und werden in dieser Saison in die Gesellschaft eingeführt? Und wie viele haben braunes Haar und schwarze Augen?"

„Wir müssen ja niemandem sagen, dass wir Zwillinge sind."

„Meinst du, das merkt man nicht?"

„Ja, das meine ich ... Charles."

Es dauerte einen Moment, bis es Charlie dämmerte, und dann

spürte sie einen Schmerz, den sie verbarg, indem sie sich abwandte. „Verstehe. Du möchtest, dass ich diese Scharade fortsetze, so dass du dein Debüt bekommst“, flüsterte sie unglücklich.

„Charlie ...“ Beth berührte sie am Arm, doch ihre Zwillingsschwester zog ihn rasch fort.

„Schon gut.“

„Nicht doch. Du hast das missverstanden. Ich dachte, dass wir uns beide einen Ehemann suchen.“

Charlie lachte rau auf. „Als Mann dürfte ich wohl Schwierigkeiten haben, einen Gatten zu finden, Schwester.“

„Nicht, wenn wir uns in dieser Rolle abwechseln.“ Als Charlie ihre Schwester verständnislos anblickte, fuhr Beth fort: „Wir könnten doch immer hin und her wechseln. An einem Abend bist du der Bruder, und ich bin die Schwester, und am nächsten Abend tauschen wir die Rollen. Auf diese Weise können wir uns aussuchen, wen wir wollen. Wenn wir uns dann über die infrage kommenden Männer ganz sicher sind, können wir ja die Wahrheit sagen.“

Charlie war verblüfft. „Du würdest wirklich ab und zu den Jungen spielen?“

Beth nickte feierlich, doch nach einem Moment zuckten ihre Lippen. „Es kommt mir tatsächlich so vor, als hättest du als Junge mehr Spaß, Charlie.“

„Wieso Spaß?“

„Na, schau doch mal – gestern übte Lord Radcliffe mit dir das Schießen, und dann bist du die ganze Nacht aufgeblieben, bis du betrunken umfielst.“

„Was?“ rief Charlie entsetzt.

„Gewiss. Die Frau des Gastwirts hat mir alles erzählt. Ihr Ehemann berichtete ihr, du hättest fast ein kleines Bierfass ausgetrunken und wärst dann unter den Tisch gefallen. Lord Radcliffe musste dich ins Bett tragen.“

„Oh nein!“ Bestürzt sank Charlie auf die Bettkante.

Beth betrachtete sie eine Weile. „Du scheinst heute aber keinen Kater zu haben, oder?“ erkundigte sie sich dann.

„Nein.“ Das erstaunte Charlie selbst. „Nein, ich fühle mich heute Morgen absolut wohl.“

„Hmm. Onkel Henry hat am Morgen nach einer durchzechten Nacht immer über einen Brummschädel geklagt.“

„Stimmt.“ Charlie verzog das Gesicht. Selbst in seinen besten Zeiten war mit dem Onkel kein Auskommen gewesen, doch wenn er einen Kater hatte, war er einfach unausstehlich gewesen. „Vater hatte doch auch nie Schwierigkeiten am Morgen danach, nicht wahr?“

„Nein.“ Beth lächelte strahlend. „Ich möchte mich auch so gern einmal betrinken.“

„Beth!“ tadelte Charlie eher erheitert als vorwurfsvoll.

„Weshalb denn nicht? Du hast immer den ganzen Spaß ...“ Beth hatte ihre Schwester nur aufziehen wollen, doch nun seufzte sie. „Weißt du, ich möchte tatsächlich nicht ständig die Vernünftige sein.“

Charlie dachte daran, wie verärgert sie vorgestern gewesen war, als Beth wie selbstverständlich von ihr erwartet hatte, dass sie einen Plan entwickelte, der alle Probleme lösen würde.

So waren ihre Rollen immer verteilt: Charlie hatte stets die hanebüchensten Einfälle, und die vernünftige Beth stimmte entweder zu, oder auch nicht. War sie nicht einverstanden, gab Charlie ihren Plan auf; stimmte sie jedoch zu, wurde der Plan auch durchgeführt. Charlie merkte, dass sie ebenso sehr von Beth’ Vernunft abhängig war wie Beth von den verrückten Ideen ihrer Zwillingsschwester.

„Jeder muss hin und wieder einmal neue Schuhe anprobieren“, sagte sie.

Beth sah sie verständnislos an.

„Erinnerst du dich nicht mehr an die Geschichte, welche Mutter uns erzählte, als wir noch klein waren?“ fragte Charlie lächelnd. „Ich meine die von der Prinzessin, die ein entzückendes, weiches Paar Schuhe besaß. Eines Tages besuchte ihre Kusine sie, und die trug ein Paar hellrote, harte Schuhe mit blanken Silberschnallen daran. Für die Prinzessin waren diese Schuhe zu klein, dennoch bestand sie darauf, sie einmal anzuprobieren, und sie trug sie so lange, bis ihre Füße ganz mit Blasen bedeckt waren. Erst da zog sie sie aus und kehrte dankbar zu ihren hübschen, weichen Schuhen zurück. Mutter meinte, die Moral von der Geschicht' sei, dass jeder hin und wieder neue Schuhe anprobieren müsse, um zu erkennen, dass die eigenen am Ende doch die besseren seien.“

Beth lächelte. „Mutter war sehr klug, nicht wahr?“

„Ja, und Vater ebenfalls.“ Charlie seufzte. „Mir fehlen beide sehr.“

Beth setzte sich neben sie aufs Bett, nahm ihre Hand und drückte sie sanft. „Mir auch.“

Nach einer langen Weile des Schweigens stand Charlie unvermittelt auf. „Also schön. Wir werden nach London reisen, unsere Juwelen zu Geld machen, uns neue Garderobe kaufen und uns auf die Suche nach Ehemännern begeben.“

Sie lächelte ihre Schwester an. „Lieber Himmel, Beth – ich glaube tatsächlich, dir ist der erste hanebüchene Einfall gekommen! Und du glaubst tatsächlich, so könnte es funktionieren?“

Beth zuckte die Schultern. „Ein Versuch kann ja nicht schaden. Wenn nicht, können wir ja immer noch zu Ralphy flüchten.“

„Hmm.“ Charlie nickte zufrieden. „Das ist beinahe zu perfekt. Gestern Abend bot Radcliffe uns an, wir könnten gern bei ihm wohnen, und er würde uns als seine Verwandten vorstellen.“

„Ja? Das war sehr nett.“

„Eben.“

„Meinst du, wir sollten ihm sagen, dass wir beide Mädchen sind?“ fragte Beth besorgt.

„Nicht, falls du jenen grandiosen Spaß haben willst, den Männer immer haben.“

Beth nickte. „In diesem Fall müssen wir es weiterhin geheim halten.“

„Und wann willst du diesen Rollenwechel vornehmen? Jetzt gleich?“

Beth überlegte und schüttelte dann den Kopf. „Vielleicht, wenn wir in London ankommen.“

Charlies Augen funkelten amüsiert. „Fürchtest du dich davor, das Bett mit Lord Radcliffe zu teilen? Er wird sich wohl kaum auf dich werfen, wenn du ein Junge bist.“

Beth lächelte. „Trotzdem möchte ich lieber warten.“

„Wie du willst, Beth.“

Als die Tür geöffnet wurde, fuhren beide herum und sahen Radcliffe auf der Schwelle stehen. „Wozu braucht ihr denn so lange? Kommt, wir müssen essen und uns dann auf den Weg machen.“

„Jawohl, Mylord.“ Charlie lächelte ihn strahlend an und bückte sich, um eine der Reisetaschen aufzuheben. Beth wollte sogleich die andere nehmen, doch Radcliffe kam ihr zuvor.

„Die trage ich, Kind. Sie ist ziemlich schwer. Und nun kommt mit nach unten. Je eher ihr frühstückt, desto eher können wir abreisen. Morgen werdet ihr den Luxus einer Kutschfahrt in die Hauptstadt genießen.“

„Wie schön“, flüsterte Beth auf dem Weg zur Tür. Charlie lächelte. Ja, es war wirklich schön, eine Kutschfahrt zu genießen nach den langen Ritten, den harten Sätteln und dem in die Gesichter gewirbelten Staub. Einfach himmlisch wäre es.

4. KAPITEL

Kutschen sind die Erfindung des Teufels.

Zu dieser Erkenntnis gelangte Charlie während der ersten Stunde der Fahrt. Sie war nie weit von daheim weg gewesen. Ihre Eltern hatten nicht viel von Reisen gehalten und waren lieber zu Haus bei ihren Töchtern geblieben, und deswegen hatten sie auch nur zwei Kutschen besessen. Eine davon ging in der Nacht des Unfalls, bei dem Mama und Papa umgekommen waren, zu Bruch, und die andere hatte Onkel Henry im letzten Jahr verkauft, als das Geld der Familie ausgegangen war.

Jetzt war Charlie richtig dankbar für diesen Verkauf, denn dieser Wagen hier rumpelte wieder einmal so heftig über ein Schlagloch, dass es einen beinahe vom Sitz warf. Sie zumindest wollte sich auf keinen Fall je eine solche höllische Erfindung zulegen.

Sie hielt sich am Sitz fest, biss die Zähne zusammen und betete im Stillen, dass es nicht mehr allzu weit nach London sein möge. Es kam ihr so vor, als wären sie schon seit Tagen unterwegs, und falls sie nicht bald in der Hauptstadt ankämen, würde sie sich ganz gewiss noch über den edlen Gastgeber erbrechen. In der unbelüfteten Schachtel, in der sie sich alle zusammendrängten, hielt sie es nicht mehr viel länger aus.

Als sie Beth' besorgte Miene sah, rang sich Charlie ein beruhigendes Lächeln ab. Danach schloss sie die Augen und versuchte sich vorzustellen, sie befände sich sonstwo, nur nicht in diesem ungefederten, luftlosen Gefährt, das sich rumpelnd über die ausgefahrene Landstraße quälte. Kein Mensch bekommt mich noch einmal in ein solches Vehikel, dachte sie in ihrer Verzweiflung, öffnete die Augen und griff zu der Klinke des Wagenschlages.

Beth merkte, was sie vorhatte, und stieß einen Warnruf aus, der Lord Radcliffe aufschreckte. Als er Charlies grün angelaufenes Gesicht und ihre Hand an der Klinke sah, rief er dem Kutscher etwas zu, und der Wagen hielt an. Charlie riss den Schlag auf und stolperte aus der Kutsche. Sie kniete sich neben dem Gefährt ins Gras und erbrach ihr ganzes Frühstück.

Radcliffe erschien hinter ihr. „Du lieber Himmel!"

Bei diesem bestürzten Ausruf drehte sich Charlie um und sah, wie der Lord Beth beim Arm nahm und sie in die Kutsche zurückdrängte. Doch damit war das Mädchen nicht einverstanden. Beth öffnete den kleinen Beutel, den sie stets an ihrem Handgelenk trug, holte ein Fläschchen heraus und kniete sich neben ihre Schwester. „Hier, Charlie, nimm dies. Es wird deinen Magen beruhigen."

Charlie warf nur einen Blick auf das Fläschchen, und schon übergab sie sich aufs Neue. Geduldig wartete Beth den neuerlichen Anfall ab und hielt dann ihrer Schwester das Fläschchen wieder hin. Diesmal nahm Charlie es entgegen und schaffte es sogar, etwas von dem Inhalt zu schlucken. Danach stand sie wackelig auf und taumelte schwach gegen die Kutsche.

Radcliffe hüstelte. Der Mann hatte sich vom Straßenrand abgewandt und verschränkte die Hände hinter dem Rücken, als wartete er darauf, dass Charlie wieder zu sich käme. Nach einem Augenblick schaute er sie fragend an.

„Geht es dir jetzt besser? Können wir wieder einsteigen und weiterfahren?"

Bei dieser Aussicht schloss Charlie stöhnend die Augen, stieß sich von der Kutsche ab und kniete sich aufs Neue ins Gras. Sofort war Beth neben ihr, flüsterte ihr beruhigende Worte zu und hielt ihre bebenden Schultern, während Charlie sich noch einmal übergab.

Radcliffe stand neben der Kutsche, betrachtete die Geschwister und seufzte. Die letzten beiden Tage waren nicht sehr erfolgreich gewesen.

Er hatte unter einem fürchterlichen Kater gelitten, als er die Zwillinge gestern endlich zum Frühstück bringen und dann abreisen konnte. Sehr zu seinem Missvergnügen schien der Junge nicht unter denselben Problemen gelitten zu haben. Der hatte die gestrige Fahrt fröhlich überstanden und munter mit seiner Schwester geplaudert, während Radcliffe glaubte, ihm würde der Kopf platzen. Mehr als dankbar war er gewesen, als sie endlich bei dem Gasthof eintrafen, in welchem sie dann übernachteten.

Sofort hatte Radcliffe einen Boten aus dem nächstgelegenen Dorf angeheuert und diesen beauftragt, nach London zu reiten und seine Kutsche zu holen. Danach hatte er mit dem Geschwisterpaar zu Abend gegessen und war wegen seiner Kopfschmerzen früh zu Bett gegangen.

Als er mitten in der Nacht aufwachte, hatte sich der Junge erneut wie eine zweite Haut um ihn gewickelt. Leider musste Radcliffe feststellen, dass ihm das überhaupt nicht unangenehm war. Er hatte sich von dem Knaben gelöst, war aufgestanden, hatte den Rest der Nacht in einem Sessel verbracht und grollend ins Feuer geschaut. Das Ganze zeigte ihm umso deutlicher, dass er sofort nach der Ankunft in London ein Bordell aufsuchen musste.

In der Morgendämmerung traf dann sein Wagen ein. Unglücklicherweise war der Fahrer in der Dunkelheit mit dem Gefährt in ein übles Schlagloch geraten und hatte es gerade noch geschafft, zum Gasthof zu kommen, bevor das Wagenrad vollends zerbrach.

Radcliffe veranlasste, dass die Reparatur vor Ort durchgeführt werden und der Wagen ihm nach London folgen sollte. Im nächsten Dorf mietete er dann eine andere Kutsche an. Diese kleine, klapperige alte Kiste war alles, was er bekommen konnte, und die Fahrt in ihr war eine einzige Tortur. Er wurde derartig durchgeschüttelt, dass er ernsthaft um seine Zähne fürchtete.

Und nun war ihm auch noch der Junge krank geworden. Zu

allem Unglück wirkte die heftige Reaktion des Burschen auf die Kutschfahrt auch auf ihn selbst ansteckend. Falls er nur noch einen einzigen Augenblick länger hier stehen bliebe, würde er sich ganz gewiss ebenfalls ins Gras knien und sich übergeben. Vor sich hin fluchend, drehte er sich um und ging ein Stück die Straße entlang. Er brauchte dringend frische Luft.

„Na, na", machte Beth und streichelte ihrer Schwester den Rücken, während Radcliffe davonwanderte.

Charlie stöhnte, als auch der letzte Rest des Mageninhalts ihren Körper verließ. Dann fiel sie hintenüber und blieb einfach auf dem Boden liegen. Nach einer Weile schlug sie die Augen auf und blickte ihre Schwester an.

„Ich sterbe", erklärte sie ergeben.

Beth lächelte leise über diese dramatische Äußerung und schüttelte dann sanft den Kopf. „Nein, meine Liebe. Das ist nur die Reisekrankheit."

„Reisekrankheit? Was, zum Teufel, ist das denn?"

„So nannte Mutter es immer. Vater litt ebenfalls daran. Er vertrug keine Fahrten in geschlossenen Kutschen. Was meinst du wohl, weshalb unsere Eltern nie gern reisten?"

Charlie blickte ihre Schwester an. „Weshalb geht es dir dann noch so gut?"

Beth zuckte die Schultern. „Wahrscheinlich habe ich Mutters robustere Natur geerbt."

„Wir sind Zwillinge, Beth. Wir gleichen einander doch in jeder Hinsicht."

„So sehr eben wohl doch nicht."

Charlie setzte sich langsam auf und starrte die Kutsche grimmig an. „Dieses verdammte Gestell! Das ist eine Erfindung der Hölle."

„Sehr richtig. Höchst unbequem." Beth warf Charlie einen Blick zu. „Meinst du, du kannst das Mittel jetzt bei dir behalten?"

Charlie nickte und trank aus dem Fläschchen, das Beth ihr an die Lippen hob. Da sie hoffte, die Medizin würde sich so besser in ihrem Magen festsetzen, erhob sie sich nicht, sondern blieb sitzen, wo sie war, und schaute die leere Landstraße entlang.

„Wohin ist eigentlich Radcliffe gegangen?"

Nachsichtig zuckte Beth die Schultern. „Ich vermute, er sucht sich sein eigenes Fleckchen am Straßenrand. Er sah nämlich vorhin selbst ziemlich grün aus."

Das amüsierte Charlie ungemein. „Tatsächlich?"

„Du brauchst gar nicht so erfreut zu sein", schalt Beth trocken.

„Weshalb denn nicht? Der Mann hat sich mir gegenüber in den letzten beiden Tagen geradezu ekelhaft verhalten. Ist dir das etwa nicht aufgefallen?"

„Doch. Ich fragte mich schon, was du dem armen Kerl angetan hast, um ihn so zu verärgern."

„Ihm angetan? Gar nichts habe ich getan", stritt Charlie erstaunt ab. „Absolut gar nichts! An dem Morgen nach dem Trinkgelage mit dem Gastwirt ist er so aufgewacht. Ich dachte, er reagiert auf Alkohol vielleicht genauso wie unser Onkel Henry."

Beth dachte kurz nach. „Das mag vielleicht seine gestrige Laune erklären. Doch die heutige?"

„Möglicherweise hält sein Unwohlsein zwei oder drei Tage an."

„Hmm. Er ..." Beth sprach nicht weiter, als eine Kutsche um die Wegbiegung kam und auf sie beide zurollte. Hinter ihrem eigenen Wagen hielt sie an, und eine ältere Frau, ein junges Mädchen sowie ein Mann, der wahrscheinlich ein paar Jahre jünger war als Radcliffe, schauten die beiden Schwestern aus dem Wageninneren heraus einen Moment neugierig an, bevor der Schlag geöffnet wurde und der junge Mann ausstieg.

Als Beth der Atem stockte, blickte Charlie sie an. Ihre Schwester schien bestürzt und benommen, Charlie zog die Augenbrauen hoch, kam auf die Füße, reichte ihrer Schwester die Hand, um Beth ebenfalls aufzuhelfen, und drehte sich dann zu dem Mann um, der inzwischen herangekommen war.

„Kann ich Ihnen irgendwie zu Diensten sein?" erkundigte sich der Fremde freundlich und schenkte Beth ein umwerfendes, bezauberndes Lächeln.

Obgleich diese Frage an ihre Schwester gerichtet war, antwortete Charlie, denn Beth schien im Moment nicht in der Lage dazu zu sein. Sie schaute den Mann reichlich verträumt an, doch Charlie begriff beim besten Willen nicht, warum. Mit seinem dunkelblonden Haar sowie den scharf geschnittenen Gesichtszügen sah er allerdings recht attraktiv aus und war groß und schlank. Nicht übel, dachte Charlie, aber nicht gerade mein Typ.

„Vielen Dank für Ihr Angebot", sagte sie, „doch außer mit uns die Kutschen zu tauschen, können Sie leider nichts für uns tun."

Der Fremde wirkte ein wenig ratlos, riss den Blick von ihrer Schwester los und schaute Charlie perplex an.

Diese verzog das Gesicht. „Wir reisen nämlich ... mit unserem Vetter", erklärte sie. „Unglücklicherweise ging unser eigener Wagen entzwei, und wir mussten uns diese Kutsche mieten, um weiterreisen zu können."

Der junge Mann betrachtete die Klapperkiste am Straßenrand, trat dann einen Schritt heran, lugte in das Innere und drehte sich wieder zu ihnen um. „Ist Ihr Vetter in dieser Kutsche geblieben?"

„Was? Oh! Nein. Er ist nur ein Stück weitergegangen, um frische Luft zu schöpfen. Zweifellos wird er gleich zurückkommen."

„Aha." Der Fremde nickte und schaute Beth wieder an. Gerade wollte er etwas äußern, da kam das junge Mädchen aus seiner Kutsche gehüpft und fasste ihn beim Arm.

„Ach, Tomas, wir müssen ihnen anbieten, unseren Wagen mit ihnen zu teilen! Mit diesem da können sie doch nicht in die Stadt rumpeln. Das muss ja fürchterlich unbequem sein. Biete ihnen doch an, sie mitzunehmen – bitte!" Sie lächelte Charlie strahlend an, und als sie dann noch kokett mit den Wimpern klimperte, trat Charlie verlegen von einem Fuß auf den anderen und fand plötzlich größtes Interesse an ihren Schuhen. Die Kleine kokettierte ganz offensichtlich mit ihr – wie erstaunlich!

„Würden Sie ..." begann Tomas, worauf Beth eifrig einen Schritt vorwärts trat.

„Oh, das wäre ja überaus reizend!"

Charlie verzog das Gesicht wegen der hauchigen Stimme ihrer Schwester, schaute auf und sah, dass die beiden einander strahlend anlächelten wie ein Liebespaar bei Vollmond.

Plötzlich merkte sie, dass das junge Mädchen ihren Arm gefasst hatte, sich an ihre Seite drängte und sie unter ihren langen Wimpern hervor anlächelte.

„Wollen wir nicht ein wenig die Straße entlangspazieren und Ihren Vetter suchen?"

Charlie fand, dass in den Augen des Mädchens etwas Raubtierhaftes lag, und sofort entzog sie sich den Klauen, die sie gepackt hielten. „Diese Mühe möchte ich Ihnen ersparen. Ich werde meinen Vetter selbst zurückholen."

„Das dürfte nicht mehr nötig sein."

Alle fuhren herum, als der in Rede stehende Mann seine Rückkehr bekannt gab.

„Radcliffe!" Tomas' Überraschung war ganz offensichtlich. „Ich ahnte ja nicht, dass Sie mit diesen Geschwistern verwandt sind." Er ging Radcliffe mit ausgestreckter Hand entgegen.

Dieser ergriff sie und nickte freundlich. „Mowbray. Ich freue mich, Sie zu sehen."

„Wir trafen auf Ihre Kutsche und hielten an, um festzustellen, ob irgendetwas nicht stimmte. Ihre Verwandten erklärten, dass Ihr Wagen zusammengebrochen ist und Sie gezungen waren, dieses klapperige Ding da anzumieten.“ Er deutete auf die alte Kutsche. „Wir boten an, unseren Wagen für den Rest der Reise mit Ihnen zu teilen, falls Sie mögen.“

Radcliffe schaute erst Charlie und dann das Mädchen an, das die Hand immer wieder auf den Arm des Burschen zurücklegte. Ferner bemerkte Radcliffe Charles' Verärgerung. Er nickte ernst. „Darüber würden wir uns sehr freuen“, antwortete er, denn er fand, dem Jungen würde etwas weibliche Aufmerksamkeit mal gut tun.

„Und deshalb ließ Maman für mein Debüt eine völlig neue Garderobe schneidern. Sie glaubt nämlich, ich würde im Handumdrehen verlobt sein. Was meinen Sie, Charles?“

Charlie schaute das Mädchen ziemlich ausdruckslos an. Clarissa Mowbray war eine schlanke, hübsche, dunkelblonde junge Dame, und seit Radcliffe das Angebot ihres Bruders angenommen hatte, plapperte sie unaufhörlich. Während das Gepäck von dem Mietwagen in Mowbrays Kutsche umgeladen wurde, schwatzte sie pausenlos über lauter Nichtigkeiten und schwieg nur so lange, bis die Sitzordnung geregelt war. Sie hatte es so eingerichtet, dass sie auf einer Bank eingekeilt zwischen Radcliffe und Charlie saß, während ihr Bruder gegenüber den Platz zwischen Beth und der älteren Frau einnahm.

Diese stellte sich als Lady Gladys Mowbray heraus, die verwitwete Mutter von Tomas und Clarissa. Sie war schwerhörig, was man daran merkte, weil Clarissa ihr die neuen Gäste fast brüllend vorstellte, und es erklärte auch, weshalb sie sich nicht an dem Geschwätz ihrer Tochter beteiligte. Charlie fühlte sich schon so elend, dass sie vermutete, die Lady sei taub geworden, um sich gegen den ständigen Redefluss ihrer Tochter zu wehren.

Gewöhnlich hätte sich Charlie wegen solcher Gedanken geschämt, doch sie fand es auch ohne dieses ununterbrochene Gerede schwer genug, in der überfüllten Kutsche Luft zu bekommen, und bezweifelte nicht, dass sie bald wegen Mangels an Sauerstoff ohnmächtig werden würde.

„Ich bin sicher, mein Bruder stimmt mit der Vorhersage Ihrer Mutter überein", flüsterte Beth jetzt und sah ihre Schwester ärgerlich an, weil deren Antwort ausblieb. „Das stimmt doch, nicht wahr, Charles?"

„Oh ja. Gewiss doch", antwortete Charlie tonlos und schaute aus dem Fenster.

„Ich erinnere mich nicht, gehört zu haben, dass Sie einen Vetter und eine Kusine haben."

Nach Lady Mowbrays Worten herrschte gespannte Stille. Die Dame hatte während mehrerer Stunden stumm wie ein Fisch dagesessen, und es wäre Charlie nur recht gewesen, wenn es auch dabei geblieben wäre. Nun trieb ihr die Bemerkung der Frau einen Angstschauder über den Rücken. Sie wandte sich um zu Radcliffe und wollte ergründen, wie er wohl auf diese Frage reagierte.

Sehr zu ihrer Erleichterung blieb er völlig ungerührt und brachte sogar ein kleines Lächeln zu Stande. „Elizabeth und Charles sind Vetter und Kusine zweiten Grades durch Anheirat", erklärte er.

„Aha." Die Weise, wie Lady Mowbray zwischen Radcliffe und ihr hin und her blickte, war Charlie unangenehm, und dabei blieb es auch für den Rest der Reise. Sie kämpfte noch gegen ihre Übelkeit an, wich Lady Mowbrays forschendem Blick aus, und unterdessen plapperte Clarissa unverdrossen weiter sinnloses Zeug.

Es war eine sehr große Erleichterung, als der Wagen endlich in London eintraf und sie bei Radcliffes Stadthaus abgesetzt wurden.

An der Tür wurden sie von einem hochgewachsenen, schlanken grauhaarigen Mann in Empfang genommen, der ungeheuer distanziert und würdevoll war. Radcliffe stellte ihn als Stokes vor und beauftragte ihn, Beth in ein Zimmer zu bringen und ein Bad für sie zu richten. Danach bedeutete er Charlie, ihm zu folgen. Er führte sie in die Bibliothek, wies ihr einen Sessel an und erklärte dann minutenlang, was seiner Ansicht nach für Beth' Debüt zu unternehmen sei.

Charlie hörte ihm geduldig zu, während sie nur daran dachte, endlich die fürchterliche Perücke abzunehmen, sich der Kleidung zu entledigen, die lästige Brustbinde abzuwickeln und in eine Wanne mit heißem, wohltuendem Wasser zu sinken.

Als Radcliffe seine Ausführungen beendete, stimmte sie seinen Vorschlägen bereitwilligst zu und flüchtete aus der Bibliothek. Draußen wartete bereits Stokes, um sie die Treppe hinauf zu ihrem Raum zu führen. Er teilte ihr mit, dass ihre Schwester sich im Nebenzimmer befinde, und ließ sie dann mit einer Wanne voller heißem Badewasser allein.

Gerade hatte sie sämtliche Burschenkleidung abgestreift und wollte in die Wanne steigen, als die Tür geöffnet wurde. Mit einem leisen Aufschrei ließ Charlie sich ins Badewasser fallen und tauchte sofort unter, weil sie sich verbergen wollte vor jedem, der jetzt eintreten mochte. Ebenso schnell sprang sie wasserspritzend wieder hoch, weil ihr jemand leicht auf den Kopf klopfte. Sie wischte sich die Augen, blickte wild um sich und hörte schließlich Beth leise lachen.

Charlie reagierte gereizt. „Mach das nicht noch einmal!“ fuhr sie ihre Zwillingsschwester ärgerlich an. „Mir blieb fast das Herz stehen! Ich dachte, es wäre ...“

„Tut mir Leid, Liebes.“ Beth lachte noch immer.

Charlie beruhigte sich wieder. Ihr Blick glitt zu den sauberen, rosigen Wangen und dem beinahe getrockneten Haar ihrer Schwester. „Du hast dich mit dem Baden aber beeilt!“

„Ja", sagte Beth und ließ sich auf die Bettkante sinken. „Ich fürchtete, vor Müdigkeit in der Wanne einzuschlafen, und da habe ich lieber nicht zu lange getrödelt."

Dafür hatte Charlie Verständnis, denn sie war ja selbst kurz vor dem Einschlafen.

„Soll ich dir bei deinem Haar helfen?"

„Ja, bitte." Charlie setzte sich ein wenig auf, während sich ihre Schwester neben die Wanne kniete.

Beide Mädchen schwiegen. Beth wusch Charlie das Haar, und Charlie befreite sich von dem restlichen Schmutz der langen Reise. Danach erkundigte sich Beth, was Radcliffe denn gesagt habe.

Seufzend steckte Charlie ihr Bein wieder ins Wasser und spülte die Seife ab. „Er wollte mich über seine Pläne für uns informieren."

„Und wie sehen die aus?"

„Er hat an eine Gewandschneiderin in der Stadt geschrieben. Sie heißt Madame Decalle. Er verlangte für morgen ihre Anwesenheit, um uns unsere Kleider anmessen zu lassen."

„Uns?"

„Nun, dir oder mir – wer auch immer morgen die Schwester spielt."

Beth nickte. „Was hat er sonst noch geplant?"

„Er will ‚Charles' zu einem Goldschmied bringen, um dort einen Teil unserer Erbschaft zu verkaufen, und danach geht es zu einem Herrenschneider, der neue Garderobe anmessen soll."

Beide schwiegen eine Weile. Charlie warf einen Blick über die Schulter zu ihrer Schwester. „Er will ‚Charles' außerdem heute Abend irgendwohin führen. Ich dachte, da du dich ja mit mir als Bruder abwechseln willst, möchtest du ihn vielleicht statt meiner begleiten."

„Heute Abend?" Beth hielt die Hände einen Augenblick in Charlies Haar still und gab ihr dann einen kleinen Schubs, damit sie sich zurücklehnte und sich den seifigen Schopf ausspülen ließ. Nachdem das geschafft war, erhob sich Beth und holte ihrer Schwester ein Trockentuch. Als sie damit zurückkehrte, bemerkte Charlie, die jetzt aufrecht in der Wanne stand, Beth' finstere Miene. Sie zog eine Augenbraue hoch.

„Du wolltest doch abwechselnd mit mir den Bruder spielen, nicht wahr?"

„Schon, aber …" Beth ging zum Bett zurück und befingerte die Kleidung, die Charlie dort abgelegt hatte. „Heute Abend bitte nicht, Charlie", meinte sie schließlich. „Ich bin so furchtbar müde. Es liegt wohl an der langen Reise. Das bin ich nicht gewohnt. Könntest du nicht heute gehen?"

„Wie du willst", stimmte Charlie zu. Sie hatte gehofft, es würde andersherum kommen; sie war nämlich ebenfalls erschöpft von der Reise. So machte sie sich auf eine durchzechte Nacht mit Radcliffe gefasst und wollte gerade das Leinentuch in ihren Händen auseinander falten, als sie einen Blick über die Schulter warf und zu ihrer großen Bestürzung sah, dass die Tür aufgerissen wurde.

Radcliffe hatte sein Bad beendet, sich angekleidet und war dann in die Bibliothek zurückgekehrt, um dort auf Charles zu warten. Der Junge schien sehr viel Zeit zum Baden zu brauchen. Um ihn ein wenig anzutreiben, lief er die Treppe hinauf und durch den Korridor zu der Tür des Zimmers, das man Charles angewiesen hatte.

So ungeduldig war er, dass er sein gutes Benehmen vergaß, in den Raum stürzte und den Burschen schon zur Eile antreiben wollte. Was er jedoch vor sich sah, raubte ihm die Sprache, und er blieb offenen Mundes stehen, denn ganz eindeutig war dies nicht Charles, sondern Elizabeth.

Nackt wie am Tage ihrer Geburt stand sie da, und das Wasser tropfte ihr über die üppige Figur. Sie war halb abgewandt, schaute über die Schulter hinweg zu ihm herüber und erstarrte. Sie hielt ein halb auseinander gefaltetes Trockentuch in den Händen, und die Bestürzung malte sich in ihrer Miene.

Einen Moment lang vermochte Radcliffe sie nur anzuschauen. Sie war die schaumgeborene Aphrodite, Astarte in all ihrer Herrlichkeit, die absolute Schönheit in Menschengestalt. Sein Blick glitt von ihrer runden Schulter zu der festen, vollen Brust, die unter ihrem Arm hervorlugte, dann weiter über ihre Rückenlinie, auf der die Wassertröpfchen im Kerzenlicht funkelten wie Juwelen auf rosa Samt neben dem Geheimnis des dunklen Haars, welches feucht und glatt zwischen ihren Schultern über ihren Rücken fiel. Er verfolgte das Haar bis hinab zu den köstlichen Kurven ihres Pos, sah die kleinen Rinnsale aus dem nassen Schopf hinablaufen und in das Badewasser zurückfließen.

Es juckte ihm in den Fingern, diesen Weg ebenfalls zu nehmen, doch als ihm bewusst wurde, wohin seine Gedanken führten, nahm er sich rasch zusammen und drehte sich zum Flur um. Er murmelte irgendeine Entschuldigung, zog die Tür hinter sich zu und lehnte sich an die Wand daneben. Dass er zitterte, erstaunte ihn selbst.

Charlie schaute ihre Schwester erleichtert an. Beth stand erstarrt neben dem Bett. Rasch stieg Charlie aus der Wanne, wickelte sich in das Leinentuch ein und lief zu ihrer Schwester. „Schnell, hilf mir beim Ankleiden!“ befahl sie und gab Beth einen kleinen Stoß, um sie aus ihrer Erstarrung zu wecken.

„Ankleiden? Er sah dich doch ...“

„Nein. Er sah dich!“

Beth machte ein ratloses Gesicht, während Charlie das feuchte Leinentuch zur Seite warf, die Beinlinge vom Bett riss und sie sich überstreifte. „Nein, ich glaube nicht, dass er mich gesehen hat. Er war viel zu sehr damit beschäftigt, dich zu betrachten.“

„Dich hat er gesehen!" berichtigte Charlie grimmig, zog sich die Kniehose an und nahm die Brustbinde auf, um diese wieder um ihren Oberkörper zu winden. Da ihre Schwester noch immer so verwirrt aussah, erklärte sie ungehalten: „Er wird denken, er habe dich in der Badewanne gesehen, Beth!"

Ihre Schwester errötete vor Verlegenheit und wollte Charlie bei der Brustbinde zur Hand gehen. „Nur, wie sollen wir erklären, was ich in deiner Badewanne zu suchen hatte?"

Charlie band sich das Haar im Nacken zusammen, fing das Ende des langen Pferdeschwanzes ein, steckte es hinten in ihre Kniehose, zog sich ihr Hemd an und knöpfte es rasch zu. Unterdessen hatte sie sich auch die Antwort überlegt.

„Wir haben eben unsere Zimmer getauscht", erklärte sie, schnappte sich die Perücke und stülpte sie sich auf das nasse Haar, ehe sie sich das Jackett nahm und zur Verbindungstür der beiden Schlafzimmer lief. „Dies ist jetzt dein Raum!"

Beth wollte noch etwas äußern, doch die Verbindungstür schloss sich bereits hinter ihrer Schwester.

Radcliffe benötigte einige Minuten, um sich so weit zu beruhigen, dass er sich wieder in der Lage sah, jemandem gegenüberzutreten. Dass er so durcheinander war, lag nicht daran, dass er Beth nackt gesehen hatte, sondern an seiner eigenen Reaktion darauf.

Während der letzten drei Tage, seit er Charles und dessen Schwester begegnet war, hatte Radcliffe nur onkelhafte Gefühle für das Mädchen gehegt. Seine Empfindungen für den Burschen waren dagegen etwas ganz anderes gewesen. Sein Körper hatte auf die Nähe des schlafenden Knaben reagiert. Das beunruhigte ihn, und später hatte er natürlich begonnen, jede kleinste Reaktion auf den Jungen zu analysieren.

Jetzt glaubte er, seine eigenen Befürchtungen seien das Problem gewesen, denn Beth in ihrer Nacktheit zu sehen hatte nichts als reine Begierde in ihm bewirkt. Radcliffe war mehr als erleichtert, er war geradezu froh.

Also hegte er keinen Hang zu den eher ungewöhnlichen Neigungen einiger Edelleute, die, gelangweilt von ihrem Leben mit der endlosen Folge von Wein, Weib und Gesang, nach neuen Wegen der Erregung suchten. Zwar hatte er stets die Ansicht vertreten, was jemand hinter geschlossenen Türen tue, sei seine eigene Angelegenheit, doch er hatte niemals eine Andeutung solcher Gefühle bei sich selbst gespürt. Und jetzt wusste er genau, dass mit ihm alles in Ordnung war.

Radcliffe lächelte gequält über seine eigene Torheit. Er richtete sich an der Wand auf und zupfte seine Manschetten zurecht. So lange hatte er es sich versagt, Zuneigung zu jemandem zu empfinden, dass er seine Hingezogenheit zu dem Jungen für etwas ganz anderes gehalten hatte. Wirklich sehr peinlich. Er war nur dankbar, dass er als Einziger etwas davon gemerkt hatte.

Kopfschüttelnd ging er auf dem Korridor weiter bis zur nächsten Tür. Er wollte schon nach dem Türknauf greifen, besann sich jedoch und hob die Hand, um anzuklopfen. Bevor seine Fingerknöchel allerdings das Holz berührten, öffnete sich die Tür, hinter der ein leicht atemloser Charles stand und ihn verblüfft anschaute.

„Radcliffe."

„Charles." Da er immer noch Erleichterung spürte, bedachte Radcliffe den Burschen mit einem warmen Lächeln. „Ich wollte gerade nachsehen, was dich denn so lange aufhielt."

„Oh … Entschuldigung. Ich … äh … nun, ich musste erst mit Beth reden, bevor ich badete und mich ankleidete … ihr alles erzählen, was für morgen geplant ist und so."

„Gewiss." Sein Lächeln verblasste keineswegs. „Gefiel ihr das Zimmer nicht?"

„Was? Oh … nun … Sie mochte das andere Zimmer lieber. Blau ist nämlich ihre Lieblingsfarbe." Der Junge zögerte. „Wieso? Haben Sie zuerst dort nach mir gesucht?"

„Leider ja. Und da ich glaubte, es wäre dein Raum, habe ich bedauerlicherweise auch nicht angeklopft, sondern bin einfach so hineinmarschiert. Höchst ungehörig, das."

Trotz seiner Worte bekam er es nicht fertig, auch nur im Geringsten verlegen auszusehen, obgleich er wusste, dass der Bruder des Mädchens empört sein würde. Der allerdings schaute ihn nur gleichmütig an und schloss die Tür hinter sich. „Nun, sicherlich ist nichts passiert. Hat sie geschlafen?"

Noch immer lächelnd schüttelte Radcliffe den Kopf. „Nein. Ich fürchte, ich habe sie dabei erwischt, wie sie aus dem Bad stieg." Als der Junge darauf eine Augenbraue hob, verzog er ein wenig gequält das Gesicht. „Natürlich werde ich mich bei der ersten Gelegenheit entschuldigen."

Der Junge schüttelte den Kopf und folgte Radcliffe hinunter in die Halle.

Nun, dachte Radcliffe, der Ärger darüber, dass ich seine Schwester im Bad überrascht habe, dürfte angesichts der bevorstehenden Nacht bald verfliegen. Für den Jungen soll es schließlich das erste Erlebnis als Mann werden! Sie würden nämlich in London die Stadt unsicher machen.

Radcliffe fragte sich, ob Charles überhaupt eine Ahnung hatte, wohin er gebracht werden sollte. Möglicherweise nahm er ja an, sie würden in einer Spielhalle enden, ins Theater oder in einen der Herrenclubs gehen, von denen er sicherlich schon gehört hatte.

Wie dem auch sei, Charlie stand eine Überraschung bevor: Sie würden nämlich ein Bordell aufsuchen!

5. KAPITEL

Die Fahrt war verhältnismäßig kurz, dennoch hatte Radcliffe darauf bestanden, dass das Ziel eine Überraschung sein sollte. Während sie durch die dunklen Londoner Straßen fuhren, hatte Charles versucht, es herauszufinden, und gehofft, er würde eine Bestätigung erhalten, falls er das richtige Ziel erriete, doch Radcliffe hatte nur geheimnisvoll gelächelt und jedes Mal den Kopf geschüttelt.

Der Junge platzte bald vor Neugier, als die Kutsche endlich anhielt. Radcliffe stieg auf einer kopfsteingepflasterten Straße vor einem ziemlich unscheinbaren Haus aus.

Charles' Verwirrung zeigte sich in seiner Miene. „Wo sind wir hier?" wollte Charles von Radcliffe wissen.

„Bei Aggie's", lautete dessen Antwort, während er den Weg zur Eingangstür hinaufging.

„Aggie's", wiederholte der Junge trübsinnig.

Radcliffe lächelte. Er merkte, dass der Knabe von diesem Etablissement noch nie etwas gehört hatte. Er war wohl in dem Glauben gewesen, sie würden mit Londons Jugend feiern, und jetzt dachte er, dies sei das Haus von Freunden, denen sie einen Besuch abstatteten. Radcliffe lachte in sich hinein.

„Nun komm schon!" Er wartete, bis der Junge herangekommen war, und klopfte dann an die Tür. Er wusste nicht, ob man auf diese Weise Zutritt zu diesem Etablissement erhielt, denn er selbst war noch nie bei Aggie's gewesen, sondern hatte nur davon gehört.

Wahrscheinlich gab es in London keinen Mann, der Aggie's nicht kannte, doch Radcliffe hatte solche Häuser noch nie geschätzt. Er bevorzugte die etwas weniger geschmacklose Gewohnheit, sich eine Mätresse zu nehmen und diese dann angemessen auszuhalten, solange die Beziehung andauerte. Er hätte Charles wohl kaum zu seiner Mätresse mitnehmen können, verfügte er denn im Augenblick über eine. In diesem Fall wäre der Junge ziemlich im Wege gewesen.

Die korpulente Frau, die an der Tür erschien, konnte nur die verrufene Aggie sein. Ihr Haar war kupferrot, ihr Gesicht sah aus wie eine Straßenkarte von London und ihr Körper wie eine überreife Tomate, die gleich platzen würde. Es gelang Radcliffe kaum, seine Bestürzung zu verbergen und ein freundliches Lächeln aufzusetzen.

„Ja, wen haben wir denn hier? Zwei feine Herren besuchen die alte Aggie! Bleiben Sie doch nicht da draußen stehen, M'lords. Kommen Sie herein! Aggie's hat geöffnet."

Radcliffe überlegte noch, ob er sein Vorhaben wirklich in die Tat umsetzen sollte, als Charlie sich neben ihm bewegte und damit auf sich aufmerksam machte. Da erinnerte er sich wieder an den eigentlichen Zweck dieses Besuches. Er straffte die Schultern und nickte. Schließlich tat er dieses ja für den Jungen.

Charlie sah die Frau, die vor ihnen stand, verwundert an. Nie zuvor war ihr so jemand begegnet. Die Frau trug ein knallrotes Seidengewand, wobei man kaum von „tragen" reden konnte. Es sah eher so aus, als hätte man ihr den Stoff angegossen.

Hatte Radcliffe sich etwa geirrt? Er wollte doch ganz sicher nicht hierher kommen! Der Kutscher musste die Adresse falsch verstanden haben!

In den Räumen hinter Aggie bewegte sich etwas, das Charlies Aufmerksamkeit erregte, und sie versuchte, um die Frau herumzuspähen. Unmöglich. Die Rotgewandete füllte den ganzen Türrahmen aus wie ein Napfkuchen eine Backform.

Als spürte sie Charlies Versuch, an ihr vorbeizuschauen, bewegte sie sich zur Seite und gewährte dem vermeintlichen Burschen einen Blick in den beleuchteten Raum. Was Charlie dort entdeckte, schockierte sie noch mehr als die Frau selbst.

Sie sah zehn bis zwölf Frauen und ebenso viele Männer. Alle bewegten sich umher, lachten laut und tranken, und – gütiger Himmel – die Frauen waren fast nackt! Und ganz offensichtlich von loser Moral. Wie sollte man auch sonst eine Frau bezeichnen, die sich von einem Mann vorn an ihrem durchsichtigen Gewand betasten ließ, als suchte er dort nach einem Monokel, das ihm aus dem Auge und direkt in ihr Mieder gefallen war?

Charlie sagte sich, dass sie sich hier ganz eindeutig am falschen Ort befanden. Benommen schaute sie auf Radcliffe, während die entsetzliche Aggie sie hereinwinkte.

„Komm schon, mein Junge. Du wirst es hier ungemein erbaulich finden."

Charlie blieb nichts anderes übrig, denn Radcliffe fasste sie beim Arm und zog sie mit sich. Sie kam sich vor wie Naschwerk bei einer Teegesellschaft. Sobald sie in den Raum gezerrt wurde, fiel die Hälfte der „Damen" über sie her, gurrten und raunten süß, was für ein hübscher Junge sie doch sei und dass aus ihr einmal ein starker und schöner Mann werden würde. Auch mit den Händen waren sie sehr freizügig. Sie ließen sie über Charlies Wangen, ihre Schultern und ihre gebundene Brust gleiten. Eine Frau kniff ihr sogar in den Po und lobte dann dessen Festigkeit.

Dieser Griff weckte Charlie aus ihrer Benommenheit. Unvermittelt fuhr sie herum und wollte zur Tür laufen, doch Radcliffe packte sie sofort beim Kragen und zog sie zu sich heran.

„Nun mal langsam", befahl er. Irgendwie schien ihn ihr Fluchtversuch sogar zu amüsieren. Anscheinend war er selbst ein wenig überwältigt, doch das interessierte Charlie jetzt nicht. Während die Frauen sich auf sie stürzten wie ein Wolfsrudel auf ein Lamm, suchte sie nur nach einem Ausgang.

Radcliffe deutete auf eine leere Couch an der Wand, zu der er Charlie zog. Kaum hatte er sie darauf gedrückt, brachte ihm eine der Frauen schon ein gefülltes Glas. Das reichte er sofort an Charlie weiter und richtete sich dann auf.

„Bleib hier ruhig sitzen. Ich will einmal mit Aggie reden."

Ehe Charlie dagegen protestieren konnte, allein gelassen zu werden, war Radcliffe schon fort, und das Wolfsrudel kam zurück. Die beiden Jüngeren waren am schnellsten. Charlie würde sie jünger als sich selbst geschätzt haben, wenn es sie denn interessiert hätte, was allerdings nicht der Fall war. Die beiden Mädchen eilten herbei, jedes fasste einen ihrer Arme und zog ihn sich an die Brust. Mit finsterer Miene konzentrierte sich Charlie darauf, zu verhindern, dass ihr Glas nicht überschwappte und der Inhalt sich über eine dritte Frau ergoss, die sich auf ihren Schoß gesetzt hatte.

„Na, du?" gurrte diese und schlang ihre Arme fest um Charlies Nacken. „Ich glaube, wir beide könnten gute Freunde werden."

„Dann glaubst du falsch", stieß das Mädchen zu Charlies Rechter bitter hervor. „Du weißt doch ganz genau, dass Aggie kleine, unschuldige Jungen immer für sich behält."

„Aggie ist ein ekelhaftes altes Schrapnell", erklärte die Frau auf ihrem Schoß gereizt und lächelte Charlie dann süß an. „Ich wäre dir doch bestimmt lieber als diese dicke, alte Kuh, nicht wahr? Schau dir nur an, was ich dir zu bieten habe. So etwas Köstliches wie das hier findest du bei Aggie nicht." Mit einer Hand zog die Frau ihr fast durchsichtiges Mieder herunter, entblößte ihre Brüste und drückte ihre andere Hand sanft, doch unmissverständlich gegen Charlies Nacken.

Entsetzt sah Charlie auf die immer näher kommenden Brüste der Frau und meinte, sie würde ersticken, falls ihr Gesicht daran geriete.

„Du bist nicht die Einzige hier, die etwas zu bieten hat!" Bevor die riesigen Brüste Charlie ersticken konnten, fühlte sie, wie ihr die Frau zu ihrer Linken ihre Hand in den Schoß legte und sie dann tiefer zu ihrem Schritt gleiten ließ.

Mit einem entsetzten Aufschrei sprang Charlie auf, wobei sie die Busenfreie auf den Boden stieß. Genau in diesem Augenblick erschien Radcliffe wieder vor ihr.

„Gottlob", keuchte sie, vergaß völlig die Scharade, die sie spielte, und warf sich dem Mann an die Brust. „Bringen Sie mich hier hinaus, Radcliffe – sofort!"

In seiner ersten Reaktion wollte Radcliffe die Arme beschützend um sie legen, doch dann blickte er düster drein und stieß sie von sich. „Verhalte dich deinem Alter gemäß, Charles! Das hier sind doch nur eine Hand voll Frauen. Findest du denn keine davon attraktiv?"

„Attraktiv! Wölfinnen sind das!" Charlie sah ihn kalt an. „Ich will jetzt nach Hause."

Radcliffe runzelte die Stirn und schaute auf die Frauen. Er schien über Charlies Worte nachzudenken und knurrte dann etwas über Aggie, die anscheinend Recht gehabt habe und darauf habe wetten wollen.

Als Radcliffe „Komm mit" sagte, war Charlie trotz ihres Ärgers erleichtert. Sie folgte ihm aus dem Raum dorthin, wo die alte Hure Aggie an der Treppe bei einem jungen Mädchen stand. Wir werden jetzt wohl die anstößigeren Angebote dieses Etablissements übergehen und uns dem Glücksspiel zuwenden, dachte Charlie und folgte der älteren Frau, die sich umdrehte und voraus die Treppe hinaufstieg. Radcliffe sowie das junge Mädchen folgten nach.

Oben angekommen, wandte sich Aggie nach rechts, führte sie einen langen Flur entlang und dann in das dritte Zimmer an diesem Gang. Charlie folgte ihr hinein und trat zur Seite, um sich in diesem Raum umzusehen.

Ein gewaltiges Bett fiel ihr als Erstes auf. Die Bettdecken und -behänge waren blutrot, was Charlie ziemlich vulgär fand. Abgesehen davon, gab es hier noch eine Truhe, einen purpurroten Sessel sowie einen Schrank. Indes sah sie keinerlei Tische, an denen Männer beim Kartenspiel saßen – keine Bakkarattische, überhaupt keine Spieltische.

Als die Tür hinter ihr zufiel, drehte sie sich um und sah, dass sich Radcliffe nicht mehr bei ihnen befand. Sie war allein mit der alten Hexe, die die Tür aufgeschlossen hatte.

„So, mein Liebchen. Dann woll'n wir mal."

Als die Frau sich anschickte, ihr die Halsbinde zu lösen, sprang Charlie einen Schritt zurück und packte die Hände der alten dicken Hure.

„Was wollen Sie eigentlich?"

„Dir beim Auskleiden helfen, mein Kleiner."

„Wie kommen Sie darauf?" fragte Charlie ärgerlich und band den komplizierten Knoten neu.

Die Lippen der Frau zuckten erheitert. „Das geht in voller Bekleidung schlecht, mein Junge."

„Wir werden nichts tun, wobei ich mich ausziehen müsste", erklärte Charlie und ging auf die Tür zu. Kaum hatte sie einen Schritt gemacht, da packte Aggie sie schon beim Arm und zog sie wieder herum.

„Oh, so magst du es also, ja? Schnell und in voller Kleidung", flüsterte sie vielsagend und griff Charlie zwischen die Beine.

Vor Schreck machte Charlie einen Satz rückwärts, doch weiter kam sie auch nicht, denn die Frau hielt noch immer ihren Arm fest.

„Liebe Güte, du hast aber einen kleinen! Den kann ich ja nicht einmal fühlen!" rief sie aus und machte sich dann wieder an Charlies Krawatte zu schaffen. „Das ist natürlich ein Hindernis, wenn auch kein unüberwindliches. Die gute Aggie wird dir schon zeigen, was man damit alles machen kann."

„Damit machen?" Grollend schob Charlie die Hände fort und versuchte, ihr Halstuch zum wiederholten Mal rasch aufs Neue zu binden.

„Ja doch. Verlasse dich nur auf mich. Die alte Redensart stimmt genau: ‚Nicht die Größe des Segels, sondern wie man den Klüver führt, bestimmt die Fahrt.' Fühlst du dich nicht wohl, Jungchen? Du siehst plötzlich so spitz aus."

„Oh nein!" Charlie fuhr herum und rannte zur Tür. Ehe sie sie jedoch zu öffnen vermochte, wurde sie schon wieder beim Arm gepackt und zum Bett gezerrt.

„Nun, nun, Kleiner. Du musst nicht gleich in Panik ausbrechen. Aggie wird auch ganz sanft zu dir sein."

„Ich will nicht, dass Sie sanft sind!" Verzweifelt zerrte Charlie an ihrem Arm. Zu ihrer Erleichterung ließ Aggie sie los und zog eine Augenbraue hoch.

„Ach nein?"

„Nein." Charlie schüttelte den Kopf. „Ich will nicht …"

„Weshalb hast du das denn nicht gleich gesagt? Nun, das erklärt alles. Ich begann mir schon Sorgen zu machen. Du hast dich so seltsam verhalten." Kopfschüttelnd trat sie an den Schrank neben der Tür und durchsuchte ihn. „Ja, also Lord Radcliffe sagt, du seist unerfahren, doch das stimmt offenbar gar nicht – du weißt anscheinend sehr genau, was du willst … Ah ja!"

Charlie verarbeitete noch den ersten Teil dieser Feststellung, als die Frau zufrieden vor sich hin murmelte und etwas aus dem Schrank zog. Mit einem Seil in der einen und einer langen Peitsche in der anderen Hand drehte sie sich dann zu Charlie um.

„So. Nachdem ich nun weiß, was dir gefällt, können wir ja zur Sache kommen." Sie lächelte zuckersüß und ließ die Peitsche knallen.

Charlie sprang zur Tür, doch im nächsten Moment wickelte sich die geschwungene Peitsche um ihre Füße und zog sich fest. Charlie schrie auf, streckte die Hände aus, um ihren Sturz abzumildern, und fiel dann vornüber.

„Du ungezogener Junge, du“, gurrte Aggie, fasste sie beim Kragen und zog sie zum Bett zurück. „Doch das werden wir dir schon noch austreiben, glaube ich.“

Das glaubte Charlie nun überhaupt nicht, und sie wehrte sich ernsthaft, während die Frau auf die Bettkante sank und versuchte, sich Charlie übers Knie zu legen. Der gelang es zwar, sich loszureißen, doch sie wurde erneut eingefangen und aufs Bett geworfen. Ehe sie sich bewegen konnte, hockte Aggie schon auf Charlies Brust.

Rasch fesselte sie Charlie mit dem zuvor aufs Bett geworfenen Seil und band jedes ihrer Handgelenke an einem Bettpfosten fest.

„So“, seufzte sie zufrieden und betrachtete Charlie etwas ärgerlich. „Du bist mir ein bisschen zu lebhaft. Für solche Spiele bin ich schon zu alt. Hoffentlich werde ich dafür auch gut bezahlt.“

Als Charlie sie nur benommen ansah, seufzte sie noch einmal und setzte sich zur Seite. „Und jetzt ...“ Sie lächelte koboldhaft, richtete sich auf, nahm die Peitsche in die Hand und spielte vielsagend an deren Griff. „Ist es nur der angedrohte Schmerz, den du brauchst, oder willst du ihn tatsächlich?“

„Erzähle mir mehr über diese Aggie. Sie wird den Jungen doch sanft behandeln, ja?“

Das Haar der Hure verdeckte fast ihre Augen, die sie über diese Frage verdrehte. Sie war nämlich enttäuscht. Radcliffe hatte sich um den Jungen Sorgen gemacht, seit sie diesen Raum betreten hatten. Das war sehr ärgerlich. Der Mann dachte viel zu viel an diesen verdammten Burschen. Sie hatte schon eine ganze Weile geschmeichelt und gestreichelt, und er zeigte noch keinerlei Härte. Er vermochte sich einfach nicht zu konzentrieren.

„Aggie wird sehr sanft sein, Mylord“, versicherte die Frau mit belegter Stimme und warf ihm einen verführerischen Blick zu, während sie sich weiter an seinen Hemdknöpfen zu schaffen machte. „Sie ist schon sehr lange in diesem Geschäft. Sie wird ihn behutsam einreiten.“

„Gewiss wird sie das.“ Radcliffe zwang sich zu einem Lächeln und versuchte sich auf die Frau zu konzentrieren, die inzwischen sein Hemd aufgeknöpft hatte und die Hände über seine Brust gleiten ließ. Trotzdem stellte sich kein Erfolg ein. Den Jungen bekam er einfach nicht aus dem Kopf. Das war wie ein lästiger Niednagel, der einem langsam auf die Nerven ging.

Er verzog das Gesicht über seine eigene Torheit, hob die Hände an ihre Schultern, zog die Frau zu einem Kuss zu sich heran und bemühte sich sehr, dabei etwas Enthusiasmus aufzubringen.

Ein lauter Schrei beendete seine Bemühungen. Radcliffe drehte den Kopf zur Wand. Das Kreischen kam eindeutig von Charles, und die schmerzvolle Panik darin war unverkennbar. Fluchend stieß er die Frau von sich und lief in höchster Eile zur Tür.

Gefolgt von der jungen Hure, stürzte Radcliffe zu dem Zimmer, in welchem sich Charles befand, und war schon drinnen, noch ehe der erste Schrei vorbei war. Im Türrahmen blieb er wie angewurzelt stehen.

Charles lag ausgestreckt ans Bett gefesselt. Sein ganzer Körper war schreckensstarr, der Kopf gehoben, die Perücke verrutscht, und er öffnete den Mund zu einem zweiten Schrei.

Das war jedoch nur das eine Bild, welches sich Radcliffe bot. Das andere war – und dies sah er mit äußerster Verblüffung –, dass die ältliche Aggie rittlings auf der schmalen Brust des Knaben saß und eine Peitsche in der Hand hielt.

„Was, zum Teufel, geht hier vor?“

Charles schloss den Mund und blickte zur Tür. Als er dort Lord Radcliffe stehen sah, zeigte sich die Erleichterung in seinem Gesicht.

„Radcliffe!“ stöhnte der Junge auf und schluckte einmal, um wieder zu Atem zu kommen. „Befreien Sie mich von diesem Weib!“ rief er.

Im Nu hatte Radcliffe das Zimmer durchquert. „Madam, ich empfehle Ihnen, sich zu entfernen, denn andernfalls wäre ich gezwungen, das selbst zu tun.“

Aggie blickte von dem Burschen, auf dem sie hockte, zu dem Mann, der drohend vor dem Bett stand. „Soll das auch zu dem Spiel gehören?“ fragte sie unsicher. Radcliffe konnte sich nicht mehr zurückhalten. Eigenhändig hob er Aggie von dem Burschen herunter und stellte sie auf den Fußboden, wo sie dann auf der Stelle in lautes Lamentieren ausbrach.

„Was wollen Sie denn? Der Kleine mochte es doch so!“

Radcliffe warf einen Blick auf Charles und zog eine Augenbraue hoch.

„Diese dumme alte Schlampe hat alles missverstanden“, erklärte ihm der Junge angewidert. „Beeilen Sie sich bitte, und binden Sie mich los. Ich will hinaus aus dieser schrecklichen Lasterhöhle!“

„Nicht doch!“ Die alte Kupplerin flatterte hilflos hinter Radcliffe her. „Binden Sie ihn nur nicht los! Er ist ja so schlüpfrig wie ein kleiner Aal, und ich brauchte eine Ewigkeit, ehe ich ihn so verschnürt hatte.“

Radcliffe nahm solche Beschwerden gar nicht zur Kenntnis, sondern band Charles los und drehte sich dann zu der jetzt verärgerten Aggie um. Diese protestierte noch immer, stieß nun jedoch auch noch Drohungen aus und verlangte Bezahlung für dieses Fiasko. Der Bursche sei herumgesprungen wie ein junges Pferd vor dem Rennen, behauptete sie, und deshalb bestehe sie auf gute Bezahlung.

Charles rutschte vom Bett, während Radcliffe der alten Hexe und der jüngeren „Dame“ gegenüberstand, die sich jetzt ebenfalls beschwerte.

Schließlich gelang es Radcliffe, die lamentierenden Frauen zum Schweigen zu bringen. „Ich werde euch beide entlohnen, sobald ich mein Jackett aus dem anderen Zimmer geholt habe“, erklärte er ihnen kalt und wandte sich zur Tür. Die beiden Frauen folgten ihm auf dem Fuße.

Sobald sie allein war, erschlaffte Charlie vor Erleichterung. Dieser ganze Abend war ein einziger Albtraum gewesen. Das hatte sie sich ganz anders vorgestellt.

Seufzend schaute sie sich noch einmal angewidert in dem Zimmer um und ging dann rasch zur Tür, um so dicht wie möglich bei Radcliffe zu bleiben, bis sie endlich hier hinauskäme. Ein Bordell! Großer Gott, der Mann hatte sie in ein Bordell geschleppt. Und das war nun seine Auffassung von guter Unterhaltung! Vorsichtig spähte sie in den Korridor hinaus und sah, dass sich dort niemand befand. Sie wäre auch vor Scham gestorben, falls sie dort jemanden entdeckt hätte, der dann wusste, dass sie ein solches Haus aufsuchte.

Charlie war gerade in den Korridor hinausgetreten, als sie ein ihr bekanntes Lachen hörte. Sie trat dichter an das Geländer und sah unten einen Mann und eine Frau die Treppe heraufkommen. Nur einen Moment brauchte sie, um Lord Seguin zu erkennen, Beth' Anverlobten. Zuerst war sie so entsetzt, dass sie sich nicht zu bewegen vermochte, denn der Mann war ihr bisher wie ein Musterbeispiel an Schicklichkeit erschienen. Ihn hätte sie hier zu allerletzt erwartet.

Als das Pärchen die obersten Treppenstufen erreichte und sich zu ihr umzudrehen begann, floh sie flink zurück in das Zimmer, das sie eben erst verlassen hatte. Sie wollte die Tür zuschlagen, schlüpfte dann jedoch lieber leise hinein, um keine Aufmerksamkeit zu erregen.

Ihren Fehler erkannte sie gleich einen Augenblick später.

„Hier sind wir also. Dieser Raum ist leer."

Charlie merkte, dass ihr das Blut aus dem Gesicht wich, als die beiden eintraten.

„Schön, schön", sagte Lord Seguin munter.

Als Charlie sah, wie seine Finger um die Tür griffen, um sie ins Schloss zu stoßen, schlug sie sich entsetzt die Hände vors Gesicht.

6. KAPITEL

„Was möchtest du denn heute Nacht gerne, Liebster?“

Charlie senkte die Hände ein wenig, so dass sie über ihre Fingerspitzen spähen konnte. Anscheinend hatte sich weder Seguin noch dessen üppige Begleiterin umgesehen. Keiner der beiden hatte sie entdeckt – bis jetzt.

Rasch schaute sie sich um. Zwar befand sich die Tür direkt neben ihr, doch die Klinke war auf der ihr abgewandten Seite. Das bedeutete, dass sie erst ein paar Schritte unbemerkt nach rechts gehen musste, was ihr jetzt wie ein meilenweiter Weg vorkam, zumal Seguin oder die Prostituierte jeden Moment in ihre Richtung blicken mochte.

Allerdings stand sie direkt vor dem Kleiderschrank und lehnte sich an dessen Tür, welche Aggie vorhin bei der Suche nach der Peitsche offen gelassen hatte. Es wäre nur ein winziger Schritt für Charlie, sich im Schrank zu verbergen und die Tür zuzuziehen.

„Ich glaube, heute Nacht möchte ich mal wieder ganz gern Indianer, Maisey.“

Während sie rasch in den Schrank schlüpfte, hörte Charlie zwar Seguins Antwort, hatte jedoch keine Ahnung, was das bedeutete. Bevor sie die Tür zuzog, sah sie den rundlichen kleinen Mann seltsam aufgeregt lächeln. Unterdessen öffnete Maisey die Truhe am Fußende des Betts und begann darin herumzusuchen.

Nachdem sie die Schranktür zugezogen hatte, bemerkte Charlie einen schmalen Spalt zwischen den beiden Schranktürflügeln, durch den sie einen wenn auch beengten Blick in das Zimmer werfen konnte.

Sie hörte einen Ausruf von Maisey, legte ein Auge an den Spalt und spähte hinaus. Maisey richtete sich gerade auf. In der einen

Hand hielt sie eine lange Feder und in der anderen einen Stoffstreifen. Beides gab sie Lord Seguin und wühlte dann weiter in der Truhe herum.

Charlie blickte zu dem Lord, doch als dieser sich anschickte, seine Kniehose abzustreifen, schaute sie rasch zu Maisey zurück. Die Frau hatte inzwischen eine weitere Feder aus der Truhe gezogen. Sie legte sie zur Seite, entledigte sich ihrer Kleider bis auf ein Unterhemd, steckte sich dann die Feder ins Haar, legte noch zwei Schmuckreifen um ihren Arm und zeigte sich schließlich wieder Lord Seguin.

Charlie stockte der Atem. Der Mann hatte sich völlig ausgezogen und trug nun nur noch den Stoffstreifen als Lendenschurz. Die einigermaßen schwankend in seiner Perücke steckende Feder war das Einzige, womit er sonst noch bekleidet war. Angewidert lief ihr Blick über seine fleckige, dicke kleine Gestalt.

Der Mann war nicht größer als Charlie selbst, wog jedoch mindestens doppelt so viel, und jedes einzelne Pfund davon schien in seinem Bauch verstaut zu sein, der sich schwer über den provisorischen Lendenschurz wölbte. An allen anderen Körperstellen ähnelte der Lord eher einer Vogelscheuche. Mit seinen spindeldürren Beinen und Armen sah er reichlich lächerlich aus.

Er betrachtete Maisey. „Entzückend“, erklärte er mit einem entschieden lüsternen Funkeln in den Augen. „Komm her, meine kleine Indianerprinzessin.“

Mit einem sündigen Lächeln auf den Lippen schüttelte Maisey den Kopf und wich einen Schritt zurück. Seguin war über ihren Ungehorsam nicht etwa erzürnt, sondern er grinste nur ebenso sündig zurück und sprang dann hinter ihr her. Was nun kam, war wohl das absurdeste Fangenspiel, das Charlie jemals mit angesehen hatte.

Maisey lief kichernd durch den Raum. Lord Seguin, dieses Musterbeispiel der Würde und Diplomatie, schlug sich die Finger vor den Mund, stieß Töne aus, die wahrscheinlich Indianerrufe sein sollten, und jagte hinter ihr her. Hätte er gewollt, würde er Maisey leicht eingefangen haben, denn das Mädchen musste viel zu sehr kichern, um sich schnell bewegen zu können. Darauf schien es allerdings auch gar nicht anzukommen. Offenbar war allein die Jagd das Vergnügen.

Charlie sah Seguin in einem ganz neuen Licht. Sie hätte ihn gern niemals kennen gelernt und konnte nur daran denken, dass Beth sich richtig entschieden hatte, bei ihr zu bleiben, statt möglicherweise diesen Menschen zu heiraten. Charlie vermochte sich ihre Zwillingsschwester einfach nicht bei solchen Spielchen vorzustellen.

Schließlich ging die Jagd zu Ende. Die „Indianerprinzessin" blieb neben dem Bett stehen und drehte sich mit ausgestreckten Armen zu ihrem Häscher um, als wollte sie ihn abwehren. „Oh großer Krieger! Gnade!" rief sie dramatisch.

Seguin blieb ebenfalls stehen. Er brauchte einen Augenblick, um wieder zu Atem zu kommen, und nahm dann das schlanke Mädchen in die Arme. „Jetzt sollst du die Meine werden", keuchte er und warf sie aufs Bett.

Maisey landete mit gespreizten Beinen auf der Liegestatt. Das Hemd rutschte ihr bis zu den Hüften hinauf, als wäre diese Szene schon wiederholt aufgeführt worden und als wüsste das Mädchen, was es zu erwarten hatte. Charlie erhaschte einen Blick auf Seguin, der sich den Lendenschurz hochzog. Als er zwischen die Beine des Mädchens trat, zog sie sich rasch von ihrem Guckloch zurück.

Sie entschied, dass es jetzt der günstigste Moment zum Verschwinden sei. Rasch schlüpfte sie aus dem Schrank und huschte zur Zimmertür. Das Pärchen auf dem Bett war viel zu beschäftigt, um zu bemerken, dass sie den Raum verließ und die Tür hinter sich ins Schloss zog.

Der Flur draußen war wieder so leer wie zuvor. Radcliffe war nirgends zu sehen. Leider hatte sich Charlie nicht gemerkt, welche Richtung er eingeschlagen hatte, und wünschte sich jetzt, sie wäre vorhin aufmerksamer gewesen. Sie wandte sich nach links in der Hoffnung, sie würde ihm schon bald begegnen, oder er würde sie finden.

Die erste Tür, an der sie vorbeikam, war geschlossen. Leises Stöhnen und Kichern kamen von drinnen. Charlie lauschte, bis sie eine Männerstimme hörte. Das war nicht Radcliffe. Also ging sie weiter. Die nächste Tür war ebenfalls geschlossen. Im Schloss steckte von außen ein Schlüssel, doch sie vernahm keine Geräusche von drinnen.

Schon wollte sie ihren Weg fortsetzen, als sie hörte, wie sich eine Tür öffnete. Ängstlich warf sie einen Blick zurück. Maisey, die jetzt einen fast durchsichtigen blauen Hausmantel trug, erschien dort und blickte in das Zimmer zurück.

Im ersten Moment war Charlie zu überrascht von der Geschwindigkeit ihres Erscheinens, um irgendetwas tun zu können. Du lieber Himmel, es war doch erst einen Augenblick her, seit Seguin angefangen hatte, die Frau zu … äh. So schnell konnte es doch noch gar nicht vorbei sein! Als sie Seguins Stimme hörte, erstarrte sie.

Weil sie befürchtete, er könnte ebenfalls herauskommen, griff Charlie zu dem Knauf der Tür, vor der sie gerade stand. Als der sich nicht rührte, erinnerte sie sich an den Schlüssel im Schloss, drehte ihn rasch um, öffnete die Tür, schlüpfte in den Raum und nahm den Schlüssel mit hinein. Nachdem sie die Tür wieder zugemacht hatte, verschloss sie sie, drückte ihr Ohr dagegen und lauschte.

„Ich kehre gleich zurück“, hörte sie Maisey sagen, und danach kam das Geräusch der sich leise schließenden Tür. Dann war alles still.

Schon wollte Charlie sich entspannen, da erschreckte sie ein

Geräusch hinter sich. Sie fuhr herum, vermochte indes nur vage Schatten zu sehen. Als sie ein leises Füßescharren hörte, lief es ihr kalt über den Rücken.

„Wer ist da?“ fragte sie angstvoll.

Ein leises Wimmern antwortete ihr. Sie runzelte leicht die Stirn, und ein Teil ihrer Anspannung verflog. „Schon gut“, versicherte sie in die Stille hinein. „Ich gehe sofort wieder. Tut mir Leid, dass ich Sie gestört habe.“

Sie öffnete die Tür einen Spaltbreit. Nachdem sie sich davon überzeugt hatte, dass der Flur leer war, öffnete sie die Tür ganz und warf einen Blick in das Zimmer zurück.

Trotz des Lichts, das jetzt in den Raum flutete, dauerte es einen Moment, bis sie das Mädchen entdeckte. Fast noch ein Kind, vielleicht sechzehn, trug es die schlichte, grobe Kleidung eines Mädchens vom Lande, wahrscheinlich eines von vielen aus dem Dorf in der Nähe ihres eigenen Stammsitzes. Erst dann fiel Charlie auf, dass das Mädchen vor Angst zitterte.

Auf dem Tisch bei der Tür entdeckte sie eine Kerze. Damit ging sie in den Korridor, um sie an einer der hier befindlichen Petroleumlampen anzuzünden. Danach kehrte sie in das Zimmer zurück, lächelte dem völlig verstörten Mädchen aufmunternd zu und stellte die Kerze auf den Tisch. „Geht es dir gut?“ erkundigte sie sich freundlich.

Als das Mädchen beharrlich schwieg, machte Charlie einen Schritt zur Tür. „Ich bedaure, dass ich dich belästigt habe. Ich wollte nur jemandem auf dem Korridor ausweichen und dachte, dieser Raum wäre leer.“

Der vorwurfsvolle Blick des Mädchens war ihr unbehaglich. „Wer sind Sie?“ platzte die Kleine heraus, als Charlie die Tür erreicht hatte.

Charlie blieb stehen und betrachtete das Mädchen, das ihr so ganz anders erschien als die übrigen Frauen hier. Seine Kleider waren einfach und abgetragen, und das Haar war straff aus dem Gesicht gekämmt.

Und die Tür war von außen abgeschlossen gewesen, wie sich Charlie plötzlich erinnerte.

„Wer sind Sie?" fragte das Mädchen noch einmal und schreckte damit Charlie aus ihren Gedanken auf.

„Lord Charles Radcliffe", log sie und verneigte sich ein wenig. „Und du heißt …?"

„Bessie", antwortete das Mädchen leise und wurde dann ein wenig mutiger. „Und Sie … Sie arbeiten doch nicht auch für Aggie?"

Charlie erschrak. „Selbstverständlich nicht!" Sie bemerkte, dass sich das Mädchen etwas entspannte. Noch einmal blickte sie zur Tür, verzog dann das Gesicht und fragte weiter: „Was tust du hier?"

„Sie wollte mich nicht wieder fortlassen."

Charlie nickte. Das hatte sie sich schon gedacht, doch dass ihre Vermutung nun bestätigt wurde, stellte für sie ein Problem dar. Sie konnte doch nicht einfach sagen: „Nein, wie furchtbar aber auch!" und dann die Kleine ihrem Schicksal überlassen.

„Was will Aggie denn von dir?"

„Ich soll … für sie arbeiten."

Dieses Eingeständnis betrachtete Bessie offenbar als Schande. Sie hat überhaupt keine Ahnung, dachte Charlie, wollte jedoch erst ganz sicher sein, bevor sie eine überstürzte Entscheidung traf.

„Möchtest du das?"

„Nein!" rief das Mädchen mit großem Nachdruck.

Charlie nickte, machte die Tür zu und verschloss sie. Danach drehte sie sich um und seufzte, weil dem Gesichtsausdruck des Mädchens wieder die Angst anzusehen war.

„Schon gut. Ich sagte dir ja bereits, dass ich dir nichts tun werde. Ich fände es nur besser, wenn niemand sieht, dass du hier nicht allein bist. Gesellschaft können wir jetzt nicht brauchen."

Das schien das Mädchen nicht sonderlich zu beruhigen, doch etwas anderes fiel Charlie nicht ein. Sie schaute zu den verhangenen Fenstern.

„Woher kommst du?" erkundigte sie sich, um das Mädchen abzulenken, während sie sich zu den Fenstern bewegte.

„Aus Woodstock, Mylord."

Charlie zog die schweren Vorhänge zur Seite. Auf dem Weg in die Stadt waren sie durch diese kleine Ortschaft gekommen. „Und was machst du hier in London?"

„Ich wollte mir hier Arbeit suchen – ordentliche Arbeit", fügte die Kleine rasch hinzu. „Vielleicht als Zofe. In Woodstock gab es keine freien Stellen, und ..."

„Wie kamst du hierher zu Aggie?"

„Mit der Kutsche. Der Kutscher ist ein Freund meines Vaters und nahm mich ohne Bezahlung mit. Und in der Poststation traf ich dann Lady Roughweather."

„Lady Roughweather?"

„Aggie." Das Mädchen schnitt eine Grimasse. „So nannte sie sich damals."

Charlie verdrehte die Augen und wandte sich zum Fenster um, welches auf eine Gasse hinausging. Das Zimmer befand sich natürlich im ersten Stockwerk, und angesichts des Kopfsteinpflasters wäre es ein ziemlich harter Sturz, doch ... „Es muss gehen."

„Was muss gehen?" wollte Bessie wissen und kam einen Schritt näher.

Charlie warf ihr einen Blick zu. Das Mädchen war wirklich dünn. „Vergiss jetzt einmal Mrs. Roughweather", befahl sie und drückte mit beiden Händen gegen den oberen Fensterrahmen, der sich zu ihrer Erleichterung sofort hob. Offenbar hatte Aggie nicht geglaubt, dass die Kleine einfallsreich genug sein würde, um diesen Fluchtweg auszuprobieren. Und da Bessie ja noch immer hier war, stimmte das wohl auch. Charlie zog das Fenster wieder herunter und hörte sich dann Bessies Geschichte an.

„Seinerzeit schien sie ja so freundlich zu sein. Tat so, als sorgte sie sich mächtig um mich. Sagte, ein hübsches Mädchen wie ich sei auf der Straße nicht sicher, und sie führe ein Heim für heimatlose Mädchen. Ob ich hier denn eine Bleibe hätte und ob ich hungrig und durstig sei.

Als ich sagte, dass ich hier keine Bleibe hätte und dass ich furchtbar hungrig sei, hat sie mir vorgeschlagen, ich solle doch mit ihr zu ihrem Haus kommen und erst einmal etwas essen. Dann würde sie mir irgendeine Unterkunft suchen, bis sich eine Anstellung gefunden hätte. Ich fuhr also mit ihr hierher. Wir kamen durch die Hintertür herein, durch die Küche. Dort gab sie mir auch etwas zu essen. Hinterher war ich sehr müde. Da empfahl sie mir, zu Bett zu gehen, und brachte mich herauf in diesen Raum."

„Hast du dich nicht gefragt, was das für ein Haus war, als du die anderen Zimmer sahst?"

„Ich sah keine Mädchen. Es war früher Morgen, als ich ankam, und hier herrschte Grabesstille. Ich dachte mir, alles schliefe noch. Dass ich selbst sehr müde war, wusste ich." Bessie verzog das Gesicht. „Nachdem ich den Porridge aufgegessen hatte, war ich so müde, dass ich es beinahe nicht mehr die Treppen herauf geschafft hätte. Wie ich in dieses Zimmer und ins Bett gekommen bin, weiß ich nicht mehr."

„Sie hat dich wahrscheinlich unter Drogen gesetzt", vermutete Charlie, und als sie Bessies betroffene Miene sah, lächelte sie ihr beruhigend zu. „Was geschah, als du aufwachtest?"

Charlie drehte sich wieder zum Fenster um, öffnete es und schob es diesmal ganz nach oben, sodass sie sich hinauslehnen konnte. Sie schaute an der Wand hinunter, um festzustellen, ob diese irgendeinen Halt bieten würde und ob sich unter ihnen noch ein weiteres Fenster befand, das sie beachten mussten, wenn sie daran vorbeikamen.

Es gab tatsächlich eines, doch man hatte die Vorhänge zugezogen. Die Hauswand war jedoch völlig glatt.

„Das ist ja nicht so lange her", beantwortete Bessie die Frage. „Als ich die Tür öffnen wollte, um zu gehen, war sie verschlossen. Ich klopfte und schrie. Mrs. Roughweather kam. Zuerst war sie noch immer nett. Sie sagte, ich solle sie Aggie nennen und nicht Mrs. Roughweather, und fragte, wie es mir gehe. Doch ich merkte, dass irgendetwas nicht stimmte. Ich stand bei der Tür, als sie sie öffnete, und da ging draußen ein Paar vorbei. Die Frau lachte so vulgär und war recht spärlich bekleidet, und der Mann, nun, der hatte seine Hand so tief in ihren Ausschnitt gesteckt, dass er ihre ..."

Bessie errötete und musste sich angewidert schütteln. „Das und die Geräusche, die aus dem nächsten Zimmer drangen, sagten mir, dass es sich hier nicht um ein Haus für heimatlose Mädchen handelte. Ich dankte Mrs. ... Aggie, doch ich sagte ihr, ich wolle jetzt gehen. Sie meinte, bitte sehr, nur müsse ich ihr das Geld geben, das ich ihr schulde."

„Was für Geld?"

„Das fragte ich sie auch. Sie meinte, als Bezahlung für mein Essen und die Übernachtung in diesem schönen Zimmer. Sie erklärte, dieses sei kein Wohlfahrtsheim, und entweder ich müsse zahlen oder das Geld abarbeiten. Ich habe doch aber kein Geld", schloss Bessie bekümmert.

„Sie erwartet, dass du als Gegenleistung für etwas Porridge und eine einzige Übernachtung eine Prostituierte wirst?"

Bessie nickte ernst, und Charlie schüttelte fassungslos den Kopf. „Das ist kriminell", sagte sie und schaute sich nach etwas um, womit sie das Fenster offen halten konnte. „Bringe mir diese Kerze da her!“

Bessie schien sich entschlossen zu haben, diesem edlen Ritter zu vertrauen. Sie drehte sich um, entdeckte das Gewünschte und versuchte, die Kerze aus dem Halter zu ziehen.

„Nein, den ganzen Kerzenständer!“

Bessie gab also den Versuch auf, die Kerze vom Halter zu trennen, und brachte Charlie beides zusammen. Diese hielt das Fenster mit einer Hand hoch, nahm den Kerzenständer in die andere, stellte ihn so dicht an der Wand wie möglich auf den Fenstersims und ließ dann den Fensterrahmen herunter, bis er festsaß. „So, das müsste reichen.“

Sie blickte sich im Zimmer um. „Hast du irgendwelche Besitztümer, die du mitnehmen willst?“

Rasch ging Bessie zum Bett, kniete sich nieder und zog eine kleine abgewetzte Reisetasche darunter hervor. Als sie sich wieder aufrichtete und sah, wie Charlie die Hand danach ausstreckte, drückte sie sich die Tasche an die Brust, als befänden sich alle Reichtümer der Welt darin. Das stimmte vermutlich sogar – wenigstens für das Mädchen.

„Nun komm schon! Wir haben schließlich nicht die ganze Nacht Zeit.“

Widerstrebend ließ das Mädchen die Tasche los, und dann stockte ihm vor Schreck der Atem, denn nachdem Charlie sie geschüttelt hatte, um festzustellen, ob sich etwas Zerbrechliches darin befand, ließ sie die Tasche aus dem Fenster fallen.

„Was soll denn das?“ Das Mädchen stürzte herbei und stieß Charlie beinahe aus dem Fenster, als es versuchte, seine Tasche unten zu entdecken.

„Wir verlassen dieses Haus“, erklärte Charlie einfach und hob ein Bein über den Fenstersims.

„Durch das Fenster?“ Bessies Entsetzen war mehr als offensichtlich.

Charlie saß rittlings auf dem Sims und schaute sie gelassen an. „Ich würde Aggie ja gern für deinen Aufenthalt hier entlohnen, doch im Augenblick habe ich leider keinen Penny bei mir. Soll ich dich lieber hier zurücklassen und später wiederkommen, wenn ich das Geld habe?“

Der vollkommen entsetzte Gesichtsausdruck des Mädchens war Antwort genug.

„Na schön. Also das Fenster. Ich gehe zuerst. Wenn ich unten bin, setzt du dich auf den Sims, wie ich es jetzt tue, rutschst herunter, bis du an den Händen herabhängst, und lässt dich dann fallen. Ich werde dir von unten helfen. Hast du alles verstanden?“

„Ja, nur …“ Bessie blickte an ihrem Gewand hinunter, und Charlie vermochte fast ihre Gedanken zu lesen: Das Mädchen war nicht glücklich bei der Vorstellung, dass ihm ein Mann unter den Rock schaute, gleichgültig, weshalb.

Dafür brachte Charlie zwar Verständnis auf, doch sie wollte ihre Maskerade nicht aufgeben, nur um Bessie zu beruhigen. „Wolltest du lieber die Treppe benutzen?“ fragte sie etwas unwirsch, und wie erwartet, verzichtete das Mädchen auf jeden weiteren Protest.

„Charles!“

Beide schraken zusammen. Dieser Ruf kam von der Gasse herauf. Charlie lugte hinunter. Es war natürlich Radcliffe, und was er dort zu suchen hatte, wusste sie nicht. Nur dass er wütend war, ließ sich nicht übersehen.

Charlie seufzte. Diese kleine Episode hätte sie lieber für sich behalten. Ihr Plan war es gewesen, Bessie zu befreien, sie ihrer Wege zu schicken und danach in der Kutsche auf Radcliffes Rückkehr zu warten. Nun ja, erstens kommt es anders, und zweitens … und so weiter, dachte sie philosophisch und seufzte noch einmal.

„Wer ist das?“ fragte das Mädchen angstvoll, das sich neben ihr aus dem Fenster beugte.

„Wer ist das?“ rief Radcliffe im selben Moment herauf. Charlie verdrehte die Augen, blickte von einem zum anderen, wurde indes von der Notwendigkeit einer Antwort enthoben, als sie das Geräusch von der Tür her hörte. Leises Schimpfen kam aus dem Korridor. Charlie erkannte Aggies drastische Ausdrucksweise und hielt sich am Fenstersims fest, damit sie das Gleichgewicht nicht verlor, als Bessie sich an ihrem Arm festkrallte.

„Oh Gott!“ hauchte das Mädchen. Es war ganz blass geworden. „Was, zum Teufel, habe ich …“ hörten sie das leise Fluchen von der anderen Seite der Tür her und dann mit lauterer Stimme: „Glory! Komm sofort her! Hast du vorhin einen Schlüssel in diesem Schloss gesehen? Ich bin mir sicher, ich habe ihn stecken lassen.“

„Ich habe nicht darauf geachtet“, kam die gelangweilte Antwort einer jungen Prostituierten.

„Charles!“ rief Radcliffe von unten. Charlie ließ den Fenstersims los und brachte Radcliffe mit einer flinken Handbewegung zum Schweigen, während sie Aggie vor der Tür weiter schimpfen hörte.

„Also in der Tasche habe ich ihn nicht. Wo, zum Teufel, aber habe ich ihn gelassen?“

„Möglicherweise haben Sie ihn bei Ihrem Gerangel mit dem Jungen verloren.“ Die zweite Stimme hörte sich belustigt an, worauf Aggie etwas höchst Undamenhaftes äußerte.

„Verdammter Bursche! Wahrscheinlich hast du damit Recht. Ich werde am besten gleich einmal in diesem Zimmer nachschauen gehen.“

„Darin befindet sich doch im Moment Maisey mit dem Lord Seguin.“

„Ach ja.“ Der Seufzer war durch die Tür zu hören. „Lord Seguin mit seinen verrückten Spielchen. Es ist sein letzter Besuch hier, bevor er London verlässt. Er wird es bestimmt nicht mögen, wenn ich ihn störe."

„Dann warten Sie doch, bis er gegangen ist." Jetzt wurde an die Tür geklopft.

„Bessie?" Die Stimme klang süß, widerlich süß mit einem bösartigen Unterton. „Er ist hier! Und sobald ich den Schlüssel gefunden habe, komme ich, um dich auf den Mann vorzubereiten. Und mache dir keine zu großen Hoffnungen, dass ich den Schlüssel nicht finde, denn in diesem Fall brauche ich nur einen der Männer zu holen, um die Tür einzutreten. Mein Kunde bezahlt mir genug, um tausend Türen zu ersetzen."

Als sich das Schweigen in die Länge zog und keine Antwort aus dem Inneren des Zimmers kam, verlor Aggies Stimme jede Süße. „Bessie! Hörst du mich, Mädchen?"

„Ja", antwortete Bessie, nachdem Charlie sie angestoßen hatte.

„Vielleicht sollte ich Maisey und den Lord doch stören", sagte Aggie vor der Tür.

„Wie Sie meinen, doch er ist schon etwa fünf Minuten mit Maisey dort drinnen. Noch ein paar Minuten, und er kommt von ganz allein heraus."

„Ja." Aggie kicherte. „Maisey sagt, er sei schneller, als ein Koch Eier aufzuschlagen vermag."

Die Stimmen draußen verklangen. Charlie und Bessie atmeten erleichtert auf.

„Charles!"

Charlie murmelte etwas vor sich hin, drehte sich um und blickte aus dem Fenster. „Was haben Sie denn?" rief sie zurück.

„Was, zum Teufel, tust du da?"

„Das erkläre ich Ihnen später. Bringen Sie jetzt die Kutsche zur Einfahrt der Gasse!"

Radcliffe wollte etwas sagen, doch Charlie unterbrach ihn sofort. „Bitte!"

Der Lord seufzte, drehte sich um und ging vor sich hin murmelnd die Gasse entlang.

„Wer ist er?"

Charlie schüttelte den Kopf. „Später", antwortete sie nur und warf dem Mädchen noch einen ermunternden Blick zu. Danach schwenkte sie auch ihr zweites Bein aus dem Fenster, drehte sich, so dass sie bäuchlings über dem Sims hing, und schob sich vorsichtig hinaus. Als sie nur noch an ihren Händen hing, ließ sie sich los und fiel hinunter auf die harten Straßenpflastersteine.

Auf dem Gras vor dem Fenster des Gasthofes vor ein paar Tagen war sie wesentlich weicher gelandet als hier auf dem Kopfsteinpflaster. Auch hatte das Fenster nicht so hoch gelegen, wie sie jetzt bei einem Blick nach oben zu dem hellen Oval sah, welches Bessies blasses Gesicht war. Das Mädchen saß schon auf dem Sims.

Charlie stellte sich direkt unter das Fenster und winkte Bessie zu, sie möge sich endlich bewegen. Diese hatte jedoch entweder die Anweisungen vergessen, oder sie missverstand das Winken, denn statt sich zu drehen und sich in Bauchlage aus dem Fenster zu hängen, fiel sie unvermittelt vom Sims genau auf die erschrockene Charlie zu.

Bevor diese sich auch nur zu bewegen vermochte, wurde sie von der vollen Wucht des Aufpralls getroffen, der sie sowie das Mädchen zu Boden riss.

7. KAPITEL

„Oh Himmel! Das tut mir ja so furchtbar Leid!“ Charlie hörte diesen Ausruf wie durch einen dichten Nebel hindurch. Ihr klangen die Ohren. Sie hatte nicht nur Bessies Sturz mit ihrem Körper abgefedert, sondern war dabei auch noch mit dem Kopf recht übel auf die Pflastersteine geschlagen, als sie unter dem Gewicht des Mädchens zu Boden ging. Wirklich scheußlich. Und schmerzhaft. Sah sie jetzt etwa auch noch doppelt?

„Oh bitte, sagen Sie mir doch, dass Ihnen nichts geschehen ist! Es tut mir unendlich Leid. Ich bin einfach ausgerutscht. Ich wollte mich gerade umdrehen, um mich dann aus dem Fenster zu hängen, wie Sie es mir gesagt hatten, aber da sind meine Hände weggerutscht, und ich bin gefallen, habe Sie getroffen und … „

„Ruhe!“ Charlie drückte sich beide Hände gegen die Schläfen.

„Oh, natürlich. Wenn ich nicht still bin, werde ich noch Aufmerksamkeit auf uns lenken, und dann werden wir beide geschnappt …“

Charlie verzog das Gesicht. Sie hatte überhaupt nicht daran gedacht, dass man sie hören könnte, sondern sie wollte das Mädchen vielmehr deshalb zum Schweigen bringen, weil dessen Stimme ihre Schmerzen noch verschlimmerte. Vorsichtig bewegte Charlie ihre Beine und begann sich aufzurichten. Das junge Mädchen fasste sie beim Arm, um ihr dankenswerterweise zu helfen.

„Sie stehen nicht allzu sicher auf den Beinen, Mylord“, flüsterte Bessie besorgt, legte sich Charlies Arm über die Schultern und führte den vermeintlichen Lord zur Mauer. „Und Sie sind so bleich wie ein Gespenst. Sie müssen einen heftigen Schlag abbekommen haben.“

„Stimmt.“ Charlie hob die Hand, um ihren Hinterkopf zu betasten. „Da ist eine Beule, doch es blutet nicht“, stellte sie fest.

Das Mädchen machte nicht mehr ein ganz so besorgtes Gesicht. „Gott sei Dank!"

Hufschlag lenkte Charlies Blick zur Einfahrt der Gasse, wo jetzt Radcliffes Kutsche erschien. Charlie straffte entschlossen die Schultern und stieß sich von der Mauer ab. „Wir sollten nun besser gehen."

Bessie nickte, hob rasch ihre Reisetasche auf, die Charlie aus dem Fenster geworfen hatte, und dann nahm Charlie das Mädchen beim Arm. Zusammen eilten sie zur Kutsche.

Radcliffe öffnete den Schlag, als sie herankamen, und Charlie stieß das arme Mädchen geradezu hinein. Dann stieg sie selbst ein, zog die Kutschentür hinter sich zu und ließ sich erleichtert seufzend neben Bessie auf die Sitzbank sinken. Nachdem sich der Wagen nach einer Weile noch immer nicht in Bewegung setzte, warf sie einen Blick auf Radcliffe.

„Können wir jetzt bitte abfahren?" fragte sie höflich.

Radcliffe warf einen argwöhnischen Blick auf Bessie, wandte sich dann wieder zu Charlie um und zog eine Augenbraue hoch.

„Bessie, dies ist Lord Radcliffe", stellte Charlie leise vor. „Radcliffe, dies ist Bessie ... Beth' Zofe." Letzteres sagte sie aus einer plötzlichen Eingebung heraus. Ihre Schwester und sie brauchten eine Zofe, vor allem eine, bei der sie sicher sein konnten, dass sie ihr Geheimnis nicht verriet. Und Charlie bezweifelte nicht, dass Bessie für die Hilfe in dieser Nacht dankbar genug wäre, um das Geheimnis – sollte sie es denn zufällig entdecken – für sich zu behalten. Jedenfalls schien ihr das Ganze eine perfekte Lösung zu sein.

Radcliffe dagegen wirkte weniger begeistert. „Zofe?" fragte er spöttisch.

Bei seinem Ton wurde Charlie sofort misstrauisch. „Jawohl!"

„Charles, ich brachte dich heute Abend hierher, damit du einige von Aggies Angeboten kennen lerntest, und nicht, damit du eines ihrer Mädchen mit nach Hause nehmen und dort ausprobieren kannst."

„Das hatte ich auch nicht vor", erwiderte Charlie verärgert. Ihr entging nicht, dass Bessie neben ihr zusammengezuckt war.

„Sie ist doch eines von Aggies Mädchen, oder?"

„Nein. „

„Charles!"

Dieser warnende Ton war Charlie äußerst unbehaglich.

„Finden Sie, dass sie wie eine Prostituierte aussieht?"

Widerwillig warf Radcliffe einen Blick auf das Mädchen und sah dessen schlichtes Gewand, das frische Gesicht sowie das lange, schmucklose Haar.

„Sie ist ein Mädchen vom Lande", erklärte Charlie, als er schwieg. „Sie stammt aus Oxfordshire und kam nach London, um hier eine Anstellung als Zofe zu finden."

„Weshalb geriet sie dann an Aggie?"

„Weil Ihre liebe Freundin Aggie sie in ihr Bordell lockte unter dem Vorwand, dies sei ein Haus für heimatlose Mädchen. Sie gab ihr etwas zu essen, bot ihr ein Bett für die Nacht und schloss sie dann in einem Zimmer ein, um sie dazu zu zwingen, für sie zu arbeiten."

Radcliffe machte zwar ein finsteres Gesicht, besaß jedoch so viel Anstand, nicht etwa zu behaupten, dergleichen würde Aggie niemals tun. Stattdessen klopfte er an das Dach der Kutsche zum Zeichen, dass er abzufahren wünschte. Charlie und Bessie entspannten sich ein wenig, als der Wagen sich in Bewegung setzte und sie nicht mehr der wütenden Aggie zum Opfer fallen konnten.

Charlie lächelte dem Mädchen aufmunternd zu, legte dann den Kopf an die Rückenlehne des Sitzes und schaute zum Fenster in die Nacht hinaus.

Sie waren bereits eine ganze Weile schweigend gefahren, als Radcliffe erklärte: „Aggie ist nicht meine Freundin."

Charlie rümpfte die Nase. „Man hätte wirklich den Eindruck gewinnen können."

„In diesem Etablissement war ich zum ersten Mal", betonte er gereizt. „Allerdings ist mir unerfindlich, weshalb ich dir das erzähle."

Zornig sah sie ihn an. „Weshalb, zum Teufel, wollten Sie überhaupt heute Abend dort hingehen? Und weshalb haben Sie mich mitgeschleppt?"

„Weil ich dachte, du würdest Spaß daran haben."

Charlie schnaufte verächtlich. „Oh ja! Mir hat es ja schon immer Spaß gemacht, ans Bett gefesselt und ausgepeitscht zu werden." Als Bessie hörbar den Atem einzog, brachte Charlie ein gequältes Lächeln zu Stande. „So weit kam es nicht", beruhigte sie das Mädchen rasch. „Aggie fesselte mich zwar ans Bett, doch Radcliffe erschien, bevor sie noch ihre Peitsche einsetzen konnte."

„Oh ihr Heiligen! Was ist sie doch für eine gottlose Frau."

„Sie ist ein schwammiges, fettes Kuppelweib", stellte Charlie voller Abscheu fest und sah Radcliffe wieder an. „Ich merkte, dass es Ihnen gelang, sich ein entzückendes Sahnestückchen zu sichern, während Sie mich mit diesem Weib zusammenbrachten. Ich vermute, diese Person namens Glory war für Sie genau der richtige Zeitvertreib, während ich meinen ‚Spaß' genoss."

Ehe er das abzustreiten vermochte, fuhr sie fort: „Wenn Sie mich das nächste Mal zwecks Amüsements irgendwohin führen, Mylord, empfehle ich, es mit einem der Clubs oder Kaffeehäuser zu versuchen. Ich sage Ihnen das nur, damit ich mich nicht noch einmal in einer Vergnügungsstätte wiederfinde wie – nun, sagen wir, wie in einem Burgverlies oder einem Irrenhaus."

„Ich habe verstanden", knurrte Radcliffe.

Charlie schaute wieder aus dem Fenster. Sie wollte heute Nacht kein einziges Wort mehr mit diesem Mann reden. Ein Bordell! Wenn sie das Beth erzählte!

Langsam fielen ihr die Augen zu, als sie Radcliffe Bessie fragen hörte, wo sie zu Hause sei. Da Charlie die Antwort bereits kannte, ließ sie sich von den Stimmen und dem sanften Rütteln der Kutsche in den Schlaf wiegen.

„Aufwachen, Charles! Wir sind da."

Charlie schlug die Augen auf und schaute Radcliffe benommen an. Sie hatte fürchterliche Kopfschmerzen und brauchte einen Moment, bis sie sich auch nur daran erinnerte, wer dieser „Charles" war. Als sie wieder klar denken konnte, wartete sie, bis Radcliffe ausgestiegen war, half Bessie aus dem Wagen und folgte dann den beiden auf dem Pfad zur Vordertür. Die Tür wurde geöffnet, und Radcliffes Butler erschien.

„Guten Abend, die Herren. Ich hoffe, Sie haben sich gut unterhalten?"

„Wir hatten jede Menge Spaß, Stokes, jede Menge", bemerkte Charlie trocken, während Radcliffe diese Frage nur mit einem Knurren beantwortete. Sie deutete auf das junge Mädchen und wollte dessen Anwesenheit erklären, doch Radcliffe kam ihr mit den Anführungen zuvor.

„Dies ist Bessie, Stokes. Sie ist …" Er wusste nicht recht, was er sagen sollte. „Lady Elizabeth' Zofe", beendete er den Satz schließlich.

Als der alte Butler fragend eine Augenbraue hochzog, fügte Radcliffe hinzu: „Sie kam heute mit der Kutsche nach London und begegnete auf der Reise einigen Schwierigkeiten. Zweifellos ist sie hungrig und müde. Sorge dafür, dass sie etwas Gutes zu essen bekommt und gib ihr ein komfortables Zimmer."

Der alte Diener nickte, drehte sich um und führte Bessie durch die Halle, als sich die Tür zur Bibliothek öffnete und Beth herauskam.

„Ich dachte, du schliefest schon", flüsterte Charlie überrascht.

„Das tat ich auch", gab Beth kläglich zu und hielt ein Buch hoch. „Ich bin beim Lesen eingeschlafen." Neugierig schaute sie sich in der Halle um. „Hörte ich da eben nicht irgendetwas von einer Zofe?"

„Ja." Charlie blickte zu Radcliffe hinüber. „Ich erkläre es dir auf dem Weg in dein Zimmer."

Beth nickte, schloss die Tür zur Bibliothek und ging dann, gefolgt von Charlie, voraus die Treppe hinauf.

„Charles."

Als sie Radcliffes müde Stimme hörten, blieben die beiden Schwestern auf der Treppe stehen und drehten sich um.

„Ich entschuldige mich dafür, dass ich dich wegen Bessie verärgert habe. Indem du dich für sie einsetztest, zeigtest du großes Mitgefühl. Du … äh, dein Vater wäre bestimmt stolz auf dich." Damit drehte er sich um, schritt in die Bibliothek und schloss die Tür leise hinter sich.

Beth schaffte es, ihre Neugierde im Zaum zu halten, bis sie in Charlies Zimmer angekommen waren, doch dann hielt sie es nicht länger aus. Charlie ließ sich auf das Bett fallen und berichtete ihr alles.

Während des Erzählens hörte sich die Geschichte viel amüsanter und weniger fürchterlich an, und als Charlie von ihrem Gerangel mit der Peitschen schwingenden Aggie sprach, kollerten die beiden Schwestern vor Lachen auf dem Bett. Beth zeigte sich einigermaßen entsetzt über Lord Seguins unmögliches Verhalten und wurde dann richtig böse über Aggies Versuch, Bessie zu solch unehrenhafter Arbeit zu zwingen.

Als Charlie schließlich schwieg, drehte sich Beth auf dem Bett auf den Bauch und stützte das Kinn in die Hände. „Du scheinst wirklich immer diejenige zu sein, welche die Abenteuer erlebt."

„Du hättest ja auch mitgehen können", meinte Charlie ohne

Mitleid, streckte sich auf dem Rücken aus und legte die Hände unter den Kopf. „Angeboten hatte ich es dir ja."

„Gewiss, schon … doch eigentlich bin ich ganz froh, dass du es getan hast. Ich an deiner Stelle wäre vermutlich vor Angst umgekommen." Nach einer Weile fragte sie: „Du glaubst doch nicht wirklich, dass er mit diesem Mädchen etwas angefangen hat, oder?"

„Radcliffe? Mit dieser Prostituierten?" Charlie fand diese Vorstellung überhaupt nicht amüsant. „Nein", sagte sie schließlich. „Er hatte gar keine Möglichkeit dazu."

„Hmm." Beth zupfte an der auf dem Bett liegenden Tagesdecke herum. „Glaubst du, er hat die Wahrheit gesagt, als er behauptete, noch niemals zuvor dort gewesen zu sein?"

Charlie setzte sich auf. Dies war ein unangenehmes Thema. „Ich weiß nicht", antwortete sie gereizt. „Willst du morgen Charles sein, oder soll ich?"

„Bitte ich", antwortete Beth sofort. Charlie nickte und ging zu der Verbindungstür zwischen den beiden Räumen.

„Was hast du vor?"

„Ich gehe schlafen."

„Du solltest heute hier schlafen. Morgen wirst du schließlich ich sein."

„Eben. Und wir haben die Räume getauscht, weißt du nicht mehr?"

„Ach ja." Beth lächelte gequält. „Ich brachte ja meine Sachen in dein Zimmer und du deine hier herein. Das vergaß ich ganz, während ich in der Bibliothek war. Was hat Radcliffe eigentlich dazu gesagt, dass er dich im Bad überraschte?"

„Nicht viel. Er hat sich nur entschuldigt." Charlie öffnete die Tür. „Ich glaube, das hat er heute schon vergessen."

„Zweifellos. Gute Nacht, Charlie."

„Beth."

„Ja?“

„Ach, nichts.“ Charlie seufzte. „Ich meinte nur, ich bin doch jetzt Beth. Von jetzt an bin ich Beth, und du bist Charlie.“

Ihre Schwester lächelte. „Sollten wir dann nicht auch unsere Kleidung tauschen?“

„Oh, natürlich.“ Charlie zog die Tür wieder ins Schloss und begann, ihre Kleidung abzulegen. Als sie zu den Kniehosen kam, fiel ihr etwas ein. „Du solltest am besten einen unserer Strümpfe zusammenrollen und ihn morgen früh in deine Kniehose stecken … nur damit der Schneider nichts merkt.“

„Hmm.“ Beth legte ihr Gewand ab. „Es wird nett sein, wenn jede von uns mehr als nur einen einzigen Satz Kleidungsstücke hat.“

„Nun, morgen sehen wir weiter“, meinte Charlie. Für sie gab es nämlich nichts Schlimmeres als Anproben, und bis jetzt war es ihr auch immer gelungen, diesen langweiligen Stunden aus dem Weg zu gehen, in denen an einem herumgefingert und man pausenlos mit Stecknadeln gestochen wurde.

Zu solchen Anproben war sie stets zu spät gekommen und hatte dann behauptet, da Beth und sie dieselben Maße hätten und bei Beth ja schon Maß genommen worden sei, sei es reine Zeitverschwendung, wenn man bei ihr dasselbe noch einmal tue. Dieses Argument hatte nun schon jahrelang bestens gezogen. Im vorliegenden Fall allerdings würde sie ja Elizabeth sein und die Gewandschneiderin leider ertragen müssen. Möglicherweise hatte sie ja auch Glück, und die Anprobe dauerte nicht allzu lange.

Inzwischen hätte Charlie eigentlich merken müssen, dass ihr das Glück nicht eben hold war. War sie nicht mit einem schauerlichen Kerl verlobt, einer Peitschen schwingenden Hexe ausgeliefert und von einer gefallenen Zofe beinahe erschlagen worden? Und das alles in einer einzigen Woche!

Unter diesen Umständen sollte es sie eigentlich auch nicht wundern, dass die Gewandschneiderin an ihr einen ganzen Tag lang Maß nahm, zupfte, schubste und sie mit Stecknadeln traktierte. Als die Frau endlich ihre Stoffe samt Hilfskräften einpackte, um das Haus zu verlassen, und erklärte, ihre Arbeit sei nunmehr beendet, wäre Charlie beinahe vor Erleichterung in Tränen ausgebrochen.

So lästig der ganze Tag auch gewesen war, so hatte er Charlie trotzdem ungemein ermüdet, und sie wollte sich eigentlich zur Ruhe legen, entschied dann jedoch, sich in der Bibliothek bei einem Buch und einer guten Tasse Tee zu entspannen.

Sie bat Bessie, ihr einen Tee zu holen, ging dann gemächlich an den langen Reihen der Bände vorbei, zog ein Buch aus dem Regal, blätterte es eher ziellos durch, stellte es dann wieder zurück und holte sich ein anderes. Sie hielt nicht viel vom Lesen über Dinge, die jemand anders getan hatte, sie tat lieber selbst etwas. Am Ende war sie recht froh, als Bessie kam und ihr den Tee brachte.

Sie setzte sich in den Sessel beim Feuer und sah dem Mädchen beim Tee-Eingießen zu. Bessie trug ein schlichtes graues Gewand, welches wohl schon bessere Tage gesehen hatte, doch sauber und zweckmäßig war. Heute wirkte das Mädchen fröhlicher und sah nicht mehr so aus, als würde im nächsten Moment die Welt untergehen. Die kleine Zofe lächelte Charlie freundlich zu und wandte sich dann zur Tür.

„Hast du dich gut eingelebt?“ erkundigte sich Charlie. Bessie lächelte strahlend. „Oh ja, danke, Miss. Mr. Stokes ist sehr freundlich, und alle anderen sind es auch. Nun ja, vielleicht mit Ausnahme des Kochs. Doch Joan, die Haushälterin, sagte mir, er sei etwas … äh, katzerös … nein, so hieß das nicht.“ Sie zog die Stirn kraus und versuchte es noch einmal. „Kapperzös?“

„Meinst du kapriziös?“ fragte Charlie, und das Gesicht des Mädchens hellte sich sofort auf.

„Ja, genau. Er sei etwas kapriziös, meinte Joan. Doch ich glaube, er ist einfach unausstehlich. Jeder scheint sich vor ihm zu fürchten. Sogar Stokes geht in seiner Nähe nur auf Zehenspitzen, wenn Sie wissen, was ich meine." Sie neigte den Kopf zur Seite und dachte nach. „Er ist genau wie Lord Kentleys Diener, wo meine Mum in Woodstock arbeitet. Er benimmt sich so scheußlich, weil er weiß, dass er es darf. Niemand würde es wagen, ihn zu tadeln – außer Lord Kentley selbst, aber bei dem ist der Diener auch nie kapperzös."

Charlie runzelte ein wenig die Stirn. Sie hatte schon eine ganze Menge Geschimpfe und Geschrei aus der Küche gehört, und zwar immer kurz nachdem Beth und Radcliffe hinausgegangen waren. Oft hatte sie sich gefragt, was das bedeuten sollte. Die Antwort darauf schien auf der Hand zu liegen: Der Koch hatte wieder einmal einen Temperamentsausbruch.

Ob Radcliffe wohl wusste, wie sich sein Koch benahm, wenn er selbst nicht anwesend war? Was der Mann kochte, war bestenfalls annehmbar, doch das rechtfertigte noch lange nicht, dass er die Belegschaft terrorisierte.

Gerade wollte sie sich Bessie gegenüber dazu äußern, da hörten sie beide, wie die Vordertür geöffnet wurde.

Die Zofe öffnete die Tür der Bibliothek, und Beth' aufgeregte Stimme drang herein. Kurz danach hörte man ihre eiligen Schritte auf der Treppe.

Bessie schloss die Tür wieder. „Lord Charles ist heimgekommen", verkündete sie strahlend.

Charlie nickte. „Scheint so."

„Er ist ja so ein netter Mensch und so schön!" Bessies Augen glänzten. „Ich werde ihm ewig dafür dankbar sein, dass er mich vor Aggie gerettet hat. Ich weiß nicht, was ich sonst getan hätte."

„Nun ja", begann Charlie verlegen und schwieg dann, als Radcliffe erschien.

„Oh!" Er blieb im Türrahmen stehen. „Tut mir Leid – ich wusste nicht, dass jemand hier drinnen ist."

Charlie lächelte ihn strahlend an. „Keine Ursache. Ich wollte nur eine Tasse Tee trinken. Möchten Sie vielleicht auch eine?"

Radcliffe überlegte einen Moment und nickte dann.

„Ich hole rasch eine zweite Tasse", hauchte Bessie und verschwand.

Radcliffe schaute ihr nach und ging dann zu Charlie. „Das scheint ein ganz nettes Mädchen zu sein. Wie sieht es mit ihrer Arbeit aus?"

„Sehr gut. Als Zofe ist sie recht tüchtig."

„Gut." Radcliffe setzte sich in den Sessel Charlie gegenüber und schaute sie erst dann richtig an. Sein Blick schien plötzlich von irgendetwas gefesselt zu sein.

Das wurde Charlie langsam unbehaglich. „Haben Sie etwas?"

„Ob ich …?" Er schien aus seiner Benommenheit zu erwachen und lächelte strahlend. „Oh nein, überhaupt nichts. Du siehst heute ganz besonders liebreizend aus."

„Danke, Mylord", hauchte Charlie verlegen.

„Irgendetwas an dir ist heute anders."

Diese Feststellung erstaunte Charlie. Vermochte er etwa den Unterschied zwischen ihr und Beth zu erkennen? Nein, gewiss nicht. Das hatten nur ihre Eltern gekonnt. Charlie senkte den Blick auf ihren Schoß und auf den lavendelfarbenen Stoff dort. Sie entspannte sich wieder. „Oh, ich weiß schon – es liegt an dem neuen Gewand!"

„Das Gewand …" Er schaute es sich genauer an. Dieses Gewand war nur ein einfaches lavendelfarbenes, weiß gepaspeltes Kittelkleid, schlicht, doch sauber, frisch und einmal etwas ganz anderes als das gelbe Musselinkleid, das sie während der letzten Tage hatte tragen müssen.

„Hmm. Ein hübsches Gewand. Dennoch …“ Er schwieg wieder. Sein Blick kehrte zu ihrem Gesicht zurück, und er war sich der kleinen Veränderungen sehr wohl bewusst, welche in seinem Körper vor sich gingen. Tagelang hatte er auf diese Reaktionen gewartet und war jedes Mal entsetzt gewesen, sobald er sie wahrgenommen hatte, während er mit dem Bruder zusammen war. Wenn er dagegen die Schwester sah, hatte er stets nur eine gewisse Bewunderung gespürt.

Das war heute nun ganz anders. Gerade hatte er ein paar Stunden mit Charles zusammen verbracht und dabei nur Fröhlichkeit und vielleicht auch Zuneigung zu dem Jungen empfunden, doch jetzt, da er mit der Schwester allein war, fühlte er dieses Kribbeln, dieses schnelle Herzklopfen, das er bislang nur bei dem Bruder empfunden hatte … und bei der Beobachtung des Mädchens, wie es dem Bad entstiegen war. Dies schien seine frühere Vermutung zu bestätigen: In Wirklichkeit fühlte er sich zu der Schwester so stark hingezogen.

Gottlob, dachte er und lächelte in sich hinein, als er wieder an jenen Abend dachte, da er in Charles' Zimmer geplatzt war und Beth nackt in der Badewanne hatte stehen sehen. Jetzt spürte er dieselbe Reaktion wie damals.

„Madame Decalle hat es freundlicherweise aus ihrem Laden kommen lassen, nachdem sie merkte, dass ich nur ein einziges Kleid besaß“, erklärte sie, während sein Blick langsam über ihre schlanke Gestalt glitt. „Es war eigentlich für irgendeine Duchess angefertigt worden, welche dieselbe Größe hatte wie ich. Ich habe Glück, es passt mir tatsächlich.“

Radcliffe sah dem Mädchen die Verwirrung und das Unbehagen an. „Ich muss mich entschuldigen für …“

Die Tür wurde geöffnet, und Bessie kehrte zurück. Radcliffe sprach nicht weiter, sondern wartete geduldig, während die Zofe eine zweite Tasse auf das Tablett stellte und Tee eingoss. Dann lächelte sie ihnen beiden zu und verließ die Bibliothek.

Charlie nippte an ihrem Tee. „Haben Sie und mein Bruder alles erledigt, was Sie sich für heute vorgenommen hatten?“

Er nickte. „Wir suchten die Juweliere auf, um einigen Schmuck zu Bargeld zu machen, hielten bei einem Schneider zu einer kurzen Anprobe und gingen zum Schluss noch in einen Pub.“ Er blickte sie fragend an. „Und wie verlief deine Anprobe?“

Charlie verzog die Lippen. „Jedenfalls nicht so gut wie die meines Bruders, sehe ich. Madame Decalle kam gleich, nachdem Sie gegangen waren, und wurde erst fertig, kurz bevor Sie zurückkehrten. Mein ganzer Tag bestand nur daraus, gestochen und herumgeschubst zu werden.“

„Ach, du liebe Güte! Das klingt ja schrecklich.“ Radcliffe hörte sich eher belustigt als mitfühlend an.

Dies ärgerte Charles' Schwester offenbar. Sie lächelte süß, neigte den Kopf zur Seite und fragte unschuldig: „Sagten Sie nicht etwas von einer Entschuldigung?“

Radcliffes Erheiterung legte sich sofort. „Ah ja.“ Er seufzte. „Gestern als ich in das Zimmer platzte, während du …“

Da er zögerte weiterzusprechen, zog sie eine Augenbraue hoch, konnte jedoch nicht verhindern, dass sie errötete, als sie an ihre Nacktheit zu diesem Zeitpunkt dachte.

„Nun, ich fürchte, es war ungehörig von mir, nicht vorher anzuklopfen. Ich wusste ja nicht, dass du und dein Bruder die Zimmer getauscht hattet, und ich … Nun, es war jedenfalls höchst ungehörig von mir. Es tut mir sehr Leid, dass ich dich in einem solchen Zustand …“

„Schon gut“, unterbrach sie ihn endlich und stellte ihre Teetasse auf den Tisch. Seine Entschuldigung war ihr ebenso peinlich wie der ganze Vorgang. Sie erhob sich, um den Tisch zu umrunden, der zwischen ihnen stand, weil sie möglichst rasch aus der Bibliothek gelangen wollte. Als Gentleman stand Radcliffe sofort auf, und als sie mit der Schuhspitze in der Eile unten an einem Tischbein hängen blieb und stolperte, sprang er schnell nach vorn und zog sie an seine Brust.

Sie errötete noch tiefer und kam sich reichlich töricht vor. Rasch richtete sie sich zu ihrer vollen Größe auf und schaute zu ihm hoch. Der Atem stockte ihr, als sie seinen Gesichtsausdruck sah. Seine Augen spiegelten blankes Begehren, sein Blick glitt über ihre Brüste, die vom Korsett und dem Gewand darüber zusammengepresst wurden wie zwei reife Melonen, die im nächsten Moment aus dem Obstkorb kullern würden.

Charlie musste schlucken, als sie ein Prickeln überlief. Sofort wollte sie einen Schritt rückwärts tun, stieß jedoch gegen die Seite des Sessels, den sie eben verlassen hatte, und wäre beinahe aufs Neue gestrauchelt. Wieder fasste Radcliffe sie am Arm, um sie zu stützen, und zog sie unwillkürlich sanft vorwärts, bis seine Lippen ihre berührten.

8. KAPITEL

Als sie Radcliffes Lippen auf ihren fühlte, hielt Charlie ganz still – zuerst nur aus Überraschung, dann aus Neugier. Sie hatte ihr ganzes Leben auf dem Lande verbracht, und Beth war ihre einzige Freundin und Spielkameradin gewesen. Abgesehen von ihrem Vater und dem Onkel, war Radcliffe der erste Mann, mit dem sie und Beth längere Zeit zusammen gewesen waren. Er schien ein durchaus anständiger Kerl zu sein. Seriös. Meisterhaft. Vertrauenswürdig. Und sie hatte sich schon immer gefragt, wie es wohl wäre, einen Mann zu küssen. Mit wem sonst sollte sie es dann einmal ausprobieren, wenn nicht mit ihm?

Gerade bekam sie Geschmack an der Sache, als Radcliffe plötzlich die Regeln dieses Spiels änderte. Im einen Moment noch spürte sie seinen Mund auf ihrem, im nächsten fühlte sie seine Zunge zwischen ihren Lippen. Als sie den Mund zum Protest öffnete, änderte sich der Kuss vollends. Aus der süßen, warmen Glut loderte ein Feuer hoch, denn seine Zunge drang in ihren Mund ein, und dieser Kuss drohte Charlie zu verzehren.

Das gefiel ihr. Sehr sogar. Nicht im Entferntesten dachte sie daran, ihn aufzuhalten. Im Gegenteil – sie wollte, dass sie ihm noch näher käme. Als er die Arme um sie legte, fasste sie ihn bei den Schultern, drückte sich an ihn und öffnete bereitwilligst die Lippen. Es war wunderbar. Sie wünschte, dieser Kuss würde niemals enden. Doch da hörte sie ihn den Namen „Beth“ an ihrem Mund flüstern.

Es war, als hätte jemand gleichzeitig die Vordertür und die zur Bibliothek geöffnet, wodurch ein eiskalter Windzug in den Raum und über ihren Rücken strömte. Radcliffe küsste nicht wirklich sie, er küsste Beth! Verworrene Gefühle stürzten auf sie ein: Enttäuschung, Eifersucht, Verärgerung. Hatte er die wirkliche Beth schon einmal geküsst? So wie jetzt? Charlie erstarrte in seinen Armen, wollte schon zurückweichen, doch er zog sich selbst zurück, weil er ein Geräusch von der Tür her gehört hatte.

„Ja, Stokes?"

Charlie errötete vor Verlegenheit. Sie sah das ausdruckslose Gesicht des Butlers, sagte rasch ihre Entschuldigung und floh aus der Bibliothek. Auf ihrem Weg die Treppe hinauf begegnete ihr niemand. Auf dem oberen Flur blieb sie stehen und lehnte sich mit geschlossenen Augen an die Wand. Ihr Herz hämmerte, sie war außer Atem und mochte in diesem Zustand nicht ihrer Schwester gegenübertreten.

„Beth." Radcliffes Stöhnen hallte in ihrem Kopf wider. Hatte er ihre Schwester zuvor schon einmal auf diese Weise geküsst? Nein. In diesem Fall hätte Beth sicherlich etwas gesagt. Oder nicht? Charlie überlegte. Möglicherweise würde ihre Schwester es nicht getan haben. Zwar hatten sie ihr ganzes Leben lang alle Geheimnisse miteinander geteilt, doch dieses … das wollte Charlie nicht mit Beth teilen. Folglich würde ihre Schwester möglicherweise ebenso gedacht haben. Hatte Radcliffe also Beth nun auf diese Weise geküsst?

„Da bist du ja!"

Schuldbewusst richtete sich Charlie auf, als ihre Schwester plötzlich vor ihr erschien.

„Lieber Himmel, ich wollte dich schon im ganzen Haus suchen." Beth fasste Charlie beim Handgelenk und zog sie in das Zimmer, das jetzt „Elizabeth" gehörte.

„Du glaubst ja nicht, was für einen Spaß ich heute hatte!" rief sie aufgeregt, nachdem sie die Tür geschlossen und Charlie zum Bett gezogen hatte. „Wir suchten den Juwelier auf. Ein Mr. Silverpot – ausgerechnet! So hieß er tatsächlich – Silbertopf! Ein komischer kleiner Mann. Sein Bauch war so rund und dick wie ein Pott, und er hatte silbernes Haar. Kein weißes oder graues, sondern silbernes. Ist das nicht lustig? Er war sehr nett, und er gab uns jede Menge Geld für Mutters Brillant- und Smaragdschmuck. Siehst du?“ Sie zog ein schweres Münzsäckchen heraus, in dem es fröhlich klimperte.

„Radcliffe beabsichtigte, das gleich wegzuschließen, doch ich wollte es dir zuerst zeigen.“ Schon öffnete sie den Beutel und schüttete den Inhalt aufs Bett.

Als Charlie die vielen Münzen bestaunte, umarmte Beth sie lachend. „Ist das nicht herrlich? Wir sind reich! Mr. Silverpot meinte, die Steine seien von der besten Qualität, die er je gesehen habe, und er wäre uns zu Dank verpflichtet, wenn wir ihm noch weiteren Schmuck von ähnlicher Qualität verkaufen würden. Damit können wir uns die allerschönsten Gewänder von ganz London kaufen!“

Charlie musste über die Begeisterung ihrer Schwester lächeln. Sie half ihr, die Münzen wieder einzusammeln und in das Säckchen zurückzustecken, während Beth munter weitererzählte.

„Danach fuhren wir zum Schneider. Das war vielleicht ein feiner Pinkel! Wenn der seine Nase noch einen Tick höher getragen hätte, wäre er beim Durchschreiten einer Tür gegen jeden Sturzbalken gestoßen. Außerdem hatte er die grässliche Angewohnheit, beim Maßnehmen unausgesetzt an meinem Hosenbein herumzuzupfen – immerhin hat er drei Mal nachgemessen!“

Unwillkürlich warf Charlie einen Blick auf den Schritt von Beth’ Hose. „Beth!“ rief sie bestürzt.

„Was hast du denn?“

„Was ist das?“ Sie deutete auf die Wölbung in der Hose.

„Ein Strumpf natürlich.“ Beth schien verwirrt. „Du hast doch gesagt, ich solle einen aufrollen und ihn in meine Unterhose stecken.“

„Ja schon, nur … das ist doch ein absolut runder Ball! Es sieht ja so aus, als hättest du eine dicke Apfelsine in deiner Unterhose. Hättest du es nicht ein wenig natürlicher gestalten können?"

„Woher hätte ich denn wissen sollen, was ‚natürlich' aussieht? Ich laufe schließlich nicht durch die Gegend und schaue mir die unteren Körperregionen der Männer an."

Charlie seufzte und musste dann lachen. Als Beth sie fragend ansah, schüttelte sie den Kopf. „Kein Wunder, dass der Schneider immerzu an dir herumzupfte. Er wollte wahrscheinlich herausfinden, ob du irgendwie missgebildet bist oder da unten nur irgendwelches Obst spazieren trägst."

Beth fand das gar nicht komisch. Sie konnte darüber nicht lachen. Ihr Irrtum schien ihr peinlich zu sein.

Rasch wechselte Charlie das Thema. „Und was tatet ihr nach dem Besuch beim Schneider?"

„Wir gingen in Radcliffes Club." Beth' Miene hellte sich sofort wieder auf.

„In seinen Club!" rief Charlie neidisch.

Beth nickte. „Jawohl! Es war … einfach großartig war es – alle diese Männer, die so wichtig und bedeutsam aussahen! Überall liefen Diener herum und … Weißt du, Charlie, Männer verhalten sich nicht annähernd so steif und gesetzt, wenn keine Frauen dabei sind. Sie benehmen sich sogar richtig jungenhaft, scherzen und lachen und amüsieren sich prächtig.

Ich habe alle möglichen jungen Herren kennen gelernt", fuhr sie fort. „Radcliffe legte Wert darauf, mich mit so vielen von ihnen wie möglich bekannt zu machen. Er meinte, es wäre gut für mich, wenn ich mich mit einigen von ihnen anfreundete, und er ließ mich mit ihnen allein, während er mit seinen Geschäftsfreunden redete. Das war wirklich amüsant und gab mir eine gute Gelegenheit, sie zu begutachten.

Oh, dass ich's nicht vergesse: Solltest du einmal einen dunkelhaarigen Burschen namens Jimmy oder einen blonden namens Freddy treffen, dann mache am besten einen weiten Bogen um sie. Die haben nämlich gewettet, wer von ihnen in dieser Saison die meisten jungen Damen aus der vornehmen Gesellschaft verführen kann. Aus ihrem Gespräch heute Nachmittag konnte ich entnehmen, dass sie bereits beinahe die Hälfte aller infrage kommenden Frauen ruiniert haben."

Als Charlie sie nur erschüttert anschaute, nickte Beth nachdrücklich und legte sich dann seufzend aufs Bett. „Ich bin richtig erschlagen. Was für ein Tag!" Sie rekelte sich, unterdrückte ein Gähnen und erkundigte sich dann höflich, wie denn Charlies Tag verlaufen sei.

„Mein Tag?" Charlie langte hinter sich und fasste den Zipfel eines Kopfkissens. „Nun, mein Tag war genauso großartig. Während du dich amüsiertest, habe ich mich von Madame Decalle pieksen und umherschubsen lassen. Findest du das etwa nicht amüsant?" fragte sie zuckersüß, schlug dann ihrer grinsenden Schwester das Kissen über den Kopf und erhob sich angewidert vom Bett.

Lachend wehrte Beth das Kissen ab, rollte sich auf den Bauch und stützte das Kinn in die Hände. „Das geschieht dir ganz recht – als Rache für die vielen Jahre, in denen ich deine Schneiderpuppe spielen musste", erklärte sie mitleidlos, doch als sie ihre Schwester genauer betrachtete, setzte sie sich unvermittelt hoch und stand auf.

„Du trägst ja ein ganz anderes Kleid! Du willst mir doch nicht erzählen, die Decalle hätte es so schnell fertig genäht."

„Selbstverständlich nicht", sagte Charlie, während ihre Schwester sie umkreiste. „Ich bot ihr zwar einen Sonderlohn, falls sie schnell arbeitete, doch selbst sie konnte mir nur ein einziges Gewand pro Tag versprechen, und das auch nur, wenn sie noch zwei zusätzliche Näherinnen einstellte."

„Woher kommt denn dann ..."

„Sie hatte dieses Gewand ursprünglich für eine andere Dame genäht, welche die gleichen Maße hatte wie wir. Als Madame Decalle merkte, dass ‚Elizabeth' nur ein einziges Kleid besaß, ließ sie dieses hier sofort kommen."

„Das ist ja wunderbar." Beth zupfte an dem Stoff. „Diese Dame hat wirklich dieselben Maße. Es passt dir ganz ausgezeichnet."

„Eigentlich ist die Dame ein wenig größer und in der Taille nicht ganz so schlank, doch Madame Decalle ließ das Gewand von ihren Mädchen etwas abnähen, während wir das Musterbuch durchsuchten."

„Das Musterbuch?" Beth blickte finster drein. „Was hast du dir daraus ausgesucht?"

Charlie zog die Augenbrauen hoch. „Weshalb interessiert dich das plötzlich? Als du heute Morgen fortgingst, kümmerte es dich nicht im Mindesten."

„Nun, vor lauter Aufregung hatte ich ganz vergessen, dass du ja in solchen Dingen keine Erfahrung hast."

Über Beth' offensichtliche Befürchtungen lächelte Charlie. „Nur keine Angst, Schwesterchen. Die Gewänder werden Beth gefallen. Schließlich hat sie sie ja selbst ausgewählt. Allerdings muss ich zugeben, dass Madame Decalle über die Auswahl in einigen Fällen leicht entsetzt war." Charlie machte auf dem Absatz kehrt, verließ hastig das Zimmer und eilte den Flur entlang zur Treppe. Fast hatte sie es schon geschafft, als Beth sich so weit erholt hatte, dass sie ihr hinterherlaufen konnte.

„Was meinst du mit ‚leicht entsetzt'? Was hast du ausgesucht?" fragte sie energisch und hielt Charlie am Arm fest.

„Nun, das wirst du schon sehen." Charlie befreite sich und lief weiter.

„Oh, warte! Ich vergaß dir zu sagen, dass wir heute Abend ins Theater eingeladen sind."

„So? Von wem?“

„Von Tommy.“ Als Charlie sie nur fragend anschaute, errötete Beth. „Tomas Mowbray“, erklärte sie. „Er lud uns ein, seine Loge mit ihm und seiner Schwester Clarissa zu teilen.“

„Hmm.“ Charlie warf einen Blick auf ihre neue Herrengarderobe. Der Anzug war ungemein elegant – zweifellos auf Radcliffes Veranlassung. Der Mann hatte eben einen unfehlbaren Geschmack.

„Nun?“

Charlie zog die Augenbrauen hoch. „Nun was?“

„Nun, meinst du nicht, dass wir hingehen sollten? Ich sagte ihm, ich wüsste es noch nicht genau. Zu diesem Zeitpunkt besaßen wir schließlich nur das eine Gewand, und in dem hatte er mich ja schon gesehen. Doch nachdem Madame Decalle nun ein zweites … Jedenfalls scheint es mir angebracht zu sein, um weitere Ehekandidaten zu finden“, schloss sie.

„Selbstverständlich müssen wir gehen. Wir sollen ja heiraten, und das gelingt uns nie, wenn wir nicht ausgehen. Im Übrigen habe ich mich heute den ganzen Tag zu Tode gelangweilt. Da fände ich es sehr nett, etwas zu unternehmen.“

„Gut.“ Beth nickte erleichtert. Sie nahm Charlie beim Arm und zog sie mit sich ins Schlafzimmer zurück.

„Warum das denn?“

„Weil wir uns doch umziehen müssen“, erläuterte Beth.

„Und wie? Ich sagte dir doch, dass Madame Decalle nur dieses eine Gewand zur Verfügung hatte. Findest du das etwa nicht passend?“

„Oh, passend schon. Ich meinte nur, wir müssen mich wieder als Beth verkleiden und dich als …“

„Augenblick mal, Beth. Ich werde nicht als Charles ins Theater gehen. Du wolltest doch heute den Bruder spielen.“

„Das wollte ich ja auch.“

„Ich dachte, es hätte dir Spaß gemacht im Club und …“

„Hat es ja auch, nur ich …“ Sie wirkte verlegen.

„Erzähle mir doch noch mehr über Tomas Mowbray!“

Dass Beth errötete, genügte Charlie als Antwort. „Verstehe.“ Offenbar hatte sich ihre Zwillingsschwester in den Mann verliebt und wollte bei ihm nur als Elizabeth in Erscheinung treten.

„Tut mir Leid“, begann Beth unglücklich. „Falls du heute Abend weiter Beth sein möchtest, sollst du es auch sein. Unsere Vereinbarung galt ja für den ganzen Tag.“

„Nun sei nicht töricht!“ schalt Charlie und begann ihr Gewand abzulegen. „Nur für das Theater.“

„Vielen Dank, Charlie“, flüsterte Beth.

„Keine Ursache.“ Als Charlie klar wurde, dass sie nun stundenlang unter Clarissas Zärtlichkeiten würde leiden müssen, seufzte sie leise.

„Charles!“

Sobald sie diese Stimme erkannt hatte, entdeckte Charlie auch schon Clarissa Mowbray, die auf sie, Beth und Radcliffe zukam. Tomas Mowbray blieb ihr dicht auf den Fersen und musste sich sehr anstrengen, um Anschluss zu halten, während seine Schwester sich durch die Menge drängte.

„Tom erzählte, Sie würden heute Abend mitkommen. Darüber war ich ja so froh!“ hauchte Clarissa und legte ihre Hände auf Charlies Arm.

„Sicher doch“, sagte Charlie verlegen und tat ihr Bestes, um sich aus den Klauen des Mädchens zu befreien, was allerdings außerordentlich schwierig war.

„Mowbray“, begrüßte Radcliffe Clarissas Bruder amüsiert, als dieser atemlos herangekommen war.

„Lord Radcliffe.“ Ein wenig gequält lächelte Tomas ihm zu,

fasste dann den Arm seiner Schwester und zog sie dann von Charlie fort.

„Also wirklich, Clarissa! Lass doch diesen Burschen in Ruhe", sagte er gereizt und lächelte dann zu Charlie hinüber. „Entschuldigung, Freund. Sie war schon immer wie ein Bullterrier. Wahrscheinlich kommt das daher, weil sie stets mit Mutters Hunden um Aufmerksamkeit konkurriert hat." Er ignorierte Clarissas wütendes Schnauben, wandte sich an Beth, und sein Lächeln erstrahlte, als sein Blick auf das lavendelfarbene Kleid fiel. „Lady Beth, welch ein entzückender Anblick!"

„Vielen Dank, Mylord", flüsterte Beth scheu. „Und auch vielen Dank für die Einladung."

„War mir ein Vergnügen." Er lächelte sie breit und strahlend an. Dass Clarissa heftigst an seinem Arm zerrte, weil sie sich befreien wollte, nahm er gar nicht zur Kenntnis.

Charlie blickte kurz zu Radcliffe hinüber, um zu ergründen, wie er auf das Verhalten des anderen Pärchens reagierte, nachdem er doch diejenige, die er für Beth hielt, in der Bibliothek geküsst hatte. Indes, er schien es überhaupt nicht zu bemerken, sondern betrachtete nur amüsiert Charlie, die sich jetzt vorsichtig von der liebestollen Clarissa entfernte.

„Wollen wir hineingehen?"

Charlie drehte sich um und sah, wie ihre Schwester Tomas süß anlächelte und ihre Hand auf seinen freien Arm legte, den er ihr jetzt entgegengestreckt hatte. Mowbray fasste die kleine Hand, ließ die seiner Schwester los und geleitete Beth zu den Eingangstüren.

Charlie unterdrückte einen Seufzer der Enttäuschung, schaffte es jedoch, nicht zurückzuzucken, als Clarissa ihre Klauen wieder um ihren Arm legte und sie mit sich zog.

„Kommen Sie, die Vorstellung wird Ihnen sicher viel Freude bereiten!"

„Irgendwie habe ich da so meine Zweifel", sagte Charlie und warf einen zornigen Blick zu dem lachenden Radcliffe. „Kommen Sie schon, Radcliffe. Sie wollen sich die Vorstellung doch auch nicht entgehen lassen."

„Ganz gewiss nicht", stimmte er belustigt zu, folgte ihnen langsam und schaute dabei immerzu abwechselnd zwischen Beth und Charlie hin und her.

Dass sich Beth und Tomas zueinander hingezogen fühlten, war ihm keinesfalls entgangen, und er hatte eigentlich einen gewissen Anfall von Eifersucht oder Enttäuschung bei sich selbst erwartet, empfand jedoch nichts dergleichen. Trotz dieser leidenschaftlichen Umarmung in der Bibliothek stellte er nun fest, dass seine Aufmerksamkeit erneut auf den Bruder gelenkt wurde. Beispielsweise war ihm gerade das entzückende umgekehrte Herz aufgefallen, das Charles' Podex in der neuen Hose bildete.

Charles besitzt überhaupt kein Männergesäß, dachte er und schaute stirnrunzelnd auf die anderen männlichen Theaterbesucher ringsum. Keiner der anderen Anwesenden hatte einen so hübschen Hintern, und keiner erweckte in ihm das Bedürfnis, länger hinzuschauen – im Gegensatz zu Charles' keckem, kleinem Hinterteil.

Radcliffe wusste nicht, ob er deswegen nun erleichtert oder womöglich noch bedrückter sein sollte. Was, zum Teufel, war nur mit ihm los? Früher hatte er sich niemals einen Männerkörper angeschaut, und schon gar nicht auf diese Weise. Trotzdem, dieser Junge, dieses Bürschchen, zog seine Aufmerksamkeit und sein Begehren auf sich, wie es noch niemals eine Frau getan hatte.

Ja, das war es. Er begehrte den Knaben. Großer Gott, er verlor ja den Verstand! Er spürte kein Verlangen nach einem Mann. Er wünschte sich jedoch glühend, dass Charles eine Frau wäre.

Sein Blick glitt zu Beth hinüber. Sie war in jeder Beziehung eine weibliche Ausgabe von Charles, und in der Bibliothek hatte er ihr gegenüber eine unglaubliche Leidenschaft empfunden. Jetzt tat er es indes mitnichten. Das war alles sehr verwirrend.

Radcliffe schob solche Gedanken von sich, als er hörte, dass Tom für den nächsten Tag eine Einladung zu einem Picknick aussprach.

„Es wird keine große Sache", sagte der junge Lord gerade. „Wir würden uns jedoch freuen, Sie alle dabeizuhaben."

„Ist es nicht herrlich?" hauchte Beth glücklich.

„Entzückend", brummte Charlie missmutig, ohne einen Blick auf das grasbewachsene Tal zu werfen, an dem sie von Bord gegangen waren.

Der Theaterbesuch am Vorabend war dank Clarissa Mowbrays Affenliebe eine verteufelte Angelegenheit gewesen. Der heutige Tag würde auch nicht besser werden, denn wieder einmal hatte sie sich überreden lassen, den „Charles" zu spielen.

„Ach Charlie, mach doch nicht so ein Gesicht. Es ist doch so ein schöner Tag für einen Picknickausflug, und …"

„Also falls Clarissa mich noch ein einziges Mal anfasst, dann schwöre ich, dass ich …" Sie sprach nicht weiter, als sie Beth' glockenhelles Lachen hörte.

Ein Blick auf Charlies böse Miene, und ihre Schwester lachte nicht mehr. Sie bemühte sich sogar um einen schuldbewussten Gesichtsausdruck, dem leider jede Aufrichtigkeit fehlte. „Sie scheint eben ziemlich an dir zu hängen."

Charlie schnaufte angewidert. „Ja, wie eine besonders giftige Schlingpflanze! Bei jeder Gelegenheit klammert sie sich an mir fest. Dieses Mädchen ist eine wahre … Oh verdammt." Sie unterbrach sich, sobald sie Clarissa entschlossen herankommen sah.

Während des größten Teils der heutigen Tagesreise hatte Charlie ihr Bestes getan, um Clarissa Mowbray aus dem Weg zu gehen, was sich allerdings als ziemlich unmöglich erwies, wenn man mit hundert anderen Leuten auf einem Flusskahn zusammengepfercht war. Immerhin hatte Charlie es versucht, indem sie unausgesetzt Clarissas Hände abstreifte, die sie beim Ärmel fassten. Danach hatte sie ohne Rücksicht auf Höflichkeit das Weite gesucht.

Clarissa hatte entweder nicht bemerkt, oder es kümmerte sie nicht, dass Charlie sich an ihrem Charme so gar nicht interessiert zeigte. Das Mädchen schien überhaupt keine Selbstachtung zu haben, und Würde war ihm offenbar völlig fremd. Sie hatte Charlie durch das Schiff gescheucht wie ein kleiner Hund, der seinem Herrchen hinterherlief. Charlie empfand das Ganze als ungemein lästig und unangebracht.

Falls Clarissa jemals einen Ehemann fände, dann würde der Ärmste bald an Überanstrengung zu Grunde gehen. Charlie nahm sich jedenfalls vor, unbedingt etwas gegen die junge, wild entschlossene Lady zu unternehmen, um keinen absolut scheußlichen Nachmittag verbringen zu müssen.

„Da sind Sie!“ rief Clarissa aus, als hätten sie seit einer Stunde Verstecken nicht gespielt. Schon hakte sie sich wieder bei Charlie ein und strahlte triumphierend. „Also wirklich, Sie sind so schlüpfrig wie ein Fischlein! Ich wollte Ihnen eine Stelle ein wenig flussaufwärts zeigen, doch Sie sind mir immer entwischt.“

Schweigend ließ sich Charlie davonzerren. Ihrer lachenden Schwester warf sie noch einen wütenden Blick zu und konzentrierte sich dann nur darauf, sich einen Weg durch die zahlreichen, jetzt von Bord gehenden Passagiere zu bahnen.

Die Vorstellung der Mowbrays von einem „kleinen Picknick“ bestand darin, sechzig Gäste und beinahe ebenso viele Dienstboten auf ein Lustboot zu verfrachten, sie flussabwärts zu transportieren, bis man zu einem grasigen Fleckchen gelangte, wo ein leichter

Imbiss auf Klapptischen und -stühlen serviert wurde. Hätte Charlie gewusst, was für ein Trubel sich bei diesem Unternehmen abspielte, würde sie die Einladung höflich abgelehnt haben, um den Tag daheim zu verbringen.

Nun, möglicherweise ja auch nicht. Zwar fand sie diesen Ausflug ganz furchtbar, doch allein in Radcliffes Stadthaus herumzulaufen wäre noch schlimmer gewesen. Jetzt konnte sie wenigstens verfolgen, wie Radcliffe und Beth miteinander umgingen.

Allerdings geschah bei diesem Abenteuer nichts von Interesse. Bei ihrem Eintreffen war Radcliffe begrüßt und dann in eine Gruppe gesetzter, älterer Herren hineingezogen worden, während Beth und Charlie sich unter das jüngere Volk mischten.

Im Augenblick stand Radcliffe noch immer bei den Herren, die mindestens zwanzig Jahre älter waren als er. Charlie erinnerte sich, dass Beth ihr berichtet hatte, gestern im Club sei es genauso gewesen. Er habe sie bei den jungen Leuten zurückgelassen, während er Geschäftliches mit älteren Herren besprach.

Wie jung ist Radcliffe eigentlich? Wie dreißig sieht er noch nicht aus, dachte Charlie. Sie schätzte ihn auf achtundzwanzig Jahre, also auf acht Jahre älter als sie und Beth. Trotzdem verhielt er sich so, als wäre er mindestens doppelt so alt. Wirklich traurig. Eine wahre Schande …

Als sie das Mädchen neben sich leise aufschreien hörte, weil es über eine unebene Stelle im Boden gestolpert war, fasste Charlie Clarissa unwillkürlich beim Ellbogen, um sie zu stützen, worauf diese sofort die Hand festhielt und sie liebevoll drückte.

„Vielen Dank, Mylord“, flüsterte Clarissa inniglich, bis Charlie ihre klammernde Hand abschüttelte und ihr bedeutete, sie möge weiter vorangehen.

Sie brauchte nicht lange, um zu merken, dass Clarissa keine Ahnung hatte, wohin sie ging. Hier gab es auch keinen Pfad, dem sie hätte folgen können, und so stolperten sie durch den Wald wie zwei Kühe, die sich verlaufen hatten. Auf jeden Fall gab es hier keine „Stelle“, welche Clarissa ihr beziehungsweise Charles hätte zeigen können. Sie hatte ihn nur für sich haben wollen, und zu welchem Zweck, lag auf der Hand.

Eines musste Charlie Clarissa ja lassen: Sie war ziemlich kühn! Und wahrscheinlich würde diese Kühnheit sie alle beide in Schwierigkeiten bringen.

„Clarissa.“ Charlie fasste das Mädchen am Arm. „Wir sollten umkehren.“

„Nicht doch! Wir sind doch gleich bei der bewussten Stelle!“ behauptete Clarissa drängend.

Charlie schüttelte gereizt den Kopf. Das Mädchen log noch schlechter als Beth. „Mir reicht es jetzt!“ Sie drehte sich um und trat den Rückweg an. „Ganz offensichtlich wissen Sie nicht, wohin Sie gehen, und mir steht nicht der Sinn danach, mich heute in einem Wald zu verlaufen.“

„Oh, ich …“ Clarissa klammerte sich verzweifelt an Charlies Arm und schaute sie flehentlich an, obwohl ihr Charlies Verärgerung nicht entgangen sein konnte. Als sie Charlies Gesichtsausdruck endlich einmal zur Kenntnis nahm, ließ sie sofort los, blickte zu Boden, und die Traurigkeit senkte sich wie ein Mantel über sie. „Es tut mir Leid, Charles. Ich merke schon, Sie wollten gar nicht mit mir spazieren gehen.“

Charlie fühlte sich unbehaglich. Clarissa sah so bekümmert aus. Es war ganz unverkennbar, dass sie gemocht werden wollte. Leider schien sie keine Ahnung zu haben, wie sie das erreichen konnte.

Charlie seufzte. „Es ist ja nicht so, dass mir ein Spaziergang mit Ihnen keine Freude machen würde, Clarissa. Doch es ist nicht schicklich, wenn ein junges Mädchen mit … mit einem jungen

Mann allein ist." Wie gerate ich nur immer in solche Situationen? fragte sie sich. „Der Mann könnte die Lage ausnutzen. Deshalb bestehen Eltern auch immer auf Anstandsdamen. Wie es Ihre Mutter ebenfalls hätte tun sollen", schloss sie.

„Mit so etwas darf ich meine Mutter nicht behelligen", erklärte Clarissa und fügte hinzu: „Außerdem hatte ich ja sogar gehofft, Sie würden die Lage ausnutzen! Ich wäre Ihnen nicht böse gewesen, ehrlich."

„Was?" Charlie blieb fast die Luft weg.

Clarissa errötete, nickte jedoch. „Wirklich. Falls Sie mich küssen wollen, hätte ich nichts dagegen. Das hatte ich ja gerade gehofft." Damit schloss sie die Augen und hob erwartungsvoll den Kopf.

Einen Moment lang betrachtete Charlie das Mädchen, schüttelte dann den Kopf und machte sich auf den Rückweg durch den Wald. Sie war erst wenige Schritte gegangen, als Clarissa die Augen wieder aufschlug und sah, dass sie allein war. Wie ein Hofhund auf einen Knochen stürzte sie sich sofort wieder auf Charlie.

„Warten Sie! Sie dürfen noch nicht zurückgehen. Wollen Sie mich denn nicht küssen? Ich ..." Sie unterbrach sich sofort, als Charlie sich wutentbrannt zu ihr herumdrehte. Sie war nämlich mit ihrer Geduld am Ende.

„Hören Sie endlich auf, mich zu jagen, Sie albernes Gör! Was ist eigentlich mit Ihnen los? Besitzen Sie denn überhaupt keinen Stolz? Oder hat der Wind den zusammen mit Ihrem Verstand weggeblasen? Wenn Sie so weitermachen, sind Sie schon vor Ihrem Debüt ruiniert. Sie haben gehofft, ich würde die Lage ausnutzen? Sie können von Glück sagen, dass ich nicht zu denjenigen Burschen gehöre, welche Wetten darauf abschließen, wie viele Mädchen sie in dieser Saison ruinieren können. Sonst wären Sie nämlich schon längst ruiniert!"

Clarissa erblasste, und Tränen traten ihr in die Augen. Charlie fühlte sich plötzlich wie ein Idiot. Dieses dumme, lästige Ding war zwar ein wirkliches Ärgernis, doch gleichzeitig war sie auch so unschuldig, so jung und … Darin lag wohl auch der Grund für ihre Torheit.

Charlie nahm an, dass die meisten Mädchen in der ersten Blüte des Erwachsenwerdens ebenso töricht waren, nur hatten sie gewöhnlich jemanden, der auf sie aufpasste. In dieser Beziehung war es um Clarissa bedauerlich schlecht bestellt. Was, wie Charlie vermutete, auch ihre verzweifelte Suche nach jemandem, der sie mochte erklärte.

Charlie konnte gar nicht mehr mit ansehen, wie eine dicke Träne nach der anderen über Clarissas blasses Gesicht rollte. Unbeholfen streichelte sie dem Mädchen die Schulter. „Weinen Sie doch nicht so. Bei mir sind Sie sicher. Ich schließe keine Wetten ab auf Mädchen, die man in dieser Saison ruinieren könnte."

Im nächsten Moment warf sich Clarissa ihr an die Brust und benetzte die schöne neue Weste, die der Schneider erst heute Morgen angeliefert hatte, mit ihren Tränen.

„Ich bin eine Närrin", schluchzte das Mädchen heftig.

„Nicht doch, Clarissa. Das sind Sie nicht. Sie müssen nur etwas vorsichtiger sein. Nicht alle Männer sind Gentlemen. Und auf keinen Fall dürfen Sie jemandem empfehlen, Sie auszunutzen!" Insgeheim schauderte Charlie bei der Vorstellung, das Mädchen wäre an jemanden wie diesen Jimmy oder Freddy geraten.

„Das war wirklich dumm von mir", gab Clarissa schniefend zu. „Solche törichten Sachen mache ich immer. Deshalb mag mich auch niemand."

„Sie sind nicht dumm, Clarissa, und ganz bestimmt mögen sehr viele Leute Sie."

„Meinen Sie?" fragte sie voller Hoffnung.

„Gewiss.“

„Mögen Sie mich?“

Charlie rang sich ein Lächeln ab, als Clarissa sich ein wenig zurückneigte, um zu ihr hochzuschauen. „Ja sicher, selbstverständlich mag ich Sie.“

„Dann dürfen Sie mich auch küssen.“ Wieder legte sie den Kopf in den Nacken, schloss die Augen und schürzte die Lippen.

Sofort stieß Charlie sie zurück. „Haben Sie nicht gehört, was ich Ihnen sagte?“

Sogleich öffnete das Mädchen die Augen. „Gewiss habe ich das. Sie sagten, bei Ihnen sei ich sicher. Also weshalb küssen Sie mich dann denn nicht? Sie sagten doch, Sie mögen mich, Charles!“

Charlie war alles andere als glücklich, und weil ihr nichts Besseres einfiel, erklärte sie: „Es gibt so etwas wie zu großen Eifer, wissen Sie.“

Clarissa blickte sie unsicher an, doch Charlie meinte einen Weg gefunden zu haben, wie sie Clarissa einerseits beschwichtigen und sie andererseits veranlassen konnte, von ihr abzulassen.

„Denken Sie nur einmal an eine Fuchsjagd. Man lässt den gefangenen Fuchs frei, damit er davonläuft. Manchmal jagen sie stundenlang hinter ihm her. Je länger die Jagd dauert, umso aufregender ist der Sieg, wenn das Tier dann erlegt wird. Ist es nicht so?“

„Ja“, bestätigte sie unsicher.

„Und falls der Fuchs nun überhaupt nicht fortliefe, sondern einfach stehen bliebe und sich fangen ließe – wo bliebe denn da der Sinn der Jagd? Es würde nicht den geringsten Spaß machen, oder?“

„Nein, wahrscheinlich nicht.“

„Na, sehen Sie.“ Charlie nickte nachdrücklich. Sie war sicher, dass sie sich dem Mädchen nun verständlich gemacht hatte.

„Dann wollen Sie damit also sagen, Sie möchten mich nicht küssen und gehen mir fleißig aus dem Weg, damit ich weiter Jagd auf Sie mache?"

„Nein!" Charlie fasste es nicht. „Verflixt, Sie sind einfach unmöglich! Der Fuchs sind doch Sie!"

„Aber ich laufe ja nicht fort."

Charlie verdrehte die Augen und musste erst einmal tief durchatmen. „Das ist es ja gerade! Wenn Sie wollen, dass man Jagd auf Sie macht, dann müssen Sie fortlaufen!"

„Ich will gar nicht, dass ‚man' Jagd auf mich macht. Ich will doch nur, dass Sie mich mögen."

Charlie fragte sich, weshalb das Schicksal gerade sie dazu ausersehen hatte, heute Charles und nicht Beth zu sein. „Clarissa, meine Liebe. Männer wie ich schätzen nun einmal die Jagd, weil sie interessant und erregend ist. Wir ...", sie zuckte hilflos die Schultern, „... mögen das Jagen."

„Wollen Sie damit sagen, man würde mich jagen, falls ich fortliefe?"

„Jawohl."

Clarissa schüttelte unglücklich den Kopf, doch dann straffte sie entschlossen die Schultern. „Wenn Sie es so wollen, Charles." Nachdenklich betrachtete sie das sie umgebende Buschwerk. „In welche Richtung soll ich laufen?"

Stöhnend verdrehte Charlie die Augen. „Clarissa, das war nur als Metapher gemeint!"

„Metapher?"

„Als ein Beispiel", erläuterte Charlie ungehalten. „Selbstverständlich will ich Sie nicht wirklich durch das Unterholz jagen. Was ich damit sagen wollte – Sie müssen so tun, als läge Ihnen an mir nicht das Geringste."

Clarissa blickte sie entsetzt an. „Aber ich mag Sie doch!"

„Das weiß ich. Trotzdem sollten Sie mich ignorieren, mich

schneiden oder sonst etwas tun, um mir klarzumachen, dass Sie nicht im Mindesten an mir interessiert sind."

„Und was tun Sie, während ich Sie ignoriere?"

„Ich? Nun, ich werde Sie von fern bewundern."

„Von fern?" Das schien Clarissa ganz und gar nicht zu erfreuen.

„Das ist jetzt große Mode", erklärte Charlie. „Es gilt als ungeheuer romantisch."

„Romantisch?"

„Genau. Ich werde ein Liebesgedicht über mein zerbrochenes Herz schreiben."

„Und es mir dann übermitteln?" fragte Clarissa aufgeregt.

„Nein. Ich kann nicht dichten. Meine Gedichte würden ganz entsetzlich kitschig ausfallen. Also werde ich sie zerknüllen, ins Feuer werfen und dann fürchterlich leiden."

„Leiden? Ach, mein lieber Charles, ich will doch gar nicht, dass Sie leiden."

„Unser Gemeindepfarrer meint, Leiden sei gut für die Seele", erklärte Charlie fest, nahm das Mädchen beim Arm und führte es den Weg zurück, auf dem sie gekommen waren. Am Waldesrand blieben sie kurz stehen.

„Nun ja, wenn er das sagt ...", sagte Clarissa, „und wenn Sie das für das Beste halten ..."

„Zweifellos ist es das Beste", versicherte ihr Charlie lakonisch und fügte hinzu: „Und Sie müssen mir versprechen, sich unbedingt von Leuten fern zu halten, die Jimmy oder Freddy heißen."

„Wie Sie wünschen, Charles", stimmte das Mädchen pflichtschuldigst zu.

„So ist's recht." Charlie lugte durch das Gebüsch zu den Leuten auf der anderen Seite. „Im Augenblick scheint niemand herzuschauen. Gehen Sie jetzt zum Picknickplatz zurück. Damit es kein

Gerede gibt, werde ich noch einen Moment warten und dann nachkommen."

„Jawohl, Charles." Clarissa drehte sich um und trat auf die Lichtung hinaus.

Aufatmend sah Charlie ihr nach, lehnte sich dann gegen einen Baumstamm und wartete die angemessene Zeit ab, ehe sie ebenfalls zurückkehrte.

9. KAPITEL

Radcliffe bewegte sich unter den Picknickgästen umher und suchte zwischen den lachenden, schwatzenden Leuten nach Charles. Er hatte den Jungen schon eine ganze Weile nicht gesehen, und langsam machte er sich Sorgen. Größere Sorgen als angebracht, dachte er und schüttelte den Kopf über sein eigenes Verhalten. Sosehr er sich auch mahnte, sich auf die Schwester zu konzentrieren und dem Bruder aus dem Weg zu gehen, so konnte er es doch nicht ändern.

Sobald Charles heute Morgen mit einem fröhlichen Lächeln auf den Lippen in das Frühstückszimmer gekommen war, hatte Radcliffe gemerkt, dass ihm das nicht gelingen würde. Der Knabe zog ihn einfach an. Bei Tisch hatten sie sich angeregt über die gegenwärtige politische Lage unterhalten, und er hatte herzlich über den klugen Witz des Jungen lachen müssen. Das war eigentlich gar nicht so übel gewesen, doch als sich ihre Hände berührten, weil sie beide gleichzeitig zur Marmelade griffen, hatte wieder dieser erregende Schauer Radcliffe durchlaufen.

Das war höchst beunruhigend. An dem einen Tag näherte er sich der Schwester unsittlich, die doch unter seinem Schutz stand, und am nächsten Tag empfand er für den Bruder etwas, das er in seinem ganzen Leben noch niemals für einen Geschlechtsgenossen empfunden hatte.

Das ging alles über seinen Verstand, und er war zu der Einsicht gelangt, es sei am besten, wenn er von beiden Geschwistern Abstand hielt. Und das würde er auch heute getan haben, wenn er nicht schon zugestimmt hätte, die Zwillinge zu diesem Picknick zu begleiten.

Immerhin schlug er sich bis jetzt ganz gut. Er hatte sie in der Gesellschaft anderer junger Herren und Damen zurückgelassen und sich selbst den alten Leuten zugesellt.

Und dort würde ich auch noch immer bei Gesprächen über Wirtschaft und Politik sitzen, wenn Charles nicht verschwunden wäre, dachte er ärgerlich, als er zu der Stelle kam, wo Beth freundschaftlich plaudernd mit Tomas und Clarissa Mowbray zusammenstand.

„Wo ist Charles?“ fragte er ohne Vorrede, was das Trio überraschte.

„Charles?“ wiederholte Beth und schaute sich um. „Oh ... vor nicht allzu langer Zeit war er noch hier. Er muss wohl ...“

„Er ist in den Wald gewandert.“

Radcliffe warf der jungen Mowbray, die geantwortet hatte, einen scharfen Blick zu, unter dem sie sofort schuldbewusst errötete. „Wohin?“ wollte er wissen.

„In den Wald eben. Er ... er wollte ein bisschen allein sein. Zweifellos wird er gleich wieder zurückkommen.“

Radcliffes Miene verfinsterte sich. Er fragte sich, ob es denn wirklich notwendig sei, dass er Jagd auf den Jungen machte. Nötig war es wohl nicht, doch vernünftig schon. Immerhin befand sich der Bursche seit dem Fiasko bei Aggie unter seiner Obhut, und im Übrigen traute er ihm nicht sehr viel Verstand zu. Radcliffe jedenfalls kannte niemanden, der sich von einer Peitschen schwingenden alten Hure hätte ans Bett fesseln lassen. Vermutlich hatte er sich jetzt auch noch verlaufen.

Wieder einmal geriet ein Zweig in ihre Perücke, und Charlie hielt sie fluchend auf ihrem Kopf fest, bis sie nach einem großen Insekt schlug, das ihr ins Gesicht schwirrte.

Von Ausflügen in die freie Natur hatte sie noch nie sehr viel gehalten, und so langweilig dieses Picknick bis jetzt auch gewesen war, so wollte sie nun doch lieber zu der Lichtung zurückkehren, sich an einen Klapptisch setzen und Täubchenpastete verspeisen, statt sich durch diesen Dschungel zu kämpfen und keine Ahnung zu haben, wo sie sich eigentlich befand.

Kurz bevor sie die Lichtung endlich doch noch erreichte, hörte sie einen Angstschrei, den sie nicht ignorieren konnte, auch wenn er von einem Tier stammen sollte. Als sie diesen Schrei noch einmal vernahm, gab sie ihre Absicht auf, zum Picknick zurückzukehren, und lief in die Richtung, aus der diese Schreie zu kommen schienen. Auf diese Weise entfernte sie sich von der Lichtung, geriet dichter an das Flussufer, was sie jedoch erst merkte, als sie schon mit einem Fuß in den nassen, schlammigen Boden sank.

Sofort trat sie einen Schritt zurück, warf erst einen ärgerlichen Blick auf ihren nun schmutzigen Schuh, dann auf die Zweige des Buschwerks vor sich, ehe sie ihren Weg fortsetzte. Aus dem Schreien war unterdessen ein panisches Kreischen geworden, das urplötzlich abbrach.

Charlie erstarrte, denn die Stille machte ihr mehr Angst als das Kreischen. Sie sprang durch das Gebüsch und wäre beinahe auf die Knie gestürzt, als das Unterholz unvermittelt den Blick auf eine andere Lichtung freigab. Diese war viel kleiner, und auf ihr sah sie einen ledergesichtigen Bauern, der gerade einen zappelnden Sack in die Fluten werfen wollte.

„Nein!“ schrie sie, doch es war bereits zu spät. Der Sack flog schon durch die Luft hin zum Wasser. Ohne lange nachzudenken, rannte Charlie zum Fluss dem Sack hinterher. Das Wasser schien ihre Füße festzuhalten, dennoch kämpfte sie sich entschlossen voran und stieß einen Fluch aus, als der Sack kurz vor ihr im Wasser aufschlug und dann sofort unterging. Der Fluss verschluckte ihn mitsamt dem Wimmern, welches aus dem Beutel gekommen war.

Charlie erschien es wie eine Ewigkeit, doch wahrscheinlich dauerte es nur Sekunden, bis sie die Stelle erreichte, wo der Sack gelandet war. Sie dachte nicht daran, dass sie klatschnass wurde und sich den neuen Anzug ruinierte; sie bückte sich nur hinunter, tastete nach dem Sack und war zutiefst erleichtert, als sie ihn mit den Händen berührte und ihn packen konnte. Rasch zog sie ihn aus den Fluten, hielt ihn hoch und begann aus dem flachen Fluss zu waten.

Am Ufer angekommen, kniete sie sich auf den weichen Boden, ignorierte den näher kommenden Bauern und löste den Knoten, mit dem der Sack oben zugebunden war. Angstvoll lugte sie hinein und entdeckte eine Hand voll nasser dunkelbrauner Welpen darin. Rasch zog sie das oberste Hündchen an den Hinterbeinen heraus. Weil es kopfüber gehangen hatte, erbrach es jetzt das geschluckte Wasser.

Charlie flüsterte dem winzigen Welpen Beruhigendes zu, legte ihn ins Gras, packte rasch das zweite Hündchen, welches sie erst ein wenig schüttelte, damit es ebenfalls das Flusswasser wieder von sich gab. Das Ganze wiederholte sie noch sechs Mal und rettete auf diese Weise sechs von acht Welpen. Die letzten beiden vermochte sie bei aller Mühe nicht mehr wieder zu beleben. Sie legte sie nebeneinander ins Gras. Der Bauer, der sich die ganze Aktion schweigend angesehen hatte, spie jetzt neben die beiden toten Hündchen auf den Boden.

„Denen ist wohl nicht mehr zu helfen, trotzdem war es ein hübscher Versuch, M'lord."

Charlie hob langsam den Kopf und sah zornig auf das sonnengegerbte Gesicht mit den Hängebacken und dem angegrauten roten Haar.

„Jawohl, M'lord, das war's. Ein hübscher Versuch! Sogar ein sehr hübscher, wenn ich das so sagen darf. Sie haben immerhin sechs von achten gerettet. Mal sehen, das macht … Nun, ich würde sagen, vier Silberpennys dürften reichen. Schließlich sind es nun nur noch sechs."

Charlie schüttelte den Kopf. „Was?" fragte sie verwirrt und

schaute geistesabwesend auf einen der geretteten Welpen, der jetzt wackelig auf die Pfoten kam und sich näher zu ihr bewegte, dann jedoch wieder auf den Bauch fiel und ihre Finger zu lecken begann, als wollte er sich bei ihr bedanken.

„Na, für die Hunde“, erklärte der Bauer, als spräche er mit einem Schwachsinnigen. „Sie haben sie schließlich gerettet, und da dachte ich, Sie wollten sie vielleicht kaufen.“

„Sind Sie verrückt?“

„Wieso? Wollen Sie sie denn etwa nicht kaufen?“

Als Charlie ihn nur wütend anstarrte, zuckte er die Schultern und hob den fortgeworfenen Sack auf. „Weshalb denn dann diese ganze Mühe? Damit haben Sie mir nur noch mehr Arbeit gemacht. Jetzt muss ich sie noch einmal ersäufen.“ Mit diesen Worten hob er den Welpen hoch, der ihr die Finger geleckt hatte, und stopfte ihn in den Sack zurück.

„Den Teufel werden Sie tun!“ fuhr Charlie ihn an und griff nach dem Sack.

Radcliffe war schon ein ganzes Ende gelaufen, ohne indes Charles zu finden. Gerade gelangte er zu der Ansicht, dass Clarissa sich wohl geirrt hatte, als er aus dem Wald lautes Schimpfen hörte. Er ging schneller und kam auf eine Lichtung, auf der sich ihm ein erschreckendes Bild bot.

Zuerst sah er nur Charles sowie einen stämmigen Bauern mit einem zappelnden Sack Tauziehen spielen. Die Körpergröße des Bauern verriet schon den voraussichtlichen Gewinner dieses Kampfes, und es überraschte Radcliffe nicht, als dem Jungen der Sack aus den Händen glitt und er mit dem Hintern in das nasse Gras plumpste.

Radcliffes Erheiterung schlug jedoch in Bestürzung um, als der Bauer einige Welpen zusammenraffte und Charles wieder auf die Beine kam, um den Mann sofort von hinten anzuspringen. Heftig riss Charles an dem Haar des Bauern, der vor Schmerz aufschrie, Sack samt Welpen fallen ließ, sich unvermittelt aufrichtete und nach dem Jungen schlug, als wäre dieser ein lästiger Bienenschwarm. Dem ersten Schlag wich Charles noch geschickt aus, doch der zweite erwischte ihn oben auf dem Kopf. Der Junge schrie zwar auf, hielt indessen seine Stellung.

Eine größere Auswirkung hatte indes der Schlag auf Radcliffe, der sich jetzt brüllend vorwärts stürzte. „Was, zum Teufel, geht hier vor?“

Beide erstarrten. Der Bauer hielt mitten in der Bewegung inne und blickte schuldbewusst auf Radcliffe. Charles atmete erleichtert auf und ließ sich eiligst vom Rücken des Bauern heruntergleiten.

„Radcliffe“, keuchte der Junge und schien sich wieder zu fangen. Er blickte von Radcliffe zu dem Bauern und dann auf den zappelnden Sack zu seinen Füßen, aus dem gedämpftes Winseln drang.

„Was ist hier los, Charles?“ fragte Radcliffe, während sich der Junge bückte, den Sack aufband und ein kleines Pelzbündel herausholte.

„Lassen Sie meine Hunde in Ruhe!“ knurrte der Bauer, als Charles weitere Welpen herauszog.

„Ihre Hunde? Sie haben sie doch fortgeworfen!“

„Jawohl, und das werde ich wieder tun, wenn Sie nicht für sie bezahlen!“

„Den Teufel werden Sie tun!“ fuhr Charles den Mann an.

„So sehen Sie aus!“ Als sich der Bauer auf Charles zubewegte, trat dieser rasch hinter Radcliffe und hielt dabei vier zappelnde Hundebabys fest, die er hatte aufsammeln können.

Der Bauer blieb sofort stehen; anscheinend wollte er keinen Edelmann angreifen, der ihm nichts getan hatte. Plötzlich fuhr er herum, riss einen der beiden verbliebenen Welpen hoch, hielt den kleinen Körper in einer seiner mächtigen Pranke und nahm das Hundeköpfchen in die andere.

„Nein!“ kreischte Charles und kam hinter Radcliffe hervor, als der Bauer Anstalten machte, dem armen Tierchen den Hals zu brechen, jetzt indes fragend eine Augenbraue hochzog. Charles blickte Radcliffe flehentlich an. „So tun Sie doch etwas!“

Radcliffe blickte zwischen seinem recht lästigen Schutzbefohlenen und dem Bauern hin und her. „Wie soll ich denn etwas tun, wenn ich nicht weiß, was hier geschieht?“

„Sehen Sie es denn nicht? Himmel! Dieser … dieser Mann …“

Radcliffe hätte beinahe aufgelacht über die Art, wie der Junge dieses Wort aussprach – so als beleidigte er sein eigenes Geschlecht.

„Dieser Mann steckte die armen Kreaturen in einen Sack, den er in den Fluss warf, um sie zu ertränken“, fuhr der Junge fort. „Ich rettete sie und konnte sechs von den acht Welpen wieder beleben. Jetzt erwartet er von mir Bezahlung für die sechs überlebenden Tiere, oder er will sie alle wieder ins Wasser werfen. Sagen Sie ihm, dass er das nicht darf! Sagen Sie es ihm!“ Charles sah den Bauern teils befriedigt, teils voller Abscheu an und nickte triumphierend, während er auf Radcliffes Antwort wartete.

Der Triumph verflog jedoch und wich reiner Verzweiflung, als Radcliffe endlich sprach.

„Ich fürchte, er darf es durchaus.“

„Was?“

„Die Hunde gehören ihm“, antwortete er ernst.

„Ihm? Er hat sie doch weggeworfen und wollte sie ersäufen! Er versuchte sie umzubringen. Ohne mich wären sie jetzt tot. Ich … ich habe sie gefunden!“

„Dennoch gehören sie ihm, und er darf mit ihnen verfahren, wie es ihm beliebt.“ Radcliffe kam sich vor, als ließe er den Jungen mit dieser Erklärung im Stich, und das war ihm ganz und gar nicht recht.

„Na bitte.“ Der Bauer blähte sich mächtig auf. „Also entweder Sie zahlen mir Sixpence für die Viecher, oder ich breche diesem hier den Hals und ersäufe den Rest.“

„Sixpence? Vor einem Moment waren es doch noch vier!“

„Das war bevor Sie mich angriffen.“

Der Junge warf dem Bauern noch einen wütenden Blick zu, setzte dann die zappelnden Welpen ab, grub in seinen Jackentaschen und runzelte die Stirn, als er die leeren Hände wieder herauszog. „Ich muss das Geld im Wasser verloren haben. Zahlen Sie den Mann aus, Radcliffe.“

Bei diesem Befehl zog Radcliffe die Brauen hoch. Charles schnitt ein Gesicht. „Sie wissen genau, dass ich diese Summe habe.“

Seufzend zog Radcliffe einen kleinen Geldbeutel heraus und gab dem Bauern eine Silbermünze. Die finstere Miene des Mannes wich einem strahlenden Lächeln. Er nahm die Münze entgegen, reichte Radcliffe den Welpen, den er gehalten hatte, nahm den Sack mit den zwei toten Hunden auf und schlenderte davon.

„Arme Lieblinge“, flüsterte Charles, bückte sich und hob zwei der Hündchen auf. „Jetzt ist alles gut. Der böse Mann wird euch nichts mehr tun.“ Er kuschelte sich die Tierchen ans Gesicht und bemerkte dann Radcliffes argwöhnischen Blick. Charles schaute auf die beiden noch am Boden sitzenden Welpen. „Könnten Sie vielleicht diese beiden aufheben?“ fragte er.

„Wozu das?“

„Weil ich sechs auf einmal schlecht tragen kann.“

Radcliffe wurde immer misstrauischer. „Warum solltest du auch? Du willst diese Köter doch wohl nicht behalten, oder?“

„Was denn sonst?“ fragte der Junge ehrlich erstaunt. „Soll ich sie etwa hier lassen, damit der Bauer sie später doch noch umbringt?“

„Auf jeden Fall wirst du sie nicht in mein Haus bringen!" erwiderte Radcliffe entschlossen.

„Mylord." Als Stokes zwei Stunden später die Haustür öffnete, verwandelte sich sein Begrüßungslächeln in maßloses Erstaunen beim Anblick der sechs kleinen braunen Fellknäuel, die ihm unvermutet um die Füße kollerten. Aufgeregt quietschend sausten sie an Radcliffe wild und tapsig zu allen Seiten vorbei durch den Eingang. Auf dem blanken Marmorboden flogen ihnen ihre Beinchen unter dem Bauch weg, weil sie alles gleichzeitig beschnuppern wollten.

Stokes' Mund stand noch immer offen, als jedes der Hündchen plötzlich erstarrte. Erregt zitternd streckten sie die Nasen in die Luft, schnüffelten kurz und rasten dann alle zusammen den Flur entlang der Küche entgegen.

„Nein, bloß das nicht!" rief Charlie, sprang an dem gequält aussehenden Radcliffe vorbei den Welpen hinterher, schnappte sich einen nach dem anderen und erwischte den letzten gerade noch kurz vor der Küchentür. Mit den zappelnden Pelzbündeln unter den Armen drehte sie sich um und wollte den Flur zurücklaufen, als Beth ins Haus kam und Charlie sofort zur Hilfe eilte.

„Die armen Dinger!" Lachend nahm Beth ihr drei Welpen ab und drückte sie sich an die Brust. „Sie müssen furchtbar hungrig sein."

„Ich wüsste nicht, wie das möglich sein sollte", meinte Radcliffe leicht irritiert und schlug die Tür zu. „Beim Picknick führten sie sich eher wie Ferkel und nicht wie Hunde auf. Nach den Mengen, die sie dort verdrückten, sollten sie mindestens eine Woche lang satt sein."

Charlie verdrehte die Augen, und Beth lachte. „Wie Ferkel? Wohl kaum, Mylord. Beim Picknick waren sie einfach entzückend. Jede der anwesenden Damen stürzte sich auf Sie und Charles, als

Sie mit diesen winzigen Wesen aus dem Wald kamen, und als sich dann herausstellte, wie Sie beide sie gerettet hatten, galten Sie als wahre Helden."

Um Charlies Lippen zuckte es, als sie Radcliffes finstere Miene sah. Er zog die Handschuhe aus und schlug sie dem Butler vor die Brust, was den Diener endlich aus dessen Erstarrung löste. Er klappte den Mund zu, fasste eilig nach den Handschuhen und nahm auch den Hut entgegen, den Radcliffe ihm hinhielt.

Radcliffe hatte sich nicht länger geweigert, die Welpen mit in sein Haus zu nehmen. Was hätte er auch anderes tun können? Sie auf der Lichtung zurücklassen, das war ausgeschlossen; sie wären dann umgebracht worden. Das hatte Charlie ihm klargemacht und die Entscheidung dann ihm überlassen. Also war ihm nichts übrig geblieben, als mit den Welpen nach Haus zurückzukehren – jedenfalls fürs Erste. Er hatte klargestellt, dass dieses nur eine Zwischenlösung sei, die ihm im Übrigen keineswegs gefiel. Charlie müsse so schnell wie möglich für die Tiere eine neue Bleibe finden. Und sie dürften keinen Ärger machen.

Charlie hatte versprochen, die Welpen so lange in ihrem Zimmer unterzubringen, bis ein neues Heim für sie gefunden war, und dann hatte sie ihm fröhlich geholfen, die kleinen Pelzknäuel durch den Wald zum Picknickplatz zu tragen. Wie Beth schon sehr richtig bemerkte, hatten alle Damen dieser Gesellschaft sich sofort nach ihrer Ankunft auf sie und die Hundewelpen gestürzt.

Charlie war Radcliffes Unbehagen unter dem Ansturm der allgemeinen Aufmerksamkeit durchaus nicht entgangen, und sie war nicht überrascht, als Radcliffe sich der Menge entzog und sich unter eine Gruppe älterer Herren mischte, um den kleinen Aufstand aus sicherer Entfernung zu beobachten. Charlie konnte sich derweil mit der den Welpen entgegenschlagenden Begeisterung selbst amüsieren.

Mit den jungen Hunden hatte sie kaum Schwierigkeiten. Es gab schließlich genug Freiwillige, die die winzigen Geschöpfe füttern und versorgen wollten. Die Damen rissen sich geradezu darum, wer die Tierchen halten, streicheln und füttern durfte. Die Welpen bekamen die allerbesten Stückchen von den Pasteten und sprangen zum Entzücken der Gäste überall fröhlich herum. Und jetzt schienen sie eben schon wieder Hunger zu haben.

„Komm, Beth. Wir wollen sie nach oben bringen und ihnen dann etwas aus der Küche holen."

Radcliffe schüttelte nur den Kopf, machte auf dem Absatz kehrt und schritt in die Bibliothek, wo es ihn zweifellos zu der dort bereitstehenden Flasche Portwein zog, wie Charlie vermutete.

„Oh, Mylady! Sehen Sie doch nur das Gewand, das Madame Decalle heute geschickt hat!" rief Bessie aufgeregt und hielt das Kleidungsstück hoch, das sie gerade ausgepackt hatte, als Beth Charlie in „Elizabeths" Zimmer brachte. „Es traf eben erst ein. Ist es nicht wunderschön?"

Beth blieb mit drei Welpen in den Armen im Türrahmen stehen und sah bestürzt das hauchzarte Gewand an.

Charlie stieß die Tür mit einem Fuß zu, drängte sich an ihrer sprachlosen Schwester vorbei, setzte die Hündchen, welche sie getragen hatte, auf den Boden und trat dann zwecks Begutachtung an das Kleid heran. „Es ist wirklich wunderhübsch, Bessie", meinte sie mit listigem Lächeln und drehte sich dann erheitert zu ihrer Schwester um. „Wirklich, Beth, du hast einen erstaunlichen Geschmack", fügte sie mit einem Lachen in den Augen hinzu. Beth sah derweil das weinrote Gewand erschüttert an.

Beth hatte eine Vorliebe für frische Pastellfarben und klassische Schnitte, und da sie auch stets für die Kleider der Zwillinge Modell stand, hatte Charlie ihr auch immer die Auswahl überlassen.

Während der letzten Jahre hatten sie ausschließlich rosa, hellblaue, weiße und cremefarbene Gewänder mit Halsausschnitten getragen, die man bestenfalls „schicklich" nennen konnte.

Im Vergleich dazu war Charlies Geschmack wesentlich dramatischer. Hätte sie sich während dieser Jahre mehr mit Mode und dergleichen befasst, würde sie einen ausgeprägteren Hang zu kräftigeren, lebhafteren Farben und gewagteren Schnitten entwickelt haben. Das war natürlich nicht der Fall, doch da sich die Schwestern jetzt auf dem Heiratsmarkt befanden, meinte Charlie, es sei an der Zeit, etwas „herzumachen".

Das Gewand, welches sie ausgesucht hatte, entsprach genau der letzten Mode. Sein Dekolleté war so tief geschnitten wie möglich, ohne schon unschicklich zu wirken, und ein keckes Hütchen ergänzte es. Schlicht, modisch und ungemein verführerisch, wie sie hoffte. Ihr war klar, dass es Beth bestürzen würde.

„Charlie! Wie konntest du nur …"

„Bessie", fiel Charlie ihr ins Wort, „geh doch bitte hinunter und sieh nach, ob der Koch für die Hündchen etwas zu fressen hat. Und eine Schüssel Milch für sie brauchen wir ebenfalls." Die kleine Zofe legte das Gewand zur Seite und verließ das Zimmer.

„Was hast du dir dabei eigentlich gedacht?" flüsterte Beth, nachdem sich die Tür hinter dem Mädchen geschlossen hatte. Sie trat an das Bett und blickte bestürzt auf das Gewand hinunter.

Gleichmütig zuckte Charlie die Schultern. „Ich habe Kleider ausgesucht."

„Sind alle so wie dieses?"

„Selbstverständlich nicht. Alle sind von unterschiedlichen Schnitten und Farben."

„Was für Farben?"

Charlie zog die Augenbrauen hoch, weil Beth' Stimme so drohend geklungen hatte. „Smaragdgrün, karmesinrot …"

„Karmesin!“ Beth ließ sich aufs Bett sinken und schlug sich die Hände vors Gesicht. „Oh nein!“ Sie nahm die Hände wieder herunter und sah ihre Schwester entsetzt an. „Ist das die Strafe dafür, dass du diesmal das Anmessen über dich hast ergehen lassen müssen?“

„Natürlich nicht!“ Charlie warf ihrer Schwester einen recht finsteren Blick zu und breitete dann das Gewand aus. „Also wirklich, Beth, schau es dir doch einmal richtig an. Es ist reizend. Wie kannst du das für eine Strafe halten? Der Schnitt ist wunderbar, die Farbe lebhaft und der Glanz des Stoffes einfach hinreißend.“

„Grell und aufdringlich ist es.“

„Unsinn!“ Charlie blickte sie verärgert über die Beleidigung ihres Geschmacks an. Dann seufzte sie. „Also wenn du es genau wissen willst – deinen Kleidergeschmack fand ich schon immer reichlich … nun, um ehrlich zu sein, fade.“

„Fade! Wie bitte?!“ Beth stand auf. Entsetzen malte sich auf ihrem Gesicht.

„Jawohl. Ständig diese nichts sagenden Pastelltöne und diese hohen Ausschnitte.“ Sie rümpfte die Nase. „Das war alles recht langweilig.“

Beth schien etwas erwidern zu wollen, besann sich jedoch eines Besseren, richtete sich zu ihrer vollen Größe auf und blickte Charlie kalt an. „Verstehe. Tut mir Leid, dass ich dich all die Jahre mit meinem faden Geschmack belästigt habe.“

Charlie lächelte matt. „Das war keine Belästigung, Beth. Wäre es so gewesen, hätte ich schon längst meine eigene Garderobe ausgesucht.“

„Und weshalb tatest du es nicht?“

Beinahe andächtig berührte Charlie das weinrote Gewand und lächelte bei dem Gedanken, wie gut ihre Auswahl doch gewesen war. „Dazu schien kein Grund zu bestehen“, antwortete sie geistesabwesend. „Auf dem Land hätte mich ja ohnehin niemand in den Kleidern gesehen."

Erst als ihre Schwester zusammenzuckte, merkte sie, wie sehr sie sie beleidigt hatte. Sofort schüttelte sie den Kopf. „Nun nimm es nicht so tragisch, Beth. Unsere Geschmäcker weichen eben etwas voneinander ab."

„Du hast natürlich Recht. Ich wusste nur nicht, wie groß dieser Unterschied war." Beth schaute auf das Kleid. „Ich kann das nicht anziehen, Charlie. Darin würde ich mich nicht wohl fühlen."

„Warum denn nicht? Unsere Haarfarbe und der Teint passen doch hervorragend zu Weinrot."

„Möglicherweise deiner Ansicht nach, doch ich ziehe Pastellfarben vor. Außerdem brauche ich das Gewand nur anzusehen, um zu wissen, dass es unanständig tief ausgeschnitten ist."

„Doch nicht unanständig – das ist der letzte Schrei!"

„Mag sein, ich kann es trotzdem nicht tragen. Es wäre mir unbehaglich. Ich käme mir darin vor wie zur Schau gestellt. Mir ist ein weniger übertriebener Schnitt in hübschen ..."

„... Pastellfarben lieber", beendete Charlie Beth' Satz. „Beth, du bist jetzt auf dem Heiratsmarkt, und das ist nicht der richtige Zeitpunkt, das schüchterne Pflänzchen zu spielen, es sei denn, du wolltest ein Mauerblümchen sein. Du musst doch zeigen, was du hast!"

„Das kann ich nicht. Es passt nicht zu mir. Ich will das Gewand nicht tragen."

Ehe Charlie etwas zu erwidern vermochte, kehrte Bessie mit einem Silbertablett zurück. Die Aufregung, die sich in der Miene des Mädchens zeigte, lenkte die beiden Schwestern von ihrem Gespräch ab.

„Das glauben Sie nie!" rief Bessie, stellte das Tablett ab, hob eine Hand voll Papier davon hoch und eilte damit zu den Zwillingen.

„Sehen Sie doch nur! Alles Einladungen zu Bällen und dergleichen! Mr. Stokes erzählte, ein paar davon seien bereits heute Morgen eingetroffen, doch der Türklopfer habe unausgesetzt angeschlagen, seit Sie von dem Picknick zurückkehrten."

„Diese hier ist für den Ball bei den Hardings." Beth hatte die Einladung geöffnet. „Heute Abend! Sie waren gestern Abend im Theater, Charlie. Tomas zeigte sie mir."

Über die Aufregung ihrer Schwester musste Charlie lächeln. Sie zog eine weitere Einladung heraus und las sie. „Die Seawoods geben morgen Abend einen Ball, und wir sind eingeladen." Sie runzelte ein wenig die Stirn. „Wer sind die Seawoods?"

„Die waren heute beim Picknick. Lily, ihre Tochter, gehörte zu den Frauen, die dir bei den Hunden halfen." Beth las schon die nächste Einladung. „Oh, schau nur, die Wullcotts! Die waren ebenfalls beim Picknick. Und hier ist eine von den Fetterleys. Ach Charlie, wir haben mächtig gut eingeschlagen! Wir werden im Handumdrehen verheiratet sein!"

„Du wirst verheiratet sein", berichtigte Charlie rasch.

„Ach ja." Beth warf einen schuldbewussten Seitenblick auf Bessie und schaute dann fort.

Charlie nahm einen weiteren Brief zur Hand, öffnete ihn und erstarrte.

„Was hast du?" Beth war diese Reaktion nicht entgangen.

„Bessie, lass jedem von uns ein Bad richten und bitte den Koch, ein frühes Abendessen zuzubereiten."

„Sehr wohl, Sir." Das Mädchen knickste, verließ das Zimmer, und Charlie gab den geöffneten Brief an ihre Schwester weiter.

„‚Ich weiß, wer du bist'", las Beth entsetzt. „‚Wenn du nicht willst, dass ich etwas sage, wirst du bezahlen müssen. Bringe …' Oh nein!" Beth blickte Charlie erschüttert an. „Was tun wir denn jetzt?"

Charlie ging zum Fenster und schaute blicklos hinaus. So blieb sie einen Moment stehen, doch unvermittelt drehte sie sich um. „Heute Abend gehen wir zu dem Ball der Hardings. Morgen werde ich Mr. Silverpot aufsuchen und noch mehr von Mutters Schmuck verkaufen. Morgen Abend wirst du Radcliffe bitten, dich zum Ball der Seawoods zu begleiten. Ich werde behaupten, zu müde zu sein, um daran teilzunehmen. Ich werde mich stattdessen mit dieser Person treffen und das Geld überbringen."

Beth biss sich auf die Lippe. „Charlie, es gefällt mir nicht, dass du diese Person allein treffen willst. Es könnte gefährlich sein."

„Stimmt, doch einer von uns muss Radcliffe beschäftigen", erklärte Charlie.

„Nun denn ..." Beth trat an die Verbindungstür. „Ich muss mich jetzt langsam fertig machen. Sagtest du nicht, der Schneider habe ein paar neue Anzüge geschickt?"

„Richtig, doch wolltest du heute Abend nicht Elizabeth sein?"

Beth zuckte die Schultern. Ihr ärgerlicher Blick fiel auf das weinrote Gewand. „Nein. Du musst morgen Charles sein, also solltest du heute Elizabeth sein."

10. KAPITEL

Müde seufzend ließ Charlie sich in den Kutschensitz sinken. Dieser Abend war eine einzige Katastrophe gewesen. Der Ball der Hardings – Charlies erster gesellschaftlicher Auftritt als ein weibliches Wesen – war ohne alle Ergebnisse verlaufen. Sie hatte mit niemandem außer Radcliffe und Tomas Mowbray getanzt und keinerlei Möglichkeiten gehabt, Ehekandidaten kennen zu lernen. Tomas war um sie herumscharwenzelt wie ein verliebter Kater, und Radcliffe hatte sich aufgeführt wie eine alte Tante, die Charlies Jungfräulichkeit bewachte und jeden näher kommenden Mann – den armen Tomas eingeschlossen – bitterböse anstarrte. Unterdessen war Beth alias Charles eifrig umhergeflattert und hatte mit Tomas geplaudert.

Charlie hatte diese lächerliche Scharade ausgehalten, bis ihr der Kopf und die Füße wehtaten. Genau das hatte sie als Entschuldigung vorgebracht, um diese Posse zu beenden.

Radcliffe wurde sofort ungemein fürsorglich und bestand darauf, sie heimzubringen. Beth alias Charles hatte sich so widerstrebend gezeigt, schon zu gehen, dass Tomas vorschlug, sie möge doch noch etwas bleiben, und er würde sie später bei Radcliffe abliefern. Dem hatte dieser schließlich zugestimmt und die Frau, die er für Elizabeth hielt, aus dem Ballsaal geleitet.

Die Kutsche geriet in ein Schlagloch. Charlie wurde gegen Radcliffe geschleudert und versuchte rasch, sich irgendwo festzuhalten.

„Alles in Ordnung?"

Im dunklen Inneren des Wagens blickte sie zu Radcliffe hoch. Seine belegte Stimme hatte sie erschreckt, und noch mehr erschreckte sie jetzt der Ausdruck seiner Augen. Charlie schluckte, befeuchtete sich die Lippen, wollte schon nicken, ließ es jedoch, als sein Blick zu ihrem Mund glitt.

Verlegen senkte sie den Kopf und schaute eine Weile blicklos auf ihre Hand, ehe sie bemerkte, dass diese auf seinem Oberschenkel lag. Rasch zog sie die Hand zurück. „Oh! Verzeihung, Mylord. Ich wollte nicht ..."

„Schon gut", versicherte er ihr leise. „Ich weiß ja, dass das keine Absicht war. Wie geht es deinem Kopf?"

„Mir ist ein bisschen schwummerig", antwortete sie geistesabwesend und fragte sich dabei, weshalb ihre Hand zu kribbeln begann, sobald sie merkte, wohin sie sie gelegt hatte auf der Suche nach einem festen Halt.

„Schwummerig?" Seine Stimme klang besorgt. Er legte ihr einen Finger unters Kinn und hob es leicht an, so dass sie ihn ansehen musste. „Sind deine Kopfschmerzen schlimmer geworden?"

„Nein", gab sie zu. „Doch ist es hier drinnen nicht sehr warm?"

„Durchaus nicht. Es ist ein recht kühler Abend." Jetzt machte er sich wirklich Sorgen und befühlte ihre Hand. „Du wirst dir doch nicht irgendetwas eingefangen haben?"

Charlie gelangte allmählich zu der Vermutung, dass ihr Befinden nichts mit einer wirklichen Krankheit zu tun hatte. Ihr schien, als bestünde sie nur noch aus Empfindungen. Sie war sich Radcliffes Nähe sehr bewusst, fühlte den leichten Druck seines Beins an ihrem und seinen Atem an ihrem Gesicht. Sie nahm seinen Duft wahr, und die Erinnerung an ihren Kuss, bei dem sie zuletzt „Beth" gespielt hatte, erwachte nun wieder nur allzu deutlich. Als sie merkte, dass sie sich unbewusst leicht zu ihm beugte, wich sie schnell zurück, soweit dies in der Enge des Wagens möglich war.

„Diese Kutschen sind sehr klein, nicht wahr?" fragte sie mit hoher, angestrengt klingender Stimme.

Radcliffe riss den Blick von ihrer Brust los, wohin er geglitten war, als Charlie sich zurückgelehnt hatte. „Klein?" Er blickte sich in der Droschke um. In diesem Moment gerieten sie erneut in ein Schlagloch, und hätte er sie nicht festgehalten und sie sich an die Brust gezogen, wäre Charlie vom Sitz gefallen. Als sie zu Radcliffe aufsah, neigte er den Kopf und küsste sie.

Sobald seine Lippen ihre berührten, verschwanden ihre Kopfschmerzen, und die Füße taten ihr auch nicht mehr weh. Der ganze Abend schien ihr nicht mehr wie der absolute Fehlschlag, der er noch vor kurzem gewesen war, bevor Radcliffe seinen Mund leidenschaftlich auf ihren gepresst hatte. Sie legte Radcliffe die Arme um den Nacken, presste sich bereitwilligst an ihn und hieß ihn mit ihren Lippen willkommen.

Er ließ die Hände über ihren Rücken gleiten und zog sie noch dichter zu sich heran. Ein prickelnder Schauer durchlief sie. Nun gab er ihren Mund frei, um mit den Lippen ihr Ohr zu liebkosen, und überrascht schrie sie leise auf, als er seinen Mund zu ihrem Nacken weiterbewegte.

„Ach Radcliffe, bitte!“ hauchte sie und hielt ihn bei den Schultern, während er ihre Brüste durch das Gewand hindurch umfasste.

Auf diese Bitte reagierte er, indem er sie sich rittlings auf den Schoß setzte. Sie befand sich nun ein wenig über ihm, und er hatte ihre Brüste genau auf Augenhöhe. Das nutzte er sofort aus und biss zärtlich in die feste Rundung, die der tiefe Halsausschnitt freigab. Noch ein wenig tiefer hinab schob er das Mieder, bis er mit den Zähnen eine ihrer Knospen berührte.

Bei dieser schier unerträglichen Empfindung fuhr Charlie erschrocken leicht zusammen. Ein Stöhnen entrang sich ihrer Kehle, während sie sich ihm in seinen Armen entgegenbog.

Gerade merkte sie, dass er die Hände unter ihren Rock schob, da hielt die Droschke mit einem Ruck an. Überrascht von diesem unerwarteten Halt, fiel Charlie Radcliffe vom Schoß und landete auf der gegenüber befindlichen Sitzbank.

Die beiden schauten einander bestürzt an. Dann blickte Radcliffe aus dem Fenster und fluchte leise. Charlie merkte sofort, dass sie daheim waren. Außerdem wusste sie genau, welchen Anblick sie mit ihrer in Unordnung geratenen Kleidung und einer entblößten Brust bieten musste.

Das alles war ihr furchtbar peinlich. Rasch richtete sie ihr Gewand, wobei sie es absichtlich vermied, Radcliffe anzuschauen. Gerade hatte sie sich wieder in Ordnung gebracht, als er ihre Hand fasste. Schuldbewusst blickte Charlie auf und sah den gleichen Ausdruck auch in seinem Gesicht.

„Ich bitte um Entschuldigung, Elizabeth. Ich habe mich abscheulich benommen. Du befindest dich unter meiner Obhut, und ich habe meine Stellung missbraucht. Ich weiß auch nicht, was über mich gekommen ist."

Charlie wäre es sofort besser gegangen, sie hätte ihn für sehr lieb gehalten und einen Teil der Schuld auf sich genommen, wenn er sie nicht Elizabeth genannt hätte. Das aber setzte ihrer Demütigung noch die Krone auf, zeigte es ihr doch deutlich, dass er in Wahrheit überhaupt nicht sie geküsst hatte. Er hatte gedacht, er küsste Beth. Er begehrte Beth!

Sie schloss kurz die Augen, nahm sich zusammen, nickte steif und stieg eilig aus der Droschke. Sie war bereits im Haus und eilte die Treppe hinauf, bevor Radcliffe aussteigen und den Wagenschlag schließen konnte.

Am Morgen wurde Charlie von einer nassen Zunge an ihrer Wange geweckt. Sie schlug die Augen auf und sah sich einem vergnügten Hündchen gegenüber, das mit den kleinen Vorderpfoten auf ihrer Wange und mit den Hinterbeinen auf ihrer Brust stand. Sie musste lachen, als der kleine Kerl seinen festen Halt verlor und ihr zwischen Hals und Schulter rutschte. Sie hob die Hand, um ihn zu streicheln, blickte dann an sich hinunter und sah die restlichen fünf Pelzknäuel auf der Decke über ihren Beinen herumspringen und spielen.

Lachend richtete sich Charlie auf, zog ihre Beine unter den Welpen hervor, setzte sich auf die Bettkante und schäkerte mit einem halben Dutzend kleiner Kobolde, die zu ihr kamen und ihre Arme und Hände beleckten.

„Euch ebenfalls einen guten Morgen“, flüsterte sie, stand auf und ging zu der Verbindungstür, hinter der sich „Charles'“ Zimmer befand. „Wollen wir doch mal sehen, ob Beth schon wach ist.“

Sie öffnete die Tür und sah dann zu, wie sechs muntere Welpen durch den Spalt huschten. Sie folgte ihnen und erreichte das Bett, während die Hündchen hinaufhüpften und sich mit Begeisterung auf die noch schlafende Beth stürzten. Diese erwachte mit einem elenden Stöhnen.

„Oh nein, noch nicht! Es kann doch noch nicht Morgen sein.“ Beth nahm den Kopf zwischen beide Hände und barg das Gesicht im Kissen.

„Ich merke, du bist spät ins Bett gekommen.“ Lachend kletterte Charlie neben ihrer Schwester ins Bett und lehnte den Rücken an das Kopfbrett. Da Beth nur etwas Unverständliches murmelte, stieß Charlie sie leicht an die Schulter.

„Lass mich doch einfach sterben“, bettelte Beth ins Kissen hinein. „Ich glaube, mein Kopf platzt.“

„Was?“ Charlie fasste Beth am Arm und zog sie auf den Rücken herum. Bei ihrem Anblick zog sie die Brauen hoch. Beth war blass und hatte rot geränderte Augen. „Hast du gestern Abend zu viel getrunken?“

„Jawohl. Und schrei nicht so.“

Charlie hatte gar nicht geschrien, doch jetzt begriff sie: Während sie selbst anscheinend die Fähigkeit ihres Vaters geerbt hatte, übermäßig zu trinken, ohne dass sie am nächsten Tag etwas davon merkte, hatte Beth offenbar Onkel Henrys Probleme mit dem Kater übernommen.

„Was hast du sonst noch getan? Was geschah außerdem noch?“ erkundigte sie sich im Flüsterton.

„Frag mich später noch einmal“, brummte Beth missmutig und zog sich das Kissen wieder über den Kopf.

„Wie viel später?“ fragte Charlie und sah finster den Rücken ihrer Schwester an.

„Heute Nachmittag. Ich verspreche, ich stehe zum Mittag auf, doch ich bin erst im Morgengrauen ins Bett gekommen. Lass mich jetzt schlafen.“

Charlie überlegte einen Moment und zog dann das Kissen fort. „So lange kann ich nicht warten“, sagte sie bedauernd. „Ich muss heute Charles sein, erinnerst du dich? Ich muss wissen, was ich gestern getan habe, falls Radcliffe mich fragt oder falls mir auf dem Weg zu Mr. Silverpot Tomas begegnet.“

Als der Name des Juweliers fiel, setzte sich Beth ergeben auf. „Den hatte ich erfolgreich vergessen“, gestand sie und wartete, bis Charlie für sie das Kissen ans Kopfbrett gestellt hatte. Dann lehnte sie sich müde dagegen. „Also frage mich, was du unbedingt wissen musst.“

„Wie lange bist du noch bei den Hardings geblieben, nachdem wir gegangen waren?“

„Wir verließen den Ball gleich nach euch und gingen in den KitKatClub.“

In den KitKatClub? Charlie atmete tief durch. Es sah ganz so aus, als hätte Beth das Glück für sich gepachtet.

„Wir tranken viel, und Tom erzählte mir, dass er sich sehr in dich verliebt habe.“

„In mich?" fragte Charlie verständnislos.

„Nun ja, in Elizabeth", stellte Beth richtig.

„Ach Beth! Das ist ja wunderbar!" rief Charlie und umarmte ihre Zwillingsschwester, zog sich dann jedoch wieder zurück, weil Beth keinerlei Begeisterung zeigte. „Ist es etwa nicht wunderbar?"

„Ich weiß nicht recht. Ich liebe ihn zwar, nur …", sie warf Charlie einen gequälten Blick zu, „… liebt er nun mich oder dich?"

Charlie musste lachen und umarmte ihre Schwester aufs Neue. „Du Gänschen! Dich liebt er natürlich! Gestern Abend habe ich zum ersten Mal bei Tomas die Elizabeth gespielt. In der Kutsche nach London, im Theater und beim Picknick warst du Elizabeth. Und jeden Moment wart ihr beide tief in eure Unterhaltung versunken. Ich dagegen habe gestern Abend auf dem Ball keine zwei Worte mit dem Mann gewechselt. Du musst es einfach sein, die er liebt."

Beth' Miene hellte sich beträchtlich auf, wenn auch nur für einen Augenblick. „Gestern Abend war er mächtig eifersüchtig auf Radcliffe, weißt du. Ich glaube, er spürte, dass irgendetwas nicht stimmte, und da er nicht wusste, was es war, gab er Radcliffe die Schuld."

„Meinst du, er wusste, dass ich es war, und nicht du?"

Beth nickte. „Er sagte, du seist nicht du selbst … ich meine, ich sei nicht …"

„Ich weiß schon", unterbrach Charlie sie, und ein Lächeln umspielte ihre Lippen. „Nun, dann ist es ganz bestimmt die Liebe!"

„Glaubst du?" fragte sie hoffnungsvoll.

Charlie zuckte die Schultern. „Mutter und Vater vermochten uns beide als Einzige auseinander zu halten. Niemand sonst konnte das. Weißt du noch, was Maman sagte, als wir sie einmal fragten, wieso sie und Vater immer wussten, wer von uns wer war?"

„Ja. Sie meinte, das käme daher, weil sie uns immer mit den Augen der Liebe sähen, und die Augen der Liebe logen nie."

„Genau. Also muss Tomas ebenfalls mit den Augen der Liebe sehen."

Jetzt strahlte Beth. „Zum Glück hat Radcliffe sich gestern Abend so seltsam verhalten. Sonst hätte Tomas die Sache noch genauer untersucht. Weißt du eigentlich, weshalb sich Radcliffe so eigenartig verhielt?"

Einen Moment wich Charlie dem Blick ihrer Schwester aus. „Ich glaube, er war eifersüchtig."

Beth sah sie verwirrt an. „Eifersüchtig? Wieso denn?

„Wegen der Art, wie Tomas um dich und mich herumscharwenzelte. Beth, ich glaube, er hat sich ebenfalls in dich verliebt."

Als Beth sie nur ratlos anblickte, wurde Charlie ungehalten. „Das musst du doch gemerkt haben. Schließlich hat er dich ja geküsst, oder?"

„Nein!" Beth schrie ihre Schwester beinahe an, und diese war höchst überrascht.

„Das hat er nicht?"

„Nein. Kein einziges Mal! Bei mir war er stets der perfekte Gentleman, fast wie ein guter Onkel. Er ..." Sie betrachtete Charlie genauer. „Hat er dich geküsst?"

Charlie nickte langsam. Freude erfüllte sie, weil er nicht Beth geküsst hatte.

„Wann? Gestern Abend?" Charlies Erröten war für Beth Antwort genug. „War es das einzige Mal?"

„Nein. Er küsste mich auch, als du das erste Mal Charles spieltest."

„An diesem Tag war er doch mit mir zusammen."

„Es geschah, als ihr heimkehrtet. Er kam zu mir in die Bibliothek und ... küsste mich."

„Also küsste er dich beide Male, als du ich warst." Beth dachte einen Moment nach und lächelte. „Dann muss er dich geküsst haben."

„Sagte ich doch."

„Nein, ich meinte, er fühlt sich nur zu Elizabeth hingezogen, wenn du sie bist", erläuterte Beth.

„Wieso sagst du das?"

„Oh Schwester! Er hatte ein Dutzend Gelegenheiten, mich als Elizabeth zu küssen, und er hat es kein einziges Mal versucht. Und gestern Abend war er zum ersten Mal eifersüchtig auf Tomas. Du musst einfach diejenige sein, zu der er sich hingezogen fühlt!"

Charlie biss sich auf die Lippe, dachte kurz über Beth' Worte nach und schüttelte den Kopf. Sie wollte sich kein Wunschdenken erlauben, denn sie hatte sich klargemacht, dass Radcliffe für sie unerreichbar war und dass sie deshalb für ihn nur eher gleichgültige Gefühle hegte. Er war viel zu kultiviert. Zu schön. Zu wunderbar. Er würde sich nie in eine Landpomeranze verlieben, und genau das war sie. Zwar eine Angehörige des Adels, doch nur des Landadels mit einem Säufer und Spieler als Onkel, der sie für ein paar Geldstücke an den Tod verkaufen wollte.

„Du täuschst dich", erklärte Charlie schließlich. „Das bist du, Beth. Dich liebt er."

Beth wollte widersprechen, schwieg jedoch und kletterte entschlossen aus ihrem Bett. „Nun, das werden wir ja bald sehen."

Charlie blickte sie argwöhnisch an. „Und woran werden wir es sehen?"

„Daran, wie er heute Morgen auf mich reagiert." Sie durchquerte das Zimmer, blieb jedoch an der Verbindungstür stehen und blickte zurück. „Brauchst du Hilfe bei deiner Brustbinde?" Als Charlie den Kopf schüttelte, nickte sie. „Gut. Dann werde ich also jetzt nach Bessie läuten und mich fertig machen."

Charlie schaute ihr nach und warf dann einen Blick auf die Bettdecke, unter der sich etwas bewegte. Sie zog sie beiseite und befreite die Hunde, die Beth darunter gefangen hatte. Die Kleinen umsprangen sie sofort aufgeregt mit ihrem piepsenden Bellen, und Charlie musste unwillkürlich lächeln. Dann zwang sie sich dazu, sich zu erheben und Charles' Garderobe anzulegen.

Beth war bereits angekleidet und steckte sich gerade das Haar auf dem Kopf auf, als Charlie hereinkam. Die Welpen huschten ihr beim Gehen um die Füße.

„Ich sagte Bessie, wir würden ihr die Hündchen hinunterbringen, so dass sie sie kurz nach draußen führen kann", meinte Beth und frisierte sich zu Ende.

„Gute Idee." Charlie hob drei der Racker auf und wartete, bis ihre Schwester die anderen drei eingesammelt hatte.

„Sie sind einfach zu niedlich, nicht wahr?" Beth lachte, weil die Hündchen auf ihren hügeligen Busen zu klettern versuchten und ihr das Gesicht ablecken wollten, während sie Charlie in den Korridor folgte.

„Stimmt", bestätigte sie und ging die Treppe hinunter. Sie hatte die vorletzte Stufe erreicht, als sie Beth hinter sich leise aufschreien hörte. Sofort drehte sich Charlie nach ihr um. Da Beth die Welpen auf den Armen hielt, war es ihr nicht möglich gewesen, ihren Rock hochzuraffen. Offensichtlich hatte sich jetzt ihr Fuß im Stoff verfangen, und nun stand sie ängstlich und schwankend auf der sechsten Treppenstufe.

Charlie ließ ihre drei Hundebabys fallen und sprang hurtig die Stufen hinauf, während Beth ihre drei Welpen ebenfalls fallen ließ und wie wild nach etwas suchte, woran sie sich festhalten konnte. Charlie kam gerade rechtzeitig, um die vorwärts taumelnde Beth aufzufangen. Unter dem plötzlichen Gewicht geriet nun auch Charlie ins Schwanken. Sie taumelte rückwärts, und ihr Fuß trat ins

Leere. Sie schrie ebenfalls auf, beide krachten zusammen auf den Boden … und Radcliffe vor die Füße.

„Ist dir etwas passiert?“ Besorgt kniete er sich neben die beiden, während Beth von ihrer Schwester herunterrollte.

„Nein“, beruhigte Beth ihn rasch und drehte sich zu Charlie um. „Ach Charles, ist mit dir alles in Odnung? Du hast dir doch nicht etwa wehgetan? Es tut mir ja so Leid! Danke, dass du mich aufgefangen hast. Du hast dich doch wirklich nicht verletzt, oder?“

„Mir ist nichts geschehen.“ Charlie verzog das Gesicht und setzte sich auf. „Mach nicht so ein Theater. Was ist mit den Welpen? Wir werden uns doch nicht etwa auf einen draufgesetzt haben?“

Alle schauten sich jetzt in der leeren Eingangshalle um.

„Wo sind die …“ Radcliffe verstummte, als lautes Fluchen, Brüllen und allgemeines Lärmen aus der Küche zu hören waren.

„Ach, du meine Güte!“ Charlie sprang auf und eilte, von Beth und Radcliffe dicht gefolgt, den Korridor entlang.

Sobald sie die Küchentür aufgestoßen hatte, sausten sechs dunkle, pelzige Kugeln an ihr vorbei in die Halle. Hinterher kam der Koch, der Charlie beinahe zum zweiten Mal umwarf, als er zornrot an ihr vorbeiraste, einen Fleischklopfer in der Hand, und fluchend seine Jagdmeute verfolgte.

Charlie hielt sich an der Küchentür fest, um nicht völlig das Gleichgewicht zu verlieren, und sah Bessie, gefolgt von Stokes, herbeieilen.

„Entschuldigen Sie, Mylord. Ich bin an allem schuld. Ich hörte einen Schrei aus der Halle und wollte aus der Küche laufen, um zu sehen, was los war. Als ich die Küchentür öffnete, kamen die Hunde hereingestürmt. Der Koch trat nach ihnen und stolperte, wobei ihm das Frühstück aus den Händen in alle Richtungen flog. Da griff er sich den Fleischklopfer und raste den Welpen hinterher, bevor Stokes und ich ihn aufhalten konnten.“

All das erklärte Bessie, während sie und Stokes Charlie verfolgten, die nur einen Blick auf den Küchenboden geworfen hatte und dann dem wütenden Koch nacheilte. Schließlich holte sie ihn im Salon ein, wo er die jungen Hunde um das Sofa scheuchte und dabei seinen Fleischklopfer schwang.

„Koch!“ herrschte Radcliffe ihn an, der hinter Charles herangekommen war.

Der Mann blieb sofort stehen, doch als er seinem Arbeitgeber gegenüberstand, war seine Miene noch ebenso wütend wie zuvor. „Die Viecher haben mein Frühstück verdorben! Sie sind ein Ärgernis. So etwas lasse ich mir nicht bieten.“ Er richtete sich zu seiner vollen Größe auf. „Entweder die Viecher kommen weg, oder ich kündige!“

„Oh!“ rief Beth und blickte Radcliffe flehentlich an, während Charlie die Hündchen in sicherer Entfernung zusammentrieb und sich dann ebenfalls flehend an Radcliffe wandte.

Dieser sah von Charlie zum Koch. „Ein Ultimatum? Dann wirst du wohl gehen müssen, Küchenmeister“, erklärte er sehr energisch.

Dem Mann blieb die Luft weg. „Mylord, ich habe Ihnen doch seit Jahren treu gedient!“

„Du hast mir seit Jahren höchst miserabel gedient“, stellte Radcliffe gelassen richtig. „Du bist der schlechteste Koch, den ich jemals hatte. Ich habe dich nur deshalb so lange ertragen, weil mir die Zeit fehlte, mich um einen Ersatz zu bemühen. Wie dem auch sei, deine Gerichte schmecken nach nichts, sind grundsätzlich lauwarm, und meinen Gästen kann ich sie nicht vorsetzen. Mir ist klar geworden, dass du deine Aufgabe nicht erfüllen kannst. Lebe wohl.“

Der Mann druckste ein wenig herum, machte dann kehrt und stürmte den Korridor entlang.

Charlie hatte den ganzen Vorgang verblüfft beobachtet und bekam schon Gewissensbisse, doch da sah sie Stokes' Augen befriedigt aufblitzen, während er dem Koch hinterherschaute. Charlie entspannte sich ein wenig. Der Mann war ja auch wirklich ein miserabler Koch, und er hatte das Hauspersonal unablässig gequält. Dass er jetzt gehen musste, war also nur gut.

Bessie breitete ihren Rock aus, um die Welpen hineinzuheben. Rasch half Charlie ihr dabei.

„Das tut mir ja so Leid, Mylord", versicherte die kleine Zofe leise, nahm die beiden Hündchen entgegen, die Charlie eingefangen hatte, und tat sie zu den anderen drei in ihren Rock. „Es ist alles meine Schuld."

„Nein, das ist es nicht", widersprach Charlie heftig.

„Charles hat völlig Recht", erklärte Beth, hob das letzte Hundejunge auf und trug es heran. „Mir scheint, der Koch war ein durch und durch böser Mensch. Außerdem würde er das Frühstück nicht ruiniert haben, hätte er nicht nach einem dieser niedlichen Kerlchen treten wollen. Jetzt hat er nur bekommen, was er verdiente. Seine Gerichte schmeckten tatsächlich nach nichts. Radcliffe wird zweifellos einen besseren Koch finden."

Als sie die Eingangstür ins Schloss fallen hörte, trat Charlie ans Fenster und sah gerade noch jemanden in die Kutsche steigen. Bessie war unterdessen hinausgegangen und hatte die Welpen mitgenommen.

„War das eben Radcliffe, der gerade weggefahren ist?" wollte Beth wissen.

„Ja", antwortete Charlie nachdenklich und ging zur Tür.

„Was hast du vor?"

Charlie blieb stehen und vergewisserte sich, ob auch kein Lauscher in der Nähe war. „Jetzt scheint der richtige Zeitpunkt für das Unternehmen zu sein, über das wir gesprochen haben."

„Mr. Silverpot?“ flüsterte Beth und umfasste ängstlich Charlies Hand. „Möchtest du, dass ich mitkomme?“

Charlie zögerte, schüttelte dann jedoch den Kopf. „Du siehst noch sehr erschöpft aus. Am besten gehst du wieder ins Bett und schläfst noch ein bisschen. Ich bleibe nicht lange fort.“

11. KAPITEL

Von ihrem Fenster aus beobachtete Charlie, wie Radcliffe Beth in die Kutsche half. Sie wartete noch, bis er ebenfalls eingestiegen war, ließ dann den Fenstervorhang wieder zurückfallen und nahm den Geldbeutel auf, den Mr. Silverpot ihr am Nachmittag für ein paar Schmuckstücke ihrer Mutter gegeben hatte. Diese Transaktion war reibungslos vonstatten gegangen. Sie hatte sich eine Droschke gemietet, die sie zu dem Juweliergeschäft brachte, war dort herzlich als „Charles“ begrüßt worden und hatte für die Schmuckstücke sogar mehr Geld als erwartet erhalten.

Sie hatte dem Mann gedankt, war sofort zum Stadthaus zurückgefahren und hatte dort Beth mit Tomas Mowbray im Salon vorgefunden. Radcliffe war gleich nach ihr eingetroffen und hatte sie alle zum Lunch eingeladen.

Nach dem Essen waren sie noch durch den Park spaziert, und dann hatte Charlie über Müdigkeit geklagt. Nach der Rückkehr ins Stadthaus hatte sie erklärt, sie sei entschieden zu erschöpft, um am Abend noch auf einen Ball zu gehen.

Nachdem Radcliffe das akzeptiert hatte, versicherte er Beth, er würde sie begleiten, und dann war Charlie in ihrem Zimmer auf und ab gegangen, bis Beth hereinkam.

Charlie half ihrer Schwester, sich für den Ball fertig zu machen, und überzeugte sie davon, dass alles gut werden und sie selbst bei diesem Unternehmen keinen Schaden nehmen würde. Sie wollte den Erpresser überreden, sie beide in Frieden zu lassen, zumindest bis sie Ehegatten gefunden hatten. Sie versprach, sehr vorsichtig zu sein.

Dasselbe versprach sie sich jetzt auch selbst, während sie zur Vordertür hinaus Radcliffes Haus verließ und sich eine Droschke herbeiwinkte.

Ein paar Straßen später stieg sie aus, entlohnte den Kutscher und blickte sich ein wenig ängstlich um. Sie befand sich hier nicht gerade in einer guten Gegend. Die Straße war nur spärlich beleuchtet, und die Leute hier wirkten zwielichtig.

Charlie steckte die Hand in ihre Tasche, hielt das Münzsäckchen fest umklammert und ging in gebückter Haltung die Straße entlang. Man hatte sie angewiesen, zu der Gasse neben der Konditorei von Madame Claude zu kommen. Charlie hatte sich einen Häuserblock vor diesem Geschäft absetzen lassen, um ein wenig die Gegend zu erkunden. Sie war nicht besonders darauf erpicht, allein in eine dunkle Gasse zu treten, und hatte gehofft, der Fußweg hierher würde ihr Mut machen.

Das tat er allerdings nicht. Im Gegenteil: Der Anblick der bedrohlichen, schäbig gekleideten Leute, an denen sie vorüberkam, sowie der Zustand der hier befindlichen Läden beunruhigten sie sehr.

An Madame Claudes Konditorei vorbei erreichte sie den Eingang der Gasse, in der es besonders finster war. Als Erstes stieg ihr ein fürchterlicher Gestank in die Nase.

Charlie biss sich auf die Lippe, spähte angstvoll in die Dunkelheit, holte tief Luft, straffte die Schultern und stürmte los. Der Gestank überwältigte sie fast. Es roch, als hätte sich irgendetwas in einem düsteren Winkel der Gasse verkrochen und wäre hier elendig verendet.

Angeekelt hielt sie sich die Nase zu und setzte ihren Weg fort. Immer wieder spähte sie in die Dunkelheit, um sicherzustellen, dass sie nicht etwa an jemandem vorbeikäme, der sie dann möglicherweise von hinten ansprang. Allerdings hätte sie sich das Spähen ersparen können. Die tintenschwarze Finsternis war ohnehin nicht zu durchdringen.

„Jetzt aber ein bisschen schneller, verdammt noch mal!“

Charlie erstarrte, als sie das heisere Flüstern hörte. Vor sich sah sie nur eine schwarze Wand. Gerade meinte sie, eine finstere Gestalt in der Dunkelheit entdeckt zu haben, da hörte sie die unheimliche Stimme aufs Neue. „Nun los schon! Wir haben schließlich nicht die ganze Nacht Zeit."

Charlie schluckte und ging ein paar Schritte auf die Gestalt zu. „Sind Sie das?" fragte sie misstrauisch.

„Wer denn sonst, Charlotte?" zischte der Fremde ungehalten. „Und jetzt her mit dem verdammten Geld!"

Als Charlie ihren richtigen Namen hörte, verzog sie das Gesicht. „Woher weiß ich, dass Sie nicht noch mehr verlangen? Oder dass Sie uns nicht doch verraten?"

„Gar nicht. Dieses Risiko müssen Sie schon eingehen." Geben Sie mir schon das Geld!

Charlie sah den Fremden argwöhnisch an. Er redete mit dem Akzent eines gebildeten Menschen, offenbar gehörte er dem Adel an. Ein Gentleman also, dachte sie. Wenngleich Erpressung und eine Lady zu einem Treffen an einem solchen Ort zu zwingen ja wohl kaum dem Verhalten eines Gentleman entsprachen. Wahrscheinlich war er einer der Genossen ihres Onkels. Das wäre äußerst fatal. Das Letzte, was Beth und sie brauchten, war, dass er Onkel Henry über ihren Aufenthaltsort informierte.

Charlie überlegte, wie sie ihm das Versprechen abnehmen konnte, dieses nicht zu tun, als der Erpresser sich unvermittelt in die Dunkelheit zurückzog.

„Ich sagte Ihnen, Sie sollten allein kommen", flüsterte er.

„Ich bin doch allein", beteuerte Charlie überrascht.

„Charles? Bist du das?"

Ihr stockte der Atem. Sie fuhr herum und erkannte Radcliffe im schwachen Gegenlicht am Eingang zur Gasse. „Was tun Sie denn hier?" rief sie erschrocken.

„Die bessere Frage wäre: Was tust du hier?“ Langsam kam er auf sie zu. „Angeblich liegst du daheim im Bett.“

„Schicken Sie ihn weg!“ verlangte der Erpresser hinter ihr.

„Du lieber Himmel, in dieser Gasse stinkt es.“ Radcliffe zog ein Schnupftuch aus der Tasche, hielt es sich vor die Nase und schritt weiter.

„Gehen Sie!“ knurrte die Stimme aus der Finsternis, und Charlie wurde vorwärts gestoßen.

Radcliffe fasste sie beim Kragen, drehte sich mit ihr um und zog sie aus der Gasse hinaus. „Das ist zu missbilligen – sich in finsteren Gassen herumzutreiben! Bist du mir gefolgt, um mir nachzuspionieren, und hast du dich dann hier verborgen, um mich dann einfach so abzuhängen?“

„Selbstverständlich nicht!“ Charlie befreite sich und richtete ihren Kragen, ehe sie sich zu Radcliffe umdrehte und ihn erbost ansah. „Und weshalb sind Sie mir gefolgt?“

„Weil ich dich vor Schwierigkeiten bewahren wollte.“

„Ich stecke nicht in Schwierigkeiten.“

Darauf antwortete Radcliffe nur mit einem verächtlichen Schnaufen.

„Mylord.“ Charlie biss die Zähne zusammen. „Ich bin eine erwachs… ein erwachsener Mann. Ich benötige keinen Aufpasser!“

„Ganz deiner Meinung, und wenn ich nicht an deine Schwester gedacht hätte, würde ich es auch dir überlassen haben, dich zu ruinieren.“

„Was hat meine Schwester damit zu tun?“

„Dachtest du allen Ernstes, ich würde dir gestatten, ihr Geld zu verspielen?“ Als der Junge stehen blieb und ihn fragend anschaute, blieb Radcliffe ebenfalls stehen. „Heute Nachmittag war ich bei Mr. Silverpot und erfuhr von deinem Schmuckverkauf. Da ich nicht sicher war, ob Elizabeth wusste, was du vorhattest, wollte ich dich zunächst allein zur Rede stellen, doch dazu kam es nicht mehr. Du erklärtest ja, du seist zu müde und wollest nicht mehr ausgehen, sondern den Rest des Abends schlafen. Ich entschied also, dass unser Gespräch auch noch bis morgen warten konnte."

„Und was hat Ihre Entscheidung geändert?" fragte Charlie.

„Elizabeth."

„Beth hat Ihnen erzählt ...?"

„Nein, nein. Doch auf dem Weg zum Ball war sie so geistesabwesend und nervös, dass ich merkte, es stimmte etwas nicht. Ich eilte rasch heim und sah gerade noch, wie du die Droschke anhieltest. Also ließ ich dich von meinem Kutscher verfolgen. Sobald ich dich aus der Droschke steigen sah, dämmerte mir, was du vorhattest, und das lasse ich nicht zu."

„Was genau lassen Sie nicht zu?"

„Dass du dein und Elizabeths Geld verspielst", antwortete er ungehalten. „Gib es mir jetzt!"

„Geld verspielen?" fragte Charlie verstört und übersah die Hand, die Radcliffe nach den Münzen ausstreckte. „Wie sind Sie denn auf diese Schlussfolgerung gekommen?"

Radcliffe seufzte entnervt auf. „Charles, gib es doch zu, du ließest dich von dem Droschkenkutscher unmittelbar vor einer Spielhalle absetzen."

„Tatsächlich?" fragte sie verblüfft. Sie hatte sich die Gegend, in der sie ausgestiegen war, nicht so genau angesehen. Sie war zu beschäftigt damit gewesen, die Betriebsamkeit auf der Straße zu beobachten.

„Du weißt ganz genau, dass es so war!"

„Ich bin jedoch nicht hineingegangen", stellte sie klar.

„Wahrscheinlich hast du meinen Wagen herankommen sehen, als du ausstiegst."

„Ah ja, wahrscheinlich." Ein Lächeln breitete sich langsam auf ihrem Gesicht aus. Radcliffes Erklärung für diesen nächtlichen Ausflug war ja wesentlich besser als die Wahrheit! Heute vermochte sie dem Erpresser zwar nicht mehr das Geld zu übergeben, doch der Kerl würde zweifellos ein weiteres Treffen verlangen, denn für den heutigen Fehlschlag konnte er ja wohl kaum sie verantwortlich machen, zumal er sicherlich jedes Wort des Gesprächs mit Radcliffe gehört hatte.

„Also gut, Sie haben mich ertappt", räumte sie sofort ein. „Vermutlich habe ich die Spielleidenschaft im Blut. Liegt wohl in der Familie. Na schön, es ist wahrscheinlich zu meinem Besten, dass Sie mich aufhielten ... Also los." Sie packte ihn beim Arm und steuerte ihn zum Ausgang der Gasse, weil sie froh war, dieser stinkenden Umgebung zu entkommen.

„Einen Moment." Radcliffe drehte sich grimmig zu ihr um und streckte erneut die Hand aus.

„Was?" Argwöhnisch blickte sie zwischen der Hand und seinem Gesicht hin und her.

„Das Geld!"

„Ach so." Sie schnitt ein Gesicht. „Das ist nicht nötig. Jetzt werde ich es ja nicht mehr verspielen."

„Das Geld, Charles!" wiederholte er unerbittlich.

„Es gehört mir, Radcliffe."

„Dir und Beth. Wärst du der einzige Betroffene, würde ich dich das Geld verspielen lassen, doch es gehört sowohl dir als auch deiner Schwester Elizabeth. Gib es mir jetzt!"

Sie presste die Lippen zusammen. „Ich werde es Beth geben."

„Nein, das werde ich tun." Er streckte die Hand so weit aus, dass er damit fast an Charlies Brust stieß.

Charlie sah ihn vorwurfsvoll an, ließ jedoch das Münzsäckchen in seine offene Hand fallen. „Da. Können wir jetzt gehen?"

„Noch nicht", erklärte er ruhig und hielt sie fest, als sie auf dem

Absatz kehrtmachen und aus der Gasse laufen wollte. Er langte in den Beutel, holte ein paar Münzen heraus und übergab sie Charles. Danach steckte er das Säckchen in seine Tasche.

„Wofür sind die?“ wollte sie wissen.

„Die magst du verspielen. Da du ja unbedingt dort hineingehen willst, werde ich dich begleiten. Allerdings ist das dein ganzes Spielgeld“, fügte er streng hinzu, als sie ihn erstaunt ansah. „Wenn du das verloren hast, bekommst du nichts mehr. Ich hoffe, das wird dich lehren, wie töricht das Glücksspiel ist, und du verschleuderst deine Erbschaft nicht mehr auf diese Weise.“ Damit wandte er sich dem Ausgang der Gasse zu.

Charlie blickte ihm verblüfft nach und lief ihm dann schnell hinterher.

„Sie wollen mich zu einer Spielhalle bringen?“

„Ja, wenngleich wider besseres Wissen.“

Charlie seufzte. Sie hatte den Erpresser nicht auszahlen können und musste sich darüber noch immer den Kopf zerbrechen. Noch schlimmer war jedoch, dass Radcliffe das Lösegeld konfisziert hatte und sie jetzt irgendwie neues beschaffen musste. Auf Mr. Silverpots Verschwiegenheit durfte sie sich offensichtlich nicht verlassen. Das bedeutete, sie musste sich einen anderen Juwelier suchen, was ein Risiko darstellte, weil dieser sie ausrauben mochte.

Abgesehen davon war sie seit dem Eingang des Erpresserbriefs und erst recht heute Abend bei Beginn ihrer Eskapade furchtbar ängstlich gewesen, und ihr stand der Sinn ganz und gar nicht nach einer Spielhalle. Wenn sie allerdings Radcliffe nicht misstrauisch machen wollte, musste sie ihm den Gefallen tun und sich von ihm begleiten lassen.

Unvermittelt blieb Radcliffe stehen, und Charlie merkte, dass sie sich jetzt vor dem Eingang zur Spielhalle befanden. Ein großer, kahler Muskelprotz versperrte ihnen den Weg. Er hatte die Arme verschränkt und schüttelte ablehnend den Kopf. Vor ihm stand eine ärmlich, wenn auch sauber gekleidete Frau, die einen kleinen Jungen an der einen und ein kleines Mädchen an der anderen Hand hielt.

„Hier kommen Sie nicht rein!“ erklärte er.

„Ich …“ Die Frau sprach nicht weiter, als sie sah, dass der Türsteher sie nicht mehr beachtete, sondern jetzt von Radcliffe zu Charles schaute.

„Guten Abend, die Herren.“ Er öffnete die Tür, schob die Frau und deren Kinder nicht unsanft beiseite, um den beiden „Herren“ den Weg freizumachen. „Treten Sie ein, und viel Glück Ihnen.“

Radcliffe nickte und trat ein. Charlie, die es bestürzend fand, dass die Frau ihre Kinder zu einem solchen Ort mitnehmen wollte, folgte ihm langsamer, weil sie das tränenfeuchte Gesicht der Mutter sowie den hungrigen Ausdruck der Kinder sah, die doch zu dieser Zeit daheim im Bett liegen und nicht Eintritt heischend vor einer Spielhalle stehen sollten.

Spielsucht ist in der Tat eine schlimme Krankheit, die ich nicht bekommen möchte, dachte sie, während der Portier die Tür hinter ihnen schloss.

Mit einem Mal völlig niedergeschlagen, schaute sie sich in dem Saal um, in dem sie sich jetzt befanden. Er war strahlend erhellt. Überall standen Kerzen und Petroleumlampen, deren Rauch sich mit dem Qualm der Zigarren und Tabakspfeifen vermischte, die mindestens die Hälfte der Spieler zwischen den Zähnen klemmen hatten. Eine dicke Wolke aus Rauch und Qualm schwebte unter der Decke.

„Weshalb ist es so hell hier drinnen?“ wollte Charlie wissen und blickte über die Spieler und die grell bekleideten Frauen in diesem Saal.

„Um die Möglichkeit von Betrügereien zu begrenzen.“

„Oh." Sie wedelte sich mit der Hand Luft zu. Hier drinnen war es mindestens zwanzig Grad wärmer als draußen. Angesichts des Rauchs, der Kerzenflammen und der Hitze wurde ihr klar, weshalb derartige Etablissements auch „Spielhöllen" genannt wurden.

„Komm." Radcliffe ging weiter in den Saal hinein, und Charlie folgte ihm, obgleich sie sich am liebsten umgedreht hätte und wieder hinausgegangen wäre. An ihrem eigenen Onkel und an der kleinen Szene eben an der Tür hatte sie genug gesehen, um alle Neugier auf das Glücksspiel zu stillen, die sie womöglich gehabt hatte.

Die Spieler hier schienen sich aus zwei Personentypen zusammenzusetzen – aus denen, die eher gleichgültig spielten, und denen, die mit einer Art Verzweiflung an ihren Tischen fieberten. Unter den anwesenden Frauen gab es nur eine einzige Sorte: billige, geschminkte „Damen", welche die Gewinner zu noch höheren Einsätzen animieren sollten. Um die Verlierer kümmerte sich niemand.

„Sollen wir es erst einmal mit Siebzehn und Vier versuchen?"

Charlie rümpfte die Nase über dieses Kartenspiel, doch dann entdeckte sie einen Tisch, an dem einige Gentlemen würfelten. „Ich würde dieses Spiel vorziehen", meinte sie.

„Hasard?" Als sie nickte, führte er sie schweigend zu diesem Tisch.

Hasard schien ein verhältnismäßig einfaches Spiel zu sein. Derjenige, der die beiden Würfel hatte, warf sie. Je nach dem Ergebnis verlor er entweder oder würfelte erneut. Anscheinend verlor man mit weniger als fünf oder mehr als neun Augen beim ersten Wurf, während man bei fünf bis neun Augen erneut würfeln durfte. Falls man das Glück hatte, dieselbe Zahl noch einmal zu werfen, gewann man sofort, falls nicht, hing es davon ab, was man geworfen hatte, und entweder man verlor, gewann oder durfte noch einmal werfen.

Nachdem Charlie das soweit begriffen hatte, richtete sie ihr Augenmerk auf die Spieler.

Der junge Mann, der gegenwärtig die Würfel hatte, spielte mit dem Ausdruck gelangweilter Interesselosigkeit. Seine teure Kleidung sowie der juwelenbesetzte Schmuck, den er trug, sagte ihr, dass dies alles für ihn reine Unterhaltung war und dass das kleine Vermögen, das er hier verschleuderte, ihm nichts bedeutete. Sein herablassendes Lächeln, wenn er seine Verluste bezahlte und die Würfel an den Mann zu seiner Linken weiterreichte, zeigte, dass er wusste, dass das für diesen nicht galt.

Charlie sah den anderen Mann die Würfel entgegennehmen. Das kränkende Lächeln des ersten Spielers schien er gar nicht zu bemerken. Groß und dünn bis zur Auszehrung, wischte er sich die verschwitzten Hände an seinem Schoßrock trocken, bevor er die Würfel anfasste. Er wirkte äußerst konzentriert, presste sich die Würfel geradezu verzweifelt an die Brust, senkte den Kopf und warf sie, nachdem er zuvor die Lippen wie im Gebet bewegt hatte, auf den Tisch. Als er eine Neun warf, sank er vor Erleichterung fast in sich zusammen.

Ein hoffnungsvolles Lächeln umspielte seine Lippen, während ihm die anderen Spieler gratulierten und dann ihre Einsätze abgaben. Er nahm die Würfel erneut auf und wiederholte das vorige Ritual. Dieses Mal indes fand sein Gebet kein Gehör, und sein zweiter Wurf ergab eine Drei. Er ließ die Schultern hängen, zahlte diejenigen aus, die gesetzt hatten, und übergab die Würfel an den Mann zu seiner Linken.

Sein Verlust bewegte ihn jedoch keineswegs dazu, das Spielen einzustellen. Einen Moment später sah Charlie ihn, wie er seinen Einsatz für den nächsten Spieler aufgab. Angewidert beobachtete sie auch diesen Werfer.

Wie der erste Mann, konnte es sich offensichtlich auch dieser

Spieler leisten, zu verlieren. Er war klein, dicklich, hatte mehr Haar am Kinn als auf dem Kopf, trug eine Weste aus golddurchwirktem Stoff, und Brillanten blitzten an seinen Fingern. Er schüttelte die Würfel mit einer gewissen Eleganz und nahm sich dann die Zeit, der großen Blondine an seiner Linken eine Münze ins Mieder gleiten zu lassen und sie dann zu küssen. Dasselbe tat er anschließend mit der Schwarzhaarigen zu seiner Rechten. Danach nahm er die Würfel wieder auf.

Er hatte eine ziemlich lange Glückssträhne. Von dem vielen Küssen müssen ihm doch schon die Lippen wehtun, dachte Charlie. Endlich verlor er einmal und beugte sich an der Schwarzhaarigen vorbei, um die Würfel an Charlie weiterzugeben.

Diese sah ihn an, als hätte er ihr eine lebendige Schlange gereicht, bis Radcliffe sie ungeduldig anstieß.

„Los, weiter! Du wolltest dieses Spiel doch spielen." Seufzend nahm Charlie die Würfel entgegen, warf sofort und zuckte zusammen, als ihr Wurf eine Vier und eine Zwei ergab. „Sechs", sagte Radcliffe irritiert. Vermutlich hat er gehofft, ich würde gleich verlieren, dachte Charlie. Das hatte sie ebenfalls gehofft. Unterdessen nannten die anderen Spieler ihre Wetteinsätze, und danach warf Charlie erneut – zwei Dreier diesmal: wieder sechs Augen!

Sie hörte sich die Jubelschreie und das Stöhnen der Spieler ringsum an, die jetzt neue Wetten abschlossen. Außer ihr selbst schwieg Radcliffe als Einziger, doch sein Missfallen war unübersehbar. Charlie hatte ihr Geld mehr als verdoppelt, und deshalb durfte sie nicht gleich aufstehen und gehen.

„Weiter!" sagte Radcliffe ungehalten, sobald der letzte Spieler gesetzt hatte. Charlie würfelte aufs Neue.

„Fünf." Das bedeutete, sie durfte noch einmal werfen, und das tat sie auch.

„Wieder eine Fünf!" Radcliffes Missmut stieg ganz offensichtlich. Sie wusste, er hatte sie hierher gebracht, um ihr eine Lektion zu erteilen. Gewinnen gehörte wohl nicht zu diesem Unterricht. Sie merkte, wie er neben ihr die Schultern sinken ließ und sich dann wieder aufrichtete, als sie die Würfel aufnahm und erneut warf … und immer wieder. Ihr Stapel Münzen wuchs in einem beunruhigenden Tempo. Der Arm tat ihr schon weh von den ewig gleichen Bewegungen, und ihre Aufmerksamkeit wurde wieder auf die übrigen Spieler gelenkt.

Die gleichgültige Miene des jungen Kerls schwand allmählich. Seine Augen glitzerten erregt, und die Züge um seinen Mund wurden hart. Der dicke Glückspilz raffte seine Münzen mit beiden Händen zusammen und verteilte einen guten Teil davon in den Dekolletés seiner Gefährtinnen.

Und der Große, Dünne und Verzweifelte begann zu schwitzen, als seine Münzen immer weniger wurden. Er hatte ursprünglich auf Charlie gesetzt, was seinen Münzstapel vergrößerte, doch die letzten Male nicht mehr. Anscheinend wollte er mit der Wahrscheinlichkeit gehen. Leider schien Charlie jedoch immun gegen Wahrscheinlichkeiten zu sein.

„Charles!“

Sie blickte zu Radcliffe, der ihr die Würfel hinhielt. Während sie über die anderen Spieler nachgedacht hatte, schlossen diese ihre Wetten ab und warteten nun ungeduldig auf ihren neuen Wurf.

Radcliffe warf ihr einen vorwurfsvollen Blick zu, als die Würfel durch die Luft flogen und dann auf dem Tisch liegen blieben … und wieder hob Charlie Gewinnerwürfel auf!

„Einen Moment mal.“ Radcliffe hielt ihren Arm fest, damit sie nicht gleich wieder werfen konnte. „Was machst du denn?“ Er deutete auf ihren Einsatz. „Du solltest einen Teil davon zurückbehalten! Immerhin hast du bereits ein erkleckliches Sümmchen eingestrichen.“

Charlie zuckte die Schultern. „Spielen Sie nur auf Ihre Weise. Ich spiele auf meine."

Radcliffe verbiss sich jeden weiteren Kommentar, beobachtete das Spiel und schüttelte bestürzt den Kopf, während Charlies Gewinn größer und größer wurde.

„Verblüffend", meinte er und stieß sie an. „Du hast schon wieder gewonnen! Soll ich vielleicht die Hälfte des Geldes nehmen und ..."

„Lassen Sie es hier", sagte Charlie geistesabwesend und sah, wie der Große, Dünne und Verzweifelte wieder einmal gegen sie setzte. Er besaß fast keine Münzen mehr. Weshalb hörte er dann nicht einfach mit dem Spielen auf?

„Was?" fragte Radcliffe.

Sie drehte sich zu ihm um. „Ich sagte, lassen Sie es hier."

„Du wirst noch alles verlieren!"

„Es waren ja nur ein paar Münzen."

„Ja, am Anfang. Doch jetzt ist es fast so viel Geld, wie du ursprünglich mitgebracht hattest."

„Gewiss, doch nur ein paar Münzen davon gehören mir wirklich."

Radcliffe stöhnte. Sie wusste ganz genau, dass er gewollt hatte, sie würde verlieren und etwas daraus lernen. Dennoch wäre es ihm jetzt nicht recht, wenn sie einen so großen Betrag verlieren würde.

Das Spiel ging weiter. Charlie merkte, wie sich Radcliffe anspannte, als sie zum ungezählten Mal gewann. Inzwischen hatte sie bereits ein kleines Vermögen eingenommen und weckte schon die Aufmerksamkeit der Spieler an den anderen Tischen.

„Das Geld wieder einsetzen?" fragte Radcliffe und schaute auf, als sie nicht antwortete. Sie hatte gar nicht zugehört. „Charles?"

Als Antwort warf sie die Würfel aufs Neue und schaute dabei den Großen, Dünnen und Verzweifelten an. In sich zusammengesunken saß er da, und das sagte ihr, dass sie wieder gewonnen hatte. Und er hatte wieder verloren. Jetzt hört er doch sicherlich auf, dachte sie und versuchte ihn mit ihrem Geist dazu zu zwingen. Offenbar jedoch war er schon jenseits aller Vernunft. Er legte eine seiner letzten beiden Münzen auf den Tisch und wartete mit geballten Fäusten, blassem Gesicht und schweißtriefender Stirn, während die anderen Spieler ihre Einsätze machten.

„Charles!"

„Ja?" Charlie drehte sich um.

„Lass endlich die verdammten Würfel rollen!"

Verblüfft blickte sie Radcliffe an. Etwas hatte sich verändert. Er wirkte nicht mehr starr und missbilligend. In seinen Augen glitzerte die Erregung. Mit finsterer Miene warf Charlie die Würfel und sah, wie er sich über den Tisch beugte, sich an der Tischkante festhielt und die Würfel beim Rollen beobachtete.

„Elf!" jubelte er, als sie zum Stillstand gekommen waren. „Du hast schon wieder gewonnen!"

Als Charlie einen Hauch Whiskydunst wahrnahm, blickte sie Radcliffe argwöhnisch an. „Wie viel haben Sie getrunken?"

Er machte erst ein ratloses Gesicht und sah dann mit Erstaunen die vier leeren Gläser vor sich stehen. „Die habe ich doch nicht alle leer getrunken", meinte er. „Da war diese rothaarige Kellnerin und dann …" Er blickte auf den Tisch zurück und auf den Haufen Münzen, den Charlie gewonnen hatte. Die Frage, wie viel er getrunken habe, war offenbar vergessen. „Beeeile dich, und wirf noch einmal!"

Charlie schüttelte den Kopf und schaute zu dem Großen, Dünnen und Verzweifelten hinüber, der jetzt sein letztes Geldstück befingerte. Nein! rief sie ihm in Gedanken zu, nicht schon wieder! Keinen neuen Einsatz mehr. Es reicht! „Verdammt!" flüsterte sie angewidert, als er seinen letzten Penny vorwärts schob.

„Verflixt, Charles! Wirfst du nun endlich?"

„Nein." Unvermittelt schaufelte sie ihre Geldstücke in ihren Hut, weil sie keinen besseren Aufbewahrungsort wusste. Lieber Himmel, sie hatte ja ein kleines Vermögen gewonnen!

„Was?" fragte Radcliffe entsetzt. „Du kannst doch jetzt nicht aufhören!"

„Natürlich kann ich das."

„Du hast doch eine Glückssträhne! An diesem Spieltisch hast du mehr Geld eingenommen, als du mit dem Verkauf des Schmucks erzieltest. Du darfst jetzt auf gar keinen Fall aufhören!" rief er.

„Haben Sie noch nicht genug?" fuhr sie ihn an. „Also wirklich, Radcliffe, Ihr Benehmen schockiert mich. Man könnte ja meinen, dass ausgerechnet Sie es nicht besser wüssten, als Geld beim Glücksspiel zu vergeuden. Sehen Sie sich doch diese Menschen hier an. Das ist eine Sucht! Kommen Sie, lassen Sie uns heimgehen."

Als er sie nur leer anblickte, nahm sie ihn beim Arm und führte ihn zum Ausgang. „Ich möchte Ihnen empfehlen, ein solches Etablissement nie wieder zu betreten", sagte sie. „Offensichtlich lassen Sie sich von dem Spiel zu sehr mitreißen. Ich möchte nicht, dass Sie sich damit am Ende ruinieren."

Radcliffe ließ sich von ihr fortzerren. Hinter sich hörte Charlie das Stöhnen der Gewinner, die auf sie gesetzt hatten und nun weiterhin gewinnen wollten. Radcliffe besaß so viel Anstand, ein zerknirschtes Gesicht zu machen, während er und Charlie die Spielhalle verließen.

„Ach Mylord!" hörte Charlie eine flehentliche Stimme. „Bitte! Man gestattet mir nicht, nach meinem Ehemann zu suchen. Könnten Sie nicht bitte noch einmal hineingehen und ihn für mich herausholen? Ich wäre Ihnen ja so dankbar!"

Charlie drehte sich nach der leisen, eindringlichen Stimme um.

Es handelte sich um die Frau, die schon bei ihrem Eintreffen vor der Tür um Einlass gebettelt hatte.

„Ihr Ehemann?" Charlie blickte von dem Knaben, der sich am Rock der Frau festhielt, zu dem ernsten Mädchen, welches ihre Hand umklammerte.

„Ja. Er ..." Ihre Lippen bebten, dann schüttelte sie verzweifelt den Kopf. „Er ist da drinnen und verspielt unser ganzes Leben. Dabei will er es doch gar nicht. Ich glaube nicht, dass er es wirklich tun will, doch er kann nichts dagegen tun.

Vor einem halben Jahr verloren wir unseren Gasthof wegen seiner Schulden, und da zogen wir in die Stadt. Er nahm eine Arbeit als Kutscher an, und ich fand eine Stellung als Hilfsköchin in einer Gastwirtschaft hier. So schlagen wir uns durch, dachte ich, ich kaufe die Lebensmittel, und er bezahlt die Miete.

Jedenfalls sollte er das tun, doch heute fand ich heraus, dass er die Miete gar nicht bezahlt hat. Als ich heimkam, versperrte der Hauswirt mir den Eingang. Mein Ehemann ist die Miete für drei Monate schuldig geblieben, und wenn er sie nicht nachzahlt, setzt man uns auf die Straße. Nicht einmal unsere Sachen dürfen wir mitnehmen. Und heute ist Zahltag. Ich weiß, dass er das Mietgeld bei sich hat und es in diesen Minuten verspielt. Bitte, bitte! Wenn Sie ihn nur herausholen würden, damit ich ihm das mit dem Hauswirt erzählen kann. Dann hört er mit dem Spielen umgehend auf, das weiß ich genau."

Charlie betrachtete die Frau mit dem sauberen, schlichten Gewand und die Kinder in der ordentlichen, wenn auch billigen Bekleidung und ihre sauberen Gesichter. Ihr Herz sank. „Ist Ihr Ehemann sehr groß und mager?" erkundigte sie sich.

„Jawohl. Haben Sie ihn dort drinnen gesehen?" fragte die Frau voller Hoffnung.

Charlie vermutete, dass es sich bei dem Ehemann um den Großen, Dünnen und Verzweifelten handelte, um den Mann, der seine letzten Münzen verspielt hatte. Die Sorgen der Frau würden also noch größer werden. Deren Blick fiel jetzt auf den Hut voller Münzen, den Charlie in Händen hielt. Natürlich könnte sie ihr mühelos das Mietgeld geben, doch falls es sich bei dem Ehemann tatsächlich um den Großen, Dünnen und Verzweifelten handelte, könnte er jeden Moment herauskommen, und wenn er dann das Geld in die Finger bekäme, würde er es abermals beim Glücksspiel verlieren. Vielleicht sollte sie der Familie lieber nach Haus folgen und die Miete selbst bezahlen, oder …

„Da ist er! Papa, Papa!"

Als der Knabe so glücklich losschrie, schrak Charlie zusammen und sah den Mann aus der Spielhalle treten. Es war tatsächlich der Große, Dünne und Verzweifelte. Hier draußen sah er noch schlimmer aus als drinnen. Er war aschfahl im Gesicht und schaute seine Familie mit leeren Augen an, während er langsam auf sie zuging.

Charlie wich zurück, als die Frau sofort von dem Hauswirt berichtete. „Hast du das Geld für die Miete?" wollte sie wissen.

Er umarmte seine Kinder und flüsterte ihnen etwas zu, schien indes der Frau gar nicht zuzuhören. Als diese ihre Frage wiederholte, richtete er sich auf, und bei seinem Anblick lief es Charlie eiskalt über den Rücken.

Er umfasste langsam das Gesicht der Frau und küsste sie beinahe andächtig.

„Es tut mir Leid. Ich liebe dich", flüsterte er. Dann ließ er sie los und trat zurück. Er schenkte ihr noch ein seltsames Lächeln, drehte sich um und trat auf die Straße hinaus – direkt vor einen vorbeikommenden Vierspänner.

12. KAPITEL

„Papa!“

Als Charlie den herzzerreißenden Schrei hörte, blickte sie zu den Kindern hinunter und erkannte, dass dies das letzte Bild war, welches sie von ihrem Vater sehen würden.

Fluchend stopfte sie den Hut in ihre Tasche, drehte die Kinder um und drückte deren Gesichter gegen ihren Gehrock, um sie auf diese Weise vor dem schrecklichen Anblick zu bewahren. Allerdings vermochte sie ihnen die Ohren nicht zuzuhalten. Sie fühlte, wie die beiden Kinder vor Entsetzen zitterten und zu weinen begannen, während ringsum die Panikschreie von Pferden und Menschen zu hören waren.

Radcliffe war dem Mann noch nachgelaufen, um ihn zurückzureißen, doch die Pferde waren schneller gewesen als er. Jetzt kniete er sich neben den zerschundenen Körper. Sein blasses Gesicht sagte Charlie alles, was sie wissen musste. Sie warf einen bekümmerten Blick auf die schweigende Frau neben sich, die sich offensichtlich im Zustand des Schocks befand. Angespannt wartete sie, dass Radcliffe zurückkäme. Vermutlich ahnte sie, was er ihr sagen würde, hoffte indes, dass sie sich irrte.

„Es tut mir sehr Leid. Man kann nichts mehr für ihn tun. Er ist tot.“

Bei diesen Worten brach die Frau zusammen, ließ den Kopf herabsinken, und die Tränen strömten ihr über die Wangen. Einen Augenblick sah sich Radcliffe das mit an, dann stieß er einen schrillen Pfiff aus, was seine Kutsche sofort heranholte.

„Hilf ihnen in den Wagen, Charles“, befahl er. „Ich bin gleich wieder da.“

Charlie nickte und schob die Kinder vor sich her, während der Kutscher vom Bock sprang und den Schlag öffnete. Ein Kind nach dem anderen hob sie in den Wagen und schaute sich dann nach der Mutter um, die noch immer reglos an derselben Stelle stand. Gerade als Charlie zu der Frau gehen wollte, drückte Radcliffe Geld in die Hand eines Mannes, den er beiseite genommen hatte, und ging dann, um der Frau zu helfen. Er nahm sanft ihren Arm, sprach leise auf sie ein und drängte sie derweil zu seiner Kutsche.

Bei seiner sanften Fürsorglichkeit musste Charlie den Kloß in ihrem Hals hinunterschlucken. Dann stieg sie ebenfalls ein und lächelte den weinenden Kindern aufmunternd zu. Gefolgt von Radcliffe, kam nun auch die Witwe. Radcliffe erteilte dem Kutscher einen leisen Befehl. Der Schlag wurde geschlossen, der Kutscher nahm seinen Platz auf dem Bock ein, und der Wagen setzte sich ganz langsam in Bewegung.

Das Schweigen im Inneren der Kutsche war lastend, doch Charlie wusste auch nicht, was sie zu den drei Menschen auf der Sitzbank gegenüber hätte sagen sollen.

Um nicht immerzu in ihre leeren Gesichter schauen zu müssen, sah sie blicklos aus dem Fenster zu den vorübergleitenden Häusern hinaus.

Erst als der Wagen vor einer schäbigen Pension anhielt, zeigte sich ein Ausdruck in dem Gesicht der Frau – der Ausdruck von Panik. Hilflos blickte sie ihre Kinder an, und wieder traten ihr Tränen in die Augen.

„Es wird alles gut werden“, beruhigte Charlie sie leise. Sie ahnte, dass die Frau sich davor fürchtete, hinausgewiesen zu werden. Charlie jedoch hatte die Absicht, ihren Gewinn einem guten Zweck zuzuführen und dieser Familie zu helfen.

„Ich bringe sie zur Tür“, flüsterte sie Radcliffe zu.

Der Wagenschlag wurde geöffnet. Sie stieg aus, wartete, bis der Kutscher der Witwe half, und hob danach erst die Tochter, dann den Sohn auf die Straße. Noch einmal lächelte sie der Mutter zuversichtlich zu und wollte dann zum Eingang des Hauses gehen, blieb jedoch stehen, als die Tür aufgerissen wurde und ein widerlicher kleiner Mann in schmutzigem, zerrissenem Hemd und ebensolcher Hose heraustrat, um der Frau den Zutritt zu verweigern.

„Sind Sie wieder da, Mrs. Hartshair? Sie kommen aber nicht herein! Das sagte ich Ihnen ja. Ich will mein Geld! Sie schulden mir drei Monatsmieten, und die werden Sie mir auch zahlen, oder Sie können sich von Ihren Besitztümern verabschieden."

„Bitte, Mr. Wickman", sagte die Frau gequält und drückte ihre Kinder an sich. „Mein Ehemann ... er ist tot." Sie vermochte dieses Wort kaum auszusprechen, zwang sich jedoch dazu, fortzufahren. „Wir haben jetzt keinen Ort, wohin wir gehen könnten. Ich werde die Miete zahlen, so gut ich kann, doch meine Kinder ..."

„Tot?" fiel der Mann ihr ins Wort, und als die Frau nickte, wurde sein Ausdruck berechnend. „Ja, dann sieht die Sache ganz anders aus, nicht wahr?" Abschätzend betrachtete er sie von oben bis unten. „Eine Frau sollte nicht allein herumlaufen. Sie ist nicht sicher. Möglicherweise können wir ja zu einer Vereinbarung kommen." Seine Miene ließ keinen Zweifel daran, an welche Art von Vereinbarung er dachte.

Charlie war außer sich vor Empörung. „Die einzige Vereinbarung wird darin bestehen, dass Mrs. Hartshair ihre ausstehende Miete bezahlt und ihre Sachen aus der Wohnung holt! Sie wird hier nicht bleiben."

Der Blick seiner Knopfaugen richtete sich nun auf Charlie in ihrer Herrenverkleidung. „Ach, so ist das also? Schon einen Gönner gefunden, was?"

Bei seinen Worten erstarrte Charlie. Sie drehte sich zu der Frau um. „Sie sagten, Sie schuldeten ihm die Miete für drei Monate?"

Die Frau nickte unsicher.

„Wie hoch ist die Miete für einen Monat?"

Als Mrs. Hartshair zögerte, nannte der Hauswirt einen Betrag, bei dem die Frau erschrak. „Aber die Miete beträgt doch nur die Hälfte davon!"

„Schon richtig, doch Sie zahlen zu spät, und deshalb berechne ich Ihnen Zinsen", erklärte er listig.

„Zinsen kommen überhaupt nicht infrage."

Bei Radcliffes stahlharter Stimme drehte sich Charlie verblüfft um. Sie hatte ihn gar nicht herankommen hören.

„Sie werden den korrekten Betrag kassieren und ihnen gestatten, ihr Hab und Gut herauszuholen, oder Sie erhalten gar nichts, und wir verwenden das Geld zur Beschaffung des Ersatzes der Sachen, die sie hier zurücklassen müssen. Entscheiden Sie sich."

Der Hauswirt machte ein finsteres Gesicht. Sein Blick glitt von Radcliffes großer, aufgerichteter Gestalt zu dem zerdrückten Hut voller Münzen, den Charlie in Händen hielt. Dann nickte er säuerlich. „Einverstanden."

Charlie zählte das entsprechende Geld ab und hielt es ihm dann hin. Der Mann riss es ihr schneller aus der Hand, als sie schauen konnte.

„Gehe mit ihnen hinein, Charles, und hilf ihnen beim Packen. Mr. Wickman und ich werden hier draußen auf euch warten."

Mr. Wickman fand den Handel offenbar gar nicht so gut, konnte jedoch kaum etwas dagegen tun. Widerstrebend trat er schließlich zur Seite und sah den Hartshairs wütend hinterher, als sie an ihm vorbeieilten.

Charlie folgte ihnen in das düstere, übel riechende Innere des Gebäudes und zwei Etagen eine wackelige Stiege hinauf zu einem kleinen Raum, der die gesamte Wohnung der Hartshairs umfasste.

An einem Ende dieses Zimmers stand ein Bett. Eine daneben gespannte Leine zeigte ihr, dass abends zwecks Abgeschlossenheit ein Laken darüber gehängt wurde. Zwei Strohsäcke in der gegenüberliegenden Ecke bildeten offenbar die Schlafstatt der Kinder. Auf dem kleinen Fleck um die Herdstätte herum befanden sich ein Stuhl mit einem zerbrochenen und einem reparierten Bein sowie einige einfache Küchengeräte.

Charlie war die Kehle wie zugeschnürt beim Anblick einer solchen Armut, und sie war nur froh, dass es nicht so lange dauerte, bis die kleine Habe zusammengepackt war. Noch nie zuvor war sie in einer derartig jämmerlichen Wohnstatt gewesen und kannte auch niemanden, der so wenig besaß wie diese kleine Familie: ein paar zerrissene Kleidungsstücke. Ein zerlumptes Püppchen, das dem Mädchen, und eine unbeholfen geschnitzte Holzfigur, die dem Knaben gehörte. Ein Topf und eine Pfanne zum Kochen. Alles zusammen fand Platz in einem einzigen Bündel.

Mrs. Hartshair drehte sich schließlich zu Charlie um. „Ich möchte Ihnen danken für das, was Sie getan haben – dass Sie unsere Miete gezahlt haben und alles, doch …“ Sie schluckte und richtete sich stolz auf. „Ich werde das alles irgendwie zurückzahlen, nur …“

„Ich erweise Ihnen wirklich keinen so großen Gefallen, wie Sie ihn mir erweisen. Wenigstens hoffe ich, dass Sie das tun“, unterbrach Charlie sie.

Als die Frau sie argwöhnisch anschaute, sprach Charlie weiter. „Radcliffe – der Gentleman unten, ja?“ Auf das Nicken der Frau hin fuhr Charlie fort: „Nun, also ich glaube, sein Koch verließ ihn heute Morgen. Der Lord hatte noch keine Möglichkeit, sich nach einem Ersatz umzusehen, und … Nun ja, mir scheint, Sie benötigen jetzt eine Wohnung und eine etwas anspruchsvollere Arbeit.“

„Eine Arbeit?“ wiederholte sie teils furchtsam, teils hoffnungsvoll.

„Ja.“ Charlie lächelte ihr ermutigend zu. „Es wäre eine Stellung, bei der Sie nicht außerhalb wohnen müssten, also wäre das Problem Ihrer Unterkunft fürs Erste gelöst.“

„Und meine Kinder? Würden sie nicht im Wege sein?“

„Nein. Ich bin mir sicher, alles wäre in Ordnung. Ihre Tochter könnte sogar Bessie helfen, der Zofe meiner Schwester. Das wäre für sie eine gute Lehre. Und ich denke, in den Stallungen benötigt man immer eine Hilfe, wenn Ihr Sohn alt genug ist.“

„Oh mein Gott!“ Überwältigt ließ Mrs. Hartshair sich auf die Bettkante sinken.

Charlie betrachtete sie unsicher. „Fühlen Sie sich nicht wohl?“

„Ich … es ist nur …“ Sie schüttelte schwach den Kopf, und Tränen rannen ihr über die Wangen. Sofort liefen die Kinder zu ihr. Verwirrt und furchtsam wollten sie ihre Mutter trösten. Diese nahm sie in die Arme, gab jedem von ihnen einen Kuss auf den Kopf und sah dann in großer Dankbarkeit zu Charlie auf.

„Lange Zeit stand es um uns sehr schlecht“, erzählte sie. „Mein Ehemann, Gott hab ihn selig, wollte eigentlich gar nicht spielen und es uns allen nicht so schwer machen. Er versuchte auch wirklich, damit aufzuhören, und versprach es uns immer wieder. Doch …“

Mrs. Hartshair schüttelte den Kopf. „Als ich ihn heiratete, war er ein guter Mann, doch dann verfiel er erst dem Glücksspiel und später auch dem Alkohol. Er vernachlässigte seine Arbeit und verschlief den ganzen Tag. Als wir unseren Gasthof verloren, dachte ich, jetzt müsste er doch sehen, welchen Schaden er anrichtete. Ich glaubte, er würde sich ändern. Doch als Mr. Wickman mir nun von der nicht bezahlten Miete erzählte, da …“

Sie sprach nicht weiter, Tränen schimmerten in ihren Augen, und Charlie wusste sofort, dass sie jetzt an den Tod ihres Ehemanns dachte.

„Gott möge mir verzeihen“, flüsterte die Witwe, nachdem sich ihre Züge wieder geklärt hatten, „ich habe meinem Mann nie den Tod gewünscht, doch jetzt sehe ich mehr Hoffnung für die Zukunft als je zuvor." Sie schaute zu Charlie auf. „Ich bin eine furchtbare Ehefrau, dass ich so empfinde, nicht wahr?"

Charlie schüttelte den Kopf. „Nein, Sie sind eine Frau, die zwei Kinder großziehen, kleiden und ernähren muss, und das haben Sie ziemlich lange allein gemacht, während Ihr Ehemann Ihnen das Dach über dem Kopf genommen und verspielt hat. Jetzt sind Sie frei von der Krankheit, unter der er litt und die Ihr Leben im Griff hielt. Sie können einen neuen Anfang machen. Es gibt Hoffnung, und es ist durchaus keine Schande, sie wahrzunehmen."

Die Frau dachte eine Weile nach und nickte dann. „Sie sind ein guter Mensch, Mylord. Ich habe schon so lange um Hilfe gebetet. Ich bezweifle nicht, dass Gott meine Gebete erhört und Sie mir geschickt hat. Ich werde auch die bestmögliche Köchin sein!"

„Gewiss werden Sie das." Charlie war so viel Dankbarkeit unangenehm. „Und jetzt sollten wir lieber hinuntergehen, bevor Mr. Wickman noch nach uns sucht."

Charlie ging zur Tür, hielt sie auf, um das Trio hinaus- und die Stiege hinunterzusteuern.

Radcliffe stand mit Wickman noch immer auf den Eingangsstufen. Auf seinen fragenden Blick hin schüttelte Charlie nur den Kopf und folgte Mrs. Hartshair und deren Kindern in die Kutsche.

Radcliffe stieg nach Charlie ein und betrachtete dann die Frau mit ihren beiden Kindern, die auf der Sitzbank gegenüber saßen. Er hatte den Eindruck, dasselbe Erlebnis schon einmal gehabt zu haben, nur vermischten sich hier Erinnerung und Wirklichkeit, und er sah wieder Bessie verängstigt dort sitzen. Er seufzte insgeheim, schüttelte den Kopf und schwieg während der Heimfahrt.

„Wir haben Gäste, Stokes", erklärte Radcliffe und reichte seine Handschuhe sowie den Hut dem Butler, der die Frau und die Kinder betrachtete, die seinem Herrn ins Haus folgten.

„Nicht direkt Gäste", berichtigte Charlie behutsam, folgte der Familie und schloss die Tür hinter sich.

„Ach nein?" Erstaunt zog Radcliffe eine Braue hoch. „Würdest du das bitte genauer erklären?"

„Soweit ich mich erinnere, benötigen Sie einen Koch. Oder haben Sie diesbezüglich schon Arrangements getroffen?"

Radcliffe verzog das Gesicht. „Dazu hatte ich ja wohl kaum die Gelegenheit, wie du weißt."

Das erleichterte Charlie. Zwar hatte sie auch nicht erwartet, dass er jemanden eingestellt hätte, aber falls doch, wäre die Lage um einiges kompliziert gewesen. „Nun, jetzt brauchen Sie sich auch nicht mehr darum zu kümmern. Sie benötigen einen Koch, und Mrs. Hartshair ist eine Köchin."

Radcliffe war erstaunt. Er warf einen Blick auf die Frau. „Sie sind Köchin?"

„Jawohl." Mrs. Hartshair schluckte nervös und ließ den Blick durch das luxuriöse Foyer schweifen, ehe sie unglücklich hinzufügte: „Ja, ich bin Köchin. Ich verstehe mich auf Brötchenbacken und dergleichen, doch die Art von Gerichten, die ich kochen kann, ist …" Sie sah kurz zu Charlie hinüber, die ihr ermutigend zulächelte. Dann straffte sie sich und fuhr leise fort: „Das ist gut schmeckende Hausmannskost, Mylord. Von ausgefallenen Sachen und Naschereien verstehe ich nichts."

„Das dürfte kein Problem darstellen", versicherte Charlie ihr rasch. „Seine Lordschaft gibt niemals Gesellschaften. Außerdem vermochte sein früherer Koch nicht einmal schmackhafte Hausmannskost zuzubereiten, und alles Übrige werden Sie mit der Zeit schon lernen. Nicht wahr, Radcliffe?"

Er schwieg eine Weile, bis Charlie ihn vorwurfsvoll anschaute, dann nickte er ernst. „Ja, das stimmt. Ich bezweifle nicht, dass Sie sich sehr gut einfügen werden." Er blickte die müden Kinder an, die an den Röcken ihrer Mutter hingen. „Ihre Kinder sehen aus, als würden sie gleich einschlafen. Stokes wird Sie zu Ihrem Zimmer bringen."

„Danke, Mylord", sagte die Frau sichtlich erleichtert. „Recht vielen Dank."

Radcliffe nickte, warf einen Blick auf Stokes und runzelte die Stirn, weil der Diener so verblüfft wirkte und die Witwe nur anstarrte. „Stokes?" rief er den Mann zur Ordnung. „Bringen Sie sie in ein Zimmer!"

„Sehr wohl, Mylord."

Charlie sah, dass der Butler tatsächlich ein wenig errötet war. Radcliffe wandte sich jetzt an sie. „In die Bibliothek, Charles!"

Bei diesem selbstherrlichen Ton schnitt sie ein Gesicht, empfahl Stokes jedoch noch, den Harthairs etwas zu essen zu geben, denn die drei kamen ihr reichlich ausgehungert vor. Wahrscheinlich hatten sie heute noch nichts gegessen und konnten eine ordentliche Mahlzeit gut gebrauchen. Nachdem Stokes versprochen hatte, sich darum zu kümmern, folgte Charlie Radcliffe in die Bibliothek.

Bei ihrem Eintreten stand er an der Anrichte und schenkte sich gerade ein Glas voll ein. Unwillkürlich stellte sie fest, dass es ein hartes Getränk war. Sie ließ sich in einem Sessel vor dem Schreibtisch nieder und wartete auf die Strafpredigt, die unweigerlich kommen würde. Sehr lange brauchte sie darauf auch nicht zu warten.

„Mein Haus ist kein Asyl für geflüchtete Witwen und Waisen, Charles."

„Geflüchtet?" Sie blickte ihn unschuldig an, während er sich ihr gegenüber an das Pult setzte. „Ich brachte doch keine Flüchtlinge hierher, Mylord."

Missbilligend zog er die Augenbrauen zusammen. „Du weißt ganz genau, was ich meine, Charles."

Sie überlegte einen Moment und schüttelte dann den Kopf. „Nein, das weiß ich nicht. Ich benutze Ihr Haus durchaus nicht als eine Art Wohlfahrtseinrichtung, Radcliffe. Beth benötigte eine Zofe, und ich habe ihr eine beschafft. Sie benötigten einen Koch, und ich habe Ihnen eine Köchin beschafft. Dass sich beide Frauen in unhaltbaren Situationen befanden, als ich ihnen begegnete, ist reiner Zufall."

Dieses treffliche Argument, auf das Charlie recht stolz war, verpuffte völlig, als ein Kind plötzlich im Flur „Hündchen!" schrie, worauf man Stokes' laute Stimme sowie das Trappeln kleiner Kinderfüße hörte.

Charlie konnte sich gut vorstellen, was im Flur vor sich ging: Stokes hatte die Hartshairs zur Küche geführt und dabei die Tür geöffnet, woraufhin die Welpen entwischt waren – zweifellos zum großen Vergnügen der Kinder. Und jetzt scheuchten sie alle die Hündchen herum, um sie wieder einzufangen. Bei dieser Vorstellung hätte Charlie beinahe gelächelt. Sie hielt sich jedoch zurück, als sie Radcliffes Gesichtsausdruck sah.

„Wie ich sagte, du musst damit aufhören, Leute und Welpen aufzusammeln", sagte er brummig.

„Gewiss, Radcliffe, Sie haben vollkommen Recht. Ich werde keine Streuner mehr einsammeln", versprach sie leise.

„Ich wünschte, das könnte ich glauben."

„Oh, das können Sie doch! Schließlich gibt es in diesem Haus ja keine freien Posten mehr, oder?"

„Für die Welpen hatte ich nie eine Stellung."

„Schon richtig, nur … der Bauer wollte sie doch umbringen", wandte sie hilflos ein, worauf Radcliffe den Kopf in die Hände sinken ließ und sich die Schläfen massierte. „Haben Sie Kopfschmerzen?" erkundigte sie sich mitfühlend. „Sie sollten sich vielleicht hinlegen."

Radcliffe erhob sich müde, bedeutete Charlie vorauszugehen und folgte ihr zur Tür.

Es erleichterte sie, dass die Strafpredigt vorüber war – bis sie die Tür der Bibliothek öffnete. Die Hündchen waren nicht mehr da. Wahrscheinlich hatte man sie eingefangen und fortgebracht. Dagegen standen Beth und Mowbray umarmt vor der Vordertür. Hastig schlug Charlie die Tür der Bibliothek wieder zu und drehte sich zu Radcliffe um. „Ich habe gerade nachgedacht, Mylord. Möglicherweise vertreibt ja eine schöne Massage Ihr Kopfweh. Setzen Sie sich doch wieder hin, und ich werde sehen, was ich für Sie tun kann."

Charlie wollte ihn zum Schreibtisch nötigen, doch Radcliffe blieb mitten im Raum stehen. „Vielen Dank für dein Angebot, Charles. Ich glaube jedoch, dein erster Vorschlag war besser. Das Bett wird heilen, was mich quält."

„Oh, nur …" Charlie lief ihm hinterher, als er wieder durch den Raum zu schreiten begann, und warf sich vor ihm gegen die Tür, damit er sie nicht öffnen konnte. „Was werden wir morgen tun?"

Er schaute sie fragend an. „Morgen?"

„Ja. Haben wir morgen etwas vor?"

„Das können wir doch morgen beim Frühstück besprechen, Charles. Ich habe Kopfschmerzen. Geh bitte aus dem Weg, damit ich mich zu Bett begeben kann."

Mit hängenden Schultern trat Charlie beiseite, öffnete die Tür und folgte ihm in die Halle. In die leere Halle! Zu ihrer großen Erleichterung war weder Beth noch Mowbray zu sehen. Schweigend folgte sie Radcliffe die Treppe hinauf und ging nicht weiter, als auch er stehen blieb. Fragend blickte sie ihn an.

„Ich habe ja Elizabeth ganz vergessen", sagte er und fügte hinzu: „Beim Ball ließ ich sie bei den Mowbrays zurück. Sie versprachen, sie heimzubringen. Das sollte ich lieber überprüfen, damit ich sehe, ob sie tatsächlich zurückgekommen und alles in Ordnung ist."

„Das werde ich tun", versprach Charlie rasch. „Gehen Sie jetzt weiter, und legen Sie sich hin."

Als er zögerte, eilte sie an ihm vorbei zu „Elizabeths" Zimmer und klopfte kurz an. Sobald sich die Tür öffnete, drehte sich Charlie zu Radcliffe um, lächelte ihm beruhigend zu und erschrak dann, als sie am Arm gepackt und ins Zimmer gezogen wurde.

„Charlie! Du glaubst ja nicht, wie wunderbar es war! Einfach fantastisch. Erstaunlich. Herrlich." Beth drückte die Tür ins Schloss und schwenkte Charlie im Kreis herum.

Schließlich gab sie sie wieder frei, ließ sich tief seufzend aufs Bett sinken und umarmte sich selbst. „Was für eine überwältigende Nacht!"

„Das habe ich gemerkt", meinte Charlie und setzte sich neben ihre Schwester. Beth errötete.

„Warst du das übrigens in der Bibliothek?" Beth rümpfte die Nase. „Ich fragte mich schon ..."

„Du fragtest dich? Bist du verrückt? Falls Radcliffe dich bei deinen Tollereien erwischt hätte ..."

„Hat er aber nicht!" Lachend ließ sie sich hintenüber fallen, setzte sich jedoch im nächsten Moment wieder auf. „Hast du den Erpressser ausgezahlt? Radcliffe hat dich doch nicht etwa gefunden, oder?"

„Nein. Und ja", antwortete Charlie der Reihe nach, berichtete von den Ereignissen dieser Nacht und fasste sich dabei kurz, weil sie merkte, dass ihre Schwester ihr nicht allzu aufmerksam zuhörte. Sobald sie schwieg, erzählte Beth ihr von ihrem Abend, was Charlie vergleichsweise recht langweilig erschien: Beth hatte mit Tomas getanzt, mit Lady Mowbray geplaudert, mit Tomas getanzt, sich mit Lady Soundso über Mode unterhalten, wieder mit Tomas getanzt, und dann war der Abend zu Ende gewesen. Bei den letzten Worten ihrer Schwester horchte Charlie allerdings auf.

„Tagsüber magst du also Elizabeth sein, doch abends beim Ball der Wulcotts würde ich gern wieder ich selbst sein. Du hast doch nichts dagegen, oder?"

Einen Augenblick lang schwieg Charlie. Schließlich schüttelte sie den Kopf und stand auf. „Nein, selbstverständlich nicht."

„Oh danke, Charlie! Ich wusste ja, dass du mich nicht im Stich lassen würdest."

Charlie nickte, ging zur Verbindungstür und wollte den Raum schon verlassen, drehte sich jedoch noch einmal um. „Unter diesen Umständen solltest du heute Nacht lieber in ‚Charles' Raum schlafen."

„Ach ja!" Beth sprang vom Bett, lief fröhlich durchs Zimmer und gab ihrer Schwester einen Kuss auf die Wange, bevor sie die Tür mit einem munteren „Gute Nacht" hinter sich schloss.

Charlie schaute eine Weile auf diese Tür und fühlte sich irgendwie betrogen. Sie musste schließlich auch einen Ehemann finden, und zwar noch dringender als Beth. Während Seguin vielleicht nicht eben dem Traum aller Mädchen entsprach, war er wenigstens nicht so gefährlich wie Carland. Und Charlie erkannte, wo die Quelle ihrer Verärgerung lag.

Sie und ihre Schwester sollten sich eigentlich abwechseln damit, das Mädchen zu spielen, damit beide die Gelegenheit hatten, einen Gatten zu finden. Doch es sah so aus, als spielte Charlie die meiste Zeit „Charles", und das überwiegend in Gesellschaft von Radcliffe. Auf diese Weise würde sie nie einen Ehemann finden.

Grimmig straffte sie die Schultern, marschierte in „Charles" Zimmer und erschreckte Beth, die gerade unter die Bettdecke kriechen wollte.

„Charlie, was ist denn? Stimmt etwas nicht?"

„Ich fürchte, ich bin nicht damit einverstanden, dass du morgen Abend Elizabeth spielst. Bis jetzt war der Ball bei den Hardings die einzige Veranstaltung, bei der ich die Schwester war und nach einem Ehekandidaten Ausschau halten konnte, doch dabei hingen Mowbray und Radcliffe wie die Kletten an mir. Wenn wir uns, wie von dir vorgeschlagen, dabei abwechseln wollen, dann sollten wir das auch tun. Morgen Abend bin ich an der Reihe, das Mädchen zu spielen und nach einem geeigneten Gatten zu suchen. Wenn du willst, werde ich morgen tagsüber Charles sein, doch am Abend bin ich Elizabeth!"

Beth wollte sich schon beschweren, besann sich jedoch eines Besseren, weil sie sich schämte. „Es tut mir Leid", sagte sie schließlich. „Du hast Recht. Du bist an der Reihe. Im Übrigen brauchst du dringender einen Gatten als ich, und ich habe ja auch schon ein Auge auf jemanden geworfen. Selbstverständlich musst du morgen Elizabeth sein. Und tagsüber ebenfalls", fügte sie entschlossen hinzu. „Ich werde dir sogar Tom und Radcliffe vom Leibe halten, damit du dir in Ruhe jemanden suchen kannst, an dem du Gefallen findest."

Charlie entspannte sich erleichtert.

„Charlie?" flüsterte Beth, als sie sich abwenden wollte.

„Ja?"

„Das war eine sehr gute Sache, glaube ich."

Fragend blickte Charlie sie an. „Was?"

„Alles." Beth deutete vage im Zimmer umher und fügte hinzu: „Dass wir flüchten mussten, dass wir Radcliffe begegneten, dass wir in London landeten und dass wir uns selbst durchschlagen mussten – nun ja, mit Radcliffes Hilfe selbstverständlich."

Charlie schüttelte den Kopf. „Ich glaube nicht, dass ich richtig verstehe."

„Es verändert uns. Wie du weißt, war ich immer entsetzlich

schüchtern. Hier dagegen lerne ich, mit gesellschaftlichen Anlässen besser umzugehen. Und du, du hast dich niemals richtig eingesetzt für das, was du wolltest. Trotzdem hast du es hier bereits zwei Mal getan."

Charlie blickte ihre Schwester ratlos an. „Ich habe mich nie eingesetzt? Was, um alles in der Welt, soll das denn heißen? Ich setzte mich doch immer ein! Ich rebelliere und so weiter. Liebe Güte, Beth, du stellst mich ja als einen richtigen Feigling hin."

„Durchaus nicht. Du zeigst viel Mut. Für andere warst du immer die große Heldin, doch nur für andere! Für das, was du willst, machst du dich niemals stark. Nimm beispielsweise die Kleidung. Jahrelang hast du dich mit meiner Auswahl abgefunden, hast nie geklagt, und gefordert schon gar nicht."

Ungehalten winkte Charlie ab. „Kleidung! Was spielen Gewänder auf dem Lande schon für eine Rolle? Außerdem hast du schließlich das ganze Maßnehmen und Anprobieren über dich ergehen lassen, und da hattest du wohl auch jedes Recht, selbst die Auswahl zu treffen."

„Mir machten die Anproben ja auch nichts aus, und während ich damit beschäftigt war, tatest du etwas anderes, etwas, das ich nicht tun mochte, beispielsweise Ställe ausmisten."

„Nun ja, nachdem Onkel Henry die ganze Belegschaft entlassen hatte, hatte der arme Ben ja auch alle Hände voll zu tun, mit dem Ganzen allein fertig zu werden. Er benötigte Hilfe."

„Ja, das weiß ich. Doch im Gegensatz zu dir hasste ich die Arbeit in den Ställen. Deshalb hast du sie verrichtet, während ich zu den Anproben ging. Das war ein gerechter Handel, und du hättest bei der Kleidung ebenfalls mitreden sollen. Du hast nie etwas gesagt. Bis jetzt. Genau wie bei allem anderen ließest du mir meinen Willen. Bis jetzt. Du wolltest mich als Elizabeth auf den Ball gehen lassen, doch dann erklärtest du entschlossen, jetzt seist du an der Reihe."

„Schon richtig, doch hier ging es ja auch um mein Leben. Finde ich keinen Ehemann, muss ich Carland heiraten, und der wird mich umbringen. Deshalb muss ich unbedingt einen Gatten finden."

„Verstehe, also willst du damit sagen, du tust das nur, weil dein Leben dir wichtiger ist als mein Vergnügen?"

„Selbstverständlich ist mein Leben mir wichtiger als dein Vergnügen!" Charlie wunderte sich, dass ihre Schwester das überhaupt fragen musste.

Beth nickte ernst. „Dennoch ist dir dein eigenes Vergnügen weniger wichtig als meines."

„Wie kommst du darauf?"

„Das sagtest du doch. Du wolltest mir diesmal nicht meinen Willen lassen, weil deine Zukunft auf dem Spiel steht. Bei der Kleidung ließest du mir meinen Willen, weil es sich dabei nur um eine Geschmacksfrage handelte: dein Geschmack gegen meinen. Meiner war wichtiger."

„Du verdrehst ja alles."

„So? Und die Gerichte zu unserem Geburtstag?"

„Was soll das denn nun wieder?"

„Die Köchin fragte uns immer, was wir zu unserem Geburtstagsmahl haben wollten, und ich war stets für junge Ente und Blaubeertorte."

„Na und?"

„Du verabscheutest junge Ente. Blaubeeren magst du zwar, doch nicht auf Torten."

„Komm endlich zur Sache, Beth."

„Das ist doch die Sache! Wäre es gerecht zugegangen, hätten wir in einem Jahr Entenbraten und Blaubeertorte gegessen und im nächsten ein Gericht deiner Wahl. Oder wir hätten Entenbraten und einen Nachtisch deiner Wahl in einem Jahr und im nächsten dein Lieblingsmahl mit Blaubeertorte essen können. Doch nein, während der letzten Jahre bestand unser Geburtstagsessen stets aus Ente und Blaubeertorte."

„So war es immer, Charlie", fuhr Beth leise fort. „Du hast dich für jedermann eingesetzt – vom Dorfsäufer bis zu mir. Nur für dich nicht. Stets waren dir die Bedürfnisse anderer wichtiger als deine eigenen, als hieltest du alle anderen für etwas Besseres. Und hätte Onkel Henry mich mit Seguin und dich mit einem ähnlich Abstoßenden, doch Ungefährlichen verlobt, würdest du diesen alten Kahlkopf auch brav geheiratet haben."

Charlie verzog zwar das Gesicht, leugnete jedoch nicht.

„Und daran ist Onkel Henry schuld."

Darüber musste Charlie lachen.

Beth hob das Kinn. „Jawohl, weil er dich fortwährend kritisierte. Immer nannte er dich dumm und minderwertig, und …", sie ließ die Schultern hängen, „… und alles war mein Fehler", schloss sie elendig.

Bestürzt blickte Charlie auf. „Wieso denn, um Himmels willen, dein Fehler?"

„Nun ja, jedenfalls manchmal. Wenn er wegen irgendetwas an mir herumzunörgeln begann, sprangst du für mich in die Bresche. Dann hat er seinen Ärger an dir ausgelassen, und ich hatte meine Ruhe." Sie seufzte. „Wenn ich mich wie du verhalten und dich ebenso verteidigt hätte, hätte er möglicherweise uns alle beide in Ruhe gelassen, doch ich … ich hatte solche Angst vor seinen Ausbrüchen."

Sofort ging Charlie zu ihrer Schwester und legte ihr tröstend einen Arm um die Schultern. „Ich weiß doch. Es ist schon gut."

„Nein, ist es nicht! Ich schäme mich so. Du hattest niemals Angst."

„Natürlich hatte ich Angst."

Beth schaute sie groß und ungläubig an. „Tatsächlich?"

„Natürlich. Onkel Henry war fürchterlich aufbrausend. Ich fürchtete mich jedes Mal, wenn ich ihm gegenübertreten musste. Du brauchst dich also keineswegs zu schämen. Ich hatte ebenfalls Angst."

„Dann ist es ja noch schlimmer!" jammerte Beth. „Du hattest ebenso Angst wie ich, dennoch widersetztest du dich ihm. Das ist wahrhafter Mut, Charlie. Dass ich mich von meiner Angst zurückhalten ließ, war Feigheit."

„Beth." Charlie schüttelte sie ungehalten. „Hör auf! Als ob wir keine größeren Sorgen hätten! Jeder mit etwas Verstand hätte den Mund gehalten und Onkel Henry reden lassen, ohne hinzuhören. So, und jetzt solltest du in dein Zimmer begeben, zu Bett gehen und ein wenig schlafen."

„Ich bin doch in meinem Zimmer. Hier schläft Charles, und ich werde morgen Charles sein."

„Ich dachte, du wolltest vielleicht morgen tagsüber Elizabeth sein, weil ich doch abends …"

„Nein, Charlie. Ich werde morgen den ganzen Tag lang Charles spielen."

13. KAPITEL

Der Ballsaal der Fetterleys war gesteckt voll von festlich gekleideten Herren und Damen. Außerdem war es hier unerträglich heiß, und dass sie seit ihrem Eintreffen unablässig getanzt hatte, machte es nicht eben besser. Charlie fächelte sich mit einer Hand Luft zu, während sie der Musik zu folgen versuchte.

„Ich wusste gar nicht, dass Radcliffe Vettern und Kusinen hat, Lady Elizabeth."

Charlie blickte ihren Tanzpartner an, Lord Nor... soundso. Seinen Namen hatte sie nicht ganz mitbekommen, ebensowenig wie die Namen der meisten anderen Herren, mit denen sie heute getanzt hatte. Allerdings war auch keiner von ihnen besonders bemerkenswert gewesen. Dieser hier war wenigstens größer als sie selbst, besaß noch alle Zähne und hatte ihr bis jetzt auch noch nicht auf die Zehen getreten.

Eigentlich ist er ganz attraktiv, stellte sie überrascht fest und betrachtete sein Gesicht zum ersten Mal, seit sie von ihm bei ihrem Tanz mit Lord Wiehießerdochgleich abgeklatscht worden war. Er hatte blaue Augen, angenehme Gesichtszüge und hellblondes Haar, war fast so groß wie Radcliffe und hatte so breite Schultern wie dieser.

„Habe ich einen Pickel auf der Nase?"

Charlie merkte, dass sie ihn angestarrt hatte. Tief errötend senkte sie den Blick. „Nein, Mylord", hauchte sie und griff die Bemerkung wieder auf, die er zuletzt gemacht hatte.

„Kennen Sie Lord Radcliffe gut?" erkundigte sie sich.

„Ich würde sagen, so gut es nur geht. Seine Schwester war mit meinem Bruder verheiratet."

„Mary", flüsterte sie traurig und hob den Kopf, um ihren Tanzpartner anzuschauen. „Sie lernten B… Charles in Radcliffes Club kennen, nicht wahr?“ Das hatte Beth ihr erzählt.

„Richtig. Ein netter Bursche, wenn auch nicht halb so nett wie seine Schwester.“

Bei diesem Kompliment errötete sie aufs Neue und wandte den Blick rasch ab.

Wie konnte sie feststellen, ob er ein möglicher Ehemann war? Bis jetzt hatte sie noch keinen anderen Mann kennen gelernt. Die Tatsache, dass er groß, selbstbewusst, attraktiv und ein recht guter Tänzer war, stellte ihn jedoch schon weit über die anderen Herren, die sie heute Abend getroffen hatte. Und aus einer guten Familie kam er wohl auch. Es musste schließlich eine gute Familie sein, wenn Radcliffe seiner Schwester Mary gestattet hatte, in sie einzuheiraten.

„Sind Sie verheiratet?“

„Überlegen Sie sich, ob ich ein möglicher Ehegatte wäre, Mylady?“ spöttelte er.

Scheinbar unbekümmert zuckte Charlie die Schultern. „Wozu wären diese Bälle denn sonst gut?“

„Stimmt, doch gewöhnlich sind Ladys nicht so direkt. Übrigens bin ich allein stehend“, fügte er dann leise hinzu. „Meines Wissens habe ich keine Krankheiten und bin durchaus in der Lage, Nachwuchs zu zeugen“, schloss er spöttisch.

Charlie errötete erst und lachte dann leise.

„Wie ungemein charmant, Mylady! Sie kommen gleich zur Sache und erröten ganz reizend. Ich frage mich, ob diese Röte wohl bis zu Ihren Zehenspitzen reicht?“

Als Charlie daraufhin vor Verlegenheit leicht stolperte, zog er sie an seine Brust, um sie festzuhalten, und ließ die Hand mit leichtem Druck über ihren Rücken gleiten.

Verwirrt durch seine unerwartete Liebkosung, musste Charlie

schlucken. Sie fühlte eine ähnliche Erregung, wie sie sie bei Radcliffe empfunden hatte, wenn auch nicht so stark. Bei ihm war es ein reines Vergnügen gewesen. Während sie sich bei Radcliffe völlig sicher gefühlt hatte, wusste sie instinktiv, dass dieser Lord hier sich nicht übermäßig um etwaige Konsequenzen kümmerte. Er vermochte eine Frau ohne Bedauern zu ruinieren. Das würde Radcliffe niemals tun. Dessen Verständnis für Recht und Unrecht war viel zu ausgeprägt.

„Reicht nun die Röte bis ganz hinunter?“ flüsterte ihr Tanzpartner ihr verführerisch ins Ohr, und Charlie erschauerte.

Weil sie den Boden unter den Füßen zu verlieren drohte, blickte sie sich im Ballsaal rasch nach Beth und Radcliffe um, und plötzlich entdeckte sie jemanden, der sie erneut stolpern ließ: Ralphy!

„Fehlt Ihnen etwas?“ erkundigte sich der Lord besorgt und stützte sie.

„Ich ... nein.“ Sie brachte ein entschuldigendes Lächeln zu Stande. „Ich fürchte nur, ich habe es mit dem Tanzen ein wenig übertrieben, Mylord. Wären Sie sehr böse, wenn ich diesen Tanz abbräche?“

„Ich wäre am Boden zerstört, doch ich möchte keinesfalls, dass Sie womöglich vor Überanstrengung ohnmächtig werden“, entgegnete er galant. Er nahm ihren Arm und führte sie von der Tanzfläche, wobei er den Blick über ihr eisblaues Gewand mit der Häkelspitze und den seidengefütterten Schlitzen gleiten ließ.

„Mir ist aufgefallen, dass Sie seit Ihrer Ankunft hier keinen einzigen Tanz ausgelassen haben. Vielleicht würde ein kühles Getränk Sie wieder beleben“, meinte er und brachte sie zu einem der wenigen freien, an der Wand aufgereihten Stühle. „Darf ich Ihnen etwas holen?“

„Ja, bitte.“ Als er fort war, ließ Charlie den Blick durch den Saal schweifen. Sie wusste es natürlich nicht genau, glaubte jedoch,

Ralphy hätte sie gesehen und würde nun, da sie allein war, zu ihr kommen.

„Da bist du ja!" Vor ihr tauchten Beth und Radcliffe auf. Sie trug die neue rehbraune Kniehose und den Gehrock, der heute Nachmittag angeliefert worden war. „Dich kann man ja nur mit Mühe im Auge behalten!"

Über diese vorwurfsvolle Bemerkung musste Charlie beinahe lächeln, denn Beth hatte selbstverständlich während des ganzen Abends immer sehr genau gewusst, wo sie sich befand, hatte jedoch, wie versprochen, Radcliffe erfolgreich in die Irre geleitet. Tomas Mowbray war gar nicht erst erschienen und brauchte also nicht abgelenkt zu werden.

„Wir sahen dich mit Norwich tanzen." Radcliffes Missbilligung war offensichtlich.

„Norwich?" Charlie wusste nicht gleich, dass er damit ihren letzten Tanzpartner meinte. „Ach ja. Mir war so heiß, und deshalb wollte er mir ein kühles Getränk holen."

„Wahrscheinlich wurde dir zu heiß, weil er zu viel und zu eng mit dir tanzte", entgegnete Radcliffe und zwang sich dann zu einem Lächeln. „Komm, ich glaube, frische Luft wird dich eher beleben als ein Getränk und seine Gegenwart."

„Oh, nur ..." begann sie und verzog das Gesicht, als er fragend eine Augenbraue hochzog. „Ich hätte wirklich gern etwas zu trinken gehabt. Wäre es nicht im Übrigen auch ungehörig, jetzt so einfach zu verschwinden?"

„Ich werde dir gleich etwas zu trinken holen", versprach er und drängte sie zur Terrassentür. „Und was die Ungehörigkeit betrifft, so war es ungehörig von ihm, dich auf dem Tanzboden so eng zu umarmen."

„Trotzdem, Radcliffe, es zeugt von sehr schlechtem Benehmen, jetzt einfach zu verschwinden", meinte auch Beth und folgte ihnen.

„Dann solltest du, Charles, vielleicht lieber hier bleiben, um zu erklären, dass es Elizabeth nicht sehr gut ging, dass sie frische Luft brauchte und dass sie sich nun in meiner Obhut befindet."

Beth war bestürzt. „Nur ich ..."

Was sie sagen wollte, hörten die beiden nicht mehr, denn Radcliffe zog Charlie auf die Terrasse und schloss die Glastüren hinter sich.

„Dieser eingebildete, verwöhnte junge Schnösel", sagte er und trat mit ihr an das Geländer, das sich an der ganzen Terrasse entlangzog.

„Reden wir noch über Norwich?" erkundigte sich Charlie belustigt und sah ihn prüfend an. Sie hatte Radcliffe noch niemals so ärgerlich und aufgebracht gesehen. Er verhielt sich ja beinahe so, als wäre er eifersüchtig!

„Er hätte dich nicht auf diese Weise einem möglichen Skandal aussetzen dürfen."

„Skandal! So eng haben wir nun auch wieder nicht getanzt", stellte Charlie gereizt fest.

„Wärt ihr unbekleidet gewesen, hätte man euch beim Liebesspiel gesehen."

„Also erstens liebe ich ihn nicht, zweitens trugen wir beide Kleidung, und drittens kamen wir einander nicht näher als wir zwei es jetzt tun." Das Letzte hauchte sie nur noch, denn ihr wurde klar, wie dicht sie tatsächlich beieinander standen. Mit jedem gesprochenen Wort waren sie näher aufeinander zugekommen.

Nun lächelte sie ihn an und war sich weder seines begehrlichen Blicks noch ihrer verführerischen Stimme bewusst, als sie fragte: „Heißt das, wenn wir unbekleidet wären, könnte man uns jetzt beim Liebesspiel sehen?"

„Elizabeth!" stöhnte er, nahm sie in die Arme und küsste sie mit dem ganzen aufgestauten Verlangen, das er an diesem Abend empfunden hatte, während sie von einem Mann zum nächsten geflattert war.

Charlie schmolz in seinen Armen förmlich dahin. Sie legte die Arme um seinen Nacken, schob ihre Hände in sein Haar, schloss die Augen und öffnete ihre Lippen erwartungsvoll unter seinen. Der Kuss war heiß, süß und ging viel zu schnell vorbei. Ihr kam es so vor, als habe er gerade erst begonnen, als Radcliffe sie schon wieder stöhnend freigab.

Langsam schlug Charlie die Augen auf. Enttäuschung und Begehren malten sich auf ihrem Gesicht.

Radcliffe, dem das nicht entging, lächelte entschuldigend. „Vielleicht sollte ich dir jetzt die kühle Bowle holen", flüsterte er mit belegter Stimme, wandte sich um und schlüpfte durch die Terrassentür, durch die sie kurz zuvor gekommen waren.

Charlie schaute ihm hinterher. Ihr ganzer Körper schien zu vibrieren, und das Verlangen durchströmte sie heiß. Sie vermochte seinen Kuss noch auf ihren Lippen zu schmecken, während sie blicklos auf die Tänzer sah, die an der Glastür vorbeiwirbelten.

Sie wandte sich von der Terrassentür ab und blieb im nächsten Moment stehen, als sie eine Bewegung in den Schatten bemerkte.

„Tomas!" grüßte sie mit erstickter Stimme und schaute dabei unwillkürlich zu der Glastür, durch die Radcliffe eben getreten war. Diese Tür hatte er hinter ihnen geschlossen, als sie zuvor auf die Terrasse gekommen waren, und sie war offen gewesen, als ihr Kuss geendet hatte. Wie lange hatte sich Tomas dort schon versteckt, um sie zu beobachten?

Als sie hart am Oberarm gepackt wurde, drehte sie sich widerwillig herum und sah ihn wütend vor sich stehen.

„Sie hatten nicht erwähnt, wie vertraulich sich Radcliffe seiner Verwandten gegenüber verhält."

„Ich … Er …" Sie suchte nach einer Erklärung, doch Tomas

schien ohnehin nicht zuhören zu wollen, und deshalb verwarf sie alle Einfälle wieder. Plötzlich zog er sie zu sich heran, als wollte er sie umarmen.

„Oder küssen Sie jeden Mann?"

„Also Tomas!" sagte Charlie beschwichtigend, drückte die Hände gegen seine Brust und versuchte, ihn ein wenig von sich fortzuschieben. Er indes wollte weder beschwichtigt noch fortgeschoben werden. Ein wütendes Knurren entrang sich seiner Kehle, dann fuhr sein Kopf herunter, und seine Lippen bedeckten ihre.

Zuerst war Charlie zu erschrocken, um zu reagieren, und sie war auch zu enttäuscht. Sie fühlte absolut gar nichts. Seine Lippen waren fest und warm und bewegten sich über ihren mit großem Geschick, dennoch hätte er ebenso gut einen Laternenpfahl küssen können; von dem wäre auch nicht mehr Begeisterung zu erwarten gewesen.

Der Kontrast zwischen ihrer Interessenlosigkeit ihm gegenüber und ihrer Reaktion auf Radcliffe, bei dem ihr die Knie weich geworden waren und es in ihrem Bauch gekribbelt hatte, erschreckte sie ungemein. Was, wenn Radcliffe als Einziger sie auf diese Weise erregen konnte? Was, wenn niemand sonst ihre Leidenschaft zu wecken vermochte?

Tomas, der ihren Mangel an Hingabe durchaus bemerkte, verstärkte seine Bemühungen. Er ließ die Zunge über ihre Lippen gleiten, um dann in ihren Mund vorzudringen. Charlie blieb in seinen Armen hängen und wartete geduldig ab, ohne die geringste Erregung zu verspüren. Dies war ja entsetzlich!

Ein leises Räuspern beendete schließlich diese eher zahme Umarmung. Die beiden fuhren auseinander, drehten sich um und sahen Radcliffe mit einem Glas in der Hand wie erstarrt an der Terrassentür stehen. Er schien absolut schockiert zu sein – allerdings nicht weniger als Beth, die neben ihm stand.

Charlie stöhnte insgeheim und wartete ergeben auf den Wutausbruch, den sie von Radcliffe befürchtete. Der blieb jedoch aus. Stattdessen trat er vor, überreichte ihr das Getränk mit einer höflichen Verbeugung, machte dann auf dem Absatz kehrt und schritt in den Ballsaal zurück.

Seufzend blickte sie kurz in das Glas, schaute dann Tomas an, der es Radcliffe gleichtat, sich vor ihr mit steifer Würde verbeugte und dann ebenfalls ins Innere des Hauses trat.

Das ist typisch, dachte Charlie, typisch Mann – erst eine Frau küssen und ihr dann die Schuld daran geben! Hatte sie etwa irgendjemanden um einen Kuss gebeten? Keineswegs, und trotzdem stürmten sie beide von hinnen, als hätten sie zu ihrem Entsetzen gerade entdeckt, dass sie eine Schlampe war. Männer!

Ihr Blick schweifte nun zu Beth hinüber, die sie ihrerseits geradezu mordlüstern anstarrte. „Du lieber Himmel!" rief Charlie. „Du glaubst doch nicht etwa, ich hätte ihn gebeten, mich zu küssen, oder? Ich bitte dich! Er kam heraus, sah, wie Radcliffe mich küsste und …"

„Radcliffe hat dich wieder geküsst?"

„Ja, und Tomas sah es. Er wartete versteckt, bis Radcliffe fort war, und küsste mich dann seinerseits. Es war furchtbar."

Beth verteidigte ihn sofort. „Tomas küsst sehr gut!"

„Sicher, doch nicht mich. Ich habe dabei nicht das Geringste gefühlt. Hinzu kommt, dass er ganz offensichtlich von meinem Kuss nicht weniger enttäuscht war als ich von seinem."

Beth warf einen kurzen Blick in den Ballsaal. „Oh nein!" rief sie dann aus. „Er geht!" Sie eilte ihm nach.

Charlie blieb auf der Terrasse allein zurück und dachte über die so unterschiedlichen Küsse der beiden Männer nach. Das ist doch gewiss nur ein Zufall, hoffte sie. Radcliffe war doch sicherlich nicht der Einzige, der sie zu erregen vermochte. Möglicherweise hatte sie ja auf Tomas nur deswegen nicht reagiert, weil sie ihn als zu Beth gehörig betrachtete. Vielleicht sah sie in ihm auch bereits den zukünftigen Schwager …

Diese Möglichkeit machte ihr wieder Mut. Die Leidenschaft, welche Radcliffe mit seinen Küssen in ihr weckte, hatte ihr ungeheure Freude bereitet. Das Ehebett würde ein höchst beglückender Ort sein, wenn damit derlei Liebkosungen verbunden wären. Doch falls Radcliffe nun der Einzige war, der solche Empfindungen zu erregen vermochte, dann hatte sie ein Problem.

„Lady Elizabeth."

Bei dieser überraschenden Begrüßung drehte sich Charlie um und rang sich ein Lächeln ab, als Lord Norwich auf die Terrasse heraustrat. „Mylord?"

„Was tun Sie denn hier so ganz allein, Mylady?" erkundigte er sich besorgt.

„Ich denke nach, Mylord", antwortete sie ausweichend und betrachtete ihn genau. Er war ein gut aussehender Mann und hatte sie immerhin bereits in gewisser Weise erregt. Selbstverständlich war er nicht halb so aufregend wie Radcliffe, allerdings …

Ärgerlich vertrieb sie das Bild des anderen Mannes aus ihrem Kopf. „Würden Sie mich einmal küssen?"

Falls ihre Frage ihn schockierte, so jedenfalls nicht mehr als Charlie selbst. Die Worte waren ihr entschlüpft, noch bevor ihr bewusst wurde, was sie tat: Sie wollte sich selbst davon überzeugen, dass Radcliffe nicht der Einzige war, der ihr eine Reaktion zu entlocken vermochte, und dass andererseits die fehlende Reaktion auf Tomas nur daran lag, weil er doch Beth' Liebhaber und mithin beinahe ihr Schwager war. Deshalb musste sie mindestens noch einen weiteren Mann küssen. Hoffentlich vermochte Norwich ihre Befürchtungen zu zerstreuen.

Während er sie betrachtete, verging ein Moment des Schweigens, und plötzlich war Charlie ihre Forderung sehr peinlich.

Sie räusperte sich. „Entschuldigung. Bitte vergessen Sie, dass ich …"

Die Worte blieben ihr im Hals stecken, als Norwich sie beim Arm fasste und an sich zog. Im nächsten Moment presste er die Lippen fest und bezwingend auf ihre. Sie hielt sich an seinen Schultern fest und öffnete den Mund zu einem kleinen überraschten Aufschrei, was er umgehend ausnutzte, um seine Zunge zwischen ihre Lippen zu drängen. Das tat er höchst meisterlich, und Charlie war erleichtert, als sie die ersten Anzeichen von Erregung in sich erwachen spürte.

Diese Erleichterung war jedoch nur von sehr kurzer Dauer; mehr als die Anfänge einer Erregung vermochte Norwich ihr nicht zu entlocken, und während die Umarmung andauerte, sank Charlies Herz. Sogar seine Liebkosungen halfen nicht! Sie waren durchaus zärtlich und angenehm, bewirkten jedoch nicht viel mehr, als ihre Aufmerksamkeit zu fesseln. Ein Feuer entflammten sie jedenfalls nicht bei ihr.

Das war höchst ärgerlich, doch Norwich schien davon nichts zu bemerken. Während ihre Reaktion eher gemäßigt blieb, erhitzte er sich immer mehr. Wie erregt er tatsächlich war, spürte sie sehr deutlich, als er seine Hüften fest an ihre presste.

„Elizabeth!"

Norwich ließ sie so unvermittelt los, dass Charlie ein paar Schritte rückwärts stolperte, ehe sie ihr Gleichgewicht wieder fand und resigniert dem anderen Mann gegenübertrat. Natürlich hatte sich Radcliffe wieder einmal einen höchst unpassenden Zeitpunkt für seinen Auftritt ausgesucht.

Charlie beobachtete Radcliffe dabei, wie er zunehmend irritiert hin und her ging.

Nachdem er auf dem Terrassenbalkon kurz ihren Namen gerufen hatte, war ein Augenblick des Schweigens eingetreten, in dem sie sich nur gegenseitig anstarrten, bis Radcliffe schließlich gemeint hatte, es sei jetzt an der Zeit zu gehen.

Charlie schämte sich, abermals in den Armen eines Mannes ertappt worden zu sein, deshalb hatte sie sich schweigend in den Ballsaal zurückgezogen. Sofort war er ihr gefolgt, hatte sie energisch am Arm gefasst und sie aus dem Haus und in seine Kutsche gedrängt. Danach war während der ganzen Heimfahrt kein einziges Wort gefallen.

Langsam hatte die Verachtung, die ihr entgegenschlug, Charlies Verlegenheit und ihr schlechtes Gewissen in Verärgerung verwandelt. Und dieser Ärger wuchs noch, als Radcliffe sie wortlos in sein Stadthaus und dort gleich in die Bibliothek führte. Seitdem er die Tür der Bibliothek zugeworfen hatte, ließ er Charlie vor seinem Schreibtisch stehen und ging mit mürrischer Miene gereizt vor ihr auf und ab.

Das tat er nun schon eine ganze Weile, und Charlie verlor langsam die Geduld. Schließlich war er an allem mitschuldig. Hätte er sie nicht geküsst, würde sie nie erkannt haben, welch wichtiger Bestandteil einer Ehe das Küssen war. Sie hätte nie … Ihr Gedankengang riss ab, als Radcliffe unvermittelt stehen blieb und zu ihr herumwirbelte.

„Ich weiß wirklich nicht, was in dich gefahren ist. Heute Abend habe ich dich zwei Mal dabei ertappt, wie du fremde Männer auf der Terrasse küsstest."

„Und einmal haben Sie selbst mich geküsst!" gab sie zurück und errötete trotz ihres Zorns.

„Das stimmt. Dachtest du, das hieße, dass du nun umherlaufen und alle anderen Männer ebenfalls küssen könntest?"

„Das ja wohl kaum!" Charlie kämpfte gegen ihr schlechtes Gewissen an. „Ich habe nicht einmal Tomas Mowbray geküsst, vielmehr küsste er mich. Das kam für mich völlig unerwartet, und falls es Sie glücklich macht – es hat mir nicht das geringste Vergnügen bereitet."

Radcliffe wurde aufmerksam, und sein Blick verfinsterte sich noch mehr. „Und Norwich?"

Das muss er ja fragen! dachte sie. „Ihn bat ich, mich zu küssen", gestand sie.

Radcliffe schien enttäuscht. „Weshalb?"

Sie überlegte, ob sie lügen sollte, doch er wirkte so elend … „Weil mich Tomas' Küsse kalt ließen."

Das schien Radcliffe nicht ganz zu verstehen. „Toms Küsse?" fragte er.

„Ja. Dass Tom etwas vom Küssen versteht, habe ich wohl gemerkt, allerdings berührten mich seine Küsse in keiner Weise."

Radcliffe schüttelte den Kopf. „Du batest Norwich, dich zu küssen, weil dich Toms Küsse kalt ließen?"

Charlie nickte ernst.

„Und gefielen dir Norwichs Küsse?" wollte er dann wissen.

Charlie zögerte. „Sie waren recht nett."

„Nett?"

„Ja. Sie waren nicht unangenehm, doch ich bekam dabei keine weichen Knie, und ich hatte auch keine Schmetterlinge im Bauch", gab sie zu, und zu ihrer Verblüffung stand plötzlich Radcliffe vor ihr – gefährlich nah!

„Und bei wessen Küssen hattest du dann dieses Gefühl?" fragte er rau.

Charlie schluckte. In seiner so unmittelbaren Nähe wurde ihr Atem ganz flach, und das Blut rauschte ihr in den Ohren.

„Nun?" Er hob seine Hand zu der pochenden Pulsader in ihrer Halsgrube. Das Pochen wurde daraufhin noch heftiger. „Berührten dich meine Küsse in dieser Weise?"

Wieder musste Charlie schlucken, um nicht laut aufzustöhnen, als er mit dem Finger die Linie des Halsausschnitts über ihren Brüsten nachzeichnete. Die andere Hand ließ er zu ihrem Nacken gleiten und umfasste ihn, sodass sein Daumen jetzt zärtlich streichelnd an ihrem Ohr lag.

Charlie schloss die Augen und drückte das Gesicht wie ein schmusendes Kätzchen in seine Handfläche.

„Tun sie es?“ flüsterte Radcliffe und senkte den Kopf, bis seine Lippen nur noch ein paar Fingerbreit von ihren entfernt waren und sein warmer Atem über ihren Mund strich.

„Ja“, stöhnte sie ergeben, während der Finger an ihrem Halsausschnitt sanft über ihre Brust glitt und durch ihr Gewand hindurch die hart aufgerichtete Knospe berührte.

„Radcliffe?“

Bei seinem so flehentlich gehauchten Namen stockte ihm beinahe der Atem, und endlich presste er seine Lippen auf ihre.

Das Feuer loderte in ihrem Inneren auf. Charlie bog sich ihm entgegen und presste ihre Brüste sehnsuchtsvoll an seine breite Brust. Sie ließ den Kopf in den Nacken fallen, klammerte sich verzweifelt an Radcliffes Schultern und öffnete ihm ihre Lippen.

Für ein paar Augenblicke glich es mehr einer Schlacht als einem Kuss. Jeder von ihnen kämpfte um mehr, forderte mehr. Jetzt gab es keine Zärtlichkeit mehr, nur noch das brennende Verlangen drängender Körper und wild tastender Hände. Am Ende löste sich Radcliffe von ihren Lippen, um ihr Kinn, ihre Wange und ihr Ohrläppchen mit dem Mund zu liebkosen.

Als er sie mit seiner Zunge berührte, erbebte Charlie. Seine Hand glitt zu ihrer Brust hinauf, umfasste und drückte sie sanft. Charlie erschauerte.

Sofort gab er sie frei, und vor Enttäuschung hätte sie beinahe geschluchzt, doch da fühlte sie ihn wieder an ihrem Halsausschnitt zupfen, bis er ihre Brust entblößt hatte. Er legte eine Hand über den festen, warmen Hügel und strich mit dem Daumen über die harte Knospe. Charlie stockte der Atem. Als ihre Knie nachgaben, schob er ein Bein zwischen ihre Schenkel, wobei sich seine Hüfte durch die Schichten seiner und ihrer Kleidung hindurch an ihrer rieb.

„Bitte", keuchte sie, bis er ihre entblößte Brust mit den Lippen zu liebkosen begann.

Sie schob die Finger in sein Haar und bewegte ihren Kopf heftig hin und her, um ihre Frisur von den Haarnadeln zu befreien. Doch schon sehnte sie sich wieder nach seinen Küssen, umfasste seinen Kopf und zog ihn hoch, sodass er ihre Brust freigab und sich erneut ihrem Mund zuwandte. Mit den Händen strich sie über seinen Oberkörper und streifte ihm dabei unversehens den Gehrock von den Schultern. Radcliffe half ihr dabei, indem er die Arme aus den Ärmeln zog. Das genügte Charlie indessen noch nicht. Sie wollte seine nackte Haut an ihrer fühlen, und deshalb begann sie, an seinen Hemdknöpfen zu zerren.

Über ihre Ungeduld im Kampf mit den Knöpfen musste Radcliffe leise lachen. Er zog das Hemd aus seiner Kniehose und löste einen Knopf nach dem anderen. Sofort drückte Charlie ihre Hände gegen seine nackte Brust, bewunderte deren Härte und Breite und fühlte das krause dunkle Haar darauf.

Charlie drückte ihm einen Kuss mitten auf die Brust und ließ dann ihre Lippen zu einer der kleinen, harten Brustwarzen streichen. Wie er es bei ihr getan hatte, reizte sie sie erst mit den Zähnen, bis Radcliffe zu ihrem Erstaunen plötzlich erstarrte und sie von sich schob. Als sie verblüfft und auch ein wenig gekränkt zu ihm aufschaute, sah sie den eindringlichen Ausdruck seiner Augen, dann hörte sie Beth' aufgeregte Stimme.

„Ch... Elizabeth! Beth!" Die Schritte auf der Treppe wurden immer leiser, bis sie nicht mehr zu hören waren.

Charlie sah, wie die Leidenschaft aus Radcliffes Augen verschwand und das Bedauern an ihre Stelle trat. Ihr Zorn regte sich.

„Versuchen Sie gar nicht erst, sich für das soeben Vorgefallene zu entschuldigen!“ warnte sie ihn eiskalt. „Das war ebenso meine wie Ihre Schuld, und mir hat es zu viel Vergnügen bereitet, als dass es mir Leid täte.“

Radcliffe sah sie überrascht an.

Dies verschaffte Charlie eine Spur von Genugtuung. Sie zog sich das Mieder wieder hoch, glättete ihren Rock, hob das Kinn und rauschte aus dem Raum, ehe Radcliffe seine Stimme wieder fand.

„Ach, da bist du!“ Beth eilte die Treppe herab und fasste Charlie aufgeregt beim Arm. „Das glaubst du ja nicht! Ich bin so glücklich! Tomas bat mich …“

Als Beth unvermittelt verstummte, schaute Charlie über die Schulter und war nicht im Geringsten überrascht, Radcliffe an der Tür zur Bibliothek stehen zu sehen. Niemand, der ihn jetzt gesehen hätte, würde geglaubt haben, dass er sich eben noch einer Schamlosigkeit schuldig gemacht hatte – niemand außer mir, dachte Charlie und fuhr sich verlegen mit der Hand durchs Haar.

„Tomas hat dich gebeten – was?“ wollte Radcliffe wissen, als Beth ihn nur stumm anstarrte.

„Er … äh … mit ihm auf die Jagd zu gehen. Aufs Land. Für ein paar Tage.“ Sie strahlte geradezu vor Glückseligkeit, was, wie Charlie vermutete, nicht das Geringste mit der Jagd zu tun hatte. Doch immerhin war dies ein guter Einfall gewesen, und Charlie hätte das beinahe mit einem Lächeln quittiert.

„Ich fürchte, das ist völlig ausgeschlossen“, erklärte Radcliffe nun.

„Was?“ riefen Beth und Charlie gleichzeitig.

„Es tut mir Leid. Du kannst nicht mitgehen.“ Das hörte sich

keineswegs so an, als täte es ihm Leid. „Wie würde das denn aussehen?"

„Wie würde was aussehen?" fragte Beth argwöhnisch und warf einen Blick auf Charlie, die bei seinen Worten ebenfalls erschrocken war. Wusste Radcliffe es? Wusste er, dass sie beide Mädchen waren? Und falls ja, wie lange wusste er es schon?

„Wie würde es aussehen, wenn du auf die Jagd gingest und deine Schwester hier allein mit mir und unbewacht zurückließest?"

„Unbewacht?" Charlie entspannte sich. Er wusste es nicht. „Radcliffe, alle Welt hält Sie für unseren Vetter. Ich benötige daheim keine Bewachung."

„Gegenwärtig mag uns jedermann für Verwandte halten, doch was geschieht, falls herauskommt, dass wir das gar nicht sind? Was dann? Man würde darüber reden, dass Charles irgendwann einmal diese Posse satt hatte, davonlief und dich hier unbewacht zurückließ. Außerdem macht es uns auch nicht über jeden Skandal erhaben, dass wir angeblich miteinander verwandt sind. Vetter und Kusinen heiraten schließlich sehr oft."

„Ich …", begann Beth verzweifelt.

„Schon gut", flüsterte Charlie und schaute sie eindringlich an. „Komm. Du kannst mir alles über deine Nacht erzählen." Sie nahm ihre Zwillingsschwester beim Arm, drängte sie die Treppe hinauf, und Beth ließ sich von ihr in „Elizabeths" Zimmer führen. Dort befreite sie sich allerdings aus Charlies festen Griff und blickte diese trotzig an.

„Ich habe Tom alles erzählt. Alles über uns."

„Das überrascht mich nicht. Als er den Ball verließ, schien er sehr verärgert zu sein."

Beth verzog das Gesicht. „Wütend war er! Und außerdem ziemlich verwirrt. Er meinte, dich zu küssen sei so, als küsste er Clarissa. Das konnte er sich nicht erklären, doch er war nicht sehr glücklich, dich, ich meine, mich in Radcliffes Armen zu finden. Nun ja, also diejenige, von der er dachte, das sei ich."

Charlie nickte. „Also hast du ihm alles erzählt, und weiter?"

Jetzt erstrahlte Beth wieder wie zuvor. „Und da bat er mich, ihn zu heiraten."

„Das dachte ich mir schon", gab Charlie mit einem Lächeln zu und eilte zu Beth, um sie in die Arme zu schließen, denn sie freute sich aufrichtig für ihre Zwillingsschwester. „Herzlichen Glückwunsch!"

„Ach Charlie!" Beth erwiderte die Umarmung glücklich. „Ich liebe ihn ja so sehr. Was soll ich nur tun?"

„Tun?" Charlie trat ein wenig zurück und schaute ihre Schwester erstaunt an. „Nun, du sollst ihn selbstverständlich heiraten."

„Tomas möchte aber auf der Stelle nach Gretna Green durchbrennen! Er wartet doch schon ungeduldig draußen vor dem Haus."

„Dann solltest du dich beeilen und dich fertig machen, nicht wahr?" Charlie ließ Beth los und eilte ins Ankleidezimmer.

„Wozu denn?" jammerte Beth. Sie folgte Charlie und sah, wie diese die Gewänder durchsuchte, welche die Schneiderin bis jetzt geliefert hatte. „Radcliffe wird mich nicht aus dem Haus lassen. Er fürchtet doch um Elizabeths guten Ruf!"

„Und damit hat er völlig Recht", meinte Charlie geistesabwesend, während sie das lavendelfarbene Gewand in eine kleine Reisetasche packte. „Elizabeth sollte tatsächlich nicht allein hier bleiben. Abgesehen von unserem guten Ruf, gibt es da schließlich noch den Erpresser. Radcliffe lässt Elizabeth niemals des Nachts allein aus dem Haus, und Verbrecher scheinen sich ja wohl stets für die Nächte zu verabreden."

Beth beobachtete, wie Charlie verschiedene Toilettenartikel einpackte, und nach und nach begann sie zu verstehen. „Also wird

Elizabeth mit Tomas durchbrennen, und Charles bleibt hier", sagte sie langsam, und ihr strahlendes Glück leuchtete wieder auf.

„Nein."

Das Leuchten in Beth' Gesicht erlosch. „Nein?"

„Nein, natürlich nicht. Wie, um alles in der Welt, sollte ich denn als Charles einen Ehemann für mich finden? Unmöglich. Lachhaft. Vollkommen aussichtslos."

„Weshalb packst du denn dann?"

Charlie schaute sie verblüfft an. „Nun, damit du durchbrennen kannst selbstverständlich."

„Du sagtest doch eben ..."

„Du, Beth!" fiel ihr Charlie ins Wort. „Du wirst durchbrennen. Inzwischen wird Charles einen fürchterlichen Katzenjammer haben und die meiste Zeit in seinem Zimmer verbringen. Auf diese Weise bleibt Elizabeths guter Ruf unbeschädigt, Charles ist greifbar für ein neues Treffen mit dem Erpresser, und ich kann fast die ganze Zeit Elizabeth sein und auf die Suche nach einem Heiratskandidaten gehen."

„Du wirst also beide Rollen übernehmen!" Beth verstand endlich, und als Charlie die Reisetasche zuklappte, folgte sie ihrer Schwester aus dem Umkleideraum hinaus.

„Nur für ein paar Tage. Sorge dafür, dass Tom dich rasch zurückbringt."

Beth biss sich auf die Lippe. „Er meinte, es würde einen ganzen Tag, eine Nacht und einen weiteren halben Tag dauern, um Gretna Green zu erreichen, falls man ohne jede Pause reiste", gestand sie widerstrebend ein.

„Anderthalb Tage hin und anderthalb zurück." Charlie schüttelte den Kopf. „Ihr werdet irgendwo übernachten müssen, und das bedeutet, ihr werdet fast vier ..."

„Nein. Wir werden ohne Unterbrechung reisen", unterbrach

Beth hastig, weil sie befürchtete, ihre Schwester würde sich die Sache noch einmal anders überlegen. „Wir werden nur drei Tage unterwegs sein."

„Beth, ihr könnt nicht drei Tage hintereinander reiten, ohne zwischendurch einmal zu schlafen. Und selbst falls ihr es könntet, Toms Pferd schafft das nicht."

„Wir nehmen ja die Kutsche. Tom und der Kutscher können sich auf dem Bock ablösen. Während der eine fährt, schläft der andere. Und wir können die Pferde regelmäßig wechseln", fügte sie hinzu, als Charlie etwas hoffnungsvoller dreinsah.

„Und du meinst, Tomas würde dem allen zustimmen?"

„Er liebt mich", antwortete Beth schlicht und einfach.

Charlie lächelte gequält und nickte schließlich. „Also gut. Und nachdem du wieder hier bist, kannst du die ganze Zeit Charles spielen. Das gibt dir die Gelegenheit, so viel Zeit wie möglich mit deinem neuen Gemahl allein zu verbringen, bis ich ebenfalls einen gefunden habe – falls mir bis zu deiner Rückkehr noch keiner begegnet sein sollte", fügte sie seufzend hinzu und hielt Beth die Reisetasche hin.

Beth nahm sie in eine Hand und umarmte ihre Schwester dann mit dem anderen Arm. „Ach Charlie, du bist einmalig! Großartig! Unglaublich!"

„Ich liebe dich auch", flüsterte Charlie und drückte sie kurz an sich. Dann schob sie sie von sich, drehte sich um und öffnete das Fenster. „Und jetzt solltest du besser verschwinden."

Beth' strahlendes Lächeln verlor etwas von seinem Glanz. „Aus dem Fenster?"

„Möchtest du vielleicht lieber vor Radcliffes Augen zur Vordertür hinausspazieren? Falls er dich dabei erwischt, ist das Spiel endgültig aus."

„Schon richtig, nur …" Beth musste an die Sache mit dem Fenster im Gasthof denken, und das war ein schreckliches Erlebnis gewesen.

Charlie überließ ihre Schwester deren Gedanken und blickte unterdessen aus dem Fenster. Sie befanden sich hier im ersten Stockwerk über dem Salon. Das Fenster ging auf die Straße hinaus, und direkt darunter befand sich ein großer Busch, der im Falle eines Falles Beth' Sturz abfedern würde. Ein Stück weiter sah sie Tomas angespannt neben der Mowbra-Kutsche auf und ab gehen.

Sie steckte sich zwei Finger in den Mund und stieß einen Pfiff aus, den sie daheim während ihrer Arbeit mit den Pferden vom Stallmeister gelernt hatte. Der gellende Ton schreckte Tomas sofort auf, und sobald er sie im Fenster entdeckt hatte, lief er herbei und stellte sich neben das Buschwerk. Mittels Zeichensprache bedeutete Charlie ihm, dort zu bleiben und sich ruhig zu verhalten.

Anschließend nahm sie Beth die Reisetasche ab und warf sie in den großen Busch unter dem Fenster. Sie wartete, bis Tom sie dort herausgefischt hatte, und drehte sich dann zu ihrer Schwester um.

„Er wartet auf dich", sagte sie leise.

„Tom?" Aus ihren Gedanken gerissen, beugte sich Beth aus dem Fenster und winkte ihrem künftigen Ehemann zu, bevor sie sich aufrichtete. „Das schaffe ich", behauptete sie jetzt, was allerdings nicht sehr überzeugend klang.

Charlie lächelte und umarmte sie noch ein letztes Mal. „Wir sind schon ungewollten Vermählungen entronnen und mitten in der Nacht aus Gasthöfen geflohen, haben uns nach London durchgeschlagen und die feine Gesellschaft genarrt, so dass uns nun jedermann für Bruder und Schwester hält. Beth, ich glaube, wir schaffen alles, was wir uns vornehmen."

Schmunzelnd trat Beth zurück. „Wir sind reichlich wagemutig, nicht wahr?"

„Ja, wir haben's schon faustdick hinter den Ohren", stimmte Charlie fröhlich zu.

Beth straffte die Schultern, drehte sich um und kletterte auf den Fenstersims. Noch einmal schaute sie zurück. „Drei Tage!"

„Drei Tage", bestätigte Charlie und hielt dann die Luft an, als Beth hinuntersprang. Doch da sah sie zu ihrer Erleichterung, dass Tomas sie unten aufgefangen hatte und sie nun in den Armen hielt. Die beiden Verliebten küssten sich kurz, schauten noch einmal hoch, winkten und eilten dann durch die Dunkelheit zu der wartenden Kutsche.

Charlie schaute dem Gefährt nach, bis es außer Sicht war, und schloss dann das Fenster.

„Drei Tage ...", seufzte sie.

14. KAPITEL

Charlie hätte sich nie gedacht, dass die Zeit so langsam vergehen konnte. Die letzten drei Tage kamen ihr eher wie eine ganze Woche vor. Seit Beth' Abreise hatte sie Abend für Abend Charles gespielt. Sie hatte sich ihre Perücke aufgesetzt, war ins Bett gesprungen und hatte das Leinenzeug hochgezogen, um ihr Gewand zu verdecken, wenn Bessie das Abendessen brachte. Als Elizabeth verkleidet, hatte sie sich das Frühstück sowie den Nachmittagstee selbst heraufgeholt, was Bessie ungemein erleichterte. Das Mädchen war vollauf beschäftigt mit den Welpen. Sie führte sie spazieren und sorgte sich darüber, dass die kleinen Hunde anscheinend nicht mehr recht fressen mochten. Den Grund für diese scheinbare Appetitlosigkeit kannte Bessie selbstverständlich nicht, weil sie nicht wusste, dass die Welpen alles auffraßen, was eigentlich für Charles gedacht war.

Charlie trat an das Fenster des Salons und spähte hinaus. Noch immer war nichts von Radcliffes Wagen zu sehen. Schon vor vier Stunden hätten sie eigentlich zu dem Ball der Sommervilles fahren sollen, doch Radcliffe war noch gar nicht heimgekommen, um sie abzuholen. Anfangs war sie nur gereizt gewesen, dann wurde sie zornig, und inzwischen machte sie sich die allergrößten Sorgen, ihm mochte möglicherweise etwas zugestoßen sein.

Das Geräusch der sich schließenden Vordertür schreckte sie auf. Sie warf wieder einen Blick aus dem Fenster und stellte fest, dass Radcliffes Kutsche zurückgekommen war. Sofort eilte Charlie in die Eingangshalle und sah gerade noch, wie Stokes mit den Handschuhen, dem Umhang und dem Hut seines Herrn verschwand.

„Sie sind wieder daheim."

Radcliffe, der gerade in die Bibliothek gehen wollte, blieb überrascht stehen, änderte dann die Richtung und ging auf den Raum zu, den Charlie gerade verlassen hatte. „Oh, guten Abend, Elizabeth."

„Wie war's heute?" erkundigte sie sich überaus freundlich, folgte ihm in den Salon und beobachtete, wie er sich aus der Karaffe einschenkte, die auf dem Tisch stand.

„Sehr gut. Meine Investition – die, an der ich dich und Charles beteiligte – hat sich ausgezahlt. Wir konnten unser Geld verdreifachen", erzählte er zufrieden und trank einen Schluck. „Damit war ich auch bis jetzt beschäftigt."

Charlies Anspannung ließ nach, und ihr Zorn verflog. Radcliffe war also geschäftlich unterwegs gewesen, und deshalb war er auch nicht heimgekommen, um sie zum Ball der Sommervilles zu begleiten. Dafür konnte sie ihm kaum böse sein. Letzten Endes durfte sie nicht erwarten, dass ein Mann sein eigenes Leben oder seine geschäftlichen Belange hintanstellte, um ihr etwa bei ihrer Suche nach einem künftigen Ehemann zu helfen.

Doch dann fügte er hinzu: „Mit einigen der anderen Anleger bin ich danach noch ausgegangen, um den Erfolg zu feiern."

Radcliffe hatte sich das Glas gerade erneut an die Lippen gehoben, als ihm das Wurfgeschoss entgegengeflogen kam. Er sah es aus dem Augenwinkel und duckte sich rasch, wobei er den Portwein über den ganzen Boden verspritzte. Das Geschoss krachte hinter ihm an die Wand und plumpste zu Boden. Er schaute es einen Moment verblüfft an, drehte sich dann herum und sah gerade noch Elizabeths Röcke zur Tür hinaus verschwinden.

„Was, zum Teufel …?"

Er stellte sein Glas ab und lief ihr nach. Charlie war schon halb die Treppe hinaufgestiegen, als er in die Halle trat.

„Was sollte das, verdammt?" brüllte er und stieg ebenfalls die Treppe hinauf.

Da sie nichts zur Hand hatte, das sie nach ihm hätte werfen können, würdigte Charlie ihn keiner Antwort, sondern beschleunigte ihren Schritt. Leider trug sie ein Korsett, zu dem sie gezwungen war, weil es die Mode so verlangte, und dieses Kleidungsstück hinderte sie an so natürlichen Dingen wie das Atmen. Schnelles Laufen, ohne Luft zu holen, ging schon gar nicht, und deshalb holte Radcliffe sie auf dem Treppenabsatz auch ein.

„Ich will eine Antwort haben!“ Er fasste sie am Arm und drehte sie zu sich herum. „Was sollte das?“

Charlie presste sich die Hand auf die Brust, bemühte sich, wieder zu Atem zu kommen, und schaute ihn perplex an. „Was meinen Sie, Mylord?“

„Im Salon hast du etwas nach mir geworfen!“

„So? Dann muss ich wohl entsetzlich böse gewesen sein.“

„Scheint so, doch weswegen?“

„Ach Mylord, ich glaube, das habe ich ganz vergessen.“ Damit machte sie kehrt und ging den Flur entlang zu „Elizabeths“ Zimmer.

„Oh verdammt“, stöhnte Radcliffe leise, schloss kurz die Augen, und als er sie wieder öffnete, hatte sie gerade die Tür erreicht.

„Elizabeth, es tut mir Leid. Ich hatte nur ein, zwei Gläser trinken und dann heimkommen wollen, doch ich …“

Sie fuhr zu ihm herum. „Es tut Ihnen überhaupt nicht Leid, Mylord“, entgegnete sie kalt. „Also tun Sie auch nicht so.“

„Es tut mir tatsächlich Leid!“

„Ach ja? Vergeben Sie mir bitte, dass ich das im Lichte Ihres kürzlichen Verhaltens kaum zu glauben vermag.“

Radcliffe eilte weiter, während sie die Tür zu ihrem Zimmer öffnete. „Was soll das heißen: mein ‚kürzliches Verhalten‘?“ Hinter ihr stürzte er in das Zimmer, denn sonst hätte sie ihm womöglich die Tür vor der Nase zugeschlagen.

Charlie bedachte ihn mit einem kurzen Blick, schüttelte den Kopf, trat an das Fenster und schaute hinaus. Als sie sich wieder umdrehte, war ihre Miene sehr ernst.

„Radcliffe, Sie wissen ganz genau, dass ich einen Ehemann finden muss. Das ist keine Frage des Wollens, sondern des Müssens. Wenn ich nicht verheiratet bin, bevor mein Onkel und Carland mich finden, wird man mich zwingen, Carland zu ehelichen. Und falls das geschieht, garantiere ich Ihnen, dass ich innerhalb einer Woche tot sein werde."

„Das werde ich nicht zulassen!"

„Sie werden es nicht zulassen? Sie stellen dieses Ergebnis ja praktisch sicher!" rief sie.

„Mach dich nicht lächerlich."

„Lächerlich? Mylord, vorgestern Abend brachten Sie mich auf den Ball der Halthams."

„Na bitte! Siehst du? Ich versuche doch wirklich, dir bei der Suche zu helfen."

„Die Halthams sind mindestens achtzig Jahre alt."

„Das heißt ja nicht, dass …"

„Bei diesem Ball gab es genau drei Männer unter sechzig, und immer wenn einer von denen mich auch nur anschaute, starrten Sie ihn so wütend an, dass er sich sofort abwandte."

„Nun, wenn sie sich von einem etwas finsteren Blick einschüchtern lassen, dann sind es überhaupt keine richtigen Männer."

„Mylord, neben Carland wirkt selbst Mr. Haltham wie ein Prinz."

Radcliffe errötete leicht und schüttelte den Kopf. „Na schön, vorgestern Abend war ein Fehlschlag, und daran war ich natürlich schuld."

„Gestern Abend brachten Sie mich auf den Ball der Whitmans."

„Alice Whitman ist keinen Tag älter als neunzehn!"

„Doch Lord Whitman ist mindestens neunzig. Außerdem ist er stocktaub und blind wie ein Maulwurf, was er als Entschuldigung dafür benutzt, dass er jeder Frau buchstäblich ins Mieder kriecht, während er vorgibt, ihr zuzuhören. Gestern Abend erfuhr ich, dass das der Grund sei, weshalb niemand mit einem Namen an seinen Bällen teilnimmt, und deshalb war auch kein einziger freier Mann anwesend – auch keine freie Frau, was das betrifft. Außer mir natürlich", fügte sie hinzu.

„Soll ich da etwa glauben, dass es heute Abend kein neuer Versuch war, meine Bemühungen, mich vor Unheil zu bewahren, zu vereiteln?" fuhr sie fort. „Na schön. Ihnen ist also der heutige Ball bei den Sommervilles entfallen. Offenbar bin ich Ihnen ebenfalls entfallen!"

Radcliffe stand beschämt vor ihr. So hatte er es bis jetzt noch gar nicht betrachtet, doch sie war völlig im Recht. Er hatte tatsächlich ihre Bemühungen, einen Ehemann zu finden, vereitelt. Und er hätte dafür auch nicht einmal eine Erklärung gewusst. Er wusste nur, dass die letzten drei Tage die reine Hölle gewesen waren.

Während er sich um Abstand und ordentliches Benehmen bemüht hatte, war das ganze Londoner Jungvolk um sie herumscharwenzelt. Oh, es war ihm keineswegs entgangen, wie man sie anschaute, und das hatte er verdammt ärgerlich gefunden. Immer wenn er einen strahlenden Blick auf sie gerichtet sah, war er fuchsteufelswild geworden.

Sie war einfach zu gut für diese Kerle. Zu gut für sie alle. Wenn er sich nur vorstellte, dass einer von denen das Recht hätte, sie in sein Bett zu nehmen, ihren Körper zu berühren, ihre süßen Küsse zu kosten, die er selbst so gut kannte … allein diese Vorstellung versetzte ihn schon in Wut. Das kam überhaupt nicht infrage. Nie! Nur über seine Leiche! Eher würde er sie selbst heiraten.

Radcliffe erschrak über seine Gedanken. Sie heiraten? Sein

Blick glitt über die Gestalt in dem königsblauen Gewand. Im Geist liebkoste er ihre Brüste und erinnerte sich genau daran, wie sie sich in seinen Händen angefühlt hatten. Sofort spürte er ein Sehnen in seinen Lenden, und er schluckte schwer.

Falls er sie heiratete, würde er das Recht haben, ihre Brüste wieder zu fühlen ... und noch viel mehr. Er dürfte sie jede Nacht in sein Bett nehmen und sie dort besitzen. Jeden Morgen würde er ihr am Tisch gegenübersitzen ... Sie wäre gerettet, und noch wichtiger: Sie wäre sein.

Dann dachte er an Charles und daran, wie merkwürdig er manchmal auf den Jungen reagiert hatte. Er runzelte die Stirn. Falls er die Schwester ehelichte, würde das bedeuten, dass er sich häufig in der Nähe des Bruders aufhalten musste – eine Vorstellung, die ihm außerordentlich unangenehm war.

„Ich benötige Ihre Hilfe und nicht Ihre Einmischung, Radcliffe."

Erschrocken stellte er fest, dass sie herangekommen war und jetzt unmittelbar vor ihm stand, so dicht, dass er ihren Duft wahrnehmen konnte, und so dicht, dass er sie hätte berühren können. In ihrer Nähe begann sein Herz schneller zu schlagen, und sein Körper reagierte sofort heftigst. Möglicherweise wäre Charles ja an einer Bildungsreise interessiert ...

„Ich muss mit deinem Bruder sprechen."

Radcliffes Äußerung erschreckte und entsetzte Charlie. Sie fasste ihn am Arm, als er den Raum verlassen wollte. „Oh nein. Bitte, Sie dürfen Charles jetzt nicht stören. Sie wissen doch, dass es ihm im Augenblick nicht gut geht."

„Ja, und ich verspreche dir auch, dass ich ihn nur so lange wie unbedingt nötig stören werde. Doch ich muss mit Charles reden."

„Aber er ..." Als sie seine entschlossene Miene sah, schob sie sich zwischen ihn und die Tür, fasste ihn bei den Ohren und zog seinen Kopf zu sich herunter. Steif wie ein Brett ließ Radcliffe den Angriff über sich ergehen. Als sie merkte, dass ihr Spiel nicht wirkte, gab sie seine Ohren frei, schob ihre Finger in sein Haar und ließ ihre Lippen leicht über seine gleiten. Sie spürte sein Zögern und berührte seine Lippen mit ihrer Zunge auf – wie sie hoffte – herausfordernde Weise.

Zu ihrer Erleichterung schien sie damit Erfolg zu haben. Radcliffe gab der Versuchung nach, legte ihr die Arme um die Taille und schob die Zunge zwischen ihre geöffneten Lippen, um ihrer zu begegnen – mit verheerendem Ergebnis. Beide hatten schon zu lange mit dem Feuer gespielt, hatten schon zu oft ihre Erregung unterdrückt. Jetzt flammte ihre Leidenschaft jäh auf.

Ohne seinen Kuss zu unterbrechen, hob Radcliffe Charlie auf die Arme und trug sie ans Bett. Als er sie dort wieder auf den Boden stellte, schien es ihr, als hätte man sie aller Kraft beraubt, und sie erbebte vor Verlangen.

Plötzlich unterbrach er den Kuss, fasste sie um die Taille und drehte Charlie herum. Sie fühlte seine Hände an ihrer Rückenverschnürung, hielt einen Augenblick die Luft an und atmete dann mit einem langen Seufzer wieder aus, als sich das Mieder ihres Gewands löste, von ihren Schultern über die Arme hinunterglitt und ihr schließlich um die Füße fiel. Das Unterkleid folgte sogleich, und noch bevor sich ihre Knospen bei dem unerwartet kühlen Luftzug aufrichten konnten, bedeckten Radcliffes Hände sie schon anstelle des Stoffs.

Radcliffe umfasste ihre Brüste und zog Charlie näher an sich heran. „Du bist ungemein liebreizend“, raunte er ihr ins Ohr und ließ den Blick über ihren Rücken und tiefer gleiten.

Charlie blickte ebenfalls hinab und sah, was auch er sah: glatte elfenbeinhelle Haut und ihre Brüste in seinen dunkleren Händen. Dies war ein ungeheuer erotischer Anblick, und als Radcliffe ihre

Brustspitzen jeweils mit Daumen und Zeigefinger reizte, durchlief sie ein lustvoller Schauer.

Stöhnend ließ Charlie ihren Kopf nach hinten auf Radcliffes Schulter fallen, während er ihren Nacken mit Lippen und Zähnen liebkoste, und dann erbebte sie in seinen Armen, als er eine Hand zwischen ihre Schenkel gleiten ließ. Sie schrie leise auf, drehte den Kopf, suchte und fand Radcliffes Mund und küsste ihn mit einer Inbrunst, die sie selbst erschreckte. Er jedoch lachte nur leise und kehlig, löste sich von ihren Lippen und drehte Charlie ganz zu sich herum.

Diese Gelegenheit nutzte sie augenblicklich, um ihm Gehrock sowie Weste abzustreifen und seine Hemdknöpfe zu öffnen, wobei sie jeden Zoll der auf diese Weise entblößten Haut küsste. Nachdem sie mit dem Hemd fertig war, wollte sie bei seiner Kniehose weitermachen.

Radcliffe jedoch fasste sie bei den Schultern und schob sie zurück, sodass sie nun auf dem Bett saß. Er setzte sich neben sie und küsste sie glutvoll. Schließlich ließ er seine Lippen zu ihrem Ohr und dann weiter an ihrem Hals hinunter zwischen ihre Brüste gleiten, die er nun mit den Händen umschloss. Er küsste erst die eine, dann die andere und setzte seine aufreizenden Liebkosungen weiter fort.

Charlie schob die Finger in sein Haar und spannte sich an, als er die Zunge über ihren flachen Bauch gleiten ließ. Dann erstarrte sie, und selbst ihr Atem schien auszusetzen, denn Radcliffe legte seine Hände um ihre Fußgelenke und schob ihre Beine weiter auseinander, um dann ganz langsam über ihre Waden, die Knie und ihre Schenkel hinaufzustreichen.

Nun hob er den Kopf, um ihre Lippen noch einmal heiß zu küssen, bevor er sich erneut ihren Schenkeln widmete.

Charlie warf den Kopf in den Nacken und stieß einen lustvollen Schrei aus, als Radcliffe sanft ihre empfindsamste Stelle berührte und behutsam einen Finger in sie hineingleiten ließ. er bewegte sich sanft und dennoch mit zärtlichem Druck in ihr.

„Oh bitte, oh … bitte!“ stieß sie atemlos hervor.

Radcliffe setzte seine erregenden Liebkosungen fort, um Charlie die ersehnte Erlösung zu verschaffen.

Er richtete sich vor ihr auf, fasste unter ihre Kniekehlen und zog Charlie zur Bettkante, legte seine Hand unter ihren Po, hob sie ein wenig an und drang behutsam in sie ein. Als er fühlte, wie sie ihn umfing, stöhnte er laut auf. Während sie seinen Kopf zu sich herunterzog und Radcliffe fordernd küsste, begann er, mit der Zunge das warme Innere ihres Mundes zu erforschen. Gleichzeitig bewegte er sich vorsichtig in ihr und nahm ihr schnell und schmerzlos ihre Jungfräulichkeit.

Das Geräusch der sich schließenden Tür weckte Charlie auf. Schläfrig öffnete sie die Augen, blickte zu dem leeren Bett neben sich hinüber und setzte sich langsam auf. Sonnenlicht fiel durch die geschlossenen Vorhänge.

Radcliffe war hinausgeschlüpft, während sie geschlafen hatte. Sie überlegte gerade, ob sie darüber böse sein sollte, da hörte sie jemanden anklopfen. Stirnrunzelnd blickte sie auf die Tür und fragte sich, weshalb dieses Klopfen so leise gewesen war, doch dann erkannte sie, dass gar nicht an ihre Tür, sondern an die des angrenzenden Zimmers – Charles' Zimmer! – geklopft worden war. Sie hatte sich nämlich angewöhnt, für einen solchen Fall die Verbindungstür offen zu lassen.

Seufzend schob sie jetzt die Bettdecke beiseite, streifte sich den Hausmantel über, um ihre Nacktheit zu bedecken, und stolperte verschlafen in das andere Schlafzimmer. Dort angekommen, gähnte sie, räusperte sich und rief dann: „Wer ist da?“

„Lord Radcliffe. Ich weiß, es ist sehr früh, doch ich muss mit dir sprechen." Charlie wunderte sich, wie leise seine Stimme klang.

„In Ordnung", antwortete sie seufzend. „Ich komme gleich hinunter."

„Nein, ich will jetzt sofort mit dir sprechen." Charlies Blick glitt zu dem Hausmantel und ihren ungebundenen Brüsten hinunter, die sich darunter abzeichneten. „Jetzt gleich? Hat das nicht Zeit, bis ..."

„Nein, sofort!"

Sie hörte ihm die Entschlossenheit an. „Gut. Einen Moment noch", rief sie gereizt und suchte nach ihrer Brustbinde. Sie entdeckte sie auf dem Boden an der Verbindungstür, hob sie rasch auf, streifte sich den Hausmantel ab und begann umgehend mit dem Verschnüren.

„Es handelt sich um deine Schwester."

„Was ist denn mit ihr?" Charlie verzog das Gesicht, während sie die Brustbinde festzurrte. Lieber Himmel, war das vielleicht unbequem, sich derart zu verschnüren! Hatte sie das tatsächlich tagelang ausgehalten? Es war doch erstaunlich, was Frauen so alles taten ...

„Darüber kann ich nicht durch eine geschlossene Tür hindurch sprechen. Darf ich hineinkommen?"

„Nein!" rief sie hastig und zog sich das Hemd über die Brustbinde. Dann merkte sie selbst, wie schroff sie sich angehört haben musste, und etwas freundlicher fügte sie hinzu: „Ich bin gegenwärtig nicht bekleidet. Ich werde Sie sofort hereinlassen."

Eine Weile herrschte draußen Schweigen. Unterdessen streifte sie sich ihre Stümpfe an, doch dann hörte sie aufs Neue seine ungeduldige Stimme: „Es ist sehr wichtig."

„Ja doch. Einen Moment noch." Eilig band sie ihr Haar zusammen, steckte die langen Strähnen hinten in ihren Hemdkragen, stülpte sich die Perücke auf den Kopf und suchte nach ihrer Kniehose. Als sie sie unter dem Bett herausschauen sah, lief sie rasch hinzu und kniete sich hin, um das Kleidungsstück rasch hervorzuziehen.

Radcliffe hörte im Flur die leisen Schritte auf der Treppe. Er trat ans Geländer und lugte hinunter. Es war Bessie, die heraufkam und zweifellos ihre Herrin wecken wollte. Gerade war er noch erleichtert gewesen, eine peinliche Szene vermieden zu haben, weil er Elizabeths Zimmer verlassen hatte, ehe die Zofe kam, doch da wurde ihm bewusst, dass er ja noch die Abendgarderobe vom Vortag trug. Die Panik packte ihn. Er öffnete die Tür zu Charles' Zimmer, trat ein und schloss sie wieder, gerade als die Zofe oben ankam.

„Entschuldige. Bessie kam gerade, und ich …", begann er, unterbrach sich indes gleich wieder und sah auf den nackten Podex, der sich ihm entgegenreckte. Auf Händen und Knien rutschte Charles vor der Bettkante herum und versuchte anscheinend, etwas darunter hervorzuziehen. Der Junge trug nur Strümpfe, welche bis an seine Oberschenkel reichten, sowie ein Oberhemd, das hochgerutscht war und nun sein blankes Hinterteil entblößte.

Und was für ein hübsches Hinterteil! Himmel, es sieht ja beinahe genauso aus wie Elizabeths, dachte Radcliffe verstört. Doch darüber sollte ich nicht so erstaunt sein, die beiden sind ja schließlich Zwillinge.

Das schockierte ihn auch nicht so sehr wie die Tatsache, dass sein Körper auf diesen Anblick ebenso reagierte, wie er es bei dem Anblick von Charles' Schwester getan hatte. Seine sexuelle Verwirrung war also von der vergangenen Nacht offenbar keineswegs beseitigt worden.

Fluchend drehte er sich um. Das nutzte allerdings nicht viel. Das umgekehrte rosa Herz, aus dem sowohl Charles' als auch Elizabeths Hintern bestand, schien sich in seinen Geist eingebrannt zu haben.

Als sie Radcliffe fluchen hörte, richtete sich Charlie mit der Kniehose in der Hand unverzüglich auf, schaute sich um und sah ihn mit ihr zugekehrtem Rücken im Zimmer stehen. Ungeachtet der Tatsache, dass er sie in der vergangenen Nacht bereits vollkommen nackt gesehen hatte, errötete sie vor Verlegenheit, sprang auf und zog sich hastig die Kniehose an.

„Verdammt, Radcliffe, ich sagte doch, Sie sollten noch einen Moment draußen warten!“

„Ja ... ich ... an ... Bessie kam gerade die Treppe hoch“, erklärte er ziemlich lahm.

„Na und?“ fragte Charlie gereizt und steckte sich das Oberhemd in die Hose.

„Und ich wollte nicht, dass sie mich so sähe.“

Charlie schaute ihn verwundert an. „Wieso denn nicht? Sie sehen doch gut aus.“

„Dies ist noch dieselbe Kleidung, die ich auch gestern Abend trug.“ Mit einem Blick über die Schulter sah er, dass der Junge nunmehr angezogen war, und da drehte sich Radcliffe zu ihm um. „Das gehört auch zu dem, was ich unbedingt mit dir besprechen muss.“

Das erstaunte Charlie. „Sie wollten mit mir sprechen, weil Sie noch die Sachen von gestern Abend tragen?“

„Nicht doch.“ Radcliffe wurde nun langsam ungeduldig. „Über den Grund, weshalb ich noch dieselbe Kleidung wie gestern Abend trage.“

Jetzt begriff Charlie, und sie hätte beinahe gelächelt. So etwas nannte man wohl „die Stunde der Wahrheit“! Radcliffe wollte ihr gestehen, dass er gestern Nacht ihrer Schwester die Unschuld geraubt hatte. Natürlich hatte er nicht Beth ruiniert, sondern ihre, Charlies, Theatervorstellung der Elizabeth.

Nun, eigentlich hatte sie gestern Abend die Beth gar nicht gespielt, denn Beth liebte ja Tomas und hätte deswegen niemals mit Radcliffe geschlafen. In Wirklichkeit war sie also in der vergangenen Nacht Charlie gewesen, allerdings Charlie, das Mädchen, und nicht Charles, der Bruder.

Ach, du lieber Himmel, das Ganze wurde ja immer komplizierter und verwickelter!

Radcliffe räusperte sich und begann vor ihr auf und ab zu gehen. „Charles, ich dachte mir, du würdest möglicherweise gern eine Bildungsreise unternehmen."

Er blieb stehen und schaute sie hoffnungsvoll an. Sie jedoch wurde zusehends verwirrter.

„Was hat das mit der Tatsache zu tun, dass Sie sich nicht umgezogen haben?"

„Ah … Ja, also … Ich dachte, falls wir heirateten …"

Charlie sah ihn offenen Mundes an. „Wie bitte?"

„Ich sagte, ich werde deine Schwester Elizabeth heiraten!" stieß er hervor.

Charlie runzelte die Stirn, denn sie war sich absolut sicher, dass ihr gegenüber von einer Heirat nicht die Rede gewesen war. Zumindest hatte er davon nichts zu ihr als Elizabeth gesagt. Jetzt fiel ihr auch auf, dass Radcliffe selbst gar nicht besonders erfreut über diese Idee zu sein schien.

„Weshalb?" fragte sie.

„Weshalb?" wiederholte er.

„Ja. Weshalb wollen Sie sie denn heiraten?"

„Ich … Nun, letzte Nacht … äh …"

„Letzte Nacht … äh?" wiederholte sie verärgert. Dieses „äh" beleidigte sie, weil es das, was für sie ein wunderbares Erlebnis war, zu einer Geschmacklosigkeit herabzuwürdigen schien.

„Was heißt ‚äh'?"

„Mir ist bewusst, dass ich einfach nicht mehr besonders glaubwürdig bin."

„Nicht besonders glaubwürdig?" Charlie fasste es nicht.

„Ich hatte euch beiden meinen Schutz angeboten und benahm mich dann schlecht", fuhr Radcliffe fort, als hätte Charlie ihn gar nicht unterbrochen. „Mein Fehltritt tut mir auch furchtbar Leid, nur ..."

So hatte er sich die Angelegenheit nicht vorgestellt. Weshalb musste er auch die Ereignisse der letzten Nacht erwähnen? Weil sie ihm schwer aufs Gewissen drückten, natürlich. Und weil er sie wiederholen durfte, falls er Elizabeth ehelichte.

Nein, berichtigte er sich sofort. Er würde Elizabeth nicht heiraten, um mit ihr schlafen zu können, und er hatte sich zu einer Ehe bereits entschieden, bevor er mit ihr ins Bett gegangen war. Was vergangene Nacht geschehen war, hieß lediglich, dass sie umgehend heiraten mussten, damit ein etwaiges Kind nicht allzu bald nach der Hochzeit geboren wurde.

„Was sagten Sie soeben?"

Radcliffe räusperte sich. „Wieso? Was sagte ich denn?"

„Dass Ihnen der Fehltritt Leid tue, und weiter?"

„Ach so, ja, natürlich." Er runzelte die Stirn. „Nun, das ist nicht so wichtig."

„Was Sie mit meiner Schwester letzte Nacht getan haben, ist nicht so wichtig?"

Radcliffe blickte den Burschen argwöhnisch an. Dessen Verhalten hatte jetzt etwas entschieden Bedrohliches an sich. „Selbstverständlich ist es wichtig", versuchte er sich herauszureden. „Doch es hat tatsächlich nichts damit zu tun, dass ich bereit bin, deine Schwester zu heiraten."

„Sie wollen meine Schwester also heiraten, weil ...?" Der Junge wartete ab.

„Damit niemand anders es tun kann." Verdammt, das klang überhaupt nicht gut. „Ich meine, ich bin bereit, die Konsequenzen meines Tuns zu tragen und deine Schwester bei der ersten Gelegenheit zu ehelichen."

„Die Konsequenzen zu tragen? Und was ist mit Liebe?"

„Liebe?" Diese Frage verwirrte Radcliffe ungemein. „Nun, ich glaube nicht …" Er sprach nicht weiter, denn er hätte beinahe gesagt, er glaube nicht, dass dieses Thema im Augenblick zur Debatte stünde.

Ganz abgesehen davon, dass seine Gefühle in diesem Zusammenhang recht wirr waren: Im einen Moment schaute er Elizabeth an, ihm wurde heiß vor Verlangen, und sie kam ihm wie das aufregendste Geschöpf der Welt vor. Doch wenn er sie dann im nächsten Moment sah, war sie still und zurückhaltend, und er fühlte sich ihr nicht mehr zugetan als ein guter Onkel.

Seine Reaktion auf den Jungen hier vor ihm war ebenso verwirrend. „Ich glaube nicht …"

Der Bursche wandte sich ab. Er war blass geworden.

Radcliffe schüttelte den Kopf und gab den Versuch auf, seine eigenen Empfindungen zu ergründen. „Ich glaube nicht, dass meine Gefühle hier zur Debatte stehen im Gegensatz zu dem, was letzte Nacht geschah. Sollte ich deine Schwester nicht heiraten, so wäre sie ruiniert oder gezwungen, Carland zu ehelichen. Habe ich nun deine Erlaubnis, sie zu heiraten, oder nicht?"

„Oh, unbedingt." Charlie seufzte, was sich beinahe bitter anhörte. „Heiraten Sie meine Schwester nur … falls sie Sie nimmt. Mir ist es vollkommen einerlei."

Radcliffe zögerte einen Moment und wandte sich dann zur Tür. Jetzt würde er mit Elizabeth sprechen müssen. Vielleicht sollte er vorher einen Verlobungsring besorgen, dann von Mrs. Hartshair ein ganz besonderes Abendessen zubereiten lassen … „Ich habe etwas zu erledigen. Erzähle deiner Schwester noch nichts. Ich will es ihr selbst sagen."

„Wie Sie wollen", sagte Charlie, nachdem sich die Tür hinter Radcliffe geschlossen hatte.

Mit einer Hand riss sie sich sofort die Perücke vom Kopf und gleichzeitig mit der anderen das Oberhemd vom Leib. Radcliffe war keine Minute zu früh hinausgegangen, wie sie jetzt sah. Ihre Brustbinde, welche sie in ihrer Hast ohnehin schon recht nachlässig angelegt hatte, löste sich nun halbwegs und war dabei, sich vollends abzuwickeln.

Charlie verzog das Gesicht, befreite sich auch noch von den restlichen Windungen und schleuderte das Gebinde nach ihrem Hausmantel. Als sie ein erschrockenes Aufkeuchen hörte, erstarrte sie. Langsam hob sie den Blick zu der Verbindungstür, in der die Zofe mit weit aufgerissenen Augen stand und Charlie beim Ablegen ihrer Verkleidung beobachtete.

„Bessie." Charlie machte einen Schritt auf sie zu, worauf sich die Zofe umdrehte und das Weite suchte. Fluchend sprang Charlie hurtig hinter ihr her in „Elizabeths" Zimmer. Als sie merkte, dass das Mädchen durch die Zimmertür hinauslaufen wollte, machte sie einen Satz aufs Bett und lief darüber hinweg, um als Erste die Tür zu erreichen. Sie warf sich im selben Moment dagegen, da Bessie die Tür aufstoßen wollte. Sofort wich die Zofe zurück und stolperte geschockt und ängstlich rückwärts durch das Schlafzimmer.

„Ist ja alles in Ordnung, Bessie. Ich tue dir ja nichts." Charlie blickte sich rasch im Zimmer um und sah Elizabeths Morgenmantel am Fußende des Betts liegen. Rasch nahm sie ihn auf. Unterdessen entfernte sich Bessie nervös von ihr und suchte offensichtlich nach einem Fluchtweg.

Ungehalten streifte sich Charlie den Morgenmantel über, riss sich das Band aus dem Haar, das es in ihrem Rücken zusammenhielt, zog die Strähnen nach vorn und drehte sich schließlich wieder zu dem Mädchen um.

„Es ist wirklich alles in Ordnung, Bessie“, versicherte sie noch einmal. „Siehst du?“

„Nein, ich sehe überhaupt nichts!“ rief die Kleine unglücklich, doch sie blieb jetzt stehen und schaute Charlie genauer an. „Was geht hier vor? Wer sind Sie? Der Bruder oder die Schwester?“

„Beides“, antwortete Charlie wahrheitsgemäß und lächelte ein wenig gequält. Als sie merkte, dass sie damit das Mädchen noch mehr verwirrte, seufzte sie. „Ich bin Charlie.“

Das Mädchen riss die Augen weit auf und schüttelte heftig den Kopf. „Nein, das sind Sie nicht. Sie haben Brüste. Die habe ich genau gesehen!“

„Natürlich, weil ich ja auch eine Frau bin. Charlie ist die Kurzform von Charlotte. Ich habe einen Jungen nur gespielt, weil …“ Sie unterbrach sich und machte einen Schritt zur Seite, um den Weg zur Tür zu verstellen, denn Bessie war schon wieder dabei, sich in diese Richtung zu bewegen. Das Mädchen blieb sofort stehen, doch es war ganz offensichtlich, dass es jeden Moment erneut loslaufen würde.

„Bessie, ich bin dieselbe Charlie, die dich aus jenem Zimmer bei Aggie rettete. Meinst du nicht, du schuldetest mir zumindest die Gelegenheit, dir alles zu erklären?“

Die Unsicherheit war Bessie, die jetzt sehnsüchtig zur Tür schaute, dann unglücklich seufzte und schließlich ein wenig nickte, deutlich anzumerken.

„Gut.“ Charlie schenkte ihr ein sanftes Lächeln und deutete dann auf das Tischchen beim Fenster. „Komm, setz dich zu mir, damit ich dir die Dinge erklären kann.“

Bessie schien erhebliche Zweifel zu haben, setzte sich jedoch in einen der kleinen Sessel und blickte Charlie, die jetzt in dem zweiten Sessel Platz nahm, argwöhnisch an.

„Es ist nämlich so", begann Charlie sofort, und es überraschte sie nicht, dass sich Bessies anfängliches Misstrauen mit Fortschreiten der Erzählung in Erstaunen und besorgtes Mitgefühl verwandelte. Charlie berichtete Bessie alles – nun ja, fast alles. Von dem Erpresser und den weniger schicklichen Momenten mit Lord Radcliffe sagte sie vorsichtshalber nichts. Am Ende ihrer Geschichte betrachtete das Mädchen sie mit aufrichtiger Bewunderung.

„Wie tapfer Sie doch sind! Sich als Junge zu verkleiden und vor Ihrem Onkel davonzulaufen!"

Charlie lächelte gequält und streichelte Bessies Hand. „Nicht tapferer als du, Bessie. Zwar hast du dich nicht als Bursche verkleidet, doch immerhin hast du dich bis ganz in die Hauptstadt durchgeschlagen, um dir dort eine Anstellung zu suchen."

„Oh gewiss. Und was ist dabei herausgekommen? Aggie überlistete mich und brachte mich in ..." Erschrocken unterbrach sie sich. „Sie waren in einem Bordell! Oh Himmel! Eine Lady in einem Bordell!"

„Pst!" machte Charlie, weil sie etwaige Lauscher fürchtete. „Das war Radcliffes Idee. Er meinte, ich sei zu feminin, und da wollte er aus mir einen richtigen Mann machen." Charlie schmunzelte amüsiert.

„Lord Radcliffe weiß gar nicht, dass Sie eine Frau sind?" fragte Bessie bestürzt.

„Nein, das weißt jetzt nur du." Und als spräche sie eher mit sich selbst, fügte sie seufzend hinzu: „Du und der Erpresser."

„Der Erpresser?" kreischte Bessie erschrocken auf.

Rasch erzählte Charlie von den Briefen, welche sie erhalten hatten, von der fehlgeschlagenen Geldübergabe sowie von dem letzten Brief, in dem ihnen mitgeteilt worden war, dass sie das Geld bereithalten sollten, denn sie würden heute wieder von dem Erpresser hören. „Davon habe ich Beth vor ihrer Abreise lieber nichts gesagt. Es hätte sie womöglich sonst zu sehr beunruhigt."

„Ja, das hätte es wohl", pflichtete Bessie bei und warf einen ängstlichen Blick auf das auf dem Tischchen stehende Tablett. „Heute, sagten Sie?" fragte sie leise.

„Ja." Charlie folgte Bessies Blick und sah erst jetzt den mit einem blutroten Band umwickelten und zusammengerollten Brief auf dem Tablett liegen. „Was ist denn das?" fragte sie argwöhnisch. „Wo kommt das her?"

„Das traf ein, kurz bevor ich heraufkam. Ein kleiner Straßenjunge brachte es. Er sagte, der Brief sei eilig, und Sie müssten ihn sofort erhalten."

Plötzlich unschlüssig, sah Charlie die Schriftrolle an. Einesteils hätte sie den Brief am liebsten sofort an sich gerissen, die darin enthaltenen Anweisungen gelesen und sie rasch befolgt, damit sie die ganze Angelegenheit hinter sich hätte. Andererseits überkam sie mit einem Mal eine dunkle Vorahnung. Charlie verdrängte dieses dumpfe Gefühl, griff nach der Schriftrolle, löste schweigend das rote Band und begann zu lesen, während Bessie sie gespannt beobachtete.

„Was steht da drinnen?" wollte das Mädchen wissen, als Charlie plötzlich einen Fluch ausstieß.

Charlie warf das Papier ungehalten auf den Tisch, stand auf und begann, auf und ab zu gehen. „Der Erpresser will, dass wir beide kommen."

„Sie und ich?" fragte Bessie bestürzt.

Ungeduldig schüttelte Charlie den Kopf. „Nein, Elizabeth und ich. Wir sollen ..." Sie unterbrach sich und schaute das Mädchen an. Ihre Gedanken überschlugen sich.

Bessies Miene verriet erneuten Argwohn. „Weshalb sehen Sie mich denn so an?"

15. KAPITEL

„Was sind Sie doch für eine entzückende Dame!" rief Mrs. Hartshair aus und trat stolz von ihrem Werk zurück. „Nicht wahr, Mylord? Ich meine, Mylady."
Charlie lächelte ein wenig über die Frau. Die Köchin vermochte sich noch schwerer als Bessie mit der Tatsache abzufinden, dass Charlie in Wirklichkeit eine Charlotte war.

Es hatte eine ganze Stunde gedauert und viele Überredungskünste gebraucht, bis es Charlie endlich gelungen war, Bessie zu dazu zu bewegen, ihr zu helfen. Das Mädchen hatte eine fürchterliche Abneigung dagegen, eine feine Lady zu imitieren. Am Ende stimmte sie dem nur ihres schlechten Gewissens wegen zu, denn Charlie hatte traurig den Kopf geschüttelt und geflüstert, sie könne es einfach nicht glauben, wie undankbar Bessie sei, und das nach allem, was sie, Charlie, für sie getan habe. Da hatte Bessie klein beigegeben und versprochen zu tun, was nötig wäre.

Zu diesem Zeitpunkt waren ihnen nur noch wenige Minuten für die Vorbereitungen geblieben, und widerstrebend hatte Charlie beschlossen, die Köchin ins Vertrauen zu ziehen und sie um Hilfe zu bitten.

„So ist es", bekräftigte Charlie nun die Äußerung der Köchin. „Sie ist in der Tat entzückend. Kein Wunder, dass Aggie sie für sich arbeiten lassen wollte."

Bessie verzog das Gesicht, und Charlie schmunzelte, während sie den Faden abschnitt, mit dem sie den Schleier an einen von „Elizabeths" Hüten genäht hatte. Sie legte die Nadel aus der Hand und stand auf.

„So, das hätten wir. Der Schleierhut fehlte noch zu deiner Verkleidung."

Bessie nahm den Hut und setzte ihn sich auf, während Charlie zum Tisch ging und den Erpresserbrief mit der Adresse in die Tasche steckte.

„Wie sehe ich aus?" erkundigte sich Bessie.

„Perfekt." Es erleichterte Charlie, dass Hut und Schleier Bessies Haarfarbe sowie ihr Gesicht vollständig verbargen. „Und jetzt müssen wir gehen."

Dichtauf von dem Mädchen gefolgt, öffnete sie die Tür und wollte schon hinaustreten, da lief Mrs. Hartshair den beiden noch schnell hinterher.

„Wie lange werden Sie ausbleiben?" wollte sie wissen.

Charlie blieb im Eingangsflur stehen und runzelte die Stirn. „Das weiß ich noch nicht genau", meinte sie und seufzte ungeduldig. „Jedenfalls nicht allzu lange. Innerhalb einer Stunde sind wir wieder hier – spätestens vor dem Mittag."

Das „Cock and Bull" war ein recht schäbiges Etablissement. Charlie und Bessie beäugten es aus dem Inneren der Kutsche heraus und warfen einander dann einen Blick zu. Wenigstens dachte Charlie, Bessie habe sie angeschaut; durch den Schleier hindurch vermochte sie die Augen des Mädchens ja nicht zu erkennen.

„Sind Sie ganz sicher, dass dies die richtige Adresse ist?" fragte Bessie unbehaglich.

„Jawohl. Diese Anschrift ist in dem Brief angegeben."

„Und was sollen wir jetzt machen?"

„Hineingehen und uns ein Zimmer nehmen unter dem Namen …", Charlie zog den Zettel aus der Tasche und schaute noch einmal nach, „… Pigeon", sagte sie und betrachtete wieder das schäbige Äußere des Gebäudes durchs Fenster hindurch. „Ich denke, wir sollten es endlich hinter uns bringen."

„Gewiss." Das hörte sich nicht sehr begeistert an.

Charlie lächelte Bessie aufmunternd zu. „Es wird im Handumdrehen erledigt sein, und danach werde ich dir zum Dank ein schönes neues Gewand kaufen."

„Das ist nicht nötig, Mylady. Wie Sie vorhin sehr richtig bemerkten, taten Sie für mich bereits eine ganze Menge, und ich möchte Ihnen nicht noch mehr vergelten müssen."

Schuldbewusst blickte Charlie zur Seite. „Es tut mir Leid, Bessie. Ich hätte dich nicht so erpressen dürfen. Wenn … falls du mich nicht hineinbegleiten möchtest, dann warte einfach hier in der Kutsche und …" Sie sprach nicht weiter, weil das Mädchen empört schnaufte.

„Soll etwa das ganze Theater umsonst gewesen sein? Nein! Jemand muss mich hier so aufgedonnert sehen, bevor ich diese feine Kleidung wieder ablege! Außerdem ist dies das Mindeste, was ich tun kann", fügte sie etwas freundlicher hinzu. „Und es tut mir Leid, wenn ich eben ein bisschen grob zu Ihnen war."

Charlie nickte erleichtert, öffnete den Wagenschlag, stieg aus und half Bessie beim Aussteigen.

Hatte schon das Äußere des „Cock and Bull" heruntergekommen gewirkt, so sah der Laden im Inneren einfach grauenhaft aus. Der Gestank nach Rauch und schalem Bier überfiel Charlie als Erstes. Sie rümpfte die Nase und blinzelte ein paar Mal, um sich an die spärliche Beleuchtung hier drinnen zu gewöhnen, nachdem sie draußen im strahlenden Sonnenschein gestanden hatte.

Als sie wieder richtig sehen konnte, merkte sie, dass es hier gar nicht viel zu sehen gab: zerschrammte Tische auf einem Holzfußboden, welcher mit allem möglichen Unrat bedeckt war, braune Wände, die vielleicht einmal cremefarben oder weiß, jetzt jedoch von dem Rauch befleckt waren. Ungepflegte Menschen in schmutziger, schäbiger Bekleidung saßen in allen Ecken herum, obgleich es noch nicht einmal Mittag war.

Charlie nahm Bessie am Arm und führte sie rasch durch die geräuschvolle Menge zur Bar. Der Gastwirt bemerkte sie sofort. Er bleckte die Zähne, die ebenso fleckig waren wie die braunen Wände, und nickte ihnen zum Gruß zu, während er weiter einen Krug mit einem schmutzigen Lappen auswischte.

„Was darf's denn sein?"

„Ein Zimmer bitte. Für Lord und Lady – äh – Pigeon."

Der Mann verlangsamte sein Wischen, blickte sie merkwürdig an und nickte bedächtig. „Es dauert nur eine Minute. Eines der Mädchen wird das Zimmer richten. Setzen Sie sich doch bitte dort drüben an den Ecktisch, und trinken Sie inzwischen ein Bier."

Charlie folgte dem Blick des Wirts zu dem bezeichneten Tisch und sah, dass dort ein einzelner Mann saß. Er war klein und stämmig, und sein Kopf hing tief über der Brust, während er gelangweilt in seinen Bierkrug sah. Dies musste derjenige sein, den sie hier treffen sollten. Charlie nickte und wollte sich abwenden, doch der Wirt fasste sie am Arm.

„Für das Zimmer und das Bier zahlen Sie im Voraus, ja?"

Da es keine Frage war, griff Charlie in ihre Tasche und holte ein paar Münzen heraus. Die warf sie dem Wirt etwas ungehalten auf den Tresen und schob dann Bessie zu dem angewiesenen Tisch, um die Sache so schnell wie möglich hinter sich zu bringen.

Als die beiden an den Tisch traten, hob der Fremde den Kopf, betrachtete sie kurz und stellte fest, dass sie gleich groß und schlank waren.

„Sie kommen zu spät."

Über den vorwurfsvollen Ton ärgerte sich Charlie. Sie ließ den Blick über das Gesicht mit der Knollennase, den dicken Lippen und den Pockennarben gleiten. Dieser Mann war kein Typ, den man so bald wieder vergaß. Charlie war sich ganz sicher, ihm noch niemals zuvor begegnet zu sein. Und das bedeutete, dass er nicht der eigentliche Erpresser sein konnte, sondern höchstens dessen

Beauftragter war. Sie hatte gehofft, mit dem Erpresser selbst reden zu können, um dabei herauszufinden, ob er später möglicherweise versuchen würde, noch mehr Geld von ihnen zu fordern.

Offenbar bekam sie diese Gelegenheit jedoch nicht, was wiederum bedeutete, dass ihre Schwester und sie sich noch eine Weile länger Sorgen machen müssten.

„Noch zwei Minuten später, und ich wäre gegangen“, fügte der Mann hinzu, weil ihm anscheinend ihr Schweigen nicht gefiel. Charlie zuckte die Schultern und zog den Beutel aus ihrer Tasche, welcher die geforderte Summe enthielt.

„Stecken Sie den wieder ein!“ fuhr der Mann sie an. „Oder wollen Sie, dass wir ermordet werden?“

Unvermittelt stand er auf und bedeutete ihnen, ihm zum hinteren Teil des Etablissements zu folgen. Er führte sie zu einer Tür, durch welche sie in eine kleine, schmuddelige Küche gelangten. Von dort kamen sie durch eine weitere Tür in eine hinter dem Gasthaus befindliche Gasse, in der es ganz unverkennbar nach verdorbenem Fleisch und menschlichen Exkrementen stank.

Angeekelt hielten sich Charlie und Bessie die Nase zu und folgten dem Mann ein paar Schritte vor die Tür, wo er sich zu ihnen umdrehte. Ihr offensichtliches Unbehagen bereitete ihm anscheinend Vergnügen. Ihn selbst schienen diese scheußlichen Gerüche nicht zu stören.

Charlie griff erneut nach ihrem Geldbeutel, und diesmal hielt der Mann sie nicht davon ab. Sie ließ den Beutel in seine ausgestreckte Hand fallen und wartete ab, bis der Knollennasige hineingeschaut und das Geld darin gesehen hatte. Nachdem er zufrieden nickte, lenkte sie seine Aufmerksamkeit wieder auf sich.

„Wenn die Angelegenheit damit also erledigt ist …“

„Noch nicht ganz.“ Er machte eine Handbewegung, als deutete er auf jemanden, der hinter ihnen stand.

Charlie warf einen Blick zurück und sah zu ihrer Bestürzung zwei Männer aus der Hintertür des Gasthauses auf sie zukommen. „Was soll das?“ fuhr sie den Fremden an, dem sie eben das Münzsäckchen übergeben hatte.

„Ja, nun ... sieht ganz so aus, als dächte mein Auftraggeber, wenn Sie schon so viel zahlen, um Ihren Aufenthaltsort geheim zu halten, dann zahlt Ihr Onkel vielleicht noch mehr, um Sie zurückzubekommen.“

Bevor Charlie noch etwas zu entgegnen oder zu tun vermochte, schrie Bessie hinter ihr auf, und Charlie wurde gewahr, dass die zwei Männer herangekommen waren. Einer von ihnen hatte Bessie am Arm gepackt und hielt sie fest, während sie sich heftig wehrte und nach dem Kerl trat.

Sofort wollte Charlie ihr zu Hilfe eilen, doch bereits nach einem Schritt sah sie sich dem zweiten Mann gegenüber. Dieser war ein wahrer Koloss – baumlang und breit wie eine Scheune. Dunkel fiel sein gewaltiger Schatten auf sie.

Schreckensstarr stand sie da, bis sie aufs Neue den Aufschrei des Mädchens hörte. Jetzt kam Leben in Charlie. Kräftig trat sie dem Mann auf den Fuß, umrundete ihn und warf sich auf den Rücken des Kerls, der Bessie gewaltsam die Gasse entlang zu einer Kutsche schieben wollte, die plötzlich dort aufgetaucht war. Dieser Mensch war zwar nicht ganz so groß wie der Koloss, dafür jedoch sehr stark.

Charlie sprang ihn von hinten an, klammerte sich an seinen Rücken und legte ihm einen Arm um den Hals. Als sie mit der anderen Hand wütend an seinem Haar riss, stieß er ein Grunzen aus. Sie drückte ihre Füße und die Knie in seine Hüften, um sich auf diese Weise besser an ihm festklammern zu können. Im nächsten Moment wurde sie um die Taille gefasst, und jemand riss sie von dem Kerl los.

„Nun mal langsam! Verletze sie nicht", sagte der Mann mit der Knollennase, und das war das Letzte, was Charlie hörte.

Der Bursche, der sie gepackt hatte, gab sie sofort frei, und Charlie, die sich noch immer mit den Beinen um die Hüften des anderen Mannes klammerte, hatte keine Zeit mehr, sich an irgendetwas festzuhalten. Sie kippte nach hinten und schlug mit dem Kopf auf den Pflastersteinen auf.

„Guten Tag, Mylord. Verlief Ihre Expedition erfolgreich?"

„Höchst erfolgreich sogar, Stokes." Radcliffe übergab dem Butler seinen Schoßrock, den Hut sowie die Handschuhe und klopfte dann an seine Tasche, wo er das Päckchen des Juweliers fühlte.

„Befindet sich Lady Elizabeth im Salon?"

„Nein, Mylord. Sie ist noch unterwegs."

„Unterwegs? Wie unterwegs?"

„Mit ihrem Bruder, Mylord. Lord Charles bat mich, ihnen eine Kutsche zu beschaffen, gleich nachdem Sie heute Morgen gegangen waren."

„Und sie sind noch nicht zurückgekehrt? Wohin sind sie denn gefahren?"

Bevor Stokes antworten konnte, klopfte es an der Vordertür, und der Butler musste öffnen.

„Elizabeth!" Radcliffe eilte herzu, als er die junge Frau auf der Schwelle sah, doch sein Lächeln verblasste, denn Tomas Mowbray stand einen Schritt hinter ihr. Radcliffe nahm ihren Arm und zog sie fort von dem jungen Mann und ins Haus herein. „Stokes sagte, du seist heute Morgen mit Charles ausgegangen. Wo warst du denn? Und wo ist Charles?"

„Ist er nicht hier?" erkundigte sie sich besorgt bei dem Butler.

„Nein, Mylady. Seit Sie beide heute Morgen fortgingen, ist er noch nicht zurückgekehrt."

„Wir beide?“

„So ist es, Mylady.“ Stokes’ Verwirrung war ganz offensichtlich.

Elizabeth runzelte die Stirn, schien dann jedoch zu einer beruhigenden Schlussfolgerung zu kommen. „Sie meinen, wir beide, jedoch nicht gleichzeitig; einer nach dem anderen, nicht wahr?“

„Nein, Mylady. Sie gingen beide gleichzeitig aus. Allerdings trugen Sie ein anderes Gewand.“

Diese Nachricht schien Elizabeth vollends zu verwirren, und gereizt sah Radcliffe, wie sie sich zu Tomas Mowbray umdrehte und diesem besorgt etwas zuflüsterte.

„Und einen verschleierten Hut“, fügte Stokes hinzu. Jetzt schien Mowbray zu begreifen.

„Sie wollen sagen, Charlie und eine Frau mit verschleiertem Hut hätten heute Morgen das Haus verlassen und seien bislang nicht zurückgekehrt?“

Stokes nickte langsam und nachdenklich, denn ihm wurde jetzt der Unterschied in der Ausdrucksweise klar. „Sehr richtig, Mylord.“

Beth’ Miene verfinsterte sich zusehends. „Wer könnte diese Frau gewesen sein?“

Radcliffes Miene war ebenfalls finster geworden. „Willst du damit sagen, du seist es nicht gewesen?“

„Ich war es ganz gewiss nicht“, bestätigte Beth.

Radcliffe warf einen Blick auf den verwirrten Stokes und fragte Beth dann schließlich: „Wie und wann bist du denn heute aus dem Haus gegangen?“

„Ich verließ heute das Haus nicht.“

„Red keinen Unsinn“, sagte Radcliffe ungehalten. „Du musst es doch verlassen haben. Schließlich bist du eben erst mit Mowbray im Schlepptau zurückgekommen.“

Beth schüttelte den Kopf. „Irrtum, Mylord. Ich verließ heute das Haus nicht. Ich war bereits seit drei Tagen nicht mehr hier. Das Haus verließ ich in der Nacht des Balls bei den Fetterleys. Charlie gab vor, sie wäre ich, um mein Verschwinden zu verdecken."

„Das ist doch Unsinn!" Er packte sie am Handgelenk und wollte sie in die Bibliothek ziehen. „Ich weiß nicht, welches Spiel ihr mit mir treibt", schimpfte er beim Gehen, „doch das wirst du mir jetzt erklären!"

„Augenblick mal!" Mowbray lief ihnen hinterher, erwischte Beth an ihrer freien Hand und zerrte die junge Frau von Radcliffe fort.

„Lassen Sie sie los, Mowbray! Die Sache geht Sie nichts an." Radcliffe zog sie wieder einen Schritt zurück, so dass Beth nun zwischen den beiden Männern stand, die mit ihr eine Art Tauziehen veranstalteten.

„Es geht mich durchaus etwas an, Mann! Sie ist nämlich meine Ehefrau."

„Was?" Radcliffe wurde blass.

Tomas nickte voller Genugtuung. „Wir waren nämlich während der letzten Tage in Gretna Green. Wir fuhren mit der Kutsche dorthin, heirateten, und danach brachte ich Beth sofort wieder zurück."

Radcliffe hätte beinahe erleichtert aufgelacht. „Halten Sie mich für einen Narren? Sie können überhaupt nicht mit ihr in Gretna Green gewesen sein, denn sie befand sich hier."

„Sie irren, Mylord. Das war Charlie", erklärte Elizabeth. „Charlie übernahm während meiner Abwesenheit meine Rolle", erläuterte sie noch einmal sehr sanft.

Statt ob ihrer sanften Worte beschwichtigt zu sein, wurde Radcliffe immer zorniger. „Du weißt genau, dass du mich mit diesem Märchen nicht hereinlegen kannst. Weshalb versuchst du's erst?"

„Weil es die Wahrheit ist, Mylord!" rief sie aus, womit sie ihn umso mehr verärgerte.

„Charles in einem Gewand? Und mit langem dunklen Haar?" fragte er spöttisch.

„Genau."

Radcliffe schüttelte den Kopf. „Selbst falls es stimmt, dass Charles sich in einem Gewand als Frau ausgeben kann, ist uns beiden doch klar, dass ich weiß, er war es nicht. Muss ich wirklich vor diesem jungen Schnösel ausführen, woher ich weiß, dass es sich nicht um Charles handelte, oder gibst du jetzt endlich diesen armseligen Scherz einfach zu und lässt es dabei bewenden?"

„Charlie hat aber tatsächlich meine Rolle gespielt, während ich fort war!" erklärte Beth erneut.

„Elizabeth, der Körper, den ich vergangene Nacht in den Armen hielt und mit dem ich Liebe gemacht habe, war der einer Frau. Das war mit absoluter Sicherheit nicht dein Bruder Charles."

„Sie haben mit Charlie Liebe gemacht?" fragte das Mädchen bestürzt.

„Mit dir habe ich Liebe gemacht!" gab Radcliffe zurück.

„So sehen Sie aus!" sagte Tom. „Selbst ich hatte noch nicht die Ehre. Dazu bestand auch gar keine Gelegenheit. Ich musste sie ja schnellstmöglich zurückbringen, um Charlotte zu retten."

„Charlotte? Wer, zum Teufel, ist Charlotte?"

„Charlie!" antworteten Beth und Tomas wie aus einem Munde. Radcliffe sah sie nur ratlos an, und da erklärte Tomas: „Beth und Charlotte sind Zwillingsschwestern."

„Charlie hat den Jungen nur gespielt, damit wir auf unserer Reise keine Probleme bekämen", fügte Beth rasch hinzu. „Fehlt Ihnen etwas, Mylord? Sie sind etwas blass geworden."

Radcliffe schüttelte den Kopf. „Ich glaube, das erklärst du mir am besten noch einmal ganz langsam."

Beth biss sich auf die Lippe und schaute erst ihren Gatten, dann Radcliffe an. „Es ist doch ganz einfach. Sehen Sie, Onkel Henry hat uns Carland und Seguin versprochen, und Charlie und ich … Nun, Mylord, Sie sagten doch selbst, Carland habe bereits drei Ehefrauen ins Grab gebracht. Und was Seguin betrifft, so fürchte ich, er hat ein paar recht eigenartige Vorlieben. Ich gebe zu, dass ich das erst weiß, nachdem Sie Charlie in das Bordell brachten."

Radcliffe zuckte bestürzt zusammen, zumal Tomas ihn jetzt vorwurfsvoll anstarrte.

„Sie haben sie in ein Bordell gebracht?"

Radcliffe schüttelte den Kopf und verzog das Gesicht. „Charles habe ich ins Bordell gebracht! Der Junge war ein wenig weibisch, und da wollte ich einen richtigen Mann aus ihm machen."

„Das wäre leider völlig ausgeschlossen gewesen", sagte Beth belustigt und setzte ihre Erläuterungen rasch fort, als Radcliffe sie wütend ansah. „Wie dem auch sei, wir entschieden, dass sowohl Carland als auch Seguin für uns nicht infrage kämen. Stattdessen beschlossen wir, zu unserem Vetter Ralphy zu fliehen."

Erneut zuckte Radcliffe zusammen. „Ralphy? Ich dachte, ihr wärt nach London unterwegs."

Beth lächelte entschuldigend. „Nun – nein, das waren wir eigentlich gar nicht. Das erzählte Charlie Ihnen nur für den Fall, dass Sie zufällig auf Onkel Henry treffen und uns dann verraten würden. In Wahrheit waren wir tatsächlich zu Ralphy unterwegs.

Er ist nämlich unser Vetter mütterlicherseits", führte Beth geduldig aus, „und soweit uns bekannt, weiß Onkel Henry nichts von ihm. Ralphys Haus schien uns der beste Zufluchtsort zu sein, doch für eine Frau ist diese Reise nicht sicher, auch nicht für zwei Frauen. Deshalb beschloss Charlie, sich als Mann zu verkleiden. Sie war der Ansicht, das würde genügen, uns irgendwelche Taugenichtsgute vom Leibe zu halten und es für Onkel Henry schwerer zu machen, uns aufzuspüren. Er würde ja nach zwei Frauen suchen, verstehen Sie?"

„Ich verstehe." Radcliffe entsann sich des Jünglings, der ihm in den Stallungen des Gasthofes gegenübergetreten war. Dessen Furchtsamkeit hatte sich ganz deutlich gezeigt, doch gleichermaßen offensichtlich war die Entschlossenheit des jungen Burschen gewesen, seine – ihre! – Schwester zu beschützen. „Weshalb habt ihr beide mir denn nicht die Wahrheit gesagt?"

„Damals kannten wir Sie doch noch nicht, Mylord."

„Anfangs sicher noch nicht", räumte er ein, „doch später, als ich euch meine Hilfe anbot ..."

„Die wir nie hatten annehmen wollen. Wir versuchten sogar, sie abzulehnen, wie Sie sicherlich erinnern, doch Sie wollten uns ja nicht unserem Schicksal überlassen. Also waren wir gezwungen, mit Ihnen nach London zu reisen. Allerdings hatten wir vor, uns nachts davonzuschleichen und dann allein zu Ralphy weiterzureisen."

Radcliffe zog die Brauen hoch. „Und weshalb tatet ihr es nicht?"

„Sie hielten ja nicht an", erklärte Beth. „Wir hatten erwartet, dass Sie uns zwecks Übernachtung in den nächsten Gasthof bringen und am darauf folgenden Morgen die Reise fortsetzen würden. Sie indes fuhren die ganze Nacht hindurch und hielten erst am nächsten Morgen an. Zu diesem Zeitpunkt waren wir zu erschöpft, um noch fliehen zu können."

Radcliffe lächelte gequält und erinnerte sich daran, wie müde „Charles" im ersten Morgengrauen im Zimmer umherstolperte. Sie war ein großes Risiko eingegangen, indem sie diesen Raum mit ihm geteilt hatte. Schließlich hätte er sie entdecken und ihr die Unschuld rauben können.

Ihm fiel wieder ein, wie er sie bei seinem Erwachen an seinen Körper geschmiegt vorgefunden hatte und wie er auf die unmittelbare Nähe des „Jungen“ körperlich reagiert hatte. Hätte er seinerzeit schon gewusst, was er jetzt wusste … Radcliffe schob solche Gedanken lieber zur Seite.

„Weshalb seid ihr dann nicht in der ersten Nacht verschwunden?“ wollte er wissen.

Beth zuckte die Schultern. „Sie hatten auf die Notwendigkeit hingewiesen, eine Waffe mitzuführen. Wir besaßen keine. Nach einiger Zeit lernten wir Sie auch näher kennen, Mylord, und da begannen wir Sie sehr zu mögen. Es schien uns nicht mehr richtig, uns mitten in der Nacht aus dem Staub zu machen, nachdem Sie so nett zu uns gewesen waren. Also entschieden wir, dass London für uns das bessere Ziel wäre. Sie hatten sich erbötig gemacht, uns bei dem Verkauf unseres Schmucks zu helfen …“

Schuldbewusst errötete sie und warf einen raschen Blick auf Tomas. „Nun, wir hofften, dass wir beide einen Ehemann finden würden, so dass wir uns nicht mehr auf dem Landsitz unseres Vetters zu verstecken und dort ein Leben als alte Jungfern zu führen brauchten“, gestand sie.

Tomas lächelte und legte ihr liebevoll einen Arm um die Schultern. „So ist es ja auch gekommen, Liebste, und dafür bin ich wirklich dankbar.“

„Ich ebenfalls. Von Anfang an fühlte ich mich zu dir hingezogen, doch dass du für mich der Richtige warst, wusste ich erst seit jenem Tag in Radcliffes Club“, flüsterte Beth zurück und schmiegte sich so dicht an ihn, dass ihr Radcliffes erneutes Zusammenschrecken entging.

„In meinem Club?“ fragte er restlos verwirrt. „Wann warst du denn in meinem Club?“

„An dem Tag nach unserer Ankunft in London, Mylord.“ Beth warf ihm einen erstaunten Blick zu. „Erinnern Sie sich nicht mehr?“

„Dorthin nahm ich Charles mit, und nicht dich."

„An diesem Tag war ich doch Charles!"

„An diesem Tag?" Das schien ihn absolut durcheinander zu bringen. „Was soll das heißen – ‚an diesem Tag'? Ich dachte doch, Charlie ..."

Beth beeilte sich, es ihm zu erklären. „Das war so: Charlie genoss anscheinend so viele Vergnügen, dass ich es auch einmal probieren wollte. Ihr hatten Sie schließlich schon das Schießen beigebracht, sie in ein Bordell mitgenommen, und mit ihr hatten Sie bis in die Nacht hinein gebechert ..."

Radcliffe schien bei jedem „Vergnügen", das er Charlotte bereitet hatte, mehr zu erbleichen.

„Und da fand ich, ich sollte auch einmal einen Tag lang ein Mann sein", setzte Beth ihren Bericht fort. „Also tauschten wir am Morgen nach unserer Ankunft hier unsere Rollen. Charlie spielte die Beth, und ich spielte den Charles."

„Verstehe", sagte er und glaubte, dass er tatsächlich langsam verstand. Lebhaft entsann er sich der Fahrt zu dem erwähnten Club. Wie sollte er auch nicht? Er war zum ersten Mal mit Charles zusammen gewesen, ohne dass er sich zu dem Jüngling hingezogen gefühlt hatte.

Wenn er jetzt darüber nachdachte, merkte er auch, dass er sich an demselben Nachmittag zu derjenigen hingezogen gefühlt hatte, die er damals für Beth hielt. In Wahrheit war das jedoch Charlotte gewesen. Er hatte sie zum ersten Mal geküsst. Danach waren sie am selben Abend ins Theater gegangen, und sie hatte aufs Schändlichste kokettiert mit ...

„Doch am selben Abend im Theater warst du dann wieder Beth. oder?"

„Ja."

„Und am nächsten auch?"

„Ja."

„Doch in dieser Nacht nicht?"

„Nein."

Es schien sie zu überraschen, dass er nicht wusste, wann sie sie selbst gewesen war und wann nicht, doch er wollte nicht näher ausführen, dass zwar nicht er selbst, sondern sein Körper den Unterschied durchaus erkannt hatte. Jedes Mal, wenn Charlotte – was für ein schrecklicher Name! – die Beth gespielt hatte, war er von ihr angezogen worden wie eine Motte vom Licht. Und dasselbe geschah auch, wenn Charlie diejenige war, welche Kniehosen trug. Das Ganze erleichterte ihn ungemein, denn zumindest wusste er jetzt, dass er keinerlei abwegige Gelüste hegte.

Mit einem Mal war er mit sich und der Welt recht zufrieden. Seine Gefühle waren ihm nun klar. Es war Charlie! Er hatte Charlie begehrt. Charlie war diejenige, die er bezaubernd fand und die er liebte. Dieses schlimme kleine Weibsbild hatte sich tatsächlich bei ihm eingeschlichen! Charlie sah aber auch verdammt gut aus in Kniehosen. Möglicherweise sollte er sie gelegentlich eine solche tragen lassen, um …

„… erkannten, dass Carland hierher unterwegs war, kehrten wir unverzüglich zurück."

Radcliffe vertrieb seine nicht sehr ehrenwerten Gedanken, als er merkte, dass Beth' Ausführungen abgeschlossen waren. Einen großen Teil davon hatte er verträumt, während er sich ausmalte, was er mit Charlie alles gern machen wollte. Offenbar war das sogar der wichtigste Teil der Geschichte gewesen.

Er wandte sich wieder an Beth. „Was sagtest du gerade?"

„Dass wir unverzüglich zurückgekehrt seien."

„Nein, davor."

„Ach so, das mit Carland?" Als er nickte, fuhr sie fort: „Nun, er und Onkel Henry befanden sich vergangene Nacht in demselben Gasthof wie wir. Mich haben sie zum Glück nicht gesehen, doch Tomas belauschte das Gespräch, und daraus schlossen wir, dass man wusste, dass wir uns in London aufhielten. Denn Onkel Henry und Carland sprachen davon, sie hätten irgendetwas vor, um uns zu ihnen zu bringen. Tomas und ich haben daraufhin nicht einmal mehr den Rest der Nacht dort verbracht, sondern sind umgehend zurückgefahren."

„Weshalb? Wenn du und Mowbray miteinander getraut seid, ist doch alles in Ordnung. Dein Onkel kann dich nicht mehr zwingen, Carland zu ehelichen, wenn du bereits verheiratet bist."

„Nein, doch nicht mich. Charlie!"

„Charlie?" Er erblasste. „Ihr beide sagtet doch …"

„Wir konnten Ihnen ja wohl schlecht erzählen, dass Charlie Carland heiraten sollte", entgegnete sie logischerweise. „Und wir befürchteten, falls wir Ihnen sagten, dass ich Seguin ehelichen sollte, dann würden Sie weniger Verständnis für uns zeigen. Schließlich wussten wir bis dahin von ihm nichts Schlechtes, nur dass er schon alt war. Sie hätten unseren Fluchtversuch unterbinden und uns an unseren Onkel verraten können."

„Charlie und Carland?" Radcliffes Entsetzen war ganz offensichtlich. „Meine Güte, der hätte sich niemals mit ihren trotzigen Reden abgefunden. Wahrscheinlich hätte er sie schon nach einem Tag umgebracht!"

Beth nickte ernst. „Genau deshalb sind Tomas und ich ja auch zurückgekehrt. Um ihr bei ihrer Flucht zu helfen."

„Flucht?" fragte Radcliffe, als wäre ihm dieses Wort unbekannt. „Kommt überhaupt nicht infrage. Wir werden heiraten."

Beth schaute ihn verständnislos an. „Sie wollen …?"

„Jawohl. Das sagte ich ihr heute Morgen."

„Das sagten Sie ihr?" fragte Beth bestürzt.

„Ja", antwortete er geistesabwesend und war mit den Gedanken bei dem, was sie erzählt hatte. Charles war in Wirklichkeit Charlotte. Heute Morgen war sie mit Bessie irgendwohin gefahren und noch nicht wieder zurückgekehrt. Hatte ihr Onkel sie bereits gefunden?

Fluchend sprang er auf und ging zur Tür der Bibliothek, riss sie auf und blieb dann stehen. Stokes, den er gerade hatte rufen wollen, war schon da und sah so merkwürdig aus, wie nur ein Butler aussehen konnte, wenn er mit dem Ohr an der Tür beim Lauschen ertappt worden war.

„Ja, Mylord?“ fragte er gelassen und richtete sich wieder auf.

„Hatte Charles bei seinem Weggang irgendetwas bei sich?“

Stokes hüstelte. „Ich vermute, Sie meinen, etwas außer der jungen Dame?“

„Ich meine so etwas wie Gepäck“, antwortete Radcliffe ungehalten.

„Nein, Mylord. Sie hatten kein Gepäck bei sich.“

Radcliffe entspannte sich ein wenig. „Erwähnte er, wohin sie gehen wollten?“

„Nein, Mylord. Allerdings ...“

„Allerdings?“ drängte Radcliffe, als der ältere Mann zögerte.

„Nun, Mylord, die Köchin half Lady Charles und der jungen Frau beim Ankleiden. Möglicherweise hat sie etwas Zweckdienliches erfahren.“

„Die Köchin? Wieso half Bessie ihm nicht?“

„Ich vermute, das lag daran, weil Bessie die verschleierte Begleiterin von Lady Charles war.“

„Natürlich!“ rief Elizabeth aus. „Bessie muss es gewesen sein.“

Radcliffe nickte. „Bringen Sie mir die Köchin her!“ befahl er dann.

„Ist nicht nötig, Mylord. Ich bin schon hier.“ Als Stokes daraufhin einen Schritt zur Seite trat, sah Radcliffe Mrs. Hartshair direkt hinter dem Butler stehen.

„Ich wollte Ihnen gerade sagen, welche Sorgen ich mir um die Lady und Bessie mache." Die Köchin drehte nervös ein Wischtuch in den Händen. „Lady Charlie meinte nämlich, sie wären um die Mittagsstunde spätestens wieder hier, und jetzt ist es schon Zeit fürs Abendessen. Ich habe mich den ganzen Tag über die beiden gesorgt. Ich ahnte ja gleich, dass hier etwas im Gange sein musste."

„Wohin sind sie gegangen? Hat sie Ihnen etwas gesagt?"

„Nein. Nur ..." Sie stockte, verzog das Gesicht und gestand schließlich: „Auf dem Tisch lag ein Zettel, und den habe ich mir immer wieder angesehen und versucht herauszufinden, wohin sie gehen wollten."

„Und?" drängte Radcliffe die Frau.

„Und ..." Sie stockte erneut, befeuchtete sich die Lippen und schüttelte dann ärgerlich den Kopf. „Da stand eine Adresse in der Change Alley drauf."

„Change Alley?" wiederholte Elizabeth ratlos.

„Das ist bei den Docks", erklärte Tomas, während Radcliffe leise vor sich hin schimpfte. „Da gehen Makler hin, um in Schiffe zu investieren."

„Wo in der Change Alley?" wollte Radcliffe wissen.

„Da stand drauf, es sei ein Gasthaus", flüsterte Mrs. Hartshair unglücklich.

„Was für ein Gasthaus?"

Die Köchin zog die Stirn kraus, legte den Kopf in den Nacken und blinzelte zur Decke hinauf, als würde sie dort die Antwort ablesen können, doch am Ende schüttelte sie nur den Kopf. „Es liegt mir auf der Zunge, nur ..." Hilflos schüttelte sie erneut den Kopf.

„Denken Sie nach, Frau!" fuhr Radcliffe sie an. Er war mit seiner Geduld am Ende.

„Sie verängstigen sie, Mylord", mischte sich Stokes ein. „Das dürfte ihr nicht dabei helfen, sich zu erinnern." Er schob seinen

Herrn beiseite, fasste die Frau sanft bei den Schultern und bedachte sie mit einem liebenswürdigen Lächeln. „Nun entspannen Sie sich, meine Liebe, und konzentrieren Sie sich. Also der Zettel lag auf dem Tisch. Sie schauten darauf und lasen ...?“

„Ich schaute darauf und las ...“ Wieder blinzelte sie. „Ich las Soundso-Gasthaus, Change Alley. Wie hieß das denn nur ...?“

Radcliffe ertrug es nicht mehr. „Wir haben keine Zeit mehr für so etwas.“

„Geben Sie ihr noch eine Minute, Mylord. Sie wird sich schon erinnern.“ Stokes lächelte ihr aufmunternd zu. „Nicht wahr, meine Liebe?“

Voller Zuversicht erwiderte Mrs. Hartshair das Lächeln. „Oh gewiss. Ich habe mir nämlich ein besonderes Merkzeichen gemacht, um es nicht zu vergessen, also werde ich mich auch entsinnen – irgendwann. Wenn ich den Namen vor mir sähe, würde das bestimmt meine Erinnerung wecken. Vielleicht sollten wir einfach einmal hinfahren ...“

Darauf schwieg der Lord, doch Tomas meinte: „Das wäre möglicherweise eine gute Idee, Radcliffe.“

Bevor dieser etwas zu antworten vermochte, meldete sich Elizabeth wieder zu Wort. „Vielleicht liegt der Zettel ja noch oben.“ Sie wandte sich an die Köchin. „Wie war Charles heute Morgen denn bekleidet?“

„Mit einer schwarzen Kniehose, einem weißen Oberhemd und einer taubengrauen Weste. Sie meinte, das wirke so gewichtig und ernst, und Erpressung sei ja auch eine ernste und gewichtige Angelegenheit.“

„Genau. Ich werde nachschauen, ob der Brief noch oben ist“, meinte Beth, drehte sich mit fliegenden Röcken um und eilte aus dem Raum.

16. KAPITEL

Charlie schmerzte der Kopf. Sie schlug langsam die Augen auf, schloss sie jedoch sofort wieder, als das Licht auf sie traf, und versuchte es dann noch einmal.

„Sie sind aufgewacht!“ rief jemand erleichtert über ihr, und bei diesem Ausruf drückte Charlie die Augen stöhnend gleich wieder zu. „Mylord? Ich meine, Mylady? Geht es Ihnen gut?“

„Jedenfalls lebe ich noch“, sagte Charlie grimmig. Im Moment wusste sie nicht, ob das gut oder schlecht war und ob es bei diesem Zustand bleiben würde. Ihre Kopfschmerzen brachten sie noch um! Vorsichtig hob sie die Hand und betastete sich den Schädel. Zu ihrem Kummer war er noch heil, und sie konnte nur eine Beule entdecken. Nicht einmal ein eingetrockneter Blutstropfen zeugte von ihren durchstandenen Schmerzen. „Höchst erstaunlich.“

„Wie bitte, Mylady?“ fragte Bessie.

„Nichts.“ Charlie seufzte und zwang sich dazu, ihre Augen wieder zu öffnen. Sie lag auf dem Boden einer Kutsche. Ihr Kopf ruhte auf Bessies Schoß. Die Zofe hockte ungeachtet ihres feinen Gewandes neben ihr.

„Wie lange war ich ohne Besinnung?“ wollte Charlie wissen und setzte sich vorsichtig auf.

„Ich habe keine Ahnung. Vielleicht zwei, drei Stunden.“

„Zwei oder drei Stunden?“ rief sie bestürzt aus und zog sich an der Sitzbank hoch, um aus dem Fenster schauen zu können.

Friedliche Bilder ländlichen Lebens zogen draußen vorüber. Man sah Bäume, Kühe, Schafe und gelegentlich eine Hütte unter einem strahlend blauen Himmel, über den nur ein paar weiße Wölkchen hinwegzogen. Ganz offensichtlich befanden sie sich hier weit fort von dem Dunst und dem Gestank der großen Stadt.

Leise vor sich hin schimpfend warf sie einen Blick auf das besorgte Mädchen neben sich. Bessie trug keinen Hut mehr. Ihr langes rotes Haar hatte sich aus dem festen Knoten gelöst und hing ihr jetzt lose über den Rücken hinab.

„Hast du mitbekommen, wohin wir gebracht werden?"

„Nein. Die Männer haben Sie nur aufgehoben und uns dann in diese Kutsche verfrachtet. Ich war so besorgt um Sie, dass ich die Leute nicht weiter beachtete, nachdem die Kutschentür geschlossen war. Tut mir Leid."

Charlie winkte ab. Wie konnte sie auch ärgerlich sein, wenn das Mädchen sich mehr um sie als um den Bestimmungsort gesorgt hatte?

„Hat man uns hier eingeschlossen?"

Bessie biss sich auf die Lippe und warf einen Blick auf den Wagenschlag. „Ich bin mir nicht ganz sicher, doch ich glaube, nein."

Charlie wollte schon nicken, versagte sich jedoch diese zweifellos schmerzhafte Bewegung. „Dann nehme ich an, du weißt auch nicht, ob sie alle mit uns gekommen sind, oder?"

„Nein", gab Bessie mutlos zu.

„Schon gut", beruhigte Charlie das Mädchen. „Das lässt sich ja leicht feststellen."

Bessie blickte sie fragend an und biss sich dann auf die Lippe, als Charlie plötzlich näher ans Fenster rückte, um den Kopf hinauszustecken.

Der kühle Fahrtwind fühlte sich gut auf ihrem Gesicht an. Sie holte tief Luft und lehnte sich noch weiter hinaus, um zu dem vorderen Teil der Kutsche spähen zu können. Von ihrem Platz aus konnte sie nur einen Arm sowie ein Teil einer Hüfte sehen. Ob diese dem Kutscher oder jemand anders gehörte, vermochte Charlie nicht zu erkennen, doch gemessen daran, wie nahe an der Kante des breiten Bocks sich diese Hüfte befand, konnte der Kutscher nicht allein auf der Bank sitzen.

„Kopf rein, oder ich schlage ihn ab!“

Als sie das hörte, fuhr Charlie herum und blickte nun zum rückwärtigen Teil der Kutsche. Erschrocken erkannte sie dort auf dem linken Lakaientritt den Koloss, der sie angegriffen hatte. Sofort zog sie den Kopf zurück und ließ sich wieder auf den Sitz sinken. Jedenfalls kannte sie jetzt die Antwort: Wenigstens zwei der drei Männer sowie der Kutscher befanden sich mit ihnen in dem Wagen. Wozu diese Kenntnis gut war, wusste sie noch nicht.

„Sie muss den Zettel mitgenommen haben“, rief Beth, als sie ein wenig außer Atem in den Raum zurückkehrte.

Radcliffe wunderte sich sehr – nicht über diese Mitteilung, sondern über Elizabeths Verwandlung. Fort waren ihr Gewand und die aufgesteckte Frisur. Sogar ihre Brüste waren verschwunden.

Beth war jetzt „Charles“, und eine dieser scheußlichen Perücken, welche Charlie immer getragen hatte, seit Radcliffe dem Pärchen begegnet war, saß auf ihrem Kopf. Sie trug jetzt eine schwarze Kniehose sowie eine graue Weste, unter der ihre Brüste verborgen waren.

„Erstaunlich“, sagte Stokes und zog damit Radcliffes Blick auf sich.

Als dieser die Miene des alten Dieners sah, verzog er die Lippen, denn ihm war klar, dass sein eigener Gesichtsausdruck nicht viel anders aussah. Er wusste nur nicht, was erstaunlicher war – die Tatsache, dass sich die beiden Schwestern wirklich aufs Haar glichen, wie ähnlich und doch anders Elizabeth in jeder Rolle wirkte, oder die Tatsache, dass die Zwillinge so lange alle Leute hatten narren können. Charlies Schritt war etwas länger und selbstsicherer, doch trotzdem eindeutig weiblich, was auch auf ihre Gesten zutraf. Wieso war es eigentlich niemandem aufgefallen, dass die beiden Zwillinge waren und Mädchen?

„Ich dachte, Herrenbekleidung könnte praktischer sein", meinte Beth.

„Charlie ist doch jetzt Charles", wandte Tomas ein.

Beth nickte. „Schon richtig, doch vertrau mir nur. Ich habe so das Gefühl, dass es sich als nützlich erweisen könnte, wenn ich so täte, als wäre ich sie."

An die Köchin gewandt fragte sie: „Erinnern Sie sich inzwischen an den Namen des Gasthauses?" Als Mrs. Hartshair entschuldigend den Kopf schüttelte, streichelte ihr Beth beruhigend den Arm. „Ich bezweifle nicht, dass er Ihnen wieder einfällt, wenn wir in diese Gegend kommen. Können wir dann fahren?" fragte sie die Männer.

„Jawohl", antwortete Radcliffe. „Wir werden Ihren Wagen nehmen müssen, Mowbray. Mein Kutscher musste für mich etwas erledigen und wird ein paar Stunden ausbleiben."

„Oh nein!" rief Tomas.

Radcliffe blickte zwischen Beth und Mowbray hin und her. „Was?"

„Meinen Kutscher habe ich nach Haus ins Bett geschickt", gestand der junge Mann unglücklich. „Er ist immerhin zwei Tage und eine Nacht fast ohne jeden Schlaf durchgefahren. Auf dem Kutschbock nickte er fast ein. Ich hatte gehofft, Ihr Kutscher würde uns befördern."

„Vielleicht ist Fred ja noch nicht fort", sagte Stokes hoffnungsvoll und meinte damit Radcliffes Kutscher. Er eilte umgehend davon, um sich zu vergewissern.

„Alles wird gut."

Bessies ruhige Bemerkung riss Charlie aus ihren Gedanken. Sie hatte sich das Hirn zermartert, um einen Ausweg aus diesem Dilemma zu finden, war jedoch bisher noch auf keinen klugen Einfall gekommen. Was sie natürlich Bessie nicht erzählen wollte. Sie hatte das Mädchen schließlich in die Sache hineingezogen und war fest entschlossen, es da auch wieder herauszubringen – vorzugsweise heil und gesund.

Nicht, dass Bessie irgendwie besorgt erschienen wäre, vielmehr wirkte sie sehr gelassen. War ihr eigentlich nicht klar, in welchen Schwierigkeiten sie steckten?

„Gibt es etwas, das ich im Gegensatz zu dir nicht weiß?" fragte Charlie argwöhnisch.

Das Mädchen zog bei dieser Frage leicht die Augenbrauen hoch. „Nein."

Charlie schaute kurz zur Seite und konnte sich über die Zuversicht des Mädchens nur wundern. „Weshalb sagst du dann so merkwürdig, es werde alles gut?"

Bessie lächelte still. „Ich habe zum Heiligen Sebastian gebetet."

„St. Sebastian? Ist das nicht der für die Pest zuständige Heilige?"

„Schon richtig, doch da es ja gegenwärtig hier keine Pestepidemien gibt, dachte ich mir, er wäre vielleicht nicht so beschäftigt. Als ich bei Aggie eingeschlossen war, hat es ja auch funktioniert. Da hat er mir Sie geschickt."

Charlie nickte nur. Sie hielt sehr viel von Gebeten und dergleichen, hatte jedoch in ihrem Leben festgestellt, dass es immer ungemein nützlich war, Gebeten mit eigenen Anstrengungen nachzuhelfen. Pest oder nicht – Heilige waren immer sehr beschäftigte Leute. Von ihnen durfte man nicht erwarten, dass sie überall gleichzeitig waren und jede Bitte erfüllten.

Charlie räusperte sich und lächelte zuversichtlich. „Im Moment können wir nicht viel mehr tun, als uns auszuruhen. Wenn wir unsere Chance kommen sehen, werden wir sie wahrnehmen und fliehen."

„Genau. Außerdem dürfte Lord Radcliffe zweifellos in diesem Augenblick hinter uns herjagen."

Als Charlie sie daraufhin verwirrt anschaute, führte Bessie weiter aus: „Die Mittagsstunde ist längst vorüber, und Mrs. Hartshair hat gewiss erkannt, dass irgendetwas nicht stimmt. Sie wird den Erpresserbrief geholt und ihn dem Lord gegeben haben. Der wird daraufhin zu dem Gasthaus fahren und den scheußlichen alten Wirt zwingen, ihm zu sagen, wohin wir gebracht werden sollen. Dann wird er uns folgen und uns befreien."

Bessie sagte das mit tiefster Zuversicht, und Charlie hatte nicht das Herz, dem Mädchen zu erzählen, dass sich der fragliche Brief gegenwärtig in ihrer Rocktasche befand.

„Langsam, Stokes! Wir müssen Mrs. Hartshair die Namen der Gasthäuser vorlesen", rief Radcliffe aus dem Fenster, als die Mietkutsche in die Change Alley einbog.

Als Stokes Fred gesucht hatte, war dieser mit der Kutsche bereits fort gewesen, so dass als Einziges übrig geblieben war, eine Droschke anzumieten, und damit hatte man Stokes beauftragt. Sobald er gegangen war, eilte Beth nach oben, um einige Dinge zu holen, die man ihrer Meinung nach möglicherweise benötigen würde. Mit dem großen Sack, den Tomas jetzt auf dem Schoß hielt, war sie in dem Moment zurückgekehrt, da Stokes auf dem Bock einer klapprigen, alten Droschke auftauchte. Anscheinend waren sämtliche Kutscher gerade auf Fahrt gewesen, als er die Ställe erreicht hatte, und so konnte er nur noch diesen Wagen zu einem weit überhöhten Preis anmieten.

Nachdem er Radcliffe versicherte, dass er in seiner Jugendzeit in einem Stall gearbeitet habe und also mit einem solchen Gefährt umzugehen verstand, wies Stokes auf die Notwendigkeit der Eile hin und drängte ihn, den Haushalt zusammenzurufen – womit zu Radcliffes großem Missfallen der gesamte Haushalt gemeint war.

Beth und Tomas bestanden selbstverständlich darauf, mitzukommen, und Mrs. Hartshair wurde wegen des Namens des Wirtshauses benötigt. Allerdings hatte Radcliffe nicht damit gerechnet, dass er auch noch die beiden Kinder der Köchin mitnehmen musste.

Unglücklicherweise war nämlich die nebenan wohnende Köchin – die einzige Freundin, die Mrs. Hartshair hatte finden können, seit sie im Radcliffe-Haus arbeitete – an Lungenentzündung erkrankt und musste das Bett hüten. Aus diesem Grund hatte Radcliffe jetzt Mrs. Hartshairs Sohn Billy auf seinem Schoß sitzen, während die Köchin ihre Tochter Lucy in der Enge der Droschke auf ihrem Schoß festhielt.

„Das ‚Fox and Whistle'", rief Beth aus, schaute zurück und sah Mrs. Hartshair den Kopf schütteln.

Radcliffe spähte aus seinem Fenster hinaus, um nun selbst die Namen der Gasthäuser vorzulesen, an denen sie vorbeikamen. Dass die Köchin jedes Mal Nein sagte, entmutigte ihn, und langsam kam er zu dem Schluss, dass die Frau sich an eine falsche Straße erinnerte, doch als er wieder einen Namen ausrief, sah er Mrs. Hartshair Haltung annehmen wie ein Soldat.

„Das ist es! Das ‚Cock and Bull'!"

Als er den aufgeregten Ausruf hörte, fuhr Stokes sofort an den Straßenrand und hielt an. Radcliffe stellte den kleinen Billy in der Kutsche auf die Füße, damit er selbst aussteigen konnte. Tomas folgte ihm sofort, sprang vom Trittbrett hinunter, blieb dann jedoch mit finsterer Miene stehen, weil Beth ebenfalls aussteigen wollte.

„Nein, Beth. Du wirst besser hier mit Mrs. Hartshair und Stokes warten!"

„So, wie ich gekleidet bin, denken die Leute möglicherweise, ich sei Charlie und reden offener mit mir", wandte sie ein.

„Wir wissen ja nicht einmal, wen Charlie hier treffen wollte."

„Dann ist es umso wichtiger, dass ich mitkomme! Sie verraten sich vielleicht, wenn sie mich sehen."

„Damit mag sie sogar Recht haben", sagte Radcliffe, als Tomas seine Gemahlin erneut zurückweisen wollte. Der junge Mann nickte widerstrebend. Schon ging Beth zum Gasthaus voraus, und man trat ein.

„Hier scheint sich niemand für uns zu interessieren." Tomas blickte im Gastraum umher, während die drei an der Tür stehen blieben, um ihre Augen an die schlechte Beleuchtung in dieser Stube zu gewöhnen.

„Scheint so. Dann wollen wir uns einmal mit dem Wirt unterhalten."

Wieder ging Beth voraus. Sobald der dicke Wirt sie sah, wussten die drei, dass sie einen Treffer gelandet hatten, denn dem Dicken blieb vor Erstaunen der Mund offen stehen.

„Was, zum Teufel, machen Sie denn wieder hier? Sie sollten doch längst auf dem Weg nach …"

Er beherrschte sich gerade noch rechtzeitig, doch im nächsten Moment schrie er auf. Radcliffe war nämlich um Elizabeth herumgetreten, hatte den Dicken an der Kehle gepackt und zog ihn nun halbwegs über den Tresen.

„Auf dem Weg nach wohin?"

Die Augen traten dem Wirt aus dem Kopf, doch sein Mund blieb fest verschlossen, bis Radcliffe seine freie Hand ballte und dem Dicken feste die Faust vors Gesicht hielt. „Wie meintest du soeben?"

„Gretna", stieß der Wirt hervor.

„Gretna Green?" Radcliffes Griff um die Kehle des Mannes verstärkte sich.

Der Wirt lief blau an und würgte eine Bestätigung heraus. Radcliffe ließ ihn los und eilte umgehend zum Ausgang. Beth und Tomas folgten ihm.

„Dorthin müssen Carland und Onkel Henry unterwegs gewesen sein, als wir sie trafen", flüsterte Beth beunruhigt, als sie die Droschke erreichten. „Sie waren die Erpresser."

Radcliffe nickte und öffnete den Wagenschlag. „Kommen Sie, Mrs. Hartshair. Ich gebe Ihnen etwas Geld, damit Sie sich eine Droschke nehmen und mit Ihren Kindern zurück ins Stadthaus fahren können."

„Mylord!" rief Stokes, und sogar Beth stockte der Atem. „Sie können doch die Dame und ihre Kinder hier nicht so allein und schutzlos zurücklassen!"

„Das ist hier wirklich eine üble Gegend, Radcliffe", meinte auch Tomas.

„Sie haben natürlich Recht. Stokes, Sie bleiben bei ihnen und begleiten Sie heim. Tomas und ich werden uns auf dieser Reise abwechseln." Er hörte Beth besorgt etwas flüstern, drehte sich zu ihr um und sah, wie sie in das Gesicht ihres Gatten schaute.

„Ich werde es schon schaffen", versicherte Mowbray ihr leise.

Beth schüttelte jedoch den Kopf. „Mylord, Tomas und sein Kutscher lösten einander schon auf der Fahrt nach Gretna Green und zurück ab. Deshalb schafften wir die Reise auch in so kurzer Zeit. Gestern Nacht waren die beiden Männer derart erschöpft, dass wir beschlossen, in einem Gasthof zu übernachten. Nachdem wir Carlands Gespräch mit Onkel Henry belauscht hatten, gaben wir natürlich unser Zimmer sofort auf und eilten heim. In den letzten vier Tagen und Nächten hat Tomas so gut wie überhaupt nicht geschlafen. Ich fürchte, er ist nun nicht mehr in der Lage, sich die Aufgabe als Kutscher mit Ihnen zu teilen."

„Ich schaffe es schon", versicherte Tomas noch einmal, doch erneut schüttelte Beth den Kopf.

„Wenn es sich nicht gerade um Charlie handelte, würde ich das Risiko eingehen, Tom, doch so …“

„Sie hat Recht“, meinte Radcliffe. „Wir dürfen nichts riskieren, wenn Charlies Zukunft auf dem Spiel steht.“

Er drehte sich um und warf einen Blick auf die Frau und deren Kinder, die ihn unsicher aus dem Wagen ansahen. Mrs. Hartshair lächelte ihn scheu an. „Meine Kleinen werden ganz artig sein, Mylord. Auf längeren Reisen schlafen sie immer fest ein.“

Radcliffe gab sich geschlagen. „Also gut. Alles zurück in den Wagen. Es geht weiter! Stokes und ich werden uns mit dem Fahren ablösen. Tomas, Sie schlafen eine Weile, damit Sie uns später helfen können.“

Er empfahl dem jungen Mann nicht, etwa hier zu bleiben. Ohne seine Gattin wäre Tomas niemals damit einverstanden gewesen, und Beth würde es nicht zulassen, dass er sich ohne sie an Charlies Rettungsaktion beteiligte.

„Oh nein!“

„Mylady“, flüsterte Bessie und schaute sie besorgt an. „Geht es Ihnen nicht gut?“

Charlie überhörte Bessies Frage und dachte an alles Mögliche, nur nicht daran, wie es ihr ging. „Ach, du meine Güte!“

„Fehlt Ihnen etwas, M'lady?“ Bessie rutschte angstvoll näher heran und blickte ihr ins Gesicht.

„Oh Gott“, stöhnte Charlie, schloss die Augen und versuchte, an sonnige Tage im Park zu denken, an frisches grünes Gras, an schönen festen Rasen, auf dem man stehen konnte. Sie versuchte zu vergessen, dass sie in einem kleinen, engen und unbelüfteten Kutschwagen saß, der über eine ausgefahrene Landstraße rumpelte und in dem sie hin und her geworfen wurde.

„Sie sehen ein wenig grün aus im Gesicht.“

Verzweifelt griff Charlie nach der Wagentür und stieß sie von Panik getrieben auf.

Bessie schrie auf und packte Charlie am Arm, damit diese nicht womöglich aus der fahrenden Kutsche sprang. Als Charlie die Hand des Mädchens abgeschüttelt hatte, bemerkte der Mann auf dem rückwärtigen Lakaientritt die geöffnete Tür, stieß einen Warnruf aus, und der Wagen rollte langsam aus. Als er beinahe zum Stehen gekommen war, taumelte Charlie hinaus zum Straßenrand.

Der Schurke von hinten stellte sich sofort streng und stark vor sie und versperrte ihr den Weg. Charlie hielt sich den Mund zu, wollte den Mann umrunden, doch dieser folgte ihrer Bewegung, um zu unterbinden, was er für einen Fluchtversuch hielt.

Erneut versuchte Charlie, ihm auszuweichen, während ihr Magen immer heftiger rebellierte, doch der Mann blieb unmittelbar vor ihr stehen. Als ihr Magen sich schließlich weigerte, seinen Inhalt noch länger bei sich zu behalten, und der Kerl sich weigerte, ihr aus dem Weg zu gehen, vermochte sie nicht mehr viel gegen das zu tun, was dann passierte: Charlie erbrach sich über Beine und Füße des Mannes.

„Verdammt! Verdammte Schei...! Igitt!" Der Mann stolperte ein paar Schritt rückwärts, um dem ekligen Zeug zu entgehen, das jedoch klebte bereits an ihm, und er konnte ihm nicht mehr entkommen.

Einen Moment lang war es Charlie peinlich, doch dann sagte sie sich, dass sie schließlich alles getan hatte, um das Vorkommnis zu vermeiden. Und im Übrigen war er ja der Schuft.

„Sie waren hier, Mylord."

Radcliffe richtete sich wieder auf. Er hatte gerade die frischen Pferde begutachtet, welche der Stallmeister im Austausch gegen das urspüngliche Vierergespann an die Kutsche schirrte. Jetzt blickte er Stokes fragend an. „Charlie?“

„Jawohl, Mylord. Anscheinend ist ihr sehr übel geworden. Sie hat ihr Frühstück ... äh ... an einen der Kerle weitergegeben. Hier machten sie Halt und ließen den Burschen reinigen. Außerdem kauften sie etwas Laudanum, wahrscheinlich in der Hoffnung, die Lady für den Rest der Reise einzuschläfern, damit sie keinen weiteren Ärger mehr machen konnte.“

„Wie lange ist das schon her?“

„Angeblich kamen sie hier vor sechs Stunden an, hatten jedoch Schwierigkeiten, das Laudanum zu beschaffen, sodass sie erst vor vier Stunden wieder abreisten.“

„Wenn wir sofort aufbrechen, haben wir zwei Stunden Vorsprung aufgeholt“, rechnete Tom aufgeregt vor.

Obwohl ihn diese Tatsache nicht so sehr aufregte, nickte Radcliffe. Die Schurken hatten immer noch einen Vorsprung von vier Stunden, und wenn Charlie unter dem Einfluss des Laudanums schlief, bestand kaum Aussicht, dass sie die Schurken weiterhin aufzuhalten vermochte. Eine Hoffnung, sie einzuholen, bestünde nur, falls der andere Wagen ein Rad oder dergleichen verlöre, bevor sie Gretna Green erreichten.

Der Mann hinten brüllte los, und die Leute vorn fielen in seinen Schrei ein, als sie sich umschauten und sahen, wie Charlie den Wagenschlag aufstieß. Es gelang ihnen, die Kutsche im selben Moment zum Stehen zu bringen, da Charlie hinaussprang.

Am Straßenrand fiel sie auf die Knie und erbrach die letzte Dosis Laudanum, die man ihr eingeflößt hatte. Diesmal störte ihre Übelkeit sie nicht mehr. Als man sie das erste Mal gezwungen hatte, die Arznei hinunterzuschlucken, hatte sie das in der festen Absicht getan, sich den Finger in den Hals zu stecken und die

Droge wieder herauszuwürgen. Doch das war gar nicht nötig gewesen.

Die Kutsche hatte sich kaum in Bewegung gesetzt, da begann Charlies Magen erneut zu rebellieren. Gerade lag die erste Wegbiegung hinter ihnen, als sie merkte, dass ihr das Laudanum in die Kehle stieg. Genau wie bei der Tinktur, die Beth ihr auf dem Weg nach London eingegeben hatte, weigerte sich jetzt ihr Magen, die Arznei bei sich zu behalten. Seitdem hatte sich Charlie in regelmäßigen Abständen übergeben müssen, und die Kutsche war – sehr zum Missfallen ihrer Besatzung – immer wieder zu einem Halt gezwungen gewesen.

Zu schade aber auch, dass Bessie nicht Recht behalten hatte und dass Radcliffe sie nicht verfolgte. Dann würden sich wenigstens diese ekelhaften Brechanfälle als nützlich erwiesen und es dem Lord ermöglicht haben, sie einzuholen. Allerdings konnte er gar nicht wissen, dass sie entführt worden war, und wohin man sie brachte …

„Es ist nicht mehr weit."

„Ja, doch werden wir noch rechtzeitig ankommen?" Müde strich sich Radcliffe übers Gesicht.

Gegenwärtig fuhr Tomas wieder. Stokes schlief hinten im Wagen bei Beth und den Hartshairs. Die Männer lösten sich ständig ab. Einer schlief, einer lenkte die Pferde, und einer leistete dem jeweiligen Kutscher Gesellschaft. Auf diese Weise hatten sie während der vergangenen vierzig Stunden alle sechs Stunden die Rollen getauscht und waren jetzt nicht einmal länger als eine Stunde von ihrem Ziel entfernt.

Radcliffe wäre erleichtert gewesen, diese Zweitagereise hinter sich zu haben, hätte er nicht so sehr gefürchtet, dass Charlie möglicherweise gerade in dieser Minute gezwungen wurde, Carland zu ehelichen. Diese Sorge ließ die letzte Stunde der Fahrt vergehen, als dauerte sie einen ganzen Tag. Als sie endlich eintrafen, war Radcliffe so nervös, dass er vom Kutschbock sprang, noch ehe der Wagen zum Stillstand gekommen war.

Unverzüglich begab er sich zu den Stallungen, fand dort den Zuständigen und erfuhr schließlich von diesem, dass niemand, auf den Charlies und Bessies Beschreibung gepasst hätte, hier angekommen sei.

Er eilte wieder hinaus. „Sie haben hier nicht angehalten. Wir müssen weiter herumfragen."

„M'lady?" wiederholte Bessie immer wieder leise und beugte sich zu ihr hinunter.

Beide lagen wieder auf dem Boden der Kutsche. Genauer gesagt, war der Kutschenboden der Platz, an dem Charlie die vorherige Nacht und den Tag verbracht hatte. Nach ihrem letzten Brechanfall hatten die Männer sie hier abgelegt, und weil es ihr viel zu schlecht ging, um sich irgendwie zu bewegen, war sie einfach liegen geblieben. Bessie hatte sich zu ihr gesellt und sich bemüht, es ihr ein wenig bequemer zu machen. Charlie war fest davon überzeugt, dass niemand in England eine bessere Zofe hatte, als Bessie es war.

„M'lady? Ich glaube, wir sind bald da."

Charlie hob den Kopf und spähte aus dem Fenster. In der Nähe sah sie einen kleinen Fichtenhain. Sie hatte genug gehört, um zu wissen, dass dies der Orientierungspunkt war, nach dem sie ausschauen mussten. „Ja, wir sind angekommen."

„Und was machen wir jetzt?"

Im abendlichen Zwielicht blickte Charlie Bessie an. Sie setzte sich mühsam auf, zog sich hoch auf die Sitzbank und fühlte die frische Luft durch das offene Fenster hereinwehen.

„Wir werden eine passende Gelegenheit abwarten – und dann

entfliehen", erklärte Charlie tapferer, als sie sich fühlte. Angesichts ihrer Schwäche wäre allerdings eine wirklich günstige Gelegenheit nötig, wenn ihnen eine Flucht gelingen sollte …

Entweder Bessie setzte mehr Vertrauen in sie, als sie verdiente, oder Bessie war zu höflich, um ihre Zweifel zu zeigen. Das Mädchen schwieg nur und zog sich auf die gegenüberliegende Sitzbank zurück.

„Gibt es etwas Neues?" erkundigte sich Beth, als die drei Männer zurückkehrten.

„Nein", musste Radcliffe zugeben. „Wir …" Er sprach nicht weiter, weil eine Kutsche rasch vorbeirollte und das Hufgeklapper zu laut war.

Umgeben von den drei Männern spähte Beth durch eine fingerbreite Lücke zwischen Radcliffe und Tom zu der fremden Kutsche hinüber und fasste dann ihren Ehemann beim Arm. Ein ersticktes Keuchen entrang sich ihrer Kehle.

„Was hast du?" fragte Tom beunruhigt.

„Charlie!" Beth schaute dem Wagen hinterher, der in nördlicher Richtung fuhr. „Ich sah Charlie in dieser Kutsche!" erklärte sie und blickte finster drein. „Sie wirkte sehr krank. Entsetzlich blass war sie."

Wortlos machte Radcliffe kehrt und eilte der Kutsche nach. Tomas warf noch einen Blick auf die Stallungen. „Tausche unser Gespann gegen frische Pferde ein, und lasse sie an unsere Kutsche schirren, Beth. Folge uns dann nach!" instruierte er sie, doch als er sich umdrehte, lief seine Gattin bereits hinter Radcliffe her die Landstraße entlang, wobei ihr kleiner Podex mit jedem Schritt in der Kniehose keck wackelte.

„Ich kümmere mich darum, Mylord."

„Was?" Tomas schaute Stokes erst verwirrt an und nickte dann.

„Oh … Ja, gut. Tun Sie das. Danke.“ Dann lief auch er davon – seiner jungen Gemahlin hinterher.

„M’lady?“

Matt schlug Charlie die Augen auf und stellte zu ihrem Schrecken fest, dass sie wieder eingeschlafen gewesen war. Sie setzte sich auf. Wie kann ich denn nur zu dieser Tageszeit schlafen? fragte sie sich, wusste jedoch sofort die Antwort: Das kam davon, weil sie sich zwei Tage lang unausgesetzt hatte erbrechen müssen, ohne dass man ihr auch nur einen Schluck Wasser oder Nahrung gegeben hätte.

Sie warf einen Blick auf das bekümmerte Mädchen und seufzte. „Nur keine Angst, Bessie! Sobald man merkt, dass du nicht Beth bist, wird man dich freilassen.“

Bessie biss sich auf die Lippe und schüttelte den Kopf. „Um mich habe ich auch keine Angst, M’lady.“

Darauf wusste Charlie nichts zu erwidern. Sie wandte den Kopf und schaute zum Fenster hinaus auf den Gasthof, vor dem sie zuvor gehalten hatten. Hier werden sich bestimmt Onkel Henry und Carland befinden, dachte sie verzweifelt. Es sah langsam so aus, als müsste sie den brutalen Schurken am Ende wohl doch heiraten.

Bei dem Gedanken an die Hochzeitsnacht mit ihm schüttelte es sie jetzt schon. Sie stellte sich vor, dass Carland sie so berührte wie Radcliffe – nein, nicht wie Radcliffe. Carland war ja zur Zärtlichkeit gar nicht fähig. Er würde sie zwar an denselben Stellen, doch in einer ganz anderen Weise berühren. Vielleicht habe ich ja Glück, und er prügelt mich schon zu Anfang unserer Ehe zu Tode, dachte sie. Wegen solcher Gedanken würde sie sich geschämt haben, wenn ihr nicht so fürcherlich schlecht gewesen wäre, doch sie fühlte sich sehr elend, fast halb tot. Sie war schwach, erschöpft und völlig ausgetrocknet.

Außerdem tat sie sich selbst Leid, und dabei war sie noch gestern früh wütend gewesen, weil Radcliffe sie aus Mitleid und seines schlechten Gewissens wegen hatte heiraten wollen. Jener Morgen und ihre eigene Überheblichkeit schienen eine Ewigkeit her zu sein. Heute würde sie den Lord genommen haben, selbst wenn sie ihm dafür hätte etwas zahlen müssen.

Von draußen hörte sie laute Stimmen. Ein Mann näherte sich dem Gasthof zusammen mit einem zweiten Mann, welcher noch Abendkleidung trug. Ihn erkannte Charlie sofort wieder: Es war Symes, das „Mädchen für alles" ihres Onkels.

„Lege dir wieder den Schleier um, Bessie", flüsterte sie, als die Männer näher kamen. Sie wollte das Mädchen, solange es ging, bei sich behalten.

Charlie mochte Symes nicht besonders, denn sie hatte oft gesehen, wie er der Belegschaft kleine Grausamkeiten zugefügt hatte. Also machte sie sich jetzt auch nicht die Mühe, ihn zu begrüßen, als er durch das Kutschenfenster hereinschaute. Sein Blick glitt rasch über die verschleierte Bessie und blieb dann an Charlie hängen, deren Herrengarderobe ihn offenbar verblüffte. Als er dann ihr bleiches Gesicht und ihre tief liegenden Augen sah, zog er den Kopf wieder aus dem Fenster zurück.

„Was, zum Teufel, habt ihr mit ihr angestellt?" wollte er von den anderen Männern wissen.

„Sie hat die Reisekrankheit", antwortete einer der Leute unwirsch. „Also, wo bleibt jetzt unser Geld?"

„Darauf werdet ihr warten müssen, bis Seine Lordschaft aufgewacht ist."

„Was?"

Charlie hätte beinahe gelacht über die Mienen der Leute, als sie das hörten. Anscheinend kannten sie den Mann nicht richtig, für den sie diese Schmutzarbeit erledigt hatten. Möglicherweise arbeiteten sie auch für den Erpresser und wollten nur das Geld für die gelieferte Ware kassieren.

Natürlich, dachte sie, so wird es sein, denn andernfalls hätten sie bereits gemerkt, dass Henry sein Vergnügen stets bis zur Neige auszukosten pflegte. Er übertrieb es mit dem Essen, dem Trinken und dem Schlafen, und es war bekannt, dass er jeden seine Reitpeitsche spüren ließ, der seinen Schlaf störte – aus welchem Grund auch immer.

Sogar die Ankunft seiner davongelaufenen Nichte sowie die Notwendigkeit, die Entführer zu entlohnen, durfte seine Ruhe nicht stören.

Onkel Henry stand niemals vor Mittag auf. Jetzt war der Tag gerade angebrochen, und Henry lag vermutlich erst seit einer Stunde im Bett, was bedeutete, dass ihr noch ein paar Stunden in Freiheit blieben. Es sei denn, Carland wäre ein Frühaufsteher, was sie nicht hoffte. Vielmehr vermutete sie, dass er mit Henry die Nacht durchgemacht hatte und nun ebenso spät wie dieser aufstehen würde.

„Ihr habt gehört, was ich sagte“, fauchte Symes kurz angebunden. „Ihr werdet gefälligst warten, bis er aufgewacht ist.“

„Hol ihn der Teufel!“ knurrte der Mann mit der Knollennase wütend. „Wecken Sie den blöden Kerl auf!“

„Das werde ich nicht tun“, erklärte Symes. „Und dir empfehle ich sehr, das ebenfalls nicht zu tun!“ fügte er scharf hinzu, als er bemerkte, dass der stämmige Mann sich entschlossen dem Gasthof zuwandte. „Jedenfalls nicht, wenn du entlohnt werden willst.“

Der Mann blieb stehen, fuhr herum und sah Symes wütend an. „Sie haben verdammt Recht: Ich will entlohnt werden! Wir brachten die Frauen schließlich her, und dafür wird er bezahlen.“

„Ihr habt die Frauen zu spät hergebracht“, stellte Symes gereizt fest. „Ihr hättet schon vor mindestens sechs Stunden hier eintreffen sollen. Da war Seine Lordschaft nämlich wach. Er hätte euch die Frauen abgenommen und euch mit Freuden entlohnt."

„Der einen Frau wurde doch ständig schlecht! Sie ist immerzu aus dem Wagen gesprungen und hat sich am Straßenrand übergeben", beschwerte sich der Mann. „Das hat uns natürlich sehr aufgehalten."

Symes zuckte die Schultern. „Das ist eure Sache. Jetzt werdet ihr jedenfalls warten müssen."

„Na gut, doch was, zur Hölle, sollen wir mit der Frau machen, solange er noch nicht wach ist?"

„Das ist ebenfalls eure Sache. Ich empfehle euch nur, sie keine Sekunde aus den Augen zu lassen."

Sprach's, kehrte ins Gasthaus und in sein Bett zurück.

17. KAPITEL

„Da ist sie!" rief Tom und hielt neben Radcliffe an. Da sie zu Fuß unterwegs gewesen waren, hatte es sie mehrere Minuten gekostet, die Kutsche einzuholen. Beim Laufen hatte Radcliffe sich wiederholt einen Narren gescholten. Hätte er die Pferde angeschirrt gelassen, würden sie dem anderen Wagen auf der Stelle gefolgt sein. Doch er hatte angenommen, er würde nach und nicht vor seiner Jagdbeute eintreffen.

Nun wusste er auch, weshalb sie während der letzten Tage ihrer Reise nichts über den anderen Wagen hatten erfahren können. Bei jedem Pferdewechsel hatten er und Tomas alle Leute befragt, in der Hoffnung zu erfahren, ob sie schon Zeit aufgeholt hatten. Man hatte ihnen jedoch nichts sagen können. Keine Reisegruppe, die vorbeigekommen war, passte zu den Beschreibungen, die sie den örtlichen Personen gaben. Radcliffe hatte gedacht, die Entführer hätten nur bei anderen Gasthöfen angehalten, um die Pferde zu wechseln. Anfangs mochte das ja auch so gewesen sein, doch nun war ihm klar, dass sie irgendwo auf der Landstraße an der anderen Kutsche vorbeigekommen sein mussten.

Er beobachtete die drei Männer, die neben dem Wagen standen und sich unterhielten. Radcliffe selbst war ein ganzes Stück von der Kutsche und dem Gasthof, vor dem diese stand, stehen geblieben, weil er die Entführer nicht auf sich aufmerksam machen wollte. Dennoch war er dicht genug, um zu erkennen, dass die drei sich über irgendetwas ärgerten.

„Ob man die beiden wohl bereits hineingebracht hat?" überlegte Tomas.

„Keine Ahnung." Radcliffe zuckte die Schultern. „Mir war, als hätte ich jemanden den Gasthof betreten sehen, doch wer es war, weiß ich nicht."

„Nun, falls sie es noch nicht getan haben, könnten wir sie überrumpeln, wenn es so weit ist."

„Ja, das wird das Beste sein", stimmte Radcliffe zu und drehte sich um, als Beth herankam. Mit seinen längeren Schritten hatte Tom sie schon längst überholt.

„Wo ist Stokes?" wollte Radcliffe wissen.

Beth schüttelte atemlos den Kopf, und Tom antwortete an ihrer statt: „Er sollte mit der Kutsche und Mrs. ..." Er sprach nicht weiter, als die Droschke rumpelnd in Sicht kam. Stokes und Mrs. Hartshair teilten sich den Kutschbock, während die Kinder aus den Fenstern hingen, um nach Tom, Beth und Radcliffe auszuschauen.

Radcliffe trat auf die Landstraße hinaus, hob die Arme über den Kopf und winkte, bis er sicher war, dass der Butler ihn entdeckt hatte. Dann bedeutete er Beth und Tom, ihm zu folgen, und ging der Kutsche entgegen.

Bessie hob den Kopf und öffnete die Augen. Sie hatte gerade ein Stoßgebet gen Himmel geschickt – nur für den Fall, dass ihre ersten fünfhundert nicht erhört worden waren.

Jetzt blickte sie besorgt auf Lady Charlie, sah deren Blässe, ihre dunklen Ringe unter den Augen, und merkte, dass sie tief und fest schlief.

Nachdem der schreckliche Mensch zum Gasthof zurückgekehrt war, hatte sie ihren Bewachern gesagt, ihre Herrin benötige eine Stärkung, doch selbst ihre Bitte um Wasser hatte man ignoriert. Bessie vermutete, dass die Leute zu verärgert waren, sich um Lady Charlies Wohlergehen kümmern zu müssen.

„Die Frauen befinden sich doch gewiss nicht mehr in der Kutsche, Radcliffe? Man wird sie beim Eintreffen bestimmt in den Gasthof gebracht haben."

„Gewiss.“ Radcliffe seufzte. Die sieben hatten sich über eine Stunde in der Droschke zusammengedrängt. Er, Mrs. Hartshair und Stokes saßen auf einer der beiden Sitzbänke und Beth, Tomas sowie die Kinder auf der anderen. Während der ganzen Zeit hatten sie die drei Männer neben der fremden Kutsche würfeln sehen. Keiner der Leute hatte auch nur einen einzigen Blick auf das Gefährt geworfen. Charlie und Bessie mussten bereits im Haus sein, und das machte die Angelegenheit umso komplizierter.

„Was werden wir tun, Mylord?“ erkundigte sich Beth voller Angst.

„Wir werden feststellen, wo sie sich befinden, und sie dann herausholen.“

„Man wird sie bewachen“, gab Beth leise zu bedenken. „Und der Bewacher wird höchstwahrscheinlich Symes sein.“

Als die anderen sie fragend anschauten, erklärte sie: „Symes ist meines Onkels Mann fürs Grobe. Zwar ist er nur etwa ebenso groß wie ich, doch ein ausgezeichneter Schütze, der sich nie ohne seine Pistolen bewegt. Wahrscheinlich legt er sie nachts unter sein Kopfkissen.“

„Wir müssen ebenfalls Carland sowie Seguin bedenken und Gott weiß wie viele Männer sie sonst noch dabeihaben“, warf Tom ein.

„Was wollen Sie damit andeuten?“ fuhr Radcliffe ihn wütend an. „Dass wir aufgeben sollen? Dass wir Charlie diesem Carland überlassen?“

„Nein, selbstverständlich nicht“, versicherte Tom sofort. „Aber was wir brauchen, das ist ein Plan. Wir werden sie herausholen und in Sicherheit bringen.“

„Möglicherweise müssen wir sie gar nicht herausholen“, meinte Beth nachdenklich, und als Radcliffe sich fragend zu ihr umdrehte, fügte sie hinzu: „Auf der Herfahrt dachte ich daran, wie Charlie und ich früher immer die Rollen tauschten – meistenteils nur so aus Spaß, doch manchmal auch, weil wir uns um etwas drücken wollten, das eine von uns nicht gern tun mochte."

„Ich wüsste nicht, was das hiermit zu tun haben sollte, Beth", tadelte Tom sanft.

Sie drehte sich zu Radcliffe um. „In London sagten Sie, Sie beide würden heiraten?"

Radcliffe verzog das Gesicht, als er an seine Überheblichkeit dachte, mit der er Charlie dieses mitgeteilt hatte. Er nickte.

„Nun, wenn Sie mit ihr getraut wären, könnte Carland sie nicht mehr heiraten."

„Genau. Deshalb müssen wir sie ja auch herausholen."

„Nicht, wenn wir wieder unsere Rollen tauschten."

„Augenblick mal!" rief Tom. „Wir wollen hier Charlie nicht aus der Gefahr befreien, um dich dann hineinzubringen."

„Ich würde ja auch nicht in Gefahr geraten", versicherte Beth ihm gelassen.

„Das solltest du mir besser erklären." Radcliffe sah ebenso verwirrt aus, wie Tom sich fühlte.

„Sie können mich heiraten …", begann Beth, doch da sprang Tom auf seinem Sitz hoch, so dass er mit dem Kopf beinahe an das Wagendach gestoßen wäre.

„Kommt überhaupt nicht infrage! Ich tue ja vieles, um deine Schwester zu retten, doch dich aufzugeben gehört nicht dazu. Du bist und bleibst meine Gemahlin!"

„Gewiss, doch falls er mich als …" ‚Als Charlie heiraten würde', hatte sie sagen wollen, doch dazu kam sie gar nicht, denn Tomas unterbrach sie sofort ärgerlich.

„Jetzt habe ich genug von diesem Gerede! Du bist meine Gattin, und dabei bleibt's!"

„Äh … meine Herren, ich glaube, Sie missverstehen möglicherweise, was Lady Elizabeth sagen möchte", äußerte Stokes ruhig.

„Missverstehen!" Mrs. Hartshair schnaufte verächtlich und entschloss sich, die Angelegenheit selbst aufzuklären. „Lady Beth meint, sie könne Seine Lordschaft als Lady Charlie ehelichen."

Tomas und Radcliffe blickten die Köchin ausdruckslos an. Diese schüttelte den Kopf. „Sehen Sie sie sich doch an. Sie ist genauso gekleidet wie Lady Charlie. Sie sieht aus wie Lady Charlie. Sie hört sich sogar an wie Lady Charlie. Sie könnte durchaus vorgeben, Lady Charlie zu sein, während Sie, Lord Radcliffe, sich mit ihr trauen lassen. Sie kann sagen ‚ich will', mit Lady Charlies Namen unterschreiben ..." Die Köchin unterbrach sich und blickte Beth besorgt an. „Sie können doch ihre Unterschrift nachmachen?"

Als Beth nickte, entspannte sich Mrs. Hartshair und sprach weiter: „Und wenn dann die Zeremonie vorüber ist, können Sie direkt in den Gasthof marschieren und Ihre Gattin zurückverlangen."

„Lieber Himmel!" Staunend ließ Tomas sich auf seinen Sitz zurücksinken. „Das könnte tatsächlich funktionieren."

„Ich weiß nicht recht." Radcliffe runzelte die Stirn und schüttelte dann den Kopf. „Nein. Charlie haben sie ja schon, und die Trauung wird unter dem heutigen Datum registriert werden. Man wird merken, dass sie mich gar nicht geheiratet haben kann."

„Das wird keine Rolle spielen, wenn sie ich ist", meinte Beth, worauf die beiden Herren erneut verwirrt dreinblickten, was ihr zeigte, dass sie die Sache mit dem Rollentausch noch immer nicht ganz begriffen hatten.

„Nach der Trauung werde ich weiter so tun, als sei ich Charlie", führte sie geduldig aus, „und wenn wir dann Onkel Henry gegenübertreten und behaupten, Charlie sei ich, Beth, dann wird es gehen."

„Ah, jetzt verstehe ich!" rief Tomas aus. „Wir erzählen ihnen, Charlie sei du, und da du und ich bereits vor vier Tagen getraut wurden, kann man sie nicht mehr zwingen, Carland zu heiraten. Und da die von dir gespielte Charlie eben erst Radcliffe geehelicht hat, kann man dich ebenfalls nicht zwingen, Carland zu ehelichen. Auf diese Weise seid ihr beide in Sicherheit."

„Ganz genau!" Beth lächelte ihren Gemahl strahlend an.

Obwohl sich in seinem Kopf alles drehte, schöpfte Radcliffe neue Hoffnung. „Wird Charlie dich denn spielen können?"

Beth nickte energisch. „Sie und ich haben dergleichen schon sehr oft gemacht, und sie wird sofort erkennen, was hier abläuft."

„Soll ich uns dann zum Priester fahren, Mylord?" erkundigte sich Stokes.

„Nun ja, das ist nicht wirklich ein Priester. Oder möglicherweise ja doch. Ich bin mir da nicht ganz sicher", gab Beth zu, während Tomas sanft ihre Hand streichelte. „Bringen Sie uns zu dem Dorfschmied, Stokes. In dieser Gegend führt er die Trauungen durch."

Radcliffe nahm das gleichmütig hin. Er hatte innerhalb kürzester Zeit bereits so viele Schocks überstanden, dass er langsam glaubte, immun dagegen zu sein …

Bis er diesen Schmied vor sich sah. Das war ein wohlbeleibter kleiner Mann unbestimmten Alters in einem dunkelblauen Hemd mit einer großen, umgebundenen Lederschürze, und er beäugte die Ankömmlinge erst eine Weile, bis er begriffen hatte, dass er Radcliffe und Beth, die natürlich noch immer als Charlie verkleidet war, trauen sollte.

„Oh nein!" protestierte er. „Ich werde Sie nicht mit einem Knaben trauen. Das wäre eine Sünde gegen Gott und die Schöpfung. Die Trauung ist ein geheiligter Ritus zwischen einem Mann und einer Frau, und nicht etwas, das jemand wie Sie verspotten darf."

Radcliffe errötete vor Verlegenheit, als er merkte, was der Mann dachte. Tom dagegen bemühte sich ungemein, nicht etwa zu lachen. Stokes wirkte etwas verdattert. Er wusste nicht, was er in dieser Situation machen sollte. Und Mrs. Hartshair war damit beschäftigt, ihren Sohn in den Armen zu wiegen und zu trösten, weil er beim Heruntersteigen von der Droschke gestolpert war und sich das Knie aufgeschlagen hatte. Somit blieb es Beth überlassen, die Sache klarzustellen.

„Ich bin eine Frau, Sir“, erklärte sie und riss sich mit großem Schwung die Perücke vom Kopf, was jedoch den Mann nicht im Geringsten beeindruckte.

„Na und? Soll mich etwa fettiges Haar davon überzeugen, dass Sie ein Mädchen sind?“

Beth schob sich die Hände ans Haar. Seit der Nacht, die sie und Tom auf dem Rückweg von Gretna Green nach London in einem Gasthof verbringen wollten, hatte sie keine Gelegenheit zum Baden gehabt. Das war das Erste gewesen, das sie nach Ankunft in diesem Gasthof getan hatte, und erst danach wollte sie sich zum Abendessen zu Tom gesellen.

Gottlob, dachte sie jetzt, denn da hatte sie ihren Onkel gesehen, und weil dieser sie glücklicherweise nicht entdeckt hatte, war sie rasch wieder nach oben gegangen und hatte mit einem Mädchen einen Zettel zu Tom hinuntergeschickt, in dem sie ihm die Lage erklärte. Intelligenz war etwas, das sie an ihm so liebte, und die hatte er benutzt, um Onkel Henrys Gespräch mit Carland zu belauschen, bevor er Beth danach in ihrem Zimmer berichtete, was ihm zu Ohren gekommen war. Daraufhin gaben sie ihr Vorhaben sofort auf, die Nacht in diesem Gasthof zu verbringen, weil sie Charlie warnen wollten. Und seitdem hatte Beth eben keine Gelegenheit mehr zum Baden gehabt.

Seufzend stülpte sie sich die Perücke wieder auf den Kopf und blickte auf die Frau, die ihnen geöffnet hatte und möglicherweise die Ehefrau des Schmieds war. „Gibt es hier einen Raum, in dem wir uns unter vier Augen unterhalten können?“

Als die Frau zu zögern schien, machte der Schmied ein finsteres Gesicht. „Was wollen Sie denn von ihr?"

„Ich werde ihr beweisen, dass ich eine Frau bin", antwortete Beth geduldig.

„Und wie wollen Sie das bitte schön anstellen?"

Beth wurde rot, hob jedoch trotzig das Kinn. „Indem ich ihr meine Brüste zeige", erklärte sie würdevoll.

Der kleine Dicke lachte ungehörig auf und blickte zu der betreffenden Körperregion. „Wozu das denn? Ich kann ja ganz deutlich sehen, dass Sie gar keine haben."

„Sie sind gebunden." Beth war das Ganze sehr peinlich.

„Gewiss, gewiss", knurrte er. „Dann können Sie sie ihr auch dort in der Ecke zeigen."

Als Beth zögerte, spöttelte er aufs Neue. „Was? Haben Sie sich's anders überlegt, weil Sie sie jetzt nicht mehr zwingen können, das zu sagen, was Sie wollen?"

Jetzt verlor Tomas die Fassung. Er packte den Mann vorn an dessen Hemd und bereitete sich darauf vor, ihn zu schlagen. Der Dicke zuckte nur lächelnd die Schultern.

„Sie können mich gern verprügeln, doch dann werden Sie hier niemanden finden, der Ihre Freunde traut."

„Tom", flüsterte Beth mit angestrengt klingender Stimme, „würdest du bitte Mrs. Hartshair deinen Kutschermantel geben? Den mag sie hochhalten, und dahinter kann ich mich dann …"

Widerstrebend ließ Tom den Schmied los, streifte seinen weiten Mantel ab und übergab ihn Mrs. Hartshair. Diese folgte Beth in die Ecke, auf die der Schmied gedeutet hatte, und hielt den Kutschermantel für Beth hoch. Die zweite Frau folgte den beiden und wartete geduldig, während Beth ihre Jacke, die Weste sowie das Oberhemd ablegte. Die Augen der Frau funkelten interessiert, als sie die Brustbinde sah, mit der Beth' Oberkörper umwickelt war, schwieg jedoch, bis Beth den Stoff ganz abgewickelt und ihre Brüste befreit hatte.

„Du liebe Güte!“ hauchte sie dann verblüfft.

„Was hast du?“ wollte der Schmied wissen und machte einen Schritt vorwärts, blieb indes auf der Stelle stehen, als Tomas ihm mordlüstern den Weg vertrat.

„Sie hat tatsächlich Brüste!“ verkündete die Frau. „Prachtvolle, riesige Brüste!“

Radcliffe hörte Beth aufstöhnen, und sein Mitgefühl für sie beeinträchtigte seine Geduld.

„Wirst du uns jetzt trauen?“ fragte er den Schmied.

Der Mann zögerte noch immer. „Möglicherweise sollte ich mich lieber einmal selbst davon überzeugen, dass ...“

Weiter kam er nicht, denn da hatte er bereits Toms Hand an der Kehle.

„Ich denke, ihr Wort ist genug“, krächzte er, und seine Augen quollen hervor. „Ich werde die beiden trauen.“

Tom ließ den Schmied erst los, nachdem Beth wieder ordentlich bekleidet war und die drei Frauen aus der Ecke zurückkamen. Dann drückte er noch einmal ein wenig zu. „Also jetzt los!“

„Lady Charlie? Lady Charlie!“

Charlie öffnete die Augen und fuhr sofort hoch. Davon wurde ihr schwindelig, auch weil sie die Angst in Betties Stimme so deutlich hörte. „Was ist denn?“ Charlie merkte kaum, dass sie selbst nur leise krächzte. Sie blickte in Bessies Gesicht. „Was hast du?“

„Irgendetwas geht hier vor. Eine andere Kutsche ist eingetroffen, und ...“ Ihre Stimme erstarb, als sich der Wagenschlag öffnete.

Im einen Moment war sie noch da, und im nächsten war sie schon verschwunden. Das ging so rasch, dass Charlie kaum die Hände sah, welche das Mädchen aus der Kutsche rissen.

„Bessie!“ schrie sie und wollte vorwärts kriechen, sank jedoch schwach gegen die Kutschentür, die man ihr vor der Nase zugeschlagen hatte. Charlie spähte aus dem Wagenfenster und sah, wie das junge Mädchen zu einer anderen Droschke gezerrt wurde. Es dauerte einen Moment, bis sie das Wappen auf deren einer Seite erkannte.

„Seguin!“ keuchte sie entsetzt. „Nein! Das ist nicht Beth! Sie ist es nicht!“ Charlie musste fürchterlich husten, weil der Schrei buchstäblich in ihrem ausgetrockneten Hals stecken blieb. Nachdem sie sich von dem Hustenanfall erholt hatte, war die Kutsche bereits fort und Bessie mit ihr.

Leise schimpfend beobachtete Charlie die Männer, welche zu ihrem Wagen zurückkehrten und zu dessen dem Gasthof zugekehrter Seite gingen. Sie rutschte auf der Sitzbank entlang, spähte hinaus und sah, dass sich die Schurken wieder ans Würfeln machten.

Als die Männer nach einigen Minuten noch immer nicht auf die Kutsche geschaut hatten, meinte Charlie, man halte sie wahrscheinlich für viel zu schwach, um Schwierigkeiten machen zu können, womit sie vor wenigen Minuten auch Recht gehabt hätten. Doch das war vor Bessies Entführung gewesen.

Nachdem ihr jetzt klar war, dass sie das Mädchen in ihre eigenen Schwierigkeiten hineingezogen hatte, war Charlie wild entschlossen, Bessie zu befreien. Entschlossenheit konnte auch dem schwächsten Körper ungeahnte Kräfte verleihen.

Charlie rutschte auf der Sitzbank wieder zurück zu der gegenüberliegenden Tür, öffnete sie und schlüpfte hinaus.

„Was soll das heißen – sie ist fort?“ schrie Symes. „Ihr solltet sie zu dritt bewachen! Drei Männer konnten eine einzige Frau nicht an der Flucht hindern?“

„Wir wandten ihr nur kurz den Rücken zu, und sie war so

schwach wie ein Kätzchen. Wie sie es geschafft hat, weiß ich auch nicht."

„Dass sie so schwach wie ein Kätzchen war, hebt nicht meine Meinung von euch", fuhr Symes sie an.

„Meine Leute suchen sie jetzt. Sie werden sie auf jeden Fall zurückbringen."

„Das will ich ihnen aber auch geraten haben, und sie sollten sie zurückbringen, bevor Mylord herauskommt."

„Sie müssen jeden Augenblick mit ihr zurückkommen. Wenn Sie nicht so früh wieder erschienen wären, hätten Sie gar nichts davon bemerkt. Weshalb sind Sie eigentlich gekommen? Sie sagten doch, um zwölf …?"

Symes seufzte. „Lord Carland ist ein Frühaufsteher und bestand darauf, dass Mylord zu wecken sei, als ich ihm berichtete, ihr wärt mit der Frau eingetroffen. Mylord hat natürlich jetzt die übelste Laune, und die wird er an dir auslassen, falls deine Leute mit der Frau nicht hier sind, bevor er herauskommt, oder …"

„Symes! Wo ist nun die Kutsche, in der sich Charlotte befinden soll?"

„Verdammt", murmelte der dritte Mann, und das war genau das, was Symes dachte, als er sich ergeben zu Henry Westerly umdrehte.

„Haben Sie das gehört? Sie ist geflohen!" rief Mrs. Hartshair glücklich.

„Ja, das ist meine Charlie", meinte Beth stolz.

Radcliffe klopfte an die Wand hinter dem Kutschbock, und der Wagen setzte sich in Bewegung. In sicherer Entfernung von dem Gasthof klopfte er noch einmal. Die Kutsche hielt an, er sprang hinaus und stieg auf den Bock. „Haben Sie gehört?"

„Jawohl, Mylord", bestätigte Stokes. „Gehe ich recht in der Annahme, dass wir jetzt Lady Charlie finden müssen, ehe es die Gegenseite tut?“

„Sie gehen völlig recht, Stokes. Halten Sie die Augen offen.“

Der ältere Mann nickte und trieb das Pferdegespann wieder vorwärts.

Vor Erleichterung wurde Charlie beinahe ohnmächtig, als sie Seguins Kutsche entdeckte. Sie lief noch schneller. Scheinbar schon stundenlang war sie umhergelaufen, hatte nach dem Wagen ausgeschaut und dabei versucht, ihren Verfolgern aus dem Weg zu bleiben.

Merkwürdigerweise fühlte sie sich kräftiger, je länger sie lief. Das lag wahrscheinlich einerseits an der frischen Luft und andererseits an dem Wasser, das sie aus einem Eimer in den Stallungen geschöpft hatte, in denen sie sich verbarg, um von ihren Entführern nicht gesehen zu werden.

„Da ist sie!“

Charlie warf einen Blick über die Schulter und sah die beiden Männer auf sich zulaufen. Ausgiebig fluchend schlüpfte sie in das nächste Haus und entdeckte dort Bessie. Sie stand vor einem Mann in blauem Hemd und Lederschürze. Neben ihr wartete Seguin, der mit einer Hand ihren Arm festhielt, während er mit der anderen Hand irgendetwas unterschrieb.

„Halt!“ rief Charlie heiser. „Bessie, unterschreibe das nicht!“

„Sie schon wieder!“ Der Mann im blauen Hemd blickte ihr mit finsterer Miene entgegen, als sie herbeigelaufen kam.

Charlie nahm ihn kaum zur Kenntnis, denn ihre Aufmerksamkeit galt ausschließlich Seguin und Bessie. „Sie dürfen sie nicht zur Ehe zwingen. Das ist nicht Elizabeth!“

Ungeduldig verdrehte Seguin die Augen. „Wer, zum Teufel, sind denn Sie? Ach, einerlei. Es interessiert mich überhaupt nicht, und es spielt auch gar keine Rolle. Auf Ihre Tricks falle ich nicht herein. Außerdem hat sie es damit auch schon bei mir versucht, mein Junge. Im Übrigen ist es bereits zu spät. Die Sache ist erledigt. Die Trauung ist vollzogen, und wir haben beide unterschrieben. Sie ist meine Ehefrau."

„Er hat mich zur Unterschrift gezwungen", jammerte Bessie, und in diesem Augenblick wurde hinter Charlie die Eingangstür aufgerissen.

„Schnappt sie euch!"

Charlie wollte sich gerade gegen die Hände zur Wehr setzen, die sie plötzlich festhielten, als die Tür zum zweiten Mal aufgerissen wurde und Onkel Henrys Stimme ertönte.

„Wie ich sehe, habt ihr sie gefunden und besaßet zumindest so viel Verstand, sie gleich herzubringen."

Charlie wurde herumgedreht und sah sich ihrem Onkel, Symes sowie dem grimmig dreinblickenden Carland gegenüber, der jetzt auf sie zugeschlendert kam.

„Sehen Sie, Carland, ich sagte Ihnen ja, dass alles gut werden würde. Sie können das Mädchen nun unverzüglich zu ihrer Frau machen."

„Nein, das kann er nicht!" Jedermann schaute auf den Schmied. „Ich werde sie heute nicht mit jemand anders trauen", erklärte er bestimmt.

„Und ob Sie das werden! Und zwar jetzt!" Onkel Henry sah den Mann wütend an.

„Kommt überhaupt nicht infrage. Eine verheiratete Person kann ich nicht noch einmal trauen, und diese hier ist nun einmal bereits verheiratet."

„Soll das heißen, dass das da Charlotte ist?" Seguin erfasste langsam, was der Schmied gemeint hatte. „Sie sieht doch wie ein Knabe aus." Er blickte auf Charlie, und in seinen alten, lüsternen Augen leuchtete die Aussicht auf ganz neue Möglichkeiten auf. „Tragen Sie ebenfalls Kniehosen, meine Liebe?“

„Sie ist keinesfalls bereits verheiratet“, fauchte Onkel Henry ungehalten. Seguins schlüpfrigen Gesichtsausdruck ignorierte er.

Die wütend zusammengepressten Lippen des Schmieds bildeten nur noch eine schmale Linie. „Ist sie doch! Vor knapp zwanzig Minuten habe ich selbst die Trauung vollzogen.“

Charlie erschrak. Der Mann muss von Beth sprechen, dachte sie. Nur war das ganz und gar ausgeschlossen. Ihre Schwester müsste bereits vor einigen Tagen geheiratet haben und inzwischen nach London zurückgekehrt sein.

„Henry?“ Carlands leise Stimme klang drohend.

„Es ist einfach nicht so!“ keuchte ihr Onkel. „So kann es gar nicht sein.“

„Nein? Vor ungefähr zwanzig Minuten erfuhren wir doch, dass sie geflohen sei.“

„Schon, schon … Wen könnte sie geheiratet haben?“

„Mich.“

Entgeistert sah Charlie Radcliffe an, der die ganze Eingangstür des kleinen Hauses auszufüllen schien. Was machte er denn hier? Und wie kam der Schmied darauf, dass … oh, natürlich, er wurde dafür bezahlt, dachte sie und sah dann zu ihrem Erstaunen, dass Tomas und Stokes neben dem Lord standen, und dahinter erhaschte sie einen kurzen Blick auf einen schlanken Knaben.

„Das ist er!“ rief der Schmied. „Und vor einer Viertelstunde habe ich die beiden miteinander getraut. Das wurde hier ordnungsgemäß registriert.“

„Henry!“ knurrte Carland.

Als er die kalte Wut in Carlands Gesicht erkannte, drehte sich Henry zu Charlie um. „Du verdammtes …“, begann er und erhob die Faust gegen seine Nichte.

Doch bevor er seinen Satz vollenden oder den Schlag ausführen konnte, war Radcliffe zur Stelle und fing die Faust ab.

Der ältere Mann schwieg erschrocken.

„Sprechen Sie gefälligst nicht so mit meiner Gemahlin!"

Henry war zutiefst bestürzt, doch dann trat eine gewisse Verschlagenheit in seine Augen, und er brachte es sogar fertig, Carland versöhnlich zuzulächeln. „Es ist ja noch nicht alles verloren. Die beiden mögen getraut worden sein, doch die Ehe können sie unmöglich bereits vollzogen haben. Wir werden Charlotte nach London mitnehmen und die Ehe vom König auflösen lassen. Danach können Sie sie heiraten."

„Sie werden sie nirgendwohin mitnehmen", stellte Radcliffe klar und zerquetschte dabei die Hand, die er noch immer festhielt. „Und die Ehe wurde bereits früher vollzogen. Charlotte ist keine Jungfrau mehr."

Onkel Henry muss das Geld schon ausgegeben haben, das Carland ihm für meine Hand versprochen hat, dachte Charlie, als sie sah, wie sich ihr Onkel wand. Trotzdem redete er weiter mit Carland. „Der lügt! Rufen Sie doch einfach Ihre Männer her, und …"

„Henry, Sie wissen ganz genau, ich brauche einen gottverdammten Erben! Ich werde nicht das Risiko eingehen, dass sie von einem anderen Mann geschwängert wurde. Ich will mein Geld zurück!"

Ihr Onkel sah aus, als würde ihm vor Panik gleich übel werden, doch da trat Symes heran und zog einen dicken Beutel aus seiner Jackentasche.

„Dies gab mir wie vereinbart Lord Seguin, als ihm Lady Elizabeth überstellt wurde, Mylord."

Onkel Henry wäre dem Mann beinahe um den Hals gefallen. „Ach, Symes! Wie klug, dass Sie jetzt daran dachten. Hier, Carland." Er nahm Symes den Geldbeutel ab und händigte ihn Carland aus. „Seguin wollte denselben Betrag für Elizabeth zahlen wie Sie für Charlotte. Somit sollte alles in Ordnung sein."

„Das kann ich nur hoffen", erwiderte Carland kalt und steckte den Geldbeutel ein.

„Hörte ich eben meinen Namen?"

Charlie drehte sich um und sah Beth jetzt im Eingang stehen. Sie trug das lavendelfarbene Gewand, welches Charlie ihr für die Hochzeit in die Reisetasche gepackt hatte. Falls es tatsächlich ihre Schwester gewesen war, auf die sie vorhin als Knabe verkleidet einen Blick erhascht hatte, dann musste sich Beth so rasch umgezogen haben wie noch nie zuvor in ihrem ganzen Leben.

Dennoch staunte Charlie darüber nicht annähernd so sehr wie über die Tatsache, dass hinter ihrer Schwester Mrs. Hartshair sowie deren Kinder auftauchten. Du lieber Himmel, hatte sich hier jedermann versammelt?

„Elizabeth!" Onkel Henry stöhnte diesen Namen entsetzt.

„Elizabeth?" Seguin blickte erschüttert von ihr zu der verschleierten Frau, die er soeben geehelicht hatte. „Wer … wer sind …"

„Das wollte ich Ihnen ja gerade sagen", jammerte Bessie.

„Ja, das wollte ich auch", erklärte Charlie schalkhaft. „Seguin, ich darf Sie mit Ihrer neuen Braut bekannt machen – Bessie, die Zofe von Mylady. Allerdings dürfte sie jetzt wohl eine Countess sein."

„Eine Z…Zofe?" Seguin hielt seinen Oberarm fest, als plagten ihn darin heftige Schmerzen, und endlich ließ er das Mädchen los, das er festgehalten hatte, seit die Entführer es ihm übergaben. Sofort riss sich Bessie den Schleierhut vom Kopf, wodurch ihr rotes Haar sowie ihr ungepudertes Gesicht zu sehen waren.

„Nur keine Panik!" rief Henry aus und redete dann, so schnell er zu denken vermochte, um sich aus diesem Schlamassel zu ziehen. „Das können wir alles aufklären. Ihre Trauung mit diesem

Mädchen kann nicht legal sein, wenn es mit Elizabeths Namen unterschrieben hat. Und mit Elizabeth können wir Sie immer noch trauen lassen.“

„Nein, das ist völlig ausgeschlossen. Elizabeth habe ich in eben diesem Raum vor vier Tagen geheiratet“, erklärte Tomas voller Genugtuung.

„Das stimmt“, bestätigte der Schmied und besah sich dann die Papiere, welche die Frischvermählten unterschrieben hatten. „Außerdem unterzeichnete sie mit dem Namen Bessie Roberd. Ist das Ihr Name?“ Als Bessie elendig nickte, zuckte er die Schultern. „Ja, dann hat alles seine legale Richtigkeit. Ihr beide seid getraut.“

„Ich hielt sie doch für Elizabeth!“ rief Seguin und rieb sich seinen Arm noch mehr. „Die Frau hat mir falsche Tatsachen vorgespiegelt!“

Der Schmied schüttelte den Kopf. „Sie hat Ihnen ihren Namen zwei oder drei Mal genannt, bevor ich mit der Trauungszeremonie begann. Ich hörte es ganz genau. Sie hat Ihnen keinerlei falsche Tatsachen vorgespiegelt. Im Übrigen mussten Sie sie ja erst bedrohen, bevor sie Sie ehelichte. Also streiten Sie es jetzt auch nicht ab!“

„Henry, Sie Schuft! Das ist alles Ihre Schuld.“ In Seguins Augen stand reine Mordlust. Er schnappte nach Luft und machte ein paar taumelnde Schritte auf den blassen Mann zu. Statt Mordlust stand jetzt Schmerz in seinen Augen, und plötzlich legte er sich die Hand, mit der er seinen Arm gehalten hatte, an die Brust. Er schwankte kurz, stieß noch einen Fluch aus und stürzte dann kopfüber zu Boden.

Während alle Anwesenden die Vorgänge entsetzt beobachteten, trat Radcliffe heran und drehte den Mann um. Nachdem er sich hinuntergebeugt und ein Ohr an Seguins Brust gedrückt hatte, richtete er sich wieder auf und schüttelte bedauernd den Kopf. „Tot.“

Carland lachte rau auf, als er das vernahm. „Sie haben vielleicht ein Glück, Henry!"

Als dieser ihn nur ausdruckslos ansah, wog Carland den Geldbeutel in der Hand. „Nun brauchen Sie ihm nicht einmal mehr sein Geld zurückzugeben!" Er steckte den Beutel ein, machte kehrt und schlenderte aus dem Haus.

18. KAPITEL

„Hmmm“, seufzte Charlie vor lauter Vergnügen, als das warme, seidenweiche Wasser sie umfloss. Ihr kam es so vor, als hätte sie vor Tagen zuletzt gebadet. Es sind ja auch schon Tage her, erkannte sie, doch derartige Gedanken verdrängte sie energisch. Sie wollte sich einfach nicht mehr an ihre Entführung, an die fürchterliche Kutschfahrt oder an die entwürdigende Szene im Haus des Schmieds erinnern müssen.

Sie war mehr als glücklich gewesen, Gretna Green den Rücken kehren zu können. Als sie den Ort verließ, saß sie vor Radcliffe auf einem Pferd. Für die Rückreise hatte er das Tier bei dem Stall gekauft, bei dem sie auf der Herreise die Pferde gewechselt hatten, und zu Charlies Erleichterung bestand er darauf, dass sie mit ihm ritte.

Unabhängig von ihrer scheußlichen Reaktion auf die Kutschfahrten, gab es einfach nicht genug Platz für sie alle in dem kleinen Gefährt. Es war schon mit Tomas Mowbray, Beth, Bessie, Mrs. Hartshair sowie deren Kindern hoffnungslos überfüllt gewesen.

Fast einen ganzen Tag mussten sie reisen, ehe sie zu einem Gasthof gelangten, der über genügend Räume verfügte, um die ganze Gesellschaft zu beherbergen.

Dieser Gasthof … Charlie legte den Kopf auf den Rand des Badezubers und schaute sich in dem Raum um. Mit einem Bett – und gegenwärtig auch mit einem Badezuber – war das Zimmer nur spärlich möbliert. Es war zwar klein, jedoch sauber. Verglichen mit der Kutsche, in der sie die vergangenen beiden Tage hatte verbringen müssen, erschien es ihr wie ein edles Gemach in einem vornehmen Palast.

Als die Tür geöffnet wurde, erschrak sie, doch es war nur Beth, die hereinkam. Diese sowie die anderen taten sich an dem herzhaften Mahl gütlich, welches die Wirtsfrau zubereitet hatte, während Charlie den Speisesaal verließ. Ihr Magen war noch nicht ganz in Ordnung nach der überstandenen Reisekrankheit, sodass sie nur wenige Bissen herunterbekam, ehe sie sich auf ihr Zimmer zurückzog, um dort ein Bad zu nehmen.

„Sieht das herrlich aus!“ seufzte Beth und betrachtete neidvoll den Zuber.

„Das ist es auch.“ Charlie begann sich zu waschen. „Ich werde mich beeilen, doch du wirst wahrscheinlich frisches Wasser brauchen. Ich hatte dieses Bad nämlich wahrhaftig sehr nötig.“

„Oh, immer mit der Ruhe. Du brauchst dich nicht zu beeilen. In unserem Zimmer habe ich mir nämlich ebenfalls ein Bad richten lassen.

„In unserem Zimmer?“ Charlie zog die Augenbrauen hoch. „Bleibst du denn nicht hier bei mir?“

„Nein, Tomas und ich haben das Zimmer nebenan.“ Sie errötete hübsch, doch das bemerkte Charlie gar nicht.

„Ich dachte ...“ Sie runzelte die Stirn. „Ich meine, Radcliffe bekam hier doch nur fünf Zimmer.“

„Richtig.“

„Mrs. Hartshair und ihre Kinder übernachten in einem davon, nicht wahr?“

„Richtig.“

„Und Bessie hat ebenfalls eines?“

„Richtig.“

„Dann haben Tomas und du eines, und ich habe dieses hier. Ich vermute, Stokes ... Oh, Radcliffe muss mit Stokes zusammen schlafen.“ Charlie entspannte sich und merkte nicht, dass Beth erstarrte.

„Charlie?“

„Ja?“

„Radcliffe schläft nicht mit Stokes zusammen."

„Wo schläft er denn dann?" Charlie hob den Kopf aus dem Zuber. „Oh, er wird Stokes doch nicht etwa in die Stallungen verbannt haben?"

„Nein, Charlie." Beth zögerte einen Augenblick. „Er wird hier schlafen ... bei dir. Du bist jetzt verheiratet."

„Verheiratet? Nicht doch, Beth. Das sagte Radcliffe doch nur, um zu verhindern, dass ich Carland angetraut werden musste."

Beth schüttelte den Kopf. „Du bist vermählt."

„Ich habe Radcliffe doch nie geheiratet!"

„Doch, das hast du."

„Beth, ich denke, an so etwas würde ich mich auf jeden Fall erinnern. Ich habe Radcliffe nicht geheiratet."

„Stimmt", gab Beth zu. „Das tat ich an deiner statt."

„Was?" Charlie sah ihre Schwester verblüfft an.

„Ich verkleidete mich als Charles, heiratete Radcliffe, fälschte deine Unterschrift ..."

„Was?" Charlie setzte sich so plötzlich im Badezuber auf, dass sie ringsum Wasser verspritzte.

„Er meinte, ihr beide würdet ohnehin heiraten. Und ihr hättet auch schon Liebe gemacht."

Charlie errötete. „Radcliffe hat ein großes Mundwerk!" sagte sie gereizt. „Abgesehen davon müssen sich beide Partner lieben, um Liebe machen zu können."

„Liebst du ihn denn nicht?" fragte Beth besorgt.

Charlies Miene wurde noch düsterer. „Selbstverständlich liebe ich ihn. Wie sollte ich auch nicht? Der Mann ist ein Schatz – lieb, großzügig, verwegen, abenteuerlustig ..."

„Verwegen und abenteuerlustig?" unterbrach Beth ihre Schwester. „Der Mann ist ebenso spießig wie die Kutsche, in der wir fuhren."

„Unsinn. Bedenke doch nur, was für Abenteuer wir erlebt haben, seit wir ihm begegneten!“

Beth schüttelte den Kopf und lachte. „Charlie, du bist diejenige, welche alle Abenteuer auslöst!“

„Schon möglich, doch ohne Radcliffe wären sie niemals eingetreten. Immerhin nahm er uns unter seine Fittiche und brachte uns nach London. Hätte er das nicht getan, würden wir jetzt in Ralphys Haus versauern.“

„Charlie, du wirst niemals versauern. Außerdem tat er das alles nur aus einem gewissen Verantwortungsgefühl heraus.“

Als Charlie daraufhin den Kopf schüttelte, fragte Beth erstaunt: „Nein?“

„Nein, Beth. Um sein Verantwortungsgefühl zu beruhigen, hätte er uns nur zu warnen oder uns eine Pistole zu geben brauchen. Er hätte uns einfach stehen lassen können, nachdem wir erst einmal sicher nach London gelangt waren. Alles das tat er nicht, sondern er brachte uns in sein Haus.“

Beth dachte nach, denn so hatte sie es noch nicht gesehen. „Möglicherweise hast du Recht, denoch vermag ich ihn noch immer nicht als ‚abenteuerlustig‘ zu sehen. Denk doch nur einmal an das Theater, das er wegen der jungen Hunde machte! Das war spießig.“

„Er machte auch Theater, als ich Bessie rettete, und wegen Mrs. Hartshair ebenfalls.“ Charlie lachte. „Doch das war alles nur Gerede, und dahinter versteckte er seine wahre Natur. Wie oft habe ich dir schon gesagt, man dürfe niemals nur auf die Worte eines Menschen achten, sondern man müsse stets auch seine Handlungen beobachten, um zu erkennen, wie es in seinem Herzen aussieht.“

Charlie schüttelte den Kopf. „Man kann vieles sagen, das man nicht meint. Da sind zum Beispiel Jimmy und Freddy, die dir erzählten, sie hätten Wetten darauf abgeschlossen, wer die meisten

Mädchen der Gesellschaft ruinieren könne. Denkst du nicht auch, sie erzählten diesen Mädchen etwas, das sie gar nicht meinten, während sie sich daranmachten, sie zu ruinieren?“

„Schon, aber …“

„Es gibt kein Aber“, unterbrach Charlie und seufzte dann. „Na schön, dann sieh es einmal so: Radcliffe machte Theater wegen Bessie, doch am Ende war er derjenige, der verkündete, sie sei deine Zofe, und er stellte sie prompt ein. Meinst du, jemand wie beispielsweise Lady Mowbray würde Bessie als Zofe dulden?“

„Um Himmels willen, nein! Bessie ist doch überhaupt nicht ausgebildet. Lady Mowbray würde niemals gutes Geld für ein ungeschultes Dienstmädchen ausgeben.“

„Eben. Und dasselbe gilt auch für Mrs. Hartshair. Dennoch stellte Radcliffe sie alle beide trotz seiner Missfallensäußerungen ein. Und sogar Mrs. Hartshairs Kinder nahm er mit auf. Und dann die Sache mit den Welpen. Er hätte mir das zu ihrer Rettung benötigte Geld verweigern können, es dem Bauern geben und darauf bestehen können, dass der Mann es für ihren Unterhalt verwendete, doch nichts davon tat er. Er redet zwar wie ein alter Griesgram, doch seine Taten strafen ihn Lügen.“

Charlie warf einen Blick auf ihr Badewasser hinunter. „Ein spießiger, alter Griesgram könnte auch niemals so liebevoll sein wie er“, schloss sie.

„Also liebst du ihn doch!“ stellte Beth erleichtert fest.

„Jawohl.“

„Und du wirst nicht versuchen, die Eheschließung etwa anzufechten?“

Charlie lachte bitter auf. „Wie sollte ich denn? Onkel Henry würde mich nur zu einer Ehe mit jemandem anders zwingen, und wer weiß, wen er diesmal dafür findet, denn jetzt bin ich ja ruiniert.“

„Das hört sich nicht so an, als wärst du glücklich.“

„Wärst du glücklich, mit Tom verheiratet zu sein und ihn auch zu lieben, doch zu wissen, dass er dich nicht liebt?"

„Ach Charlie, Radcliffe muss dich doch lieben! Es ist gar nicht anders denkbar."

„Es spricht die treue Schwester", sagte Charlie gequält. „Er sagte mir, er liebe mich nicht", gestand sie dann.

„Das hat er dir gesagt?" Beth war bestürzt.

„Nun ja, Charles hat er es gesagt", erklärte sie mit einem tiefen Seufzer. „Ich fragte ihn, ob er sie – mich – liebe, und da hat er Nein gesagt."

„Ach Charlie." Ihrer Schwester kamen die Tränen.

Charlie hatte plötzlich einen Kloß im Hals und musste schlucken. Dann straffte sie den Rücken ein wenig und blickte zur Seite. „Du solltest jetzt lieber gehen. Dein Bad müsste inzwischen so weit sein."

Beth zögerte, schien dann jedoch zu merken, dass Charlie allein sein wollte. Da nickte sie widerstrebend und ging langsam zur Tür.

„Gute Nacht."

„Gute Nacht", flüsterte Charlie. Nachdem sich die Tür hinter ihrer Schwester geschlossen hatte, seufzte sie auf und begann sich das Haar zu waschen.

Radcliffe hob die Hand an den Türknauf, zog sie jedoch wieder zurück und ließ die Tür ungeöffnet. Eine seltsame Unruhe hatte ihn befallen. Nein. Vermutlich war er nur deshalb so unsicher, weil er nicht wusste, wie seine junge Gemahlin darauf reagierte, dass sie nun miteinander verheiratet waren.

Er hatte keine Ahnung, was ihm bevorstand. War sie glücklich darüber? Zufrieden? Ärgerlich? Während des Rückritts von Gretna Green hatte sie beharrlich geschwiegen, und er wollte sie auch nicht fragen, wie sie sich zu den Geschehnissen stellte. War sie zornig, weil Beth ihn in ihrem Namen geehelicht hatte? Würde sie ihn mit einem scheuen Lächeln empfangen, oder würde sie ihm einen harten Gegenstand an den Kopf werfen, sobald er das Zimmer betrat?

Radcliffe lächelte gequält. Er bezweifelte, dass viele Männer in ihrer Hochzeitsnacht von derartigen Sorgen geplagt wurden, doch schließlich hatten die ja auch keine Gattinnen wie Charlie. Die schöne, kühne, bezaubernde Charlie ... Er vermutete, dass seine stillen, ruhigen Tage auf dem Land nun vorüber waren. Das Leben hatte sich unversehens in ein einziges Abenteuer verwandelt. Sogar ins Bett zu gehen barg jetzt gewisse Gefahren.

Wünschte er sich die heiteren, gelassenen Zeiten zurück? Radcliffe dachte an die harmonisch ineinander geflossenen Tage vor seiner Begegnung mit Charlie und Elizabeth und dann an jede wilde Eskapade, die er genossen hatte, seit die beiden in sein Leben getreten waren.

Er lachte leise in sich hinein. Für ihn war es ungemein belustigend gewesen, dass sich Clarissa an den „Jungen“ wie eine Klette gehängt hatte, und da er jetzt wusste, dass „Charles“ in Wahrheit ein Mädchen war, wurde die Erinnerung noch viel amüsanter.

Dann entsann er sich, wie „Charles“ an dem Rücken des Bauern gehangen und um das Leben der Welpen gekämpft hatte. Ihr Mut war beeindruckend gewesen. Und er sah sie vor sich, wie sie ans Bett gefesselt unter der Peitschen schwingenden Aggie gelegen hatte ...

Er begann laut zu lachen, wurde jedoch sofort wieder ernst. Oh nein, er hatte seine Gemahlin in ein Bordell gebracht!

Nachdem Beth fort war, beendete Charlie rasch ihr Bad. Da ihre Kleidung verschmutzt war – sie hatte sie ja zwei Tage lang unausgesetzt tragen müssen –, schlang sie sich die Leinenlaken um und setzte sich dann vors Feuer, um sich ihre langen Haarsträhnen zu trocknen.

Das Haar war bereits halbwegs getrocknet, als sie zum ersten Mal den Türknauf sich drehen hörte.

Mit hämmerndem Herzen sah sie auf die Tür. Da indes nichts weiter geschah und die Tür auch nicht geöffnet wurde, entspannte sich Charlie wieder und kämmte ihr Haar mit den Fingern weiter vor dem Feuer durch. Einen Augenblick später unterbrach sie diese Tätigkeit aufs Neue, denn sie hörte ein leises Lachen draußen und hatte keine Mühe, daran Radcliffe zu erkennen.

Da sie davon ausging, er spräche mit jemandem auf dem Korridor, widmete sich Charlie erneut ihrem Haar, doch nachdem sie keine andere Stimme auf dem Flur, stattdessen jedoch Radcliffes Lachen abermals hörte, siegte ihre Neugier, und sie lief zur Tür, um sie zu öffnen.

Und jetzt sah sie sich stirnrunzelnd Radcliffe gegenüber. Weshalb schaute er sie denn so verschreckt an? Fand er sie womöglich unattraktiv, oder ...

„Ich brachte dich in ein Bordell!" platzte er heraus.

Charlie blickte ihn verdutzt an, fing sich jedoch wieder und schaute den Flur entlang.

„Sind Sie allein, Mylord?"

„Was? Oh. Ja." Offenbar geistesabwesend trat er in das Zimmer und schloss die Tür.

„Worüber haben Sie denn gelacht?" Charlie folgte ihm durch den Raum, wobei der Saum des Lakens, mit welchem sie sich umwickelt hatte, hinter ihr herschleifte.

„Ich habe doch nicht ... Ach, was soll's." Er blickte sie finster an. „Hast du nicht verstanden? Ich brachte dich in ein Bordell, verdammt noch mal!"

Sie sah, dass er sehr blass war. „Ja, und auch in eine Spielhalle."

„Und wir schliefen zusammen im selben Bett in jener Nacht, als wir einander begegneten!"

„Ich lag über dem Leinenzeug und Sie darunter – falls Sie das beruhigt."

Sie trat ans Feuer und streckte die Hände darüber aus, als ob sie fröre, und ihren Gesichtsausdruck vermochte er nicht zu deuten.

Er nahm all seinen Mut zusammen und fragte: „Willst du auch heute Nacht so schlafen?"

Sie warf ihm einen scharfen Blick zu und merkte, dass er das Leinen betrachtete, welches sie, wie sie jetzt erst erkannte, auf höchst verführerische Weise um sich geschlungen hatte. Nur ganz kurz zögerte sie, hob dann den Kopf und bannte seinen Blick mit ihrem, während sie gelassen die Hand hob und den togaartig drapierten Stoff löste. Geräuschlos glitt er auf den Boden, und sie hob trotzig das Kinn. Vielleicht liebte er sie nicht, doch er begehrte sie, und bei ihrer üblichen Lust am Leben wollte sie sich nehmen, was es ihr zu bieten hatte.

Radcliffe schluckte. Seine Gemahlin schwieg, doch sie brauchte auch gar nicht zu reden. Was sie tat, beantwortete alle seine unausgesprochenen Fragen.

Er ließ den Blick über ihre vollen Brüste mit den stolz aufgerichteten Spitzen, über ihren leicht gerundeten Leib, die geschwungenen Hüften, die wohlgeformten Beine und dann wieder zurück zu ihrem Gesicht gleiten.

„Meine schöne, kühne, bezaubernde Charlie", wiederholte er seine Gedanken jetzt laut. Was sie tat, die Art, wie sie dastand, und ihre stolze Haltung schienen ihre Persönlichkeit auszumachen: kühn und leidenschaftlich. Ich bin der glücklichste aller Männer, dachte Radcliffe und streckte ihr eine Hand entgegen. „Komm her."

Als sie erstarrte und dann zögerte, dachte er, dies sei der Kampf der Willensstärke, der ja kommen musste, denn Charlie war nicht die Frau, die sich etwas befehlen ließ. Statt jedoch stehen zu bleiben und zu verlangen, dass er zu ihr käme, machte sie ein paar Schritte vorwärts, womit sie die Hälfte des Abstands zwischen ihnen beiden verringerte. Erst dann blieb sie stehen und blickte ihm herausfordernd entgegen.

Was sie damit ausdrückte, war völlig klar: Sie wollte ihm auf halbem Wege entgegenkommen, jedoch nicht weiter. Carland hätte sie wegen ihres Trotzes auf der Stelle verprügelt. Radcliffe indes lächelte nur und überwand die Entfernung zwischen ihnen mit zwei kurzen Schritten.

Sollen doch andere Männer für Gehorsam Kriege führen, entschied er und legte die Arme um ihren warmen, weichen Körper, ich habe ja meine Charlie! Und das war sein letzter klarer Gedanke, bevor seine Gemahlin ihm die Arme um den Nacken legte.

19. KAPITEL

Seufzend drehte Charlie den Ring an ihrem Finger – ihren Ehering. Radciffe hatte ihn ihr in dem Gasthof geschenkt, in dem sie übernachteten, nachdem sie Gretna Green hinter sich gelassen hatten. Das war vor zwei Wochen gewesen, und seit zwei Wochen führte sie nun schon das Leben einer angeblich verheirateten Frau.

Sie hielt es jedenfalls für „angeblich", weil sie nicht wusste, ob ihre Trauung überhaupt rechtmäßig gewesen war, denn sie hatte ihr ja weder beigewohnt noch das Register gegengezeichnet. Trotzdem fühlte sie sich wie eine Ehefrau, und zwar genauso elend, wie sie es erwartet hatte.

Nicht, dass Radcliffe sie etwa schlecht behandelte. Er behandelte sie nur so, wie wahrscheinlich die meisten Londoner Ehemänner ihre Frauen behandelten. Er war freundlich und sanft, sogar zuvorkommend. Leider jedoch redete er nicht mehr mit ihr, jedenfalls nicht so, wie er es getan hatte, als er sie noch für Charles hielt.

Damals hatten sie herrlich miteinander diskutiert und debattiert. Er hatte mit ihr über die verschiedenen Anlagemöglichkeiten gesprochen und sich ihre Ansichten angehört, als besäßen sie absolute Gültigkeit. Jetzt dagegen neigte er zu einer eher herablassenden und nachsichtigen Haltung ihr gegenüber, einerlei, was sie sagte. Und über Geschäftliches redete er überhaupt nicht.

Das hielt Charlie nicht aus. Falls er sie noch ein einziges Mal mit seinem Was-bist-du-doch-für-ein-reizendes-Dingelchen-Lächeln bedachte, würde sie ihm etwas Hartes an den Kopf werfen!

Nur im Bett betrachtete er sie als gleichberechtigt. Leider nur fiel es Radcliffe schwer, sich im Bett auf finanzielle Angelegenheiten zu konzentrieren. Dort ließ er sich immer von ihren weniger intellektuellen Fähigkeiten ablenken und lenkte sie dann seinerseits ebenfalls vom Thema ab.

„Mylady?"

Charlie drehte sich um und sah Stokes im Türrahmen des Salons stehen. „Ja?"

„Lady Seguin, Countess of Chiltingham, ist hier, um Sie zu sprechen."

Charlie, die sich freute, aus ihren düsteren Gedanken gerissen zu werden, stand sofort auf und eilte an dem Butler vorbei in die Eingangshalle.

„Bessie!" grüßte sie herzlich, doch dann verschwand ihr Lächeln, als sie die Tränen in den Augen der jungen Frau sah. Sie lief zu ihr und umschloss die kalten, abgearbeiteten Finger. „Aber, aber, meine Liebe! Was hast du denn?"

„Ach, ich halte das einfach nicht aus", schluchzte die ehemalige Zofe. „Diese ganzen schauerlichen, grausamen Aasgeier, die ständig auf mir herumhacken! Sie tuscheln hinter meinem Rücken, und vor meiner Nase auch. Sie nennen mich eine Landpomeranze und ..."

Bessies Stimme brach, und Charlie umarmte das Mädchen fest, während sie die gesamte Londoner Gesellschaft für deren Verhalten verfluchte.

Elizabeth hatte bereits auf der Rückreise Befürchtungen geäußert und Angst davor gehabt, dass ein Skandal losbrechen könnte, sobald sich die Eskapaden der Schwestern in der Gesellschaft herumsprachen. Seinerzeit hatte Charlie Beth versichert, dass alles gut werden würde.

Sie vermutete nämlich, da beide Ehemänner Mitglieder des Hochadels waren und da fast jeder in London sich an Radcliffes Investitionen beteiligen wollte, würde niemand viel zu ihrem skandalösen Benehmen sagen. Damit hatte sie auch Recht behalten. Statt verdammt zu werden, wurden sie wie Romanheldinnen gefeiert, zumindest nach außen.

Bessie dagegen war dieses Glück nicht beschieden gewesen. Das hatte Charlie sich schon gedacht, und auch damit behielt sie Recht. Die vornehme Gesellschaft verzieh es niemals jemandem aus der Arbeiterklasse, wenn er oder sie es wagte, sich über die Gesellschaft zu erheben.

Obgleich niemand wusste, dass Seguin das Mädchen mehr oder weniger aus Versehen geheiratet hatte – bis heute schwiegen sowohl Carland als auch Onkel Henry –, würde die Gesellschaft einer ehemaligen Dienstmagd die Hochzeit mit einem Mitglied des Adels niemals vergeben. Die Gerüchteküche brodelte heftigst.

Man flüsterte, Bessie habe Seguin zu der Trauung erpresst. Andere wieder behaupteten, Seguin habe das Mädchen an Beth' Stelle geehelicht, nachdem er herausgefunden hatte, dass diese bereits mit einem anderen verheiratet war. Man spekulierte sogar, Seguins Familie könnte die Trauung anfechten und die Ehe auflösen lassen.

Unterdessen brachte man Bessie in Seguins Stadthaus unter, wo sie der ständigen Belagerung durch wissbegierige Besucher ausgeliefert war, die an ihrer Tür erschienen und sie angafften, als wäre sie ein wildes Tier im Käfig ...

Als es an die Tür klopfte, öffnete Stokes, der zuvor bei Charlie und der weinenden Bessie gestanden hatte. Draußen stand ein kleiner Junge, der Stokes einen Brief übergab und gleich wieder davonlief.

„Der Brief ist für Seine Lordschaft bestimmt", erklärte der Butler, als er Charlies fragenden Blick auffing. „Ich werde ihn auf das Pult in der Bibliothek legen."

Charlie nickte und führte Bessie in den Raum, den sie eben verlassen hatte.

„Würden Sie uns bitte nachher etwas Tee in den Salon bringen, Stokes?“

Als der Butler nickte, führte sie Bessie in den Salon, nötigte sie, sich hinzusetzen, nahm selbst ebenfalls Platz und betrachtete das unglückliche Mädchen. „Ist es denn wirklich so furchtbar schlimm, Bessie?“

„Einfach fürchterlich ist es! Ich würde viel lieber Bettpfannen sauber machen, als mich mit diesen bösen alten Vetteln abgeben zu müssen, die täglich vor meiner Tür erscheinen.“

„Ach je.“ Charlie streichelte Bessies Hand und gab sich große Mühe, bei dem Gedanken an das Reinigen von Bettpfannen nicht etwa das Gesicht zu verziehen. Das Mädchen befand sich auch so schon in einem üblen Zustand.

„Trage doch einfach deinem Butler auf zu erklären, du seist nicht im Hause“, schlug sie vor.

In diesem Augenblick kam Stokes mit dem Teetablett in den Salon und wurde ganz blass, als Bessie plötzlich wütend aufbrauste.

„Das habe ich ja getan!“ entgegnete die junge Countess bitter. „Doch der Mann beachtet mich ja überhaupt nicht. Offenbar bereitet es ihm Vergnügen, zu beobachten, wie ich mich bei den ach so liebenswürdigen Gnadenerweisungen dieser Frauen gedemütigt winde. Niemand in Seguins Haus beachtet mich! Meine Zofe tut nicht einmal so, als hörte sie, wenn ich sie rufe. Der Koch redet nicht mit mir, und wenn ich überhaupt etwas esse, dann ist es kaltes Brot mit Käse, den eine ständig schlecht gelaunte alte Frau vor mich auf den Tisch stellt, die wohl irgendeine Art von Dienstbotin ist, doch was für eine, weiß ich nicht.“

Bessie schüttelte den Kopf. „Seit ich dort eintraf, ist noch nie jemand zum Saubermachen gekommen“, klagte sie weiter. „Das Stadthaus ist kalt, zugig, verstaubt und ...“ Sie erschauderte. „Es war ja von Anbeginn an nun wirklich nicht gerade schön, doch wenn man es weiterhin derartig vernachlässigt, wird es bald vollends scheußlich sein."

Charlie fuhr zusammen, als Stokes, der bei Bessies Ausbruch stehen geblieben war, das Teetablett recht geräuschvoll auf den Tisch stellte. Angesichts seiner empörten Miene wusste sie, dass er Bessies wegen so zornig war, und sie fühlte mit ihm. Stokes vertrat ganz genaue Ansichten darüber, wie sich Dienstboten zu benehmen hatten, und wie nicht. Das Verhalten von Bessies neuem Hauspersonal missbilligte er jedenfalls ungemein.

Charlie räusperte sich und streichelte noch einmal die Hand des Mädchens. „Wenn es so ist, dann musst du eben irgendetwas ändern."

„Was? Was soll ich denn dagegen unternehmen? Wie sollte ich denn irgendetwas ändern?"

„Zunächst einmal musst du damit aufhören, alles als Seguins Eigentum zu betrachten. Der Mann ist tot. Das Stadthaus ist nicht mehr seines, sondern es gehört dir", erklärte sie leise, während Stokes die Teetassen vor die beiden Damen stellte und dabei beifällig nickte.

„Und die Dienstboten sind nicht mehr Seguins Angestellte, sondern deine", fuhr sie fort. „Wenn sie dir nicht gehorchen, musst du sie austauschen. Und genauso solltest du die düstere Atmosphäre des Hauses verändern, wenn du damit nicht glücklich bist."

„Bei Ihnen hört sich das alles so einfach an."

„Es ist ja auch sehr einfach", versicherte Charlie der jungen Frau.

Bessie schien das nicht so ganz zu glauben. „Aber was, wenn die Familie nun die Ehe auflösen lässt?"

„Aber was, wenn sie das nicht tut? Bessie, man kann sein Leben nicht mit Wenn und Aber führen. Im Augenblick bist du Lady Seguin, Countess of Chiltingham, und die Leute stellen deine Dienerschaft dar. Du allein kannst etwas an der Art ändern, wie man dich behandelt."

Jetzt vermochte sich auch Stokes nicht mehr zurückzuhalten. „Lady Charlie hat völlig Recht", brach es aus ihm heraus. „Sie sollten das Haus aufräumen, alle Dienstboten fortschicken, die Ihnen nicht angemessen dienen, und sie durch neue Leute ersetzen."

Charlie biss sich auf die Lippe, um nicht zu lächeln, während sie über die Veränderungen nachdachte, die mit dem Butler und Diener ihres Gatten vor sich gegangen waren.

Jetzt, da Radcliffe verheiratet war, hatte er erwähnt, dass er etwas mehr Zeit in London zu verbringen gedachte, und in diesem Zusammenhang hatte er sich überlegt, ordentliches Hauspersonal einzustellen, welches Stokes und Mrs. Hartshair, die gegenwärtig sowohl die Stellung der Köchin als auch die von Charlies Zofe einnahm, entlasten würde.

Stokes hatte seine Meinung zu diesem Thema recht deutlich geäußert. Während er durchaus nichts dagegen einzuwenden hatte, dass noch ein junges Mädchen als Zofe für seine Herrin eingestellt wurde, das Mrs. Hartshair diese Aufgabe abnehmen konnte, war er ganz und gar nicht dafür, neue Dienstboten in das Haus zu holen, die er dann herumscheuchen musste.

Zurzeit hatten sie Fred für den Stall, eine Frau, die nachmittags zum Saubermachen kam, und wenn sich nicht gerade die Notwendigkeit erwies, eine Soiree zu geben, wozu man eine Aushilfskraft engagieren konnte, dann benötigte man niemanden sonst. Er selbst sei schließlich nicht zu alt, um die Kleidung Seiner Lordschaft in Ordnung zu halten und gelegentlich einmal die Tür zu öffnen, hatte Stokes einigermaßen verschnupft erklärt.

Charlie vermutete allerdings, dass der Mann nur fürchtete, einige der Neuigkeiten und Gerüchte nicht mehr zu erfahren, falls ihm jemand anders zur Unterstützung beigeordnet wurde. Es wäre ihm auf jeden Fall mehr als recht, wenn alles beim Alten bliebe wie gehabt.

„Ich denke, ich kenne ein Buch, welches dir möglicherweise helfen kann", meinte Charlie und wandte sich nun wieder Bessie und deren Sorgen zu. „Bei der Autorin handelt es sich um eine gewisse Duchess Soundso, und das Buch beschreibt den Umgang mit einem großen Anwesen und einer zahlreichen Dienerschaft."

„Richtig!" Stokes nickte begeistert. „Ich glaube, ich weiß, welches Buch Sie meinen, und ich bin mir auch sicher, Seine Lordschaft hat eine Ausgabe davon in der Bibliothek stehen. Soll ich das Buch für Sie holen, Mylady?"

„Nein, danke, das tue ich selbst", lehnte Charlie freundlich ab. „Dann kann ich auch gleich nachsehen, ob es noch weitere Bücher gibt, die für Bessie ebenfalls von Nutzen sind. Setzen Sie sich doch, Stokes. Vielleicht fallen Ihnen ja selbst noch einige Weisheiten ein, die ihr helfen könnten."

Der Butler nickte, setzte sich mit würdevoller Miene der jungen Dame gegenüber, griff ganz in Gedanken nach der noch unberührten Teetasse seiner Herrin und begann mit seinem Vortrag darüber, wie sich ein ordentliches Dienstpersonal ihr gegenüber zu verhalten habe.

Charlie schaffte es, ihr Kichern zurückzuhalten, bis sie den Salon verlassen hatte. Es fiel ihr nicht leicht, sich an den reichlich steifen Stokes zu erinnern, an den Butler, der ihr bei ihrem und Beth' Eintreffen hier begegnet war. Die Veränderungen des Mannes waren ihr im Laufe der Zeit gar nicht so sehr aufgefallen, zumindest nicht vor ihrer Heimreise von Gretna Green. Anscheinend hatte sich Stokes aus der Hülle der Schicklichkeit befreit, die ihn zuvor so fest umgeben hatte.

Dafür hielt Charlie Mrs. Hartshair verantwortlich. Ganz offensichtlich hatte sich Stokes in die Frau verliebt, und in ihre Kinder war er geradezu vernarrt. Mrs. Hartshair schien ebenfalls immer mehr Zuneigung für den Diener zu hegen, was Charlie einfach wunderbar fand. Die Hartshairs verdienten einen guten Mann in ihrem Leben nach allem, was ihnen der verblichene Mr. Hartshair zugemutet hatte, und Charlie konnte sich keinen netteren und aufrechteren als Stokes denken.

Sie begab sich also in die Bibliothek, wo sie auch das in Rede stehende Buch fand. Das holte sie aus dem Regal, legte den schweren Band auf den Schreibtisch und durchsuchte dann die Regale nach weiteren Büchern, die in diesem Fall dienlich sein mochten.

Nachdem sie noch drei weitere Bände ausgesucht hatte, kehrte sie zum Schreibtisch zurück, um das erste Buch aufzunehmen. Dabei fiel ihr Blick auf das Papier, welches Stokes auf die Tischplatte gelegt hatte, wo sein Herr es bei seiner Rückkehr finden würde. Der Brief war aufgerollt und mit einem blutroten Band zusammengebunden – genau wie die Botschaften des Erpressers!

Charlie legte die Bücher vorsichtig daneben ab, nahm die Schriftrolle auf und entfernte rasch das rote Band. Dann ließ sie sich auf den Sessel hinter dem Pult sinken und begann zu lesen.

Wenn Sie die Identität der Person erfahren wollen, welche Ihre Braut erpresst hat, dann kommen Sie um elf Uhr zu Aggies Etablissement.

Charlie ließ die Note sinken und schaute auf die Sanduhr neben der Tür. Es fehlten ja nur noch zehn Minuten bis elf Uhr, und Radcliffe war noch nicht einmal daheim! Er würde die Mitteilung niemals so rechtzeitig sehen, um noch …

Sie schüttelte den Kopf. Weshalb sollte er auch? Schließlich hatte sie inzwischen geheiratet. Im Übrigen waren ihre und Elizabeths Eskapaden der Gesellschaft wohl bekannt und verziehen. Nun ja, jedenfalls die meisten dieser Eskapaden, dachte Charlie, verzog das Gesicht und nahm den Brief wieder zur Hand.

Falls Sie nicht erscheinen, gehe ich davon aus, dass es Ihnen nichts ausmacht, wenn ganz London erfährt, dass Sie und Ihre Gemahlin vor Ihrer Trauung ein Bordell aufsuchten.

Als Charlie das las, stöhnte sie auf. Dieses kleine Abenteuer war das Einzige, von dem die Gesellschaft nichts ahnte. Sie vermochte sich gut vorzustellen, welchen Wirbel es auslösen würde, falls herauskäme, dass Lady Radcliffe Gast in einem öffentlichen Freudenhaus gewesen war!

Sie zerknüllte das Papier, warf es wütend quer durch den Raum, stand auf, umrundete den Schreibtisch und eilte aus der Bibliothek. Ein kurzer Blick in den Salon sagte ihr, dass Mrs. Hartshair sich zu der kleinen Runde gesellt hatte, sodass ihre, Charlies, Abwesenheit vermutlich gar nicht so sehr bemerkt wurde. Eilig lief sie die Treppe hinauf.

Im Gegensatz zu dem, was sie Radcliffe versichert hatte, besaß sie noch einiges von der Garderobe, die sie während ihrer Auftritte als „Charles“ getragen hatte. Bei ihrer und Radcliffes Heimkehr hatte sie nämlich nicht eingesehen, weshalb sie alles wegwerfen sollte, und deshalb übergab sie Stokes die Sachen, auf dass er sie so entsorgte, wie er es für richtig hielt … mit Ausnahme dessen, was sie jetzt aus der Truhe am Fußende ihres Bettes zog.

Sie vermutete, dass ihr Gemahl gehofft hatte, so etwas verhindern zu können. Radcliffe war äußerst umsichtig, was Details betraf, und hatte sicherlich die Tatsache nicht vergessen, dass der Erpresser, der sie an ihren Onkel zurückverkaufte, noch immer frei herumlief und sich bei ihnen möglicherweise wieder meldete.

Daran hatte Charlie nicht gedacht. Vielmehr war sie der Ansicht gewesen, als verheiratete Frau jetzt in Sicherheit zu sein, weil ihr Gemahl sie auf seine Weise beschützte. Doch würde er es darauf ankommen lassen, dass sie ruiniert wurde, statt noch einmal Herrenkleidung anzulegen, um einen Erpresser zu treffen und sich selbst zu retten? Wahrscheinlich ja, dachte sie, während sie sich auskleidete. Männer konnten ja gelegentlich so unvernünftig sein!

Sie nahm die Brustbinde auf, umwickelte sich rasch damit, zog sich die Männerkleidung an, band ihr Haar im Nacken zusammen, steckte es hinten in das Oberhemd und stülpte sich die fürchterliche Perücke auf den Kopf.

Sie trat an den kleinen Kasten auf dem Nachttisch, schloss ihn mittels des Schlüssels, den sie an einer Kette um den Hals trug, rasch auf und nahm eine Hand voll Münzen heraus. Danach verließ sie ihr Schlafzimmer, lief die Treppe hinunter und zur Vordertür hinaus, ohne mit jemandem gesprochen zu haben.

Man hätte ja ohnehin nur versucht, sie von ihrem Vorhaben abzubringen, und es hätte sie viel Zeit gekostet, alle davon zu überzeugen, dass sie das Richtige tat. Zeit jedoch hatte Charlie nicht. Sie durfte es nicht riskieren, dass der Erpresser nicht mehr lange auf Radcliffes Erscheinen wartete, sondern sich stattdessen mit seiner Information an andere Leute wandte.

Nicht ihretwegen machte es ihr Sorgen, dass diese Information möglicherweise durchsickerte. Sie dachte dabei vor allem an Radcliffe. Der Skandal, den es auslösen würde, falls sich die Geschichte von ihren tollen Mätzchen herumspräche, würde ein demütigender Preis dafür sein, dass er sie vor einem schrecklichen Leben – oder eher vor einem schrecklichen Tod – bei Carland zu retten versucht hatte. Radcliffe verdiente Besseres, sie schuldete ihm Besseres.

Und ich werde auch dafür sorgen, dass er es bekommt, nahm sie sich fest vor, während sie eine Droschke heranwinkte, dem Kutscher das Fahrtziel zurief und einstieg.

Es war nur eine kurze Strecke zu Aggies Etablissement. Beim ersten Mal war ihr der Weg wesentlich länger vorgekommen, was möglicherweise an den Umständen gelegen hatte. Damals hatte sie eine Nacht im Club oder in einer ähnlich unterhaltsamen Stätte erwartet, und darauf war sie äußerst gespannt und neugierig gewesen. Heute allerdings sah sie ihrem Eintreffen mit den größten Bedenken entgegen.

Als die Droschke hielt, warf Charlie durch das Wagenfenster einen Blick auf die Fassade des Bordells, stieg dann widerstrebend aus und gab dem Kutscher eine Münze.

„Ich glaube nicht, dass dort schon geöffnet ist, Mylord." Dem Kutscher waren offenbar die Ruhe sowie die stille Atmosphäre um das Gebäude herum ebenfalls aufgefallen. Es schien, als würden alle Bewohner mitsamt dem Haus selbst auf etwas warten.

Der Mann schüttelte den Kopf. „Vermutlich schlafen sie sich nach dem Geschäft der vergangenen Nacht aus. Wollen Sie nicht lieber irgendwoanders hingehen?"

„Nein. Hier ist es schon richtig. Vielen Dank." Charlie drehte sich um und ging langsam auf die Tür zu.

Bevor sie anklopfte, holte sie erst einmal tief Luft und musste sich dann sehr beherrschen, um nicht etwa zurückzuweichen, als ein wahrer Riese öffnete und sie dann zweifelnd beäugte.

„Wir haben noch nicht geöffnet!"

Charlie räusperte sich und hob das Kinn. „Radcliffe, zu Diensten", stellte sie sich so arrogant wie nur möglich vor. „Ich werde erwartet."

Der Riese zog die buschigen Augenbrauen hoch, trat jedoch sofort zur Seite. Charlie wusste nicht, ob er ihre Behauptung, erwartet zu werden, bezweifelte, oder ob er nicht glaubte, dass der schlanke Jüngling vor ihm tatsächlich Lord Radcliffe war. Ihr war es einerlei. Sie wollte diese Angelegenheit nur hinter sich bringen und dann zurückkehren zu ihrem wenn auch nicht vollkommenen, so doch höchst angenehmen Leben mit ihrem Ehegemahl.

„Hier entlang." Der Riese führte sie durch die Eingangshalle und die Treppe hinauf zu einem Zimmer, welches sie sofort als dasjenige wieder erkannte, in welchem ihr seinerzeit Bessie begegnet war. Charlie widerstrebte es zuerst einzutreten, doch dann sah sie plötzlich einen Mann am Fenster stehen, der ihr den Rücken zugewandt hatte.

Sie straffte sich und schritt mit gespieltem Mut in den Raum, fuhr indes erschrocken zusammen, als hinter ihr die Tür zugeschlagen wurde. Der Mann am Fenster zeigte keinerlei Reaktion auf das Geräusch. Nachdem einige Augenblicke vergangen waren und er sich noch immer nicht zu ihr umgedreht hatte, gab Charlie ihre gespielte Gelassenheit auf.

„Nun?"

„Nun", wiederholte der Mann leise, drehte sich zu ihr um, und sie sah die Pistole in seiner Hand.

Ungläubig sah sie die Waffe an, und als sie dann den Blick zu seinem Gesicht hob, durchfuhr sie ein neuerlicher Schrecken.

„Norwich!" stieß sie hervor und schaute von seinem Gesicht zu der Pistole, welche er jetzt schlaff herunterhängen ließ. Diese Waffe kam ihr irgendwie bekannt vor, obgleich sie sie zuvor noch nie gesehen haben konnte. Auf Bällen und Abendveranstaltungen zeigte man sich üblicherweise ja kaum bewaffnet, und das war die einzige Gelegenheit, bei der sie den Bruder des Mannes getroffen haben konnte, der Radcliffes Schwester geheiratet hatte.

„Was tun Sie hier?"

Er sah sie ausdruckslos an, blickte dann auf seine Waffe und runzelte die Stirn. „Ich …" Er stockte, verzog das Gesicht, betrachtete sie erneut und lachte kurz auf, was in einem Seufzer endete. „Sie wissen doch ganz genau, weshalb ich hier bin."

„Eine kleine Erpressung? Das haben Sie die ganze Zeit versucht, nicht wahr?“

Er zuckte die Schultern. „London ist eben ein sehr teures Pflaster, wissen Sie.“

„Woher wussten Sie, dass wir hier waren?“

„Ich bin flüchtig mit Ihrem Onkel bekannt. Ich war sogar einmal auf Ihrem Landgut. Dort blieb ich nur eine sehr kurze Zeit“, fügte er hinzu, als er ihre zweifelnde Miene bemerkte. „Ihr Onkel schuldete mir nämlich ein wenig Geld, und ich wollte es mir holen. Ich befand mich nicht lange genug dort, um ordentlich vorgestellt zu werden, doch ich sah Sie und Ihre Schwester aus dem Dorf zurückkehren, als ich in meiner Kutsche abfuhr.“

Seufzend ging er ein paar Schritte nach rechts, legte seine Pistole auf eines der Nachttischchen und lehnte sich dann gegen die Wand daneben, wobei er die Arme vor der Brust verschränkte und die Füße übereinander schlug.

„Dennoch erkannte ich Sie anfangs nicht“, fuhr er fort. „Seit ich Sie beide gesehen hatte, war es schließlich schon länger als ein Jahr her. Außerdem ist es wirklich sehr schlau, sich als Knabe zu verkleiden.“ Er lächelte ihr plötzlich zu, was sie unter anderen Umständen charmant gefunden hätte. „Ungemein einfallsreich!“

„Allerdings nicht einfallsreich genug, wenn Sie uns dann doch erkannten.“

„Oh …“ Er winkte ab. „Das war wirklich nicht Ihr Fehler. Ich wusste schließlich, dass Radcliffe keine Verwandten hatte, was mich zu der Frage führte, wer Sie eigentlich waren. Und möglicherweise würde ich es trotzdem nicht herausbekommen haben, wenn Sie Ihre Namen geändert hätten.“

Charlie seufzte. Ihre Namen waren tatsächlich der schwächste Punkt in dem ganzen Plan gewesen. Doch nachdem sie sie Radcliffe bereits genannt hatten, waren sie zu dem Schluss gelangt, dass

Charlotte und Elizabeth recht unauffällige, weil beinahe königliche Namen waren, mit denen sie wohl kaum Schwierigkeiten bekommen würden.

Im Übrigen war ihnen die Möglichkeit, erkannt zu werden, geringer erschienen, als wenn sie sich anders nannten und sich dann versehentlich beim richtigen Namen riefen oder darauf reagierten. Dennoch würden sie ihre Namen niemals geändert haben, wenn sie zuvor jemals in London gewesen und so wenige Menschen seit dem Tod ihrer Eltern zu ihrem Landgut gekommen wären.

„Sie hätten Radcliffe lieber die Einhaltung dieser Verabredung überlassen sollen."

Da Norwichs bedauernder und müder Tonfall Charlie misstrauisch machte, blickte sie ihn scharf an. „Ja, nur war er leider gerade nicht greifbar. Er befand sich nicht einmal im Haus, und in Ihrem Brief hieß es, falls er nicht erscheine, würden Sie die gesamte Gesellschaft informieren. Abgesehen davon – weshalb sollte er Sie auszahlen? Wir haben ihn ja genauso genarrt."

„Wusste er tatsächlich nicht, dass Sie eine Frau waren?"

Sie schüttelte den Kopf. „Meinen Sie etwa, er würde mich in ein Bordell geschleppt haben, wenn er die Wahrheit geahnt hätte?"

„Ein gutes Argument", erwiderte er trocken. „Dort sah ich Sie nämlich zum ersten Mal."

Charlie neigte den Kopf. „Ach wirklich?"

„Ja. Ich beobachtete, wie Sie aus dem Zimmer schlichen, dann jede Tür auf diesem Korridor prüften und am Ende in diesen Raum hier schlüpften. Was suchten Sie hier?"

„Radcliffe", antwortete sie. Sie erinnerte sich ganz genau an jene Nacht.

„Ich merkte gleich, dass Sie eine Frau waren."

Charlie erschrak bei dieser Behauptung und schüttelte dann den Kopf. Sie versuchte gar nicht erst, ihre Zweifel zu verbergen.

„Oh selbstverständlich. Ganz London ließ sich täuschen, nur Sie nicht!"

Er zuckte die Schultern. „Es lag nur an Ihrem Aufzug, nehme ich an. Hätte ich Sie zuerst im Theater oder auf einem Ball getroffen, würden Sie mich möglicherweise ebenfalls genarrt haben. Doch Sie sind mir nun einmal zuerst in einem Bordell begegnet."

Als Charlie ihn darauf nur schweigend anschaute, redete er weiter. „Die Frauen hier tragen alle möglichen Kostümierungen, um ihren Kunden zu gefallen, und Sie sah ich zuerst von hinten, als Sie aus dem Raum dort kamen."

Sie zog fragend die Brauen hoch. „Und?"

„Ihre Hüften sind viel zu ausladend und zu wohlgeformt für die eines Knaben. Sie sind ungemein attraktiv, um die Wahrheit zu sagen. Und da ich zuvor noch niemals die Rückenansicht eines Mannes attraktiv gefunden hatte, mussten Sie eine Frau sein." Als sie errötete, grinste er sündig, fuhr jedoch fort: „Ich dachte mir, Sie wären vielleicht ein neues Mädchen, das einem der Männer hier diese Rolle vorspielte."

„Verstehe." Charlie räusperte sich. „Und als wir Ihnen dann als Radcliffes Verwandte vorgestellt wurden – wobei Sie doch wussten, dass der Lord gar keine Verwandten hatte –, zählten Sie einfach zwei und zwei zusammen und beschlossen, uns zu erpressen."

„Bei Ihnen hört sich das ziemlich unanständig an." Norwich verzog das Gesicht.

„Sind Sie das denn nicht?"

Er lachte freudlos. „Nicht halb so unanständig, wie ich noch sein werde", sagte er sehr leise und nahm seine Pistole wieder an sich.

Unwillkürlich senkte Charlie den Blick auf die Waffe, wobei sie die Gravur auf dem stählernen Lauf sowie die Initialen im Kolben sah. „Der Gasthof!"

Bei diesem leise ausgesprochenen Wort runzelte Norwich die Stirn. „Was?"

„Daher kenne ich Ihre Pistole", erklärte sie. „Ein Gasthof an der Landstraße nach London. Der Gastwirt zeigte sie mir. Er erzählte, er habe sie von einem Burschen bekommen, der sein ganzes Geld beim Glücksspiel an einen anderen Kunden des Gasthofs verloren hatte und dann versuchte, sich vor dem Bezahlen seiner Rechnung zu drücken. Diese Pistole dort sah genau wie Ihre aus. Sie trug ebenfalls Initialen", entsann Charlie sich und zog die Stirn kraus, weil sie sich an diese Buchstaben nicht mehr genau erinnern konnte.

„R. N."

„Richtig", sagte sie unsicher. Radcliffe hatte ihr erzählt, Norwich sei nach dem König benannt worden und hieße George.

„Das ‚R' steht für Robert. Mein Bruder", erklärte er. „Robert Norwich. Die beiden Pistolen gehörten ihm, ein identisches Paar. Als Robert starb, gingen sie auf mich über, und ich behielt sie aus Sentimentalitätsgründen. Deshalb händigte ich auch nicht einfach eine davon statt des Geldes dem Gastwirt aus. Ich wollte mir vielmehr die Schande ersparen, bei Nacht und Nebel zu verschwinden und dann womöglich geschnappt zu werden."

„Sie müssen Ihren Bruder sehr geliebt haben."

„Um Himmels willen, nein! Ich verabscheute ihn zutiefst." Finster blickte er auf die Pistole in seiner Hand. „Wenn ich erst einmal das Geld von Radcliffe habe, werde ich zu diesem Gasthof zurückkehren müssen, um mir die zweite Waffe zurückzuholen …"

Leicht verwirrt schüttelte Charlie den Kopf. „Wieso? Sie sagten eben, Sie verabscheuten Ihren Bruder. Weshalb wollen Sie denn dann noch seine Pistolen? Und wie können Sie für die Waffen sentimentale Gefühle hegen, wenn sie ihn so sehr verabscheuten?"

„Weil ich ihn mit diesen Waffen getötet habe."

20. KAPITEL

Entsetzt sah Charlie Norwich an. „Sie haben was …?“ „Ihn getötet“, wiederholte er ganz langsam, als hätte er eine Schwachsinnige vor sich. „Jawohl. Mit seinen eigenen Pistolen. Können Sie sich das vorstellen? Das war bislang die Krönung meines Lebens. Ich sehe noch jetzt seinen Gesichtsausdruck vor mir.“ Einen Moment blickte er in die Ferne und genoss offenbar das Bild vor seinem geistigen Auge. Dann seufzte er. „Nun ja, so ist das Leben nun mal. Man wartet eine Ewigkeit auf eine solche Freude, und wenn sie endlich eintritt, verfliegt sie viel zu schnell.“

Charlie verlor allmählich die Geduld. „Könnten wir bitte zu dem Mord an Ihrem Bruder zurückkehren?“

„Oh, hatten wir dieses Thema denn nicht abgeschlossen? Was wollen Sie denn noch wissen?“

Charlie holte tief Luft. „Man sagte mir, Ihr Bruder wäre von Banditen umgebracht worden.“

„Nun, ich konnte ja wohl kaum nach Haus zurückreiten und rufen: ‚Ich habe ihn erschossen. Ich habe meinen Bruder erschossen.‘“ Er zuckte die Schultern. „In dieser Gegend war seinerzeit ein Bandit am Werk, und der machte es mir sehr leicht, ihm die Schuld zuzuschieben.“

Charlie zögerte, denn dieses war die schwerste Frage, die sie stellen musste, obgleich sie die Antwort darauf bereits kannte. „Und seine Gattin? Radcliffes Schwester?“

„Ahhh, Mary, die liebe, gute Mary. Ja, ich brachte auch sie um.“

„Wie konnten Sie nur?“

Norwich hielt die Pistole hoch. „Ein identisches Paar, wissen Sie noch? Zwei Pistolen, zwei Kugeln, zwei Tote.“

„Aber nein, ich meine, er war doch Ihr eigener Bruder, und Mary …“

„In Wahrheit war er nicht mein Bruder."

„Nicht?"

„Nein. Der alte Norwich war auch nicht mein richtiger Vater. Der gab mir nur seinen Namen … selbstverständlich zu einem gewissen Preis."

Er genoss Charlies Neugier und Fassungslosigkeit eine Weile. „Meine Mutter war die Mätresse des Königs", erklärte er dann. „Sie wurde guter Hoffnung, und da er bereits verheiratet war, bezahlte er Norwich dafür, dass dieser meine Mutter, die Mätresse, ehelichte und sie vor einem Skandal bewahrte. Deshalb bekam ich den Namen George, nach meinem Vater."

Er lächelte über Charlies bestürzten Gesichtsausdruck. „Sehen Sie, Sie haben die Ehre, mit einem Mann zu sprechen, der unter anderen Umständen ein König geworden wäre oder zumindest doch ein Prinz."

„Und der König entlohnte Norwich mit …"

„Genau. Mit einer königlichen Mitgift. Obwohl ich nicht glaube, dass Norwich sich dazu hätte überreden lassen, wenn es sich nicht gerade um den König selbst gehandelt hätte. Das Geld benötigte er nämlich überhaupt nicht, und man sagte auch, er habe seine erste Gemahlin aufrichtig geliebt und gar keine andere begehrt. Nur, wie sagt man Nein zu einem König?"

„Wahrscheinlich gar nicht." Charlie zog die Brauen zusammen, während sie das Gehörte zu verarbeiten versuchte.

„Brachten Sie deswegen Robert um, weil er Norwichs Sohn war und …"

„Ich tötete ihn des Geldes wegen", fiel er Charlie in die Rede. „Ich hasste ihn, weil er eben er war. Er …" Norwich schüttelte den Kopf über seine eigene Unfähigkeit, seine Gedanken in Worte zu fassen. „Er war perfekt. Schön, stark, charmant, intelligent. Er war meines Vaters Augapfel. Er vermochte nichts Böses zu tun. Frauen liebten ihn, Männer bewunderten ihn. Neben ihm bot ich immer nur ein schwaches Bild."

Norwich geriet in immer heftigere Erregung. „Ich! Der Sohn eines Königs!" stieß er hervor. „Neben ihm erschien ich stets unbedeutend. Ich war weder so edel noch so klug, und ich sah auch nicht so gut aus. Sogar meine Mutter war ihm ergeben. Und beim Tod des Alten erbte er alles. Er wurde der Duke, während ich, eines Königs Sohn, weder Titel noch Land erbte", sagte er voll Bitterkeit.

Norwich schwieg eine Weile und atmete tief ein. „Aber ich habe es ihm gezeigt!" fuhr er listig fort. „Oh ja. Ich ersann eine Möglichkeit, wie ich alles erhalten könnte – das Land, den Titel, das Vermögen. Sogar seine Gemahlin."

„Sie haben ihr doch nicht etwa …" Charlie verbiss sich diese Frage, doch er erriet sie auch so.

„Ihr Gewalt angetan? Um Himmels willen, nein! Wofür halten Sie mich?"

Auf diese Frage konnte Charlie wohl kaum antworten. Dieser Mann hatte Mord und Erpressung eingestanden, sollte sie da etwa ahnen, ob er bei anderen Verbrechen Halt machte?

„Nein, wie ich schon sagte, mein Plan war es, alles zu erhalten. Bedauerlicherweise verdarb Mary es, indem sie guter Hoffnung wurde."

Angewidert schüttelte er den Kopf. „Ich hatte beabsichtigt, Robert umzubringen. Selbstverständlich wollte ich zur Stelle sein, um die trauernde Witwe zu trösten. Kurz darauf wollte ich dann auch Radcliffe umbringen. Da ich mich schon vergewissert hatte, dass dieser keine anderen Verwandten besaß – weshalb ich übrigens auch wusste, dass Sie und Ihre Schwester nicht seine Kusinen sein konnten –, blieb Mary als seine Alleinerbin übrig. Und während sie dann unter den beiden in so rascher Folge eingetretenen Todesfällen gelitten hätte, wollte ich sie ehelichen und damit alles zu meinem Eigentum machen. Es war ein wirklich perfekter Plan. Doch kurz bevor ich ihn in die Tat umzusetzen vermochte, verkündete Robert, dass seine Gemahlin ein Kind erwarte."

Norwich seufzte, ging im Zimmer auf und ab, blieb dann beim Feuer stehen und starrte in die lodernden Flammen. Plötzlich fuhr er mit der Hand wütend über die Kamineinfassung und riss die darauf stehende Pendeluhr sowie ein paar Kerzenständer herunter. Alles fiel krachend zu Boden.

Charlie erschrak heftig und blickte ihn argwöhnisch an, während er sich wieder zu ihr umwandte.

„Ein Erbe hätte natürlich alles ruiniert. Und da verlor ich die Geduld", erklärte er lächelnd. „In einem Anfall von Wut und Verärgerung beschloss ich, Mary ebenfalls umzubringen. Kurz nachdem die beiden zu Radcliffe aufbrachen, suchte ich mir Roberts Pistolen heraus, lud sie und ritt zu einer Stelle auf halbem Wege zwischen den beiden Anwesen. Es war ein kühler und feuchter Tag. Ich weiß noch, dass meine Hände klamm vor Kälte wurden und ich schon befürchtete, die Pistole nicht mehr betätigen zu können. Da sah ich meinen Bruder und Mary um eine Wegbiegung reiten. Sie lachten gerade über irgendeinen Scherz und warfen einander liebevolle Blicke zu.

Ich trat unter den Bäumen hervor, zielte auf Marys Herz und drückte ab. Sie schrie nicht einmal auf. Sie erstarrte einfach in ihrem Sattel und stürzte dann zu Boden. Robert schrie ihren Namen, sprang vom Pferd und eilte an ihre Seite. Er hob sie in die Arme, wiegte sie und flüsterte unausgesetzt ihren Namen. Er schaute sich nicht einmal um und sah mich deshalb auch nicht herankommen, bis ich direkt neben ihm stand. Da hob er den Kopf und sagte mit erbärmlicher Stimme: ‚George, man hat Mary umgebracht.' Ich erwiderte: ‚Ja, ich habe Mary erschossen.' Als ihm die Erkenntnis dämmerte, hob ich die zweite Pistole – seine zweite Pistole! – und erschoss ihn ebenfalls."

Voller Genugtuung seufzte er auf. „Die Erinnerung an diesen Augenblick habe ich jahrelang genossen. Trotzdem bedauerte ich, dass ich nicht bei meinem ursprünglichen Plan geblieben bin."

Er zuckte die Schultern. „Als sich meine Wut abgekühlt hatte, wurde mir klar, dass ich mich bis ins Einzelne an diesen Plan hätte halten können. Nachdem ich Mary geehelicht hätte, hätte ich nur für einen Sturz vom Pferd oder auf der Treppe zu sorgen brauchen, um dadurch entweder eine Fehlgeburt oder den Tod von Mutter und Kind auszulösen. Jede dieser Möglichkeiten würde das Problem aufs Hübscheste gelöst haben, und Radcliffes Vermögen hätte ich tatsächlich sehr gut brauchen können."

„Ein einziges Vermögen war Ihnen nicht genug?" fragte Charlie angewidert.

„Wie ich schon sagte, das Leben in London kostet ungemein viel Geld. Außerdem liebe ich das Glücksspiel, wie Sie sicherlich schon dank der Geschichte mit Roberts Pistole erraten haben. Wenn ich gewinne, gewinne ich große Summen, doch wenn ich verliere …" Er zuckte die Schultern. „Ich bin ein wenig knapp bei Kasse. Die Gläubiger stoßen recht unangenehme Drohungen aus. Deshalb war ich ja so glücklich, als ich hörte, Radcliffe habe Sie geheiratet."

Charlie vermochte ihm nicht ganz zu folgen. Was hatte ihre Eheschließung mit seinem Glücksspiel zu tun? Es sei denn …

„Ich erkannte nämlich, dass Gott mir eine zweite Chance gewährte."

„Mit diesem Irrsinn hat Gott nichts zu tun!"

Norwich schaute sie so ernsthaft an, dass er beinahe vernünftig wirkte. „Sie irren sich, meine Liebe. Englands Könige sind direkte Nachfahren Christi. In unseren Adern fließt sein Blut. Gott hat größtes Interesse an meinen Taten. ‚Dieu et mon droit.'"

Falls sie zuvor seine geistige Gesundheit angezweifelt hatte, so brauchte sie das jetzt nicht länger zu tun: Dieser Mann war eindeutig verrückt.

„Norwich, Sie glauben doch nicht allen Ernstes, Gott möchte, dass Sie uns erpressen?"

„Erpressen?" Das schien ihn zu verblüffen. „Ich beabsichtige doch nicht mehr, Sie zu erpressen."

Jetzt war Charlie wirklich verwirrt. „Der Brief ... die Forderung, dass Radcliffe Sie hier treffen möge ..."

„Schrieb ich ihm etwa, er solle irgendwelche Wertgegenstände oder Geld mitbringen?"

„Nein", musste sie zugeben. „Was aber wollten Sie ..."

„Ihn töten will ich selbstverständlich." Als sie bei diesen Worten erbleichte, lächelte er. „Sie sind mit Radcliffe verheiratet. Andere Verwandte hat er nicht. Wenn er stirbt, erben Sie. Dann werde ich Sie ehelichen, und alles wird mir gehören."

Er schien außerordentlich zufrieden mit sich selbst zu sein. Wäre Radcliffe daheim gewesen, hätte er die Nachricht gelesen und die Verabredung eingehalten, dann wäre er womöglich getötet worden. In diesem Fall hätte sie sich vielleicht von diesem gut aussehenden, liebenswürdigen Mann, der nun vor ihr stand, bezaubern lassen, ihn geheiratet und nie erfahren, dass er der Mörder ihres Gemahls war.

„Falls es Ihnen irgendwie gelingen sollte, meinen Gatten umzubringen, dann glauben Sie doch wohl nicht wirklich, ich wäre willens, Sie zu heiraten!"

Er blickte finster drein. „Das ist leider ein Problem, das Sie selbst schufen, als Sie heute hierher kamen. Sie sollten von alledem nichts erfahren. Bedauerlicherweise haben Sie meine Planung durcheinander gebracht. In gewisser Weise ist dies beinahe eine Wiederholung des Tages, an welchem Mary und Robert starben."

Charlie spürte, wie die Angst sie beschlich – die Angst um ihr Leben.

„Mylord! Gottlob sind Sie daheim."

Radcliffe hatte gerade die Tür geschlossen und drehte sich nun zu Stokes um, der, gefolgt von Mrs. Hartshair und Bessie, aus dem Salon herbeigeeilt kam. Als er den Gesichtsausdruck des gewöhnlich so gelassenen Butlers sah, erwachte auch in Radcliffe die Angst.

„Was ist geschehen? Wo ist Charlie?"

„Ich ... das heißt ... Ich weiß nicht", gestand der Diener hilflos. „Sie wollte ein Buch holen für Bes... Lady Seguin und ist nicht mehr zurückgekommen. Als wir nachsahen, befand sie sich auch nicht mehr in der Bibliothek. Wir suchten im ganzen Haus, konnten sie jedoch nicht finden. Ich wusste nicht, was ich tun sollte. Ich hatte keine Ahnung, wo Sie waren, und konnte Ihnen daher auch keine Benachrichtigung schicken, und ..." Er sprach nicht weiter.

Radcliffe schaute ihn nur an. „Wollen Sie damit sagen, sie sei einfach verschwunden?"

Darauf wusste Stokes offenbar nichts zu erwidern.

„Wie lange ist sie bereits fort?" wollte der Lord nun wissen.

„Seit vor der Mittagsstunde", antwortete der Butler widerstrebend. „Ich sandte eine Nachricht an Lady Elizabeth, um sie zu fragen, ob Lady Charlie sich vielleicht bei ihr befände, doch die Antwort darauf steht noch aus."

Diese Information verarbeitete Radcliffe noch, als der Türklopfer anschlug. Der Lord drehte sich um und öffnete die Eingangstür. Für einen kurzen Augenblick durchflutete ihn Erleichterung, doch sogleich erkannte er Elizabeth, die ein pastellfarbenes Gewand trug.

„Elizabeth?"

„Ja." Als Radcliffe zur Seite trat, kam sie rasch ins Haus und bemerkte sofort die besorgten Gesichter um sie herum. „Ihr habt sie noch nicht gefunden, nehme ich an?“

„Nein.“ Bessie biss sich unglücklich auf die Lippe.

„Und ihr wisst nicht, wohin sie gegangen sein könnte?“ Man warf einander nur stumme Blicke zu. Seufzend ging Beth voraus in den Salon. „Kommt. Jetzt werden wir uns alle erst einmal setzen und versuchen, die Sache vernünftig anzugehen. Es muss doch irgendeinen Hinweis geben, dem man entnehmen kann, wohin Charlie gegangen ist. Sie läuft doch nicht so einfach davon. Irgendetwas muss vorgefallen sein, das sie veranlasste zu verschwinden.“

Wütend drückte Charlie gegen das Fenster, welches sie schon zu öffnen versucht hatte, seit Norwich hinausgegangen war, um sich sein weiteres Vorgehen zu überlegen.

Vermutlich wollte er eine Möglichkeit finden, sie am Leben zu lassen und sie dann zu einer Heirat zu zwingen, nachdem Radcliffe erschienen und von ihm getötet worden war.

Dass Radcliffe gar nicht kommen würde, hatte sie Norwich nicht gesagt. Sie erinnerte sich genau, seinen Brief zusammengeknüllt und quer durch die Bibliothek geschleudert zu haben, und als sie aus dem Raum geeilt war, hatte sie noch gesehen, wie die Papierkugel unter einen Sessel in der Ecke gerollt war. Dort würde Radcliffe den Brief höchstwahrscheinlich nicht suchen.

Charlie gab das Zerren und Stoßen am Fensterrahmen auf, schaute ihn sich stattdessen genauer an und fluchte, als sie die Nägel entdeckte, die das Öffnen unmöglich machten. Anscheinend hatte der Hausbesitzer nach Bessies Flucht kein Risiko mehr eingehen wollen. Charlie trat an das nächste Fenster und stellte fest, dass man auch dieses zugenagelt hatte.

Nun ging sie zum Bett und setzte sich auf dessen Kante. Sie musste sich unbedingt etwas einfallen lassen, wie sie hier hinausgelangen konnte. Auf jeden Fall musste sie Jeremy – Radcliffe – warnen.

„Also …" Beth schaute auf die Liste, welche sie aufgestellt hatte. „Charlie hatte sich die meiste Zeit des Vormittags hier befunden. Dann traf Bessie ein, und gleich danach erschien ein kleiner Junge an der Haustür mit einer Nachricht für Radcliffe, und die haben Sie in die Bibliothek gebracht, ja?" Nachdem Stokes das mit seinem Nicken bestätigt hatte, fuhr sie fort: „Charlie unterhielt sich kurz mit Bessie, wollte ihr dann ein Buch heraussuchen, ging in die Bibliothek, kehrte daraus jedoch nicht mehr zurück. Allerdings meinen Sie, Stokes, gehört zu haben, dass sich kurz darauf die Haustür schloss."

„So ist es", bestätigte der Butler.

„Und eine Durchsuchung des Hauses ergab, dass Charlie darin nicht zu finden war, dass jedoch einige Bücher auf dem Schreibtisch lagen, dass das Gewand, welches sie getragen hatte, auf dem Boden des Ankleideraums lag, dass anscheinend keine Kleider fehlten, die sie stattdessen angezogen haben könnte, und dass die Nachricht verschwunden war."

Stokes, Mrs. Hartshair sowie Bessie nickten. Dies war in großen Zügen die Lage, wie sie sie kannten.

Beth seufzte. „Und ihr alle habt keine Ahnung, von wem diese Nachricht stammen könnte?"

Stokes schüttelte den Kopf. „Wie ich schon sagte – ein kleiner Junge brachte sie." Nach kurzem Schweigen fügte er noch hinzu: „Sie trug keinerlei Anschrift, sondern war nur zusammengerollt und mit einem Band umwickelt."

Sowohl Bessie als auch Beth horchten auf. „Ein Band?" fragten sie wie aus einem Mund zurück.

„Jawohl."

„Welche Farbe hatte dieses Band?" erkundigte sich Bessie beklommen.

„Rot. Dunkelrot. Blutrot, würde ich sagen."

„Verdammt." Beth sank in ihrem Sessel zurück.

„Was ist?" fragte Radcliffe.

„So sahen auch die Nachrichten des Erpressers aus", antwortete Beth und wandte sich an Stokes. „Sind Sie auch ganz sicher, dass die Schriftrolle nicht mehr da ist, wo Sie sie hingelegt hatten?"

„Nun, auf dem Schreibtisch lag sie jedenfalls nicht mehr."

Beth erhob sich, eilte in die Halle und weiter in die Bibliothek. Ein Blick auf die Schreibtischplatte bestätigte Stokes' Aussage. Beth schaute sich in dem Raum um, als in der Halle plötzlich Lärm entstand. Sofort ging sie zur Tür, und als sie sie öffnete, sah sie, dass die jungen Hunde frei waren und Mrs. Hartshair sowie deren Kinder versuchten, sie wieder zusammenzutreiben. Die Welpen jedoch hielten das Ganze offensichtlich für ein wunderbares Spiel und taten ihr Bestes, sich nicht fangen zu lassen.

„Ich öffnete die Küchentür, um nach den Kindern zu sehen, und genau in diesem Augenblick kamen sie mit den kleinen Hunden durch die Hintertür herein", erklärte die Köchin, während sie einen der Welpen an Beth vorbeischeuchte. Am Ende des Flurs trieb sie den kleinen Hund in die Ecke, doch als sie sich bückte, um ihn aufzuheben, huschte er an ihr vorbei und hinein in die Bibliothek.

„Jetzt ist wirklich nicht der richtige Zeitpunkt für derartige Spielchen", meinte Radcliffe.

Gefolgt von Mrs. Hartshair lief Elizabeth dem Welpen hinterher. Dieser lieferte den beiden Frauen eine fröhliche Verfolgungsjagd, rannte unter den Schreibtisch, dann quer durch den Raum und verschwand schließlich unter einem Sessel. Mrs. Hartshair und Beth passten auf ihrer jeweiligen Seite auf, wodurch das Hündchen umzingelt war, und am Ende bückte sich die Köchin und holte es unter dem Sessel hervor.

„Was hast du denn da?“ Mrs. Hartshair nahm einen kleinen Papierball aus der Hundeschnauze. „Also wirklich, ihr kleinen Ungeheuer habt doch immer nur Unfug im Sinn!“ schalt die Köchin leise.

„Lassen Sie mich das einmal sehen“, sagte Beth.

Die Köchin zog die Augenbrauen hoch, übergab Beth die Papierkugel und beobachtete, wie diese das zusammengeknüllte Blatt glättete. „Das ist doch nicht etwa ...?“

„Doch, das ist es!“ jubelte Beth und las rasch, was da geschrieben stand. „Radcliffe!“

Als der Lord an die Tür kam, reichte sie ihm den Brief. „Mrs. Hartshair fand ihn! Er stammt von dem Erpresser. Der Mann wollte, dass Sie sich mit ihm in Aggies Haus träfen.“

„Und Charlie ging an meiner statt“, erriet er und las den Brief.

„Nicht doch!“ rief Mrs. Hartshair entsetzt. „Eine anständige Frau findet man in einem solchen Haus nicht. Dort würde man sie ja nicht einmal hineinlassen.“

„Charlie schon“, sagte Beth, die an das zerdrückte Gewand im Ankleideraum dachte und an die Tatsache, dass keines der anderen Kleider fehlte ...

„Verdammt!“ Radcliffe lief zur Tür.

„Warten Sie!“ Beth eilte ihm hinterher und fasste ihn am Arm, damit er nicht fortliefe. „Sie dürfen dort nicht aufkreuzen! Es könnte eine Falle sein.“

„Charlie befindet sich doch dort.“

„Umso mehr müssen Sie Vorsicht walten lassen. Wenn Sie dort ohne jeden Plan hineinstürmen, könnte das vielleicht Charlies Tod bedeuten.“

„Es ist früher Nachmittag, Beth. Ich werde auf jeden Fall Aufmerksamkeit erregen, weil sich dort jetzt ausschließlich Frauen aufhalten."

Ihrem Gesichtsausdruck war anzumerken, dass ihr eine Idee gekommen war. „Ja, Sie haben Recht. Sie würden tatsächlich auffallen … als Mann."

Charlie hörte, wie sich der Schlüssel im Schloss drehte. Sofort erhob sie sich von der Bettkante und machte ein tapferes Gesicht, sank jedoch vor Erleichterung in sich zusammen, als Aggie hereinkam. Diese war mit einem grell orangefarbenen Gewand bekleidet, welches ebenso eng, so schreiend und so hässlich war wie das rote, das sie beim letzten Zusammentreffen getragen hatte.

Die Frau beäugte Charlie einen Moment fasziniert, warf dann einen Blick über die Schulter und winkte einer älteren Frau im Flur. Die Dienerin kam mit einem Speisetablett in das Zimmer, stellte es neben Charlie an das Fußende des Bettes und verließ den Raum gleich wieder.

Aggie schloss die Tür und drehte sich dann zu Charlie um. Ihr Blick glitt langsam über jeden Zoll ihrer Figur in der Herrenkleidung, und am Ende schüttelte sie den Kopf. „Ich weiß gar nicht, wie Sie mich derart haben narren können, dass ich Sie für einen Jungen hielt."

„Die Leute sehen eben, was sie sehen wollen", meinte Charlie gleichgültig und blickte mit gespieltem Interesse auf das Speisentablett in der Hoffnung, die Frau würde sich etwas beeilen und den Raum verlassen.

„Wollen Sie nicht wissen, was hier vorgeht?"

Charlie schwieg einen Moment und zog dann fragend eine Augenbraue hoch.

„Seine Hoheit schreibt einen Brief", verkündete die alte Prostituierte so großartig, als streue sie Brotkrumen über verhungernde

Menschenmassen. „Und zwar an Ihren Gatten, Lord Radcliffe. Er teilt ihm mit, dass wir Sie haben, und falls er Sie wieder sehen will, solle er allein und unbewaffnet um Mitternacht hierher kommen."

„Und was geschieht dann?" erkundigte sich Charlie scheinbar so gelassen, dass die alte Hure eine Augenbraue hochzog.

„Nun, dann bringt Seine Hoheit ihn um und begibt sich nach Gretna Green, um Sie zu ehelichen."

Charlie lachte laut auf und schüttelte den Kopf, doch ihre Erheiterung war nur zum Teil gespielt. „Oh, natürlich! Ich bin mir sicher, niemanden wird es wundern: Radcliffe tot und ich auf dem Weg zu einer neuen Trauung innerhalb weniger Augenblicke! Niemand würde vermuten, dass ich oder Norwich oder wir beide zusammen ihn umgebracht haben? Meine Güte, dieser Mensch ist verrückt! Besonders wenn er glaubt, ich würde den Mann ehelichen, der meinen Gemahl getötet hat."

„Oh, das werden Sie schon – wenn Sie nicht wollen, dass er Ihre Schwester ebenfalls umbringt", versicherte Aggie hinterhältig. Als Charlie bei dieser Drohung erbleichte, lächelte die alte Hure böse. „Nun, wenigstens eine Reaktion. Ist doch interessant, nicht wahr? Bei der Vorstellung von Radcliffes Tod verziehen Sie keine Miene, während der mögliche Tod Ihrer Schwester Sie außerordentlich bestürzt. Ist Ihrem Gatten eigentlich bekannt, dass Sie so wenig von ihm halten?"

Als Charlie darauf nichts erwiderte, zeigte Aggies Gesicht kurz Verärgerung, ehe sie sich zur Tür wandte. „Ja, ich muss weiterarbeiten. Ich habe hier nämlich ein Geschäft zu führen." Sie öffnete die Tür, schaute jedoch noch einmal zurück und fügte hinzu: „Die Ehe mit Norwich wird Ihnen Vergnügen bereiten. Wenn man Maisey glauben darf, ist er ein unglaublich vitaler Liebhaber – möglicherweise ein wenig rau, doch sehr vital."

Charlie sah zu, wie sich die Tür hinter der Frau schloss, und dann versetzte sie dem Speisetablett einen Stoß, der es auf den Fußboden beförderte.

„Oh nein!"

Stokes biss sich auf die Lippe und wandte sich ab, während Lady Elizabeth Lord Radcliffe anstaunte. Dies ist nicht der Zeitpunkt für Frivolitäten, mahnte sich der Butler streng. Die Lage bietet in keiner Weise Anlass zur Erheiterung.

Allerdings war der Anblick Seiner Lordschaft mit Perücke und in Mrs. Hartshairs gerüschtem rosa Kleid mehr, als man einem guten Diener hätte zumuten dürfen. Schon dem Lord in diese lächerliche Ausstaffierung hineinzuhelfen, ging über Pflichterfüllung hinaus. Stokes gewann neuen Respekt vor Frauen, welche als Zofe arbeiteten. Deren Aufgabe, ihre Damen zu bekleiden, schien ihm grauslich.

Es gab Mieder sowie Stangenkorsetts, welche, wie Lady Elizabeth ihm versichert hatte, eng, enger und noch viel enger geschnürt werden mussten, obwohl Seine Lordschaft kaum noch Luft bekam. Es gab Unterröcke, lose Ärmel, Beffchen und Manschetten, Strümpfe und Strumpfbänder. Doch das war nur die Unterkleidung. Hinzu kam noch die Oberkleidung: das Brusttuch und das Mieder mit seinen Haken und Ösen, die Weste sowie der Rock … Und trotz allem sieht Seine Lordschaft in einem Kleid noch immer wie er selbst aus, fand der alte Diener. Anscheinend machte ein Gewand noch keine Frau.

Lady Elizabeth brachte ein reichlich gequältes Lächeln zu Stande und zog sich zur Tür zurück. „Ich komme gleich wieder", erklärte sie.

Radcliffe schaute Stokes finster an. „Sie schien nicht ganz zufrieden zu sein."

„Oh, sicher ist sie das, Mylord", versicherte Stokes rasch, weil er fürchtete, sein Herr suchte nur nach einer Ausrede, wieder aus dem Kleid herauszukommen. Es hatte Lady Elizabeth eine volle Stunde gekostet, den Lord davon zu überzeugen, dass er als Frau eine bessere Chance hatte, Charlie zu retten.

Und dann war noch das Problem des Kleids ins Spiel gekommen. Lady Elizabeth sowie Lady Charlie waren, wie auch Lady Bessie, gut zwei Handbreit kleiner als Seine Lordschaft. Mrs. Hartshair war zwar nur ein, zwei Zoll kleiner als er, doch ihre Figur war wohlgerundet. Während der Lord schlank und muskulös war, hatte er doch sehr breite Schultern und benötigte daher mehr Raum im Mieder des Gewands.

„Das hätten wir dann." Lady Elizabeth kehrte in das Herrenschlafzimmer zurück. In einer Hand trug sie Puder, Rouge, Kohlstift sowie Lippenfarbe und in der anderen ein Häubchen, einen Strohhut sowie einen Kapuzenumhang. Die Kleidungsstücke ließ sie auf das Bett fallen und nötigte Radcliffe nun, sich auf einen Stuhl zu setzen und die Augen zu schließen. Dann machte sie sich an die Arbeit.

„Ziehen Sie bitte die Stirn nicht so kraus, Mylord", wies sie ihn einen Augenblick später an. „Davon bekommt Ihr Puder Risse."

„Sicherlich bist du jetzt endlich fertig", lautete Radcliffes Entgegnung.

„Beinahe", sagte sie, trug noch mehr Farbe auf seine Wangen auf, trat dann zurück und betrachtete ihn kritisch. Sie neigte den Kopf von einer Seite auf die andere und ließ schließlich die Schultern ein wenig hängen. Der Lord sah jetzt noch schlimmer aus als zuvor – eben wie Radcliffe mit Perücke, Puder und Kleid.

„Der Hut vielleicht, Mylady?" Stokes wollte Lady Beth ein wenig ermutigen.

„Ach ja, natürlich!" Die Erleichterung war ihr nun deutlich anzusehen.

Rasch ging sie zum Bett und holte das übrige Zubehör herbei, das sie mitgebracht hatte. Nun setzte sie Radcliffe das Häubchen über die Perücke und darüber den Strohhut, welchen sie ihm erst verwegen schief aufsetzte, es sich dann jedoch anders überlegte und ihm die Hutkrempe tief ins Gesicht zog.

Sie trat zurück, schien jedoch noch immer nicht zufrieden zu sein, bis Stokes mit seinem Hüsteln ihren Blick auf sich lenkte. Hinter Radcliffes Rücken deutete der Butler auf seine eigene Brust. Es dauerte einen Moment, bis Beth begriff, was er damit meinte, doch dann richtete sie den Blick auf Radcliffes flachen Oberkörper.

Natürlich – deshalb sah er so seltsam aus! Sie sah sich im Zimmer um, entdeckte die Beinlinge auf dem Boden und hob sie auf. Damit trat sie nun vor Radcliffe und stopfte ihm den Stoff vorn ins Mieder. Nachdem sie eine Weile gezupft und geschoben hatte, merkte sie, wie hoffnungslos ihr Unterfangen war.

Da Beth vermutete, dass es viele Damen gab, die sich nicht angestellt hatten, als die obere Ausstattung vom lieben Gott verteilt worden war, zog sie die Beinlinge wieder heraus und warf sie zur Seite. Sie nahm Stokes den Umhang ab, den der Diener ihr hinhielt, drapierte den Stoff um Radcliffes Schultern und zog ihn so weit nach vorn, dass er den nicht vorhandenen Busen bedeckte. Nun schlug sie dem Lord die voluminöse Kapuze über den Kopf, die ihm jetzt halb ins Gesicht hing.

„Bist du nun endlich fertig?“

Beth nickte seufzend und trat zurück.

Im nächsten Moment stand Radcliffe auf und ging zur Tür. Beth folgte ihm eilig die Treppe hinunter. Mrs. Hartshair und Bessie drehten sich nach ihm um. Über seinen Kopf hinweg warf Beth den beiden Frauen warnende Blicke zu, welche die Köchin und Bessie auch richtig deuteten. Sie unterdrückten ihre Erheiterung und schauten nur staunend zu, wie Seine Lordschaft in dem engen, gerüschten, viel zu kurzen Kleid die Treppe hinunterschritt.

Er hatte die Vordertür schon erreicht, als er stehen blieb, den Rock ein wenig hochzog und seine Füße betrachtete. Dann drehte er sich zu den Frauen um und sah sie finster an. „Schuhe!"

Entsetzt warf Lady Elizabeth einen Blick auf seine kräftigen männlichen Beine zwischen den ganzen Rüschen, fuhr herum und floh in den Salon. Stokes folgte ihr eilends hinterher. Er nahm an, die Lady sei deshalb so entsetzt, weil es im ganzen Haus gewiss kein einziges Paar Damenschuhe – nicht einmal Pantoffeln – gab, welche Seiner Lordschaft passen würden.

Als der Butler indes in den Salon kam, fand er Lady Beth keineswegs weinend vor, wie er vermutet hatte, vielmehr lachte sie, wobei ihr ganzer Körper bebte, weil sie sich so sehr bemühte, wenigstens leise zu lachen.

„Ist ja schon gut", rief Radcliffe, der den beiden in den Salon gefolgt war. „Ich ziehe mir einfach meine Schaftstiefel an. Unter dem Rock wird sie ja wohl niemand bemerken."

Daraufhin bebten Lady Elizabeths Schultern gleich noch mehr. Sofort stellte sich Stokes vor sie, um sie hinter seiner Gestalt zu verbergen, und drehte sich zu seinem Herrn um, wobei es ihm jedoch kaum gelang, Haltung zu bewahren. Er nickte, was hoffentlich als Zustimmung betrachtet wurde, während der Earl of Radcliffe aus dem Salon eilte, um seine Stiefel zu suchen.

Stokes drehte sich wieder zu der Schwester seiner Herrin um, die sich von ihrem würdelosen Heiterkeitsanfall inzwischen erholt hatte und sich jetzt die Lachtränen aus den Augen wischte.

„Man wird ihn auf der Stelle erkennen", seufzte sie, und ihre Heiterkeit war restlos verflogen, als hätte es sie nie gegeben.

„Möglicherweise auch nicht."

„Das können wir nur hoffen."

„Auf jeden Fall besitzt er derart gewandet eine bessere Chance, als trüge er seine eigene Kleidung“, stellte Stokes ernst fest. „Wir sollten ihm vielleicht nur empfehlen, denen, welche ihm begegnen, den Rücken zuzukehren und ein wenig gebeugt zu gehen, damit er nicht so groß wirkt.“

„Gut.“ Beth erhob sich.

„Ich bin so weit.“ Radcliffe betrat den Salon, und bei jedem Schritt lugten seine Stiefel unter dem rosa Rock hervor. „Los! Wir haben schon genug Zeit verloren.“

Mit fliegendem Rock drehte er sich um und eilte voraus aus dem Salon.

21. KAPITEL

„Dies ist das Zimmer, in welchem man mich eingeschlossen hatte, Mylord." Bessie deutete auf ein Fenster im ersten Stock des Hauses, während der Kutscher unterdessen den Wagen durch die Gasse neben Aggies Etablissement lenkte. „Wahrscheinlich hat man Ihre Gemahlin jetzt dort ebenfalls eingesperrt. Als ich mich in diesem Haus befand, hörte ich nämlich, dass dieser Raum vorzugsweise dafür bestimmt sei, unfreiwillige Gäste festzuhalten."

Radcliffe schüttelte den Kopf. „Nein, dort kann sie nicht sein, Bessie, denn sonst wäre sie längst aus dem Fenster gesprungen, wie ihr beide es in jener Nacht tatet."

„Ja, falls sie dazu in der Lage war …", sagte Elizabeth. Als er ob dieser Worte erblasste, fügte sie rasch hinzu: „Man könnte sie ja beispielsweise festgebunden haben, Mylord."

„Gewiss." Radcliffe entspannte sich ein ganz klein wenig und riss plötzlich seinen Rüschenrock hoch, um sich zu vergewissern, dass seine Pistole noch immer in dem Beutel unter dem Unterrock steckte. Als er bemerkte, dass die Frauen sich errötend abwandten, ärgerte er sich.

Ihm ging es über den Verstand, weshalb sich Frauen überhaupt derartige Kleidung anzogen. Er war so eng verschnürt, dass er beinahe keine Luft mehr bekam, und er trug so viel Stoff mit sich herum, dass er sich kaum zu bewegen vermochte. Frauen waren doch wesentlich stärker, als Männer immer dachten. Leider verschwendeten sie ihre Kraft anscheinend meistens darauf, ihre Kleidung umherzubefördern …

„Wie werden Sie hineingelangen?" erkundigte sich Stokes besorgt.

„Ich werde es zuerst durch ein Fenster probieren", meinte Radcliffe und strich seine Röcke glatt. „Ich fürchte, wenn ich die Vordertür benutzte, wäre das Risiko zu groß."

Dem pflichtete Stokes mit seinem Nicken bei. „Mylord, Sie – äh – Ihrer Sache könnte möglicherweise besser gedient sein, wenn Sie – äh – Ihr Gesicht abkehrten, falls Sie jemandem begegnen."

„Sehr richtig", bekräftigte Elizabeth. „Und wenn Sie vielleicht auch versuchten, nicht ganz so groß auszusehen, würden Sie unter Umständen weniger auffallen."

„Und falls sich Ihnen dennoch jemand nähert und Ihnen Fragen stellt, sollten Sie vielleicht Ihr Gesicht hinter einem Taschentuch verbergen und nur kichern."

Radcliffe blickte Bessie, die diese Empfehlung geäußert hatte, bestürzt an. „Ich habe gar kein Taschentuch."

„Oh!" Sofort zog Beth eines aus ihrem Ärmel und gab es ihm, während er aus der Kutsche stieg. „Viel Glück, Mylord. Ich weiß, dass Sie Charlie retten werden."

„Kichern!" sagte Radcliffe, während er das erste offene Fenster zu einem leeren Zimmer im Erdgeschoss aufdrückte. Wie macht man das eigentlich? fragte er sich, und wie, zum Teufel, soll ich versuchen, nicht so groß auszusehen? Er schüttelte den Kopf, zog sich auf den Sims, schwenkte ein Bein nach dem anderen über das Fensterbrett, richtete sich drinnen auf und schloss das Fenster wieder. Bevor er dann durch das Zimmer lief, strich er sich den Rock glatt und zupfte kurz am unteren Rand seines Mieders.

An der Tür blieb er stehen, drückte ein Ohr dagegen und lauschte, öffnete sie dann vorsichtig einen Spaltbreit und spähte hinaus. Es war früher Nachmittag, und trotzdem schien es, als schliefen alle Frauen noch.

Er schlüpfte in den Korridor hinaus, zog die Tür leise hinter sich zu und eilte zur Treppe, so geschwind, wie es einem Mann nur möglich war in einem Kleid, welches sich ständig in seinen Stiefelsporen verfing.

Gerade hatte er den Fuß auf die erste Treppenstufe gesetzt, als eine Tür auf diesem Korridor geöffnet wurde. Leise vor sich hin fluchend eilte er so geräuschlos wie möglich weiter die Treppe hinauf.

„Aggie!“

Als er diesen Ausruf von unten her hörte, erstarrte Radcliffe auf der fünften Stufe. Die Stimme gehörte einem Mann und kam ihm irgendwie bekannt vor. Während er seinen Weg hinauf fortsetzte, überlegte er, wo er sie schon einmal gehört hatte. Dann kam die Stimme der Madam aus dem hinteren Teil dieses Hauses.

„Ja?“

„Schicken Sie mir Klein Willy. Der Brief ist fertig und muss zu Radcliffe gebracht werden.“

Radcliffe blieb auf der Treppe stehen. Die Männerstimme vermochte er noch immer nicht unterzubringen, und das ärgerte ihn, doch dann tröstete er sich damit, dass er den Schurken ja jetzt gleich stellen und die Sache hinter sich bringen würde. Er blickte die letzten Stufen zum Flur hinauf und runzelte die Stirn.

Nein, er sollte lieber zuerst Charlie befreien, und wenn sie in Sicherheit wäre, konnte er sich ja immer noch mit dem Mann dort unten befassen. Falls er das täte, bevor er sie in Sicherheit gebracht hätte, und etwas schief ginge, würde er sich das niemals verzeihen. Er nickte sich selbst zu, lief die Treppe weiter hinauf und dann den Flur entlang, welcher zu dem Zimmer führte, aus dessen Fenster Bessie und Charlie vor vielen Nächten geflohen waren.

Er umfasste den Türknauf, drehte ihn vorsichtig und war nicht besonders erstaunt, als er keinen Widerstand fühlte. Hätte man Charlie tatsächlich hier eingeschlossen, wäre sie einfach aus dem Fenster gestiegen, wie sie es seinerzeit bei Bessies Befreiung auch getan hatte. Dennoch drückte er die Tür auf und blickte in die Runde, um sich zu vergewissern, dass man Charlie nicht womöglich an einen Stuhl oder dergleichen gefesselt hatte.

Die Vorhänge waren geschlossen, und das Zimmer lag in tiefem Dunkel, doch in dem Licht, das vom Flur hereinfiel, entdeckte er keinerlei gefesselte und geknebelte Gestalten in diesem Raum. Er zögerte noch einen Moment, glitt dann hinein, trat rasch an die Fenster und riss die Vorhänge auseinander. Jetzt fiel das helle Tageslicht herein, doch von Charlie war noch immer nichts zu sehen.

Seufzend spähte er aus dem Fenster auf die Gasse hinunter und merkte sofort, dass er sich im falschen Zimmer befand. Das Fenster, aus dem Charlie und Bessie geklettert waren, gehörte zu dem Raum nebenan.

Leise vor sich hin schimpfend, fasste Radcliffe an die Vorhänge und wollte sie gerade wieder zuziehen, als die Tür hinter ihm geöffnet wurde."

„Darlee?" rief jemand leise.

Radcliffe unterdrückte einen Fluch und blieb regungslos stehen in der Hoffnung, das spärliche Licht aus dem Flur möge nicht bis zu ihm reichen. Dass ihm solches Glück nicht beschieden war, merkte er, als der Mann wieder sprach und inzwischen näher gekommen zu sein schien.

„Ich erwartete dich noch nicht so bald. Gewöhnlich behält dich Lord Ascomb doch die ganze Nacht und noch länger, wenn er deine Dienste gekauft hat."

Im Geist hörte Radcliffe wieder Bessies Worte: „Falls sich Ihnen jemand nähert, sollten Sie Ihr Gesicht hinter einem Taschentuch verbergen und nur kichern." Noch während er solches dachte, drückte sich ihm der Fremde an seine rüschenbedeckte Rückseite und brummelte: „Willy hat dich so vermisst!"

Willy? Radcliffe fasste es nicht. Dies war Klein Willy? Lieber Himmel, er hatte angenommen, das „Klein“ bezöge sich auf ein Kind. Ich hätte es besser wissen müssen, dachte er. Dieses ist schließlich ein Bordell, und das „Klein“ beschreibt wahrscheinlich die Größe seines … Radcliffes Gedankengang riss ab, als der Mann ihn um die Taille fasste und die Hände aufwärts zu dem nicht vorhandenen Busen gleiten ließ.

Das war zu viel für den Lord. Er hatte nicht die Absicht, herumzustehen und sich von einem Kerl namens Klein Willy betatschen zu lassen.

Energisch zog er sich zurück und fuhr durchaus kampfbereit zu dem Burschen herum, doch angesichts der Größe des Mannes hielt er inne. Der Fremde war immerhin einen halben Kopf größer als der Lord und mindestens doppelt so breit. Jedenfalls wirkte er in dem halbdunklen Zimmer so, und außerdem war er auch nicht durch ein Damenkleid behindert. Radcliffe machte sich darauf gefasst, gründlich verprügelt zu werden.

Zum Glück ist es hier so dunkel, dass Klein Willy mein Gesicht nicht erkennen kann, dachte Radcliffe, als der Kerl, statt wütend zu werden, weil er ihn womöglich als Mann erkannt hatte, nun eher schmollte.

„Ach Darlee, nun komm schon! Sei doch nicht so. Von Lord Ascomb kommst du jedes Mal so verärgert zurück. Ich weiß ja, dass er nicht gut zu dir ist, doch ich werde so zärtlich wie immer sein und dir helfen, ihn zu vergessen.“ Der Mann zog sich Radcliffe fest in die Arme und barg sein Gesicht an dessen Nacken.

Zuerst war Radcliffe viel zu bestürzt, um irgendwie zu reagieren, doch als die breiten Pranken des Kerls hinunterstrichen, sich um seinen Hintern unter dem Rock legten und ihn zu drücken begannen, begann er tatsächlich zu kichern. Zumindest erschien es ihm wie ein Kichern, was ihm da über die Lippen kam.

„Klein Willy!“

Da Radcliffe gerade seine Faust in das Gesicht des Kerls setzen wollte, um seiner Bitte um Freiheit Nachdruck zu verleihen, hätte er für den Ruf im Treppenflur beinahe ein lautes Dankgebet ausgestoßen. Klein Willy erstarrte plötzlich, und als der Ruf aufs Neue, diesmal ungehaltener, zu hören war, seufzte er ergeben.

„Ich gehe lieber, bevor er noch das ganze Haus aufweckt", brummelte der Kerl. „Er will bestimmt nur sicherstellen, dass ich seinen Brief mit dem Stalljungen schicke, und der geht nicht los, ehe ich es ihm nicht selbst befehle."

Der Riesenkerl kniff noch einmal freundlich in Radcliffes rosa bekleideten Hintern, woraufhin sich der Lord auf die Lippe beißen musste, um die Flüche zu unterdrücken, die ihm auf der Zunge lagen, und danach zog er sich zurück.

„Du wirst immer dünner, Darlee", sagte er. „Deine Rückseite fühlt sich schon ganz hart an. Du musst mehr essen. Wenn ich wiederkomme, bringe ich dir eine Kleinigkeit mit. Und dann muss ich dich einmal genau untersuchen, um festzustellen, wo du sonst noch abgenommen hast", scherzte er und ging zur Tür hinaus.

„Den Teufel wirst du tun!" wetterte Radcliffe, sobald sich die Tür hinter dem Kerl geschlossen hatte. Eilig öffnete er sie wieder einen Spaltbreit und sah Klein Willy die Treppe hinuntersteigen.

Der Mann war in der Tat ein Riese. Seine Fäuste waren beinahe so groß wie sein Kopf, welcher zugegebenerweise ziemlich klein für seinen Körper war. Radcliffe sagte sich, er könne sehr froh sein, dass diese Fäuste nur seinen Hintern gedrückt und gekniffen hatten. Hätte der Kerl ihn damit geprügelt, würde er ihn wahrscheinlich schon mit dem ersten Schlag umgebracht haben.

Radcliffe schüttelte den Kopf über seine Gedanken. Er fand, Frauenkleider seien schädlich für das männliche Ego. Darunter litt endeutig das Selbstvertrauen. Zu jeder anderen Zeit würde er gedacht haben, der Kerl sei zwar massig, doch recht langsam auf den

Beinen und wäre deshalb leicht zu überlisten. In Frauenkleidern indes vermochte er nur zu fürchten, er würde womöglich über seine eigenen Röcke stolpern und könne von Glück sagen, falls er überlebte.

Auf jeden Fall musste er Charlie finden, sie hier herausholen und das verdammte Rüschenzeug ausziehen. Danach wollte er seiner Gemahlin eine strenge Predigt halten und sie mahnen, sich nie wieder in eine solch gefährliche Lage zu begeben.

Radcliffe schlich in den Korridor hinaus und zog die Tür hinter sich zu. In derartige Situationen bin ich nie geraten, bevor Charlie in mein Leben trat, murmelte er leise vor sich hin, während er sich zum angrenzenden Zimmer bewegte. Ganz sicher brauche ich nie zu befürchten, mein Leben könnte jemals langweilig werden, denn dafür sorgt Charlie schon, und zwar ohne sich anzustrengen.

Vor der nächsten Tür an diesem Korridor blieb Radcliffe stehen, umfasste den Türknauf, und als dieser sich nicht drehen ließ, packte Radcliffe die Erregung. Hier musste sie sich befinden!

„Charlie?“ flüsterte er. „Bist du da drinnen, Charlie? Kannst du mich hören?“

„Jeremy?“ Charlies Herz pochte plötzlich wie wild. Sie eilte zur Tür und drückte das Gesicht dagegen. „Jeremy, bist du das?“

„Ja. Ist mit dir alles in Ordnung? Man hat dir doch nicht etwa wehgetan?“

„Nein, mir geht es gut.“

Radcliffe schaute sich um, weil er sicher sein wollte, dass niemand in der Nähe war. „Weshalb bist du dann nicht aus dem Fenster geflohen? Oder hat man dich gefesselt?“

„Das nicht, doch man hat die Fenster vernagelt. Ich versuchte, die Nägel mithilfe eines Kerzenständers herauszuziehen, doch das dauert sehr lange“, gab sie verärgert zu. „Du hast also den Brief gefunden?“

„Ja."

„Wie bist du denn nur hier hereingekommen, ohne gesehen zu werden?"

„Durch ein Fenster im Erdgeschoss."

„Danke", hauchte sie durch die Tür.

„Danke?"

„Ja, dafür, dass dir genug an mir lag, um herzukommen und zu versuchen, mich zu befreien", flüsterte sie. „Doch jetzt musst du auf der Stelle verschwinden! Norwich bringt dich um, falls man dich hier erwischt."

„Norwich?" Nun wurde Radcliffe auch klar, weshalb ihm die Stimme dort unten so bekannt vorgekommen war.

„Ja. Er war der Erpresser, doch die letzte Mitteilung diente ausschließlich dem Zweck, dich herzulocken, damit er dich umbringen kann."

„Mich umbringen? Weshalb, um Himmels willen, sollte er denn so etwas tun wollen?"

Charlies Stimme klang sowohl traurig als auch beklommen. „Das ist eine lange Geschichte, Mylord. Es muss fürs Erste genügen, wenn ich sage, er ist verrückt."

Durch die Tür hindurch hörte er sie seufzen. „Bitte, Jeremy, du musst auf der Stelle verschwinden! Er wird keinen Augenblick zögern, dich zu töten."

„Ich lasse dich hier nicht zurück."

„Nun, heraus bekommst du mich nicht. Diese Tür ist verschlossen, und die Fenster sind zugenagelt. Wollte man das eine oder andere durchbrechen, dürfte das so viel Lärm verursachen, dass das ganze Haus zusammenlaufen würde. Wenn du nicht gerade eine Armee dabei hast, empfehle ich dir dringend zu verschwinden!"

„Eine Armee", wiederholte Radcliffe und dachte an Stokes, Bessie, Elizabeth sowie Mrs. Hartshair mit ihren Kindern unten in der

Kutsche. Sie alle hatten darauf bestanden, mitzukommen, und da Radcliffe keine Zeit mit Streitereien hatte vergeuden wollen, war er am Ende einverstanden gewesen, vorausgesetzt, niemand verließe den Wagen.

„Radcliffe?“

„Ja?“ Er blickte auf die Tür. Charlies Stimme schien nun von einer Stelle viel tiefer an der Tür zu kommen.

„Was hast du jetzt an?“

Er blickte auf das Schlüsslloch, kniete sich rasch davor und sah ihr Auge herausblinzeln. Es war ein sehr schönes Auge. Merkwürdig, dass er das vergessen hatte. Ihre Augen waren schön, groß, pechschwarz, und gewöhnlich funkelte heimliche Erheiterung in ihnen. „Hallo“, flüsterte er.

„Trägst du etwa Gerüschtes in Rosa?“ wollte sie wissen, und die Fassungslosigkeit war ihrer Stimme deutlich anzuhören, was ihn aus seinen zärtlichen Gedanken an Charlies Schönheit riss.

Sofort erhob er sich. „Das war eine Empfehlung deiner Schwester Beth.“

„Was? Beth hat dich in rosa Rüschen gesteckt?“

„Das ist eine Verkleidung“, erklärte er überaus würdevoll. „Deine Schwester meinte, als Frau könnte ich einer Entdeckung länger entgehen.“

„Es ist tatsächlich ein Kleid?“ Charlies Stimme überschlug sich bei dieser Frage beinahe. „Du trägst tatsächlich ein gerüschtes rosa Frauenkleid?“

„Es ist eine Verkleidung!“ wiederholte Radcliffe ärgerlich, und als er das leise Lachen hinter der Tür hörte, runzelte er die Stirn.

„Jetzt weißt du, weshalb immer mir die Pläne eingefallen sind!“ Sie lachte. „Dir liegt also wirklich etwas an mir.“

„Was?“ Er kniete sich nieder, blickte wieder durchs Schlüsselloch und sah in ihr Auge. „Was meinst du damit?“

„Nun, man kann einen Mann nur dazu bringen, Frauenkleider anzulegen, wenn er eine Person befreien will, an der ihm etwas liegt."

„So ein Unsinn! Frau, ich bin dir durch ganz England bis hinein nach Schottland hinterhergefahren, und das in einer kleinen Klapperkiste zusammen mit Stokes, Tomas, Beth und Mrs. Hartshair samt deren beiden Kindern, und all das sagt dir nichts über meine Gefühle für dich. Da ziehe ich einmal ein blödes Rüschenkleid an, und plötzlich meinst du, mir läge womöglich etwas an dir? Wenn mir tatsächlich an jemandem nur etwas läge, würde ich mich niemals so anziehen, glaube mir. Ich liebe dich!"

„Wirklich?"

„Selbstverständlich! Was meinst du wohl, weshalb ich dich geheiratet habe?"

„Um mich vor Carland zu bewahren."

„Dazu hätte ich dich nur deinem Onkel abzukaufen oder dich nach Amerika zu schicken brauchen. Mich lebenslänglich an dich zu binden war dazu nicht nötig."

„An dem Morgen, nachdem wir uns … nun, du weißt schon …, da sagtest du mir doch, dass du mich nicht liebtest."

„Als ich fortging, warst du ja nicht einmal wach."

„Als du dachtest, ich wäre Charles", erklärte sie.

Radcliffe schwieg einen Moment. „Ich entsinne mich, dass du mich nach Liebe fragtest", bestätigte er dann, „und dass ich begann, dir zu sagen, ich glaubte nicht, dass das zu jenem Zeitpunkt eine Rolle spielte, doch dann überdachte ich meine Gefühle. Damals war ich sehr verwirrt. Für Charles empfand ich etwas, das ich für völlig unangemessen hielt, und für Beth empfand ich manchmal etwas und manchmal wieder nicht. Erst als ich erfuhr, dass du und deine Schwester gelegentlich die Rollen tauschten, wurde mir alles klar, und ich wusste, dass alle meine Gefühle nur dir allein galten."

„Dann liebst du mich also?"

„Würde ich sonst wohl in rosa Rüschen hier auf dem Fußboden knien?“

„Ach Jeremy, ich liebe dich doch auch“, seufzte sie, und Tränen traten ihr in das eine Auge, das er durch das Schlüsselloch sehen konnte. „Ich wünschte, ich könnte dich jetzt in die Arme nehmen.“

„Das kannst du doch auch“, erklärte er fest. „Ich werde dich hier herausholen, doch zuerst muss ich …“

„Darlee?“

Radcliffe erstarrte, als er die tiefe Stimme hörte. Er blickte über die Schulter: Der Riese stand über ihm! Radcliffe hatte ihn nicht kommen hören.

„Du bist nicht Darlee!“

Radcliffe sah die Faust wie einen Hammer zu seinem Kopf heruntersausen, doch er vermochte ihr nicht mehr auszuweichen, bevor der Schmerz in seinem Schädel sich ausbreitete und Dunkelheit ihn umfing.

Kaltes Wasser spritzte Radcliffe ins Gesicht und holte ihn in die Wirklichkeit zurück. Er öffnete und schloss die Augen ein paar Mal, um die verschwommenen Bilder ringsum fortzublinzeln und die Dinge genauer erkennen zu können.

Als Erstes sah er Charlie, beziehungsweise Charles, die in Kniehose und Weste auf dem Boden saß und seinen Kopf in ihren Schoß gebettet hatte. Ferner sah er, dass sie eine zweite verschwommene Figur wütend anstarrte. Da blinzelte er so lange, bis diese Figur die Gestalt von Norwich annahm, der über ihnen beiden stand. Ein leerer Wassereimer baumelte von der Hand des Mannes herunter.

„Na endlich“, knurrte Norwich ungeduldig. „Also für euch beide braucht man wirklich gute Nerven! Erst taucht sie an Ihrer statt auf, und dann kommen Sie viel zu früh. Ich schrieb doch, um Mitternacht! Könnt ihr beide denn nicht lesen? Nettes Kleidchen übrigens", höhnte er, drehte sich um und stapfte zur Tür. „Ihr habt noch etwas über sechs Stunden bis Mitternacht Zeit. Genießt sie. Es werden nämlich eure letzten gemeinsamen Stunden sein."

„Bastard", stieß Charlie wütend hervor, nachdem sich die Tür hinter ihm geschlossen hatte. Dann schaute sie besorgt zu Radcliffe hinunter. „Geht es wieder?"

„Ja." Mit ihrer Hilfe setzte er sich auf, blickte um sich herum und rieb sich dabei unwillkürlich die schmerzende Schläfe.

„Du solltest lieber noch ein wenig liegen bleiben", empfahl Charlie.

Er schüttelte jedoch den Kopf, zwang sich aufzustehen und schwankte dabei bedenklich. „Für derartigen Luxus habe ich keine Zeit. Ich muss mir einen Weg ausdenken, wie ich uns hier hinausbekomme."

„Das tue ich. Du legst dich hin!" beharrte sie und umfasste seinen Arm, um ihn zu stützen.

„Nein. Ich …"

„Verdammt, Radcliffe, ich habe jetzt die Hosen an! Setz dich hin, ehe du umfällst!"

„Was, zum Teufel, soll das heißen, du hast die Hosen an?"

„Was immer du willst, doch setze dich hin." Charlie gab ihrem Gemahl einen kleinen Stoß, woraufhin er schwach aufs Fußende des Betts sank. Danach trat sie ans Fenster und überprüfte noch einmal ihre Arbeit von vorhin. Sie war gerade dabei gewesen, einen Nagel mit einem silbernen Kerzenständer zu bearbeiten, als Radcliffe an die Tür geklopft und ihren Namen gerufen hatte.

„Was tust du da?"

Sie schaute sich um und sah, dass Radcliffe herangetaumelt war und jetzt schwankend wie ein Halm im Wind neben ihr stand. Stirnrunzelnd nahm sie ihn beim Arm und drängte ihn aufs Bett zurück. „Würdest du dich bitte hinsetzen und mich das tun lassen? Auch ohne aufpassen zu müssen, dass du nicht auf die Nase fällst, habe ich genug Sorgen.“

„Ich falle nicht auf die Nase“, gab er ärgerlich zurück und schüttelte ihre Hand ab. „Und ich bin dein Ehemann! Du hast mir nichts zu befehlen.“

„Was du nicht sagst. Da hätte ich Neuigkeiten für dich, Radcliffe: Du bist keineswegs mein Ehemann.“

„Bin ich doch!“

„Bist du nicht. Du hast Beth geheiratet.“

„Sie mag dich vertreten haben, doch es ist dein Name, welcher im Register steht.“

„Aber nicht meine Unterschrift! Wir sind nicht miteinander verheiratet.“

„Nun, dann werden wir die Situation bereinigen. Sobald wir hier heraus sind, werde ich für eine rechtmäßige Trauung sorgen.“

„Sehr gut. Lade mich dazu ein. Ich will sehen, ob ich daran nicht als Trauzeuge teilnehmen kann.“

Er schaute sie verwirrt an und überlegte, ob ihm die Kopfverletzung womöglich doch einen größeren Schaden als angenommen zugefügt hatte. „Was ist eigentlich los? Bevor ich niedergeschlagen wurde, gestanden wir einander unsere Liebe, soweit ich mich entsinne, und trotzdem deutest du jetzt an, dass du mich nicht heiraten willst. Ist mir hier vielleicht etwas entgangen?“

Müde strich sich Charlie mit den Händen übers Gesicht, schüttelte den Kopf und trat wieder ans Fenster. „Dir ist nichts entgangen, Radcliffe, vielmehr ist mir etwas entgangen. Ich liebe dich, jedoch will ich nicht den Rest meines Lebens mit einem Mann verbringen, der mich wie eine Untergebene behandelt.“

„Das würde ich doch niemals tun.“

„Nun, jedenfalls behandelst du mich nicht mehr wie eine Gleichgestellte."

„Das ist doch Unsinn!"

„Ist es nicht. Seitdem du merktest, dass ich gar nicht Charles war, behandelst du mich so, als hätte ich keine eigenen Gedanken."

„Das stimmt doch überhaupt nicht!" bestritt er heftigst.

„Ach nein? Wann hast du denn zuletzt mit mir Geschäftliches besprochen?"

„Es ist nicht höflich, in gemischter Gesellschaft über geschäftliche Dinge zu reden. Außerdem verstehen Frauen auch nichts von ..." Er sprach nicht weiter und errötete schuldbewusst, als er merkte, was er da sagte.

„Seltsam, dass ich als Charles davon genug verstand, doch als Charlotte bin ich nicht einmal so gut, dass man sich mit mir darüber unterhalten könnte."

„Mir war nicht klar ...", begann er schwach und ließ sich aufs Bett fallen.

„Was? Dass du Frauen immer für leicht schwachsinnig hieltest? Dass du mich wie einen lustigen Rappelkopf behandeltest?" Sie nahm einen schweren Kerzenständer auf und stellte sich damit neben die Tür.

Noch ehe Radcliffe fragen konnte, was sie vorhatte, stieß sie einen Schrei aus, der einem das Blut in den Adern gefrieren ließ, und hob den Kerzenständer hoch, als der Schlüssel im Türschloss klapperte. Die Tür flog auf, Klein Willy kam mit weit aufgerissenen Augen herein, und sie schlug ihm den Kerzenständer mit so viel Schwung über den Kopf, dass Radcliffe vermutete, sie ließe einen Teil ihres Ärgers an dem Schädel des armen Menschen aus.

Als der Riesenkerl auf dem Boden zusammengesunken war, warf sie den Kerzenständer zur Seite, riss dem Riesen die Schlüssel aus der erschlafften Hand, richtete sich auf und blickte Radcliffe ungeduldig an.

„Nun? Kommst du, oder hast du vor, hier noch bis Mitternacht zu warten?"

Radcliffe fasste sich wieder, kam rasch auf die Beine und stolperte vorwärts. Sobald er durch die Tür getreten war, zog Charlie sie zu und verschloss sie. Dann steckte sie sich die Schlüssel ein und eilte zur Treppe.

Die beiden waren schon halb unten, als Norwich an der untersten Treppenstufe erschien. Sehr zu Radcliffes Verblüffung lief Charlie weiter, obgleich Norwich einen Schritt zurücktrat, seine Pistole hob und so auf die Herunterkommenden wartete. Unten angekommen, stellte sich Radcliffe sofort beschützend vor seine nicht ganz rechtmäßig Angetraute und blickte dem Mann entgegen.

Norwich zielte ärgerlich mit seiner erhobenen Waffe. „Ich habe keine Ahnung, was mit euch beiden eigentlich los ist. Weshalb könnt ihr nicht den Anweisungen folgen? Dann wäre doch alles wesentlich einfacher."

„Oh ja, das wäre nett, nicht wahr?" spöttelte Charlie über Radcliffes Schulter hinweg. „Dann könnten Sie uns hübsche Befehle erteilen, und wir würden Ihnen vor die Füße fallen."

Norwich blickte finster drein. „Ganz schön frech, die Kleine, nicht?" fragte er Radcliffe.

„Nun ja, wissen Sie, ich ziehe es vor, sie als ‚leidenschaftlich' zu bezeichnen."

„Tatsächlich? Nun, ich kann es kaum erwarten, ihre ganze Leidenschaft kennen zu lernen."

„Doch nicht mehr in diesem Leben, Norwich!"

„Er hat völlig Recht", bekräftigte Charlie gelassen, als der Mann über diese Drohung leise lachte. „Ich fürchte, das Spiel ist aus. Ohnehin hätte Ihr Plan nicht funktioniert. Radcliffe und ich sind nämlich nicht wirklich vermählt. Vielmehr ist Beth diejenige, mit der er in Gretna Green getraut wurde."

„Ihre Schwester hat Mowbray geheiratet!"

„Ja, das stimmt. Vier Tage vor unserer Ankunft in Gretna Green wurde sie mit Mowbray getraut. Und an dem Morgen, als Ihre Leute mit uns nach Gretna fuhren, hatte sie sich als Charles verkleidet und Radcliffe geheiratet. Das war keine legale Trauung. Falls Sie nun Radcliffe umbringen, werden Sie von nichts als ein paar ein paar armselige Schmuckstücke bekommen. Alle anderen sind bereits verkauft, und der Erlös daraus wurde angelegt. Sie gingen also so gut wie leer aus."

Norwich glaubte das offenbar nicht und schüttelte den Kopf. Charlie zuckte nur die Schultern. „Fragen Sie doch meine Schwester. Sie steht direkt hinter Ihnen."

Norwich lachte auf. „Wenn Sie mich damit hereinlegen wollen, dann ..." Seine Stimme erstarb, als sich etwas Hartes in seinen Rücken bohrte.

„Guten Tag, Lord Norwich. Dass ich Sie hier wieder sehe!" flötete Beth frohgemut und drückte ihm die Waffe ein wenig kräftiger in die Rippen. „Sie übergeben Ihre Pistole doch jetzt an Lord Radcliffe, nicht wahr?"

Radcliffe nahm die Pistole, die plötzlich schlaff in der Hand seines Gegenübers hing. Beth wartete, bis er die Waffe auf den Schurken gerichtet hatte. Dann lief sie zu ihrer Schwester und schloss sie in die Arme.

„Ich hab's geschafft, Charlie! Ich habe dich gerettet. Ich – dich! Und das mit nur einer Kerze!" Halb lachte sie, halb keuchte sie und trat zurück, um ihre „Waffe" hochzuhalten. „Oh, das war herrlich – welch ein Gefühl! Ich habe mich noch niemals so gefürchet und mich auch noch niemals so lebendig gefühlt. Weißt du was? Ich glaube nicht, dass ich mich jemals wieder vor jemandem fürchten werde", erklärte sie lachend und umarmte ihre Zwillingsschwester aufs Neue. „Ich habe es geschafft!"

„So ist es." Charlie lächelte ihr strahlend zu. „Wo sind eigentlich die anderen?"

„Hier, Mylady", sagte Stokes und schob die gefesselte und geknebelte Aggie durch den Flur zu ihnen hin. Bessie und Mrs. Hartshair folgten ihm.

„Woher wusstest du denn, dass sie alle hier waren?" fragte Beth Charlie verwundert.

„Aus dem Fenster dort oben sah ich euch alle aus der Kutsche steigen und dann durch das Fenster im Erdgeschoss klettern. Zu diesem Zeitpunkt hatte ich mich noch nicht entschlossen, ob ich lieber die Tür verrammeln, das Fenster einschlagen und hinaussteigen oder besser Klein Willy ins Zimmer locken, ihn niederschlagen und anschließend den Weg über die Treppe nehmen sollte. Als ich euch kommen sah, entschied ich mich für die Treppe. Ich hoffte, ihr würdet rechtzeitig erscheinen, um mir bei Norwich zu helfen."

„Und ich hab's geschafft!" Beth strahlte vor Stolz, und Charlie musste laut lachen.

„Ja, das stimmt, du hast es geschafft. Du warst einfach großartig, Beth!"

„Ja, nicht?" Beth bewunderte sich selbst.

„Genau. Und ich will nie wieder von dir hören, du seist ein Feigling. Es bedurfte viel Muts, den Mann mit nur einer Kerze zur Strecke zu bringen. Du hättest dabei ums Leben kommen können. Norwich hätte ja nur einen Blick über die Schulter zu werfen brauchen und … Beth?" Charlie streckte rasch die Hände aus und hielt ihre Zwillingsschwester fest, während diese langsam in tiefer Ohnmacht zu Boden glitt.

22. KAPITEL

„Wie spät ist es?“

„Das hast du mich jetzt schon zwanzig Mal gefragt, Radcliffe.“ Leicht gereizt schaute Tomas wieder auf seine Uhr. „Es ist fünf Minuten nach.“

„Sie verspäten sich.“

„Frauen verspäten sich grundsätzlich. Ich weiß gar nicht, weshalb du dir ständig solche Sorgen machst. Ich jedenfalls mache mir keine.“

Radcliffe verzog das Gesicht. „Du bist ja auch schon verheiratet, und du wirst auch mit Beth verheiratet bleiben, ob du nun heute die Zeremonie noch einmal über dich ergehen lässt oder nicht. Bei Charlie und mir liegen die Dinge dagegen ganz anders.“

„Das habt ihr beiden doch schon geklärt. Sie ist mit der Trauung einverstanden, nicht wahr?“

„Gewiss.“ Das schien Radcliffe etwas aufzurichten, doch gleich wirkte sein Gesichtsausdruck wieder besorgt. „Aber falls nun etwas geschehen ist?“

„Was soll denn geschehen sein?“

„Wer weiß das schon bei Charlie? Sie zieht das Unglück an wie keine andere mir bekannte Frau.“

„Stimmt“, pflichtete Tomas ihm trübsinnig bei und schien jetzt ebenfalls beunruhigt zu sein. „Und Beth hat neuerdings diese unselige Eigenschaft übernommen. Genauer gesagt, seit der Geschichte mit Norwich.“

Radcliffe nickte ernst. Das stimmte. Die ehemals ruhige und vernünftige Beth war Charlie immer ähnlicher geworden. Sie warf sich bei jeder Gelegenheit dem Unrecht in den Weg und trieb ihren Ehemann damit fast an den Rand des Wahnsinns.

Sehr zu Radcliffes stiller Erheiterung tummelten sich neuerdings auch im Haus der Mowbrays alle möglichen Streunerinnen, welche Beth aus irgendwelchen misslichen Lagen gerettet hatte.

Selbstverständlich würde er seinem Freund gegenüber diese Erheiterung niemals eingestehen, und Tomas hatte auch Recht mit seiner Feststellung, dass alles auf die Geschichte mit Norwich zurückging, bei der sie den Mann mit nichts als einer Kerze entwaffnet hatte. Es machte ganz den Eindruck, als wäre das wahr, was sie an jenem Tag gesagt hatte: Trotz der tiefen Ohnmacht, in die sie nach dem überstandenen Zwischenfall gesunken war, fürchtete sie sich jetzt vor nichts und niemandem mehr.

Was Norwich selbst betraf, so hatten sie von dem Mann nichts mehr gehört oder gesehen, seit er und Aggie von der Polizei abgeführt worden waren. Damals hatte er gezetert, er sei schließlich der Sohn eines Königs, und was danach mit ihm geschah, konnte man sich denken.

Aggie erlitt im Gefängnis einen Schlaganfall und erlebte ihre Gerichtsverhandlung nicht mehr. Radcliffe hatte sich wegen Norwichs Strafverfolgung erkundigt, und man sagte ihm, er brauche sich deswegen keine Sorgen zu machen, denn die Sache habe sich erledigt. Ihm waren verschiedene Gerüchte zu Ohren gekommen, doch er vermutete, man hatte den Mann ins Irrenhaus gebracht, wo er der königlichen Familie keine Schande mehr machen konnte.

„Verdammt", sagte Tomas plötzlich und riss damit Radcliffe aus den Gedanken. „Jetzt mache ich mir ebenfalls Sorgen."

Die beiden Männer wechselten finstere Blicke. Unter den wachsamen Augen des Pfarrers und der vierhundert unruhigen Gäste, welche sich in der Kirche drängten, gingen sie im vorderen Kirchenschiff auf und ab. Jedes einzelne Mitglied der vornehmen Gesellschaft hatte bei der „Erneuerung der Schwüre" zwischen Charlie und Radcliffe sowie Beth und Tomas anwesend sein wollen, denn jedermann fand das ungeheuer romantisch. Natürlich ahnte niemand, dass Charlie jetzt zum ersten Mal ihren Schwur ablegte und dass die vorangegangene Trauung außerhalb der Legalität gelegen hatte.

Charlie hatte darauf bestanden, dass diese Zeremonie genau ein Jahr nach ihrer so genannten Trauung in Gretna Green stattfinden sollte, damit es später einmal wegen des Hochzeitstages keine Verwirrung gäbe. Das hatten auch Beth und Tomas so gesehen und diesem Datum zugestimmt. Dies war selbstverständlich vor dem Tag gewesen, an welchem sie von Charlies Schwangerschaft erfuhren und wussten, dass sie ungefähr eine Woche nach der „Erneuerung der Schwüre“ niederkommen würde.

Radcliffe hatte Charlie überreden wollen, das Hochzeitsdatum vorzuverlegen, weil er auf keinen Fall wollte, dass das Kind vor der gesetzlichen Eheschließung zur Welt käme und dadurch womöglich zu einem Bastard wurde. Charlie indes, die bezaubernde, aufregende, süße, dickköpfige Charlie, hatte jedoch rundweg Nein gesagt. Also verfuhren sie wie geplant und konnten nur hoffen, dass sich das Baby an den vorberechneten Termin hielt.

„Wie hast du Charlie eigentlich dazu überredet, sich noch einmal mit dir trauen zu lassen?“ wollte Tomas wissen.

Radcliffe verzog das Gesicht. „Ich musste mich vertraglich verpflichten, mich niemals wieder herablassend ihr gegenüber zu verhalten“, gestand er ein. „Ferner dazu, dass ich mit ihr Geschäftliches besprechen würde, und zwar auf täglicher Basis, falls sie daran interessiert wäre. Des Weiteren …“

„Des Weiteren?“

Radcliffe seufzte. „Dass ich sie in Herrenkleidung mit in meinen Club nehmen würde.“

Tomas erschrak. „Was?“

„Still!“ warnte Radcliffe und schaute nervös in die Runde, um sicher zu sein, dass man sie nicht etwa belauschte. Allerdings schien niemand sie zu beachten. Die meisten Gäste schauten erwartungsvoll zum Kirchenportal in der Hoffnung, die Bräute zu entdecken, die schon längst hätten da sein müssen.

Radcliffe blickte zu Tomas und nickte. „Ja, sie bestand nachdrücklich darauf, den Club zu sehen. Offenbar war sie neidisch, weil Beth in diese ‚heiligen Hallen' – das sind ihre Worte, nicht meine! – hineingekommen war, und deshalb wollte sie sich den Club eben auch einmal ansehen."

„Hast du sie schon einmal dorthin mitgenommen?"

„Nein, nein. Es gelang mir, sie eine Zeit lang zu vertrösten, und als sie die Geduld wegen meiner Verzögerungstaktik verlor, war sie guter Hoffnung und meinte selbst, die verräucherte Luft dort sei nicht gut für das Baby. Ich hoffe sehr, wenn das Kind geboren und Charlie wieder auf den Beinen ist, hat sie vergessen …"

Ein schwacher Schrei außerhalb der Kirche erschreckte ihn. „Das hörte sich nach Charlie an!"

Gefolgt von Tomas eilte er zum Kirchenportal. Beide stürzten zur Tür hinaus, blieben dann auf der oberen Stufen wie angewurzelt stehen und starrten offenen Mundes auf das Spektakel, das sich unten auf der Straße abspielte: Charlie und Beth, beide in ihrem Hochzeitsstaat, waren dabei, auf einen Mann loszugehen, der wie ein Straßenverkäufer aussah. Blumen flogen durch die Luft, als die beiden mit ihren Brautsträußen auf den armen Kerl eindroschen und ihn dabei voller Wut anschrien.

„Habe ich dir schon einmal gesagt, Radcliffe, wie wenig ich den Einfluss schätze, den deine Gattin auf meine ausübt?" fragte Tomas.

Radcliffe warf ihm einen erstaunten Blick zu. „Meine Gattin? Verdammt, Tomas, du kannst doch Charlie nicht die Schuld an Beth' Veränderung geben. Die beiden sind zusammen aufgewachsen, und nach zwanzig Jahren Einfluss war sie nicht so, wie sie jetzt ist!"

Tomas runzelte die Stirn. „Daran habe ich nicht gedacht. Was hat es denn deiner Meinung nach jetzt bewirkt?"

Radcliffe lächelte. „Nun, das einzige Neue in ihrem Leben bist doch du."

Über diese Wahrheit staunte Tomas noch immer, als Stokes aus der Kirche zu ihnen kam. „Oh Himmel!" rief er. „Lady Charlie und Lady Beth sind kaum in der Verfassung für ein derartiges Verhalten."

Radcliffe und Tomas blickten wieder auf die Straße. Der Mann hatte sich offenbar fortbewegt und versuchte nun, auf den Kutschbock eines Wagens zu klettern, doch eine der Frauen sprang ihn von hinten an. Trotz ihrer fortgeschrittenen Schwangerschaft schlug sie sich dabei recht wacker. Unterdessen trat ihm die zweite „Braut" kräftig auf die Zehen sowie gegen die Schienbeine und riss ihm fast die Haare aus. Der Mann quiekte wie ein Ferkel.

Wild entschlossen liefen die beiden Ehemänner hinzu. Radcliffe befasste sich sofort mit der Braut auf dem Rücken des fremden Mannes, löste sie von diesem, trug sie ein paar Schritt zur Seite und stellte sie dort auf den Boden. Als sie sich zu ihm umdrehte, blickte er sie verblüfft an. „Elizabeth?"

„Sie lassen ihn ja fort! Haltet ihn!" rief Beth und rannte los, während Charlie sich aus Toms Griff befreite und ebenfalls auf den Mann zustürzte.

Fluchend liefen Radcliffe und Tomas auf ihre Ehefrauen zu, packten sie bei den Armen und zerrten sie fort. Danach hielten sie auch den fremden Mann fest, der erneut versuchte, auf seinen Wagen zu klettern. Sie zogen ihn wieder auf den Boden herunter, hielten ihn dort fest und drehten ihn zu ihren schwer keuchenden, aufgelösten Gattinnen um.

Finster betrachtete Radcliffe die aufgelösten Damen. „Und jetzt will ich wissen, was hier los ist!"

„Er hat dieses Kind verprügelt!“ antwortete Charlie aufgebracht und richtete dabei ihren Brautschleier.

„Welches Kind?“ fragte Tomas.

„Den Knaben auf der Ladefläche des Wagens“, antwortete seine Gemahlin.

Die beiden Herren ließen den fremden Mann, wo er war, und spähten in den Wagen, wo sie einen kleinen Jungen hocken sahen. Die Striemen und Blutergüsse an seinem Körper stammten unverkennbar von fürchterlichen Schlägen. Radcliffe griff in den Wagen und hob das Kind von den schmutzigen Lederstreifen, auf denen es saß.

„Einen Augenblick mal! Legen Sie ihn wieder hin. Der Junge gehört mir!“ rief der Mann, der inzwischen herangeeilt war.

Radcliffe zog eine Braue hoch. „Dir?“

„Jawohl. Das ist mein Neffe. Ich bekam ihn, als seine Eltern starben. Ich bildete ihn zu einem Flickschuster aus. Er gehört mir, und ich kann mit ihm verfahren, wie es mir beliebt. Im Übrigen hat er die Prügel verdient. Er wollte fortlaufen. Als ich das merkte und ihn hier fand, habe ich ihn selbstverständlich verprügelt.“

„Wenn Sie mich verprügelten, würde ich auch fortlaufen“, fuhr Charlie ihn an. „Nicht alle dieser Blutergüsse sind von heute.“

Radcliffe und Tomas schauten erst einander und dann den armseligen Knaben an. Der Junge war entschieden zu dünn, alte und neue Striemen bedeckten seine blasse Haut, und kein Kind sollte einen solch hoffnungslosen Gesichtsausdruck haben wie dieser Knabe. Radcliffe warf dem Flickschuster einen Blick zu. „Ich werde ihn dir abkaufen.“

„Radcliffe!“ rief Charlie bestürzt. „Man kann ein Kind doch nicht kaufen!“

„Doch, er kann das“, widersprach der Flickschuster rasch. „Wie viel?“

„Darüber reden wir morgen um acht in der Kanzlei meines Advokaten." Während Charlie grimmig zuhörte, nannte er dem Flickschuster die Adresse, reichte das Kind an Stokes weiter, nahm Charlie beim Ellbogen und wollte mit ihr die Kirchenstufen hinaufsteigen.

Sie waren schon halb oben, als ihm Charlies ungewöhnliche Schweigsamkeit auffiel. Beim Anblick ihrer zusammengepressten Lippen runzelte er die Stirn. „Geht es dir gut?"

„Ja", antwortete sie schnell und drückte sich eine Hand auf den Leib.

„Du wirst doch nicht ...?" Er blieb stehen, als sie sich vor Schmerz auf die Lippe biss. „Oder etwa doch?"

„Es muss bis nach der Trauung warten!" erklärte sie entschlossen und machte noch einen wackeligen Schritt vorwärts.

„Charlie, setzen etwa deine Wehen ein?" erkundigte sich Beth angstvoll, als sie und Tomas herankamen. Ihr eigenes Hochzeitsgewand wölbte sich ebenfalls über ihrem Leib, denn mit ihrer Schwangerschaft lag sie nur einen Monat hinter Charlie zurück. Es schien, als machten die Zwillinge alles gern zusammen. „Charlie, sie setzen doch nicht ein, oder? Möglicherweise sollten wir lieber ..." Sie sprach nicht weiter, als Charlie sich wütend zu ihr umdrehte.

„Dieses Kind wird nicht auf die Welt kommen, solange seine Eltern nicht ordnungsgemäß vermählt sind!"

Für einen Augenblick war Radcliffe hin und her gerissen, dann stieß er einen Fluch aus, hob Charlie auf seine starken Arme und eilte mit ihr die Stufen hinauf. Dem anderen Paar überließ er es, ihnen zu folgen.

„Schon gut, Radcliffe. Du kannst mich jetzt hinunterlassen. Ich glaube, die Schmerzen haben aufgehört", flüsterte Charlie, während er sich mit ihr durch den Kircheneingang schob. Nachdem er sie gar nicht zur Kenntnis nahm, sondern unbeirrt durch den

Mittelgang der vollen Kirche schritt, zwang sich Charlie zu einem für die Gäste bestimmten Lächeln. „Da wären wir!“ rief sie mit gespielter Munterkeit. „Die kleine Verzögerung tut uns Leid.“

„Fangen Sie an, Pater!“ befahl Radcliffe ungeduldig und blieb vor dem verdutzten Kirchenmann stehen.

„Lass mich hinunter!“ verlangte Charlie, was Radcliffe dann auch tat, gerade als Tomas, Beth, Stokes und der Junge des Flickschusters sie erreichten.

„Pater!“ fuhr Radcliffe ihn an, woraufhin der Mann zusammenschreckte, sich räusperte und anfing.

„Wir sind hier versammelt, um …“

„Wir wissen alle, weshalb wir hier versammelt sind, Pater. Bitte, kommen Sie gleich zur Sache.“

„Also hören Sie mal, junger Mann“, begann der Geistliche und warf einen Blick auf Charlie, die sich plötzlich keuchend an den Leib fasste. „Ist mit Ihnen alles in Ordnung, Mylady?“ fragte er.

„Sie wird gleich ein Kind gebären, Pater. Können wir das hier vielleicht hinter uns bringen, bevor das Baby auf der Welt ist?“

„Nun ja, ich weiß, dass sie ein Kind … Meinen Sie, jetzt gleich?“ Sein Gesicht spiegelte grenzenloses Entsetzen. „Dann müssen Sie sie nach Haus bringen und …“ Seine Rede erstarb, als Radcliffe ihn bei seinem Talar packte und ihm drohend in die Augen blickte.

„Sie sollen uns jetzt trauen! Sofort!“ Erst als der arme Mensch rasch nickte, ließ Radcliffe ihn los und legte einen Arm um Charlie, die davon nichts merkte. Sie hielt sich nur den Bauch und fing beängstigend zu keuchen an.

„Wollen Sie, Lord Radcliffe, diese Frau …“

„Ich will!“ unterbrach Radcliffe ihn.

Der Geistliche blickte ihn finster an und musste schlucken, als Charlie unvermittelt laut aufstöhnte. „Oh du lieber Gott!“ hauchte er und straffte sich entschlossen. „Also gut. Lord Radcliffe nimmt

Lady Radcliffe zur ... Mylady, nehmen Sie ihn ebenfalls?“ Als sie nur nickte, warf er einen Blick zu Tom und Beth hinüber. „Lord Mowbray, nehmen Sie Lady Mowbray zu Ihrer Frau? Und Lady Mowbray, was ist mit Ihnen?“

„Ja!“ antworteten sie wie aus einem Mund und nickten.

„Sehr gut. Dann ... äh, was kommt als Nächstes?“ Schweißperlen traten ihm auf die Stirn. Vorübergehend wusste er nicht weiter, doch dann rief er: „Die Ringe! Tauschen Sie die Ringe.“

Nachdem Tomas und Radcliffe ihren Gattinnen die Ringe über den Finger gestreift hatten, atmete er erleichtert auf. „So, das hätten wir. Sie sind nun Mann und Frau – wieder. Und nun küssen Sie sie, und dann fort mit Ihnen!“

Radcliffe drückte Charlie einen Kuss auf die Stirn, hob sie danach auf die Arme, machte kehrt und eilte durch den Mittelgang. Tomas und Beth folgten ihnen.

Radcliffe, Tomas und Stokes liefen im Salon hin und her, als sie den Schrei eines Babys hörten. Die Uhr auf der Kamineinfassung zeigte fünf Minuten vor Mitternacht. Die Männer waren also länger als zwölf Stunden auf und ab gegangen.

Bei ihrer Ankunft im Stadthaus hatte Beth Radcliffe angewiesen, Charlie nach oben zu tragen, und ihn sowie Tomas dann in den Salon verbannt. Kurz danach war auch Stokes mit dem Neffen des Flickschusters, Mrs. Hartshair, deren Kindern sowie Maggie, Charlies neuer Zofe, in Mowbrays Kutsche aus der Kirche zurückgekehrt. Mrs. Hartshair hatte die Kinder in Stokes Obhut gelassen und war dann mit Maggie nach oben geeilt, um zu sehen, ob sie irgendwie helfen konnte.

Und das war das Letzte, das die Männer von den Damen gesehen hatten, ausgenommen, dass gelegentlich die eine oder andere Frau an der Tür des Salons vorbeirauschte, weil sie auf dem Weg war, irgendetwas zu holen. Anfangs hatte Stokes wenigstens die Kinder, um die er sich kümmern musste, doch nachdem diese zu Bett gebracht worden waren, begab er sich zu seinem Herrn und Tomas in den Salon, um ihnen beim Hin- und Hergehen Gesellschaft zu leisten.

Nachdem jetzt die drei Männer den Schrei von oben gehört hatten, blickten sie einander teils erleichtert, teils beklommen an. Erleichtert waren sie, weil sich dem kräftigen Schrei entnehmen ließ, dass das Kind gesund war, und beklommen waren sie, weil sie auf den Bericht über den Zustand der Mutter warten mussten.

Radcliffe kam diese ewige Warterei endlos vor. Charlies Schreie hatte man bis in den Salon gehört, und jeder einzelne davon zerriss ihm schier das Herz. Eine halbe Stunde verging so langsam wie ein ganzes Jahr, während die Männer still standen, warteten und durch die offene Salontür die Treppe anstarrten.

„Weshalb dauert es denn nur so lange?“ fragte Tomas schließlich leise.

Bei dieser Frage riss Radcliffe der Geduldsfaden. Leise fluchend stürmte er aus dem Salon. Tomas und Stokes schauten einander an, gerieten dann beide gleichzeitig in Bewegung und folgten dem Lord die Treppe hinauf.

Beth hatte gerade das Bett neu bezogen und half ihrer Schwester dabei, sich wieder hinzulegen, als das Hämmern an der Tür begann. Mrs. Hartshair ging hin, und Charlie hörte die Stimme ihres Gemahls überaus deutlich.

„Ich will zu meiner Gattin!“ forderte er.

Sofort trat Mrs. Hartshair zur Seite, ließ ihn eintreten und schlug den anderen beiden ängstlich dreinblickenden Männern die Tür vor der Nase zu.

„Charlie?“ Radcliffe ging rasch zum Bett, blieb jedoch unsicher daneben stehen, als er seine Ehefrau sah. Ihr Gesicht war blass, das Haar feucht und wirr, und ihre Augen wirkten überaus müde. Von dem Baby in ihrem Arm schaute sie zu ihrem Gatten auf.

Noch nie zuvor war sie Radcliffe liebreizender erschienen, und das sagte er ihr auch, während er sich ganz vorsichtig auf die Bettkante setzte und die Hand auf dem Baby mit seiner bedeckte.

Charlie verzog das Gesicht, denn ihr war völlig klar, wie schlimm sie jetzt aussah. Dann lächelte sie matt. „Willst du dir nicht deinen Sohn ansehen?"

„Sohn?" Er lugte zu dem Bündel hinunter. „Dieses ist ein Sohn?"

„Gewiss. Möchtest du ihn gern einmal halten?"

Radcliffe blickte unsicher drein, nahm jedoch das Kind entgegen. Er kam sich fürchterlich linkisch vor, als er es auf dem Arm hielt, doch wie er es genauer betrachtete, wurde ihm die Brust eng.

Das winzige Knäblein sah aus wie ein kleiner, alter Mann. Seine Augen waren fest zugedrückt, abgesehen von einem feinen Flaum war er kahl, und sein Gesicht war ganz zusammengekniffen. Sicherlich sollte dies sein Missfallen sowie seinen Ärger ausdrücken über das, was er soeben durchgemacht hatte. Mit seinen winzigen Fäustchen fuchtelte er in der Luft herum. Er war das hässlichste kleine Ding, das Radcliffe jemals gesehen hatte – und gleichzeitig das entzückendste.

„Er ist so winzig", raunte Radcliffe und merkte, dass ihm die Tränen kamen. Dieses wunderbare neue Leben hatten Charlie und er erschaffen!

„Das würdest du nicht sagen, wenn er sich aus dir hinausgedrängt hätte", entgegnete Charlie schroff, und ihr Gemahl machte vorübergehend einen ziemlich bestürzten Eindruck. Doch als er die Heiterkeit in ihren Augen aufblitzen sah, lächelte er wieder.

„In Wirklichkeit ist er überhaupt nicht klein", erklärte nun auch Beth, die zu ihnen herangekommen war. „Für ein Neugeborenes ist er im Gegenteil ziemlich groß – größer als sämtliche Babys, die ich auf Westerly habe zur Welt kommen sehen."

„Beth hat sich immer sehr für das Heilen interessiert", erklärte Charlie, als Radcliffe ihre Schwester neugierig anblickte. „Wenn immer daheim auf unserem Gut jemand krank war oder eine Geburt stattgefunden hatte, war Elizabeth zur Stelle und wollte helfen."

„Soll ich das Baby einmal hinausbringen, um es Tomas und Stokes zu zeigen?" fragte Beth. „Dann könnt ihr beide auch einen Moment für euch allein haben."

„Ja, bitte." Radcliffe gab den Knaben an dessen Tante weiter. Die anderen beiden Frauen hatten ihre Arbeit inzwischen beendet und verließen nun ebenfalls das Zimmer. Er wartete noch so lange, bis Beth die Tür leise hinter sich geschlossen hatte, beugte sich dann zu Charlie hinunter und küsste sie zärtlich auf die Lippen.

„Ich danke dir, Charlie", raunte er ihr ins Haar und umarmte sie behutsam.

„Keine Ursache, Mylord", seufzte sie und schmiegte sich an ihn. „Wofür eigentlich?" fragte sie dann.

„Für unser Kind."

„Ich meine mich zu erinnern, dass du dabei ebenfalls die Hand im Spiel hattest", flüsterte sie belustigt und lehnte sich an die Polster. „Das mit heute tut mir Leid."

Er zog die Brauen hoch. „Was tut dir Leid?"

„Dass ich unsere schöne Trauung ruiniert habe. Das wollte ich nicht, doch als ich sah, wie der Flickschuster den kleinen Jungen schlug ..."

„Da konntest du dich nicht zurückhalten."

„Genau." Sie biss sich auf die Lippe. „Ich konnte mich einfach nicht abwenden und es übersehen."

„Ich würde auch gar nicht gewollt haben, dass du es getan hättest“, versicherte er ihr.

„Ehrlich?“ Sie schaute zu ihm hoch.

„Ehrlich. Dein Mitgefühl für die Schwachen und dein Abscheu vor Ungerechtigkeit sind zwei der Dinge, die ich an dir so sehr liebe.“ Als Charlie sich daraufhin entspannte, fügte er hinzu: „Allerdings bin ich dankbar, dass du in deinem Zustand nicht diejenige warst, die dem Mann an den Rücken sprang, wie du es seinerzeit bei dem Bauern mit den Welpen tatest. Ich war ziemlich erleichtert, als ich die, welche ich für dich hielt, dem Flickschuster vom Rücken zog und feststellte, dass es Beth war.“

„Ich übte mich eben in Zurückhaltung“, erklärte sie würdevoll. „Das ist etwas, das ich von dir gelernt habe.“

„Dann lernen wir ja voneinander. Ich habe nämlich von dir gelernt, wieder zu leben“, flüsterte er und merkte, dass dies die Wahrheit war. Selbst sein schlechtes Gewissen quälte ihn nicht mehr.

Sobald sie in jener längst vergangenen Nacht wieder heimgekommen waren, hatte Charlie ihm alles erzählt, was sie von Norwich über den Mord an Mary und Robert erfahren hatte, und dieses zu hören hatte ihm die Schuldgefühle genommen. Er hätte also gar nichts tun können, um seine Schwester zu retten. Selbst wenn er sie und ihren Gatten dazu überredet hätte, eine Kutsche, einen bewaffneten Wächter oder eine ganze Armee mitzunehmen – Norwich würde sie eines Tages doch umgebracht haben. Radcliffe hätte Mary niemals schützen können. Das hätte nicht einmal Robert gekonnt. Niemand hatte Norwichs Absichten geahnt, denn er war ein Wahnsinniger gewesen …

„Jetzt bin ich sehr glücklich und zufrieden, Radcliffe“, flüsterte Charlie.

Er lächelte, legte sich neben ihr auf das Bett und nahm sie zärtlich in die Arme. „Ich bin es auch, Liebste.“

Sie schwieg eine Weile. „Radcliffe, würdest du mich wirklich um nichts auf der Welt eintauschen?“ fragte sie dann.

„Niemals!“ antwortete er feierlich.

„Beth meint, ich würde im Handumdrehen wieder auf den Beinen sein. Du weißt doch, was das bedeutet, nicht?“

Radcliffe nahm an, sie wollte das Thema wechseln, und spielte freundlich mit. „Was bedeutet es denn, Liebste?“

„Das bedeutet, dass wir sehr bald in deinen KitKatClub gehen können.“

„Oh Charlie!“ stöhnte Radcliffe, lachte und nahm sie in die Arme. „Ich hätte mir ja denken können, dass du das nicht vergessen würdest.“

„Ach, komm schon, Radcliffe! Das wird aufregend.“

„Oh gewiss doch. Ungemein aufregend. Besonders wenn dich jemand als Charles erkennt und weiß, dass dieser Charles in Wirklichkeit Lady Radcliffe ist und ich dann aus dem Club geworfen werde. Das würde in der Tat ungeheuer aufregend werden.“

„Das wird nicht geschehen. Beth und ich haben uns eine Verkleidung ausgedacht, bei der wir sicher sind, dass nichts passieren wird.“

„Eine Verkleidung, ja?“ Sein zweifelnder Blick richtete sich auf ihre aufgeregt glitzernden Augen.

„Ja. Und stell dir nur vor, liebster Gatte: Ich in meiner engen Kniehose, und du als Einziger weißt, wer ich bin.“ Sie blinzelte ihm vielsagend zu. „Möglicherweise könnten wir ein leeres Zimmer oder eine Kammer finden und …“ Ihre Stimme erstarb langsam, und es wunderte Radcliffe nicht, dass sich eine gewisse Spannung in ihm regte.

Ihm schien es schon eine Ewigkeit her zu sein, seit sie sich geliebt hatten, obgleich das erst vor einer Woche gewesen war und sie damit nur aufgehört hatten, weil sie befürchteten, das könnte dem

Kind schaden. Doch ihr Vorschlag erregte jetzt größtes Interesse in ihm. Nur Charlie konnte es einfallen, sozusagen vor den Augen der feinen Gesellschaft Liebesspiele zu treiben!

„Wann, sagte Beth, würdest du für dergleichen Dinge wieder auf den Beinen sein?“ fragte Radcliffe eher unwirsch.

Charlie strahlte ihn glücklich an. „Ich wusste ja immer, dass Sie im Grunde Ihrer Seele ein Abenteurer sind, Mylord.“

– ENDE –

Jo Goodman

Küsse der Leidenschaft

Ein historischer Liebesroman aus der bewegten Zeit nach dem amerikanischen Sezessionskrieg: Erst entdecken Lucas und die Südstaatenschönheit Bria ihre Leidenschaft füreinander. Dann verbünden sie sich gemeinsam gegen ihren Todfeind ...

Band-Nr. 25156
5,95 € (D)
ISBN: 3-89941-195-1

MIRA®

Betina Krahn

Der Liebesfluch

Nur wenn Peril, Earl of Whitmore, eine keusche Braut heimführt, ist der Fluch gebrochen, der auf seinem Land lastet. Seine Suche nach einem Mädchen reinen Herzens führt ihn zu einem Kloster, wo er der temperamentvollen Novizin Eloise begegnet ...

Band-Nr. 25138

5,95 € (D)

ISBN: 3-89941-177-3

Lauren Royal

Das geraubte Herz

Eine verzehrende Liebe entbrennt zwischen Lady Alice und dem wagemutigen Duke of Amberley, die in einer überstürzten Ehe gipfelt. Doch damit beginnen Leidenschaft und ein abenteuerliches Versteckspiel erst richtig ...

Band-Nr. 25139

5,95 € (D)

ISBN: 3-89941-178-1